Assaf Ryke, Autor, Filmer und Sohn von Eltern, die namhafte Protagonisten der Pionierbewegung waren, ist zum Reservedienst nach Gaza beordert. Er wird Zeuge, wie sein bester Freund durch einen Terroranschlag in einem Jeep verbrennt. Die umstehenden Araber flüchten. Assaf bekommt einen Tip und stellt Stunden später den Täter: einen halbwüchsigen palästinensischen Jungen, der von Angst und Gewaltbereitschaft gleichermaßen durchdrungen ist. Es kommt zu einem Handgemenge, das für den Jungen tödlich endet.
Die folgenden Ereignisse kulminieren in einer Lebenskrise Assafs, der sich schuldig am Tod des Palästinensers fühlt. Aus dem eher unbekümmerten ›großen Jungen‹ Assaf wird ein Zweifelnder. In einem New Yorker Hotel, unter Huren und anderen Gestrandeten, wo er schreiben wollte und Ablenkung zu finden hoffte, spürt er seine Erbärmlichkeit um so deutlicher. Das Militärgericht, dem er sich schließlich – zurück in Israel – stellt, hängt den Fall zunächst tief. Assaf bleibt mit seinen zermürbenden Fragen, seinem bedrängten Gewissen allein.
Kollek, der in seinem ersten Roman *Don't Ask Me if I Love* schon einmal heikle Themen der israelischen Gesellschaft aufgegriffen und sehr persönlich bearbeitet hat, versteht es in diesem Roman, der spannend geschrieben ist, die Hintergründe und Tiefendimensionen des leidvollen Konflikts zwischen Israelis und Palästinensern mit scharfem Blick auf beide Parteien offenzulegen.

Amos Kollek, geboren 1947 in Jerusalem. Schulbildung in USA und Israel, bekannt als Autor und Filmemacher, besonders durch seinen Film *Drei Wochen in Jerusalem* mit Faye Dunaway. Sein erster Roman erschien unter dem Titel ›Nach Liebe fragt Ihr nicht‹ bei Ehrenwirth. Amos Kollek ist der Sohn des ehemaligen Bürgermeisters von Jerusalem, Teddy Kollek. Von beiden ist im Fischer Taschenbuch Verlag außerdem erschienen: ›Ein Leben für Jerusalem‹ (Bd. 11269).

Amos Kollek

Es geschah in Gaza

Roman

Aus dem Amerikanischen
von Michael Bischoff

Fischer Taschenbuch Verlag

6.–7. Tausend: März 1998

Deutsche Erstausgabe
Veröffentlicht im Fischer Taschenbuch Verlag GmbH,
Frankfurt am Main, Februar 1996

Gesamtherstellung: Clausen & Bosse, Leck
Printed in Germany
ISBN 3-596-12850-1

1 Das Telefon klingelt, ich wälze mich im Bett auf die andere Seite und hebe ab, noch halb im Schlaf, meinem bevorzugten Zustand in diesen Tagen.

»Assaf«, sagt meine Mutter. »Herzlichen Glückwunsch zum Geburtstag.«

»Das gibt's nicht«, erwidere ich, »Glück und Geburtstag, das ist ein Widerspruch in sich.«

Sie lacht. »Du bist erst vierundvierzig.«

Erst vierundvierzig!

»Egal, ich wollte nur sicher sein, daß ich dich erwische, bevor du aus dem Haus gehst.«

»Danke, Mom.« Ich sehe auf die Uhr. Viertel vor sieben. Mich erwischen, bevor ich aus dem Haus gehe? Wohin sollte ich gehen? Ich bin Schriftsteller, weshalb sollte ich aus dem Haus gehen? Wie eine Dame in ihrer Autobiographie schrieb, arbeitet es sich am besten im Bett (und auf dem Rücken).

Vierundvierzig! John F. Kennedy war in diesem Alter schon ein ganzes Jahr Präsident, Marilyn Monroe, James Dean, Elvis Presley oder Mozart waren schon lange tot. Ich dagegen hatte mich in der Mittelmäßigkeit eingerichtet, um einen Satz von Brecht abzuwandeln.

Ich werfe einen Blick auf die Plakate an der Wand und die Bücher auf dem Regal. Vier Romane und vier Filme. Aber wenn man kein Dickens oder Fellini ist, zählt das nicht.

»Wir haben uns überlegt, wir könnten morgen alle zusammen essen gehen«, sagt meine Mutter. Morgen ist Samstag. »Wo möchtest du hingehen?«

»Ach, egal.« Ich hasse Familienessen fast ebenso wie Geburtstage. »Wir sprechen später darüber«, sagt sie. »Herzlichen Glückwunsch.« Und wir beide hängen ein.
Die Hälfte meiner Schulfreunde sind ums Leben gekommen, als sie neunzehn oder zwanzig waren. Glückspilze. 1967. 1968. Doch das war eine andere Zeit. Die Zeit der Größe. Heute leben wir auf dem Planeten der Zwerge. Die wenigen, die heute noch groß sind, haben die Achtzig schon überschritten und stehen kurz vor dem Tod. Wenn sie sterben, haben wir nichts mehr. Außer Arnold Schwarzenegger und Madonna. Drüben in Amerika.
Ich stehe auf und gieße mir ein Glas Whisky ein. Gewöhnlich trinke ich nicht, damit zerstört man nur die Zellen im Gehirn und die Leber. Und ich habe Geburtstag. Der Whisky schmeckt mir, und ich nehme noch einen. Alle großen Schriftsteller waren Trinker. Heute sind alle Gesundheitsapostel. Und es gibt keine großen Künstler mehr.
Sonntag muß ich einen vierzigtägigen Reservistendienst in Gaza antreten; im Augenblick erscheint das fast vielversprechend. Ich habe immer noch die Chance, jünger zu sterben als John F. Es liegt ganz bei den patriotischen Arabern in den Flüchtlingslagern. Wenn sie mich enttäuschen, bring ich sie um.
An Geburtstagen muß ich immer an Joy denken. Wir haben nur zwei miteinander erlebt, einmal ihren und einmal meinen. Sie war Amerikanerin. Wir waren nicht mal ein Jahr verheiratet. Sie starb bei einer Bombenexplosion in einem Supermarkt, fast auf den Tag genau vor zweiundzwanzig Jahren. Ein palästinensischer Terroranschlag. Sie war dreiundzwanzig Jahre alt.
Als sie starb, dachte ich, mein Leben sei vorbei. Danach schwor ich, nie mehr jemanden zu lieben. Weil die Menschen, die ich liebte, unerwartet starben, jung und schön.
Ich schwor mir, hart zu werden und keine Gefühle mehr zu haben. Niemand kann dich verletzen, wenn du keine Gefühle hast.
Immer wieder hatte ich die Phantasie, dem Menschen zu begegnen, der den Anschlag geplant hatte, und ihn mit bloßen Händen zu töten. Polizei und Militär hatten monatelang gesucht, aber die Verantwortlichen wurden nie gefunden.
Ich habe Geburtstag, und niemand außer meinen Eltern ruft mich

an. Ein ernüchternder Gedanke. Ich habe in den letzten fünfundzwanzig Jahren nicht gerade viele Freunde gewonnen. In der Schule hatte ich vier gute Freunde. Vier gute Freunde, das ist eine ganze Menge. Ram fiel im Zermürbungskrieg 1968. Eitan fiel im Zermürbungskrieg 1969. Gad wurde 1985 Kabinettsminister in der rechtsgerichteten Regierung, der ich keinerlei Sympathie entgegenbrachte. Wir hatten uns schon lange vorher voneinander entfernt. Jahrelang hatte ich ihn nicht gesehen.

Und dann war da noch Tal, der originellste und eloquenteste unter meinen Altersgenossen. Er und ich waren die Prinzen der Stadt, rebellische Söhne prominenter Persönlichkeiten. Tals Vater, ein General, hatte zu den Architekten des großen Sieges von 1967 gehört; er war der heldenhafte Eroberer der West Bank. Nachdem er den Dienst quittiert hatte, war er in die Politik gegangen und hatte sich den extremen Rechten angeschlossen.

Tal bewunderte seinen Vater wie niemanden sonst, außer Hannibal, Napoleon und Nietzsche.

Er wollte genauso sein wie er.

Zumindest sah es damals so aus.

Wir hatten gemeinsam in der Armee gedient. Wir gingen zu den Fallschirmjägern. Zur kämpfenden Truppe zu gehören bedeutete ihm mehr als all die Auszeichnungen, die er in der Schule so leicht erworben hatte. Im Oktober 1973 überquerten wir gemeinsam den Suezkanal, beide als Reservisten in dem Kampfverband unter General Ariel Sharon. Kaum waren wir drüben, wurde unser Schützenpanzer voll getroffen. Der Fahrer war sofort tot. Die anderen Soldaten und ich sprangen von dem brennenden Fahrzeug und suchten Deckung. Da bemerkte ich, daß Tal nicht bei uns war. Ich drehte mich um und sah, daß er wie eine erstarrte Statue noch auf dem Fahrzeug saß. Ich rief ihn, aber er antwortete nicht. Ich lief zum Fahrzeug, holte ihn herunter und trug ihn die hundert Meter zu der Stelle, wo der Rest der Gruppe sich gesammelt hatte. Es dauerte nicht lange, dann schien der Nebel sich zu lichten, und er kam wieder zu sich. Kurz darauf trennte der Krieg uns. Als ich drei Monate später entlassen wurde, erfuhr ich, daß Tal in Amerika war und an der Harvard Law School studierte. Mehrere Jahre sah ich ihn nicht, aber manchmal hörte ich von ihm. Er hatte sich radikal verändert und war zum Wortführer der extremen Linken geworden. Die Verbindung zu seiner Familie und zu seinen Freunden hatte er abgebrochen. Sein Interesse galt einzig der elenden Lage der Palästinenser. Meine Briefe beantwortete er nicht.

Ein paar Jahre später kehrte er nach Hause zurück. Einmal sah ich ihn auf der Straße und lief zu ihm hin, aber er sah durch mich hindurch, als wäre ich Luft, und ging weiter. Er war ein Fanatiker geworden, wie sein Vater, nur stand er auf der anderen Seite. So etwas kam vor in Israel. Menschen wurden plötzlich religiös oder antireligiös oder vollkommen gleichgültig. Die Kriege brachten allerlei mit sich. Ein kleines, heftiges, verrücktes Land.

Ich konnte mich nie mit dem Gedanken abfinden, daß ich Tals Freundschaft für immer verloren hatte. Ich erinnerte mich an die langen Nächte, die wir gemeinsam verbracht hatten, wenn wir für die Prüfungen in der Highschool lernten und uns gegenseitig laut *Lolita* und Dylan Thomas vorlasen oder über Nietzsche, Oscar Wilde, Bertolt Brecht und Attila den Hunnen diskutierten. Der bärtige Mann, der jetzt für einen palästinensischen Staat eintrat und Israel wegen des Verlustes seiner Werte geißelte, war ein Tal, den ich nie gekannt hatte und der mich nicht mehr kennen wollte. Es brach mir das Herz.

Manchmal habe ich das Gefühl, ich bin der einzige, der sich in all den Jahren nicht verändert hat. Ich liebe immer noch Bücher, das Kino und Coca Cola, ich hasse immer noch Routine und Religion, Konventionen und Pflichten.

Es war mein Geburtstag, also rasierte ich mich, kämmte mir das Haar und ging hinaus in die Welt, das heißt, ich saß allein in einem nahegelegenen Café und las die Morgenzeitung. Wie immer Streit um die mögliche Schaffung eines Palästinenserstaates: ja oder nein, warum, wann und wo? Ein israelischer Soldat in Gaza erstochen. Zwei arabische Jugendliche in Nablus erschossen. Israel war ein Land, in dem es Tag für Tag eine Menge Neuigkeiten gab, sich aber niemals etwas zu ändern schien. Die Probleme und die Politiker blieben stets dieselben. Die einzigen Nachrichten, die anders waren, kamen aus dem Ausland. Der Kommunismus im Ostblock zerbrochen. Deutschland wiedervereinigt, Europa

auf dem Weg zur Einheit. Madonna nackt im *Penthouse*. In Israel wie gewöhnlich weltliche Probleme von Überleben, Krieg und Frieden. Langweilig.
Am Abend nahm ich das Telefon und rief meinen Freund Shlomo an; er ist Psychologe, und wie alle meine noch lebenden Freunde ist er verheiratet und hat drei Kinder. Warum bin ich der einzige, den ich kenne, der nicht den Wunsch hat, zu heiraten und Kinder zu haben?
Ich versuche, an große Gestalten der Weltgeschichte zu denken, die nicht geheiratet und keine Nachkommen in die Welt gesetzt haben, James Dean, aber der war erst vierundzwanzig, und vielleicht zählt er nicht. Hitler heiratete drei Stunden vor seinem Tod. Er zählt auch nicht. Ich flehte Shlomo förmlich an, mit mir zusammen einen trinken zu gehen, und er willigte ein. Vielleicht spürt er meine Verzweiflung. Immerhin ist er Psychologe.
Gegen zehn holte ich ihn ab, und wir fuhren ins Stadtzentrum. Jerusalem hat sich in den letzten fünfundzwanzig Jahren dramatisch verändert. Es hat seine Wiedervereinigung erlebt, es wächst und gedeiht. Überall sind neue Viertel entstanden. Aus einer verschlafenen Kleinstadt ist eine Metropole geworden. Doch nichts hatte mich so erstaunt wie die Veränderungen im Nachtleben.
In meiner Jugend, während meiner Zeit in der Armee und während meines Studiums wußte jeder: wenn man in Jerusalem etwas Spaß haben wollte, mußte man nach Tel Aviv fahren. Jerusalem war heilig, aber tot. Es gab praktisch keine Bars und nur ein oder zwei Diskotheken. Die wenigen Cafés waren halb leer. Nach der zweiten Vorstellung in den Kinos um elf Uhr abends machte die Stadt dicht. Am Wochenende konnte man gar nichts tun. Dafür sorgten die Religiösen, die zwar in der Stadt und im Stadtrat nur eine Minderheit stellten, dank des politischen Systems aber immer das Zünglein an der Waage spielen konnten.
Doch innerhalb des letzten Jahrzehnts hat die Stadt sich beträchtlich verändert. Überall schossen Bars, Cafés und Diskotheken aus dem Boden wie Pilze nach dem Regen. Ein erfolgreicher politischer Kampf ermöglichte es diesen Lokalen, auch am Sabbat zu öffnen. Junge Leute füllten die Bars, und noch um zwei Uhr morgens herrschte Leben in der Stadt; die Mädchen trugen kurze

Kleider, und der Alkohol floß wie Weihwasser in der geweihten Stadt Jerusalem.
Auch andere Dinge hatten sich verändert. In mancherlei Hinsicht schien die Stadt wie umgewandelt und mit ihr das ganze Land. In einigen Teilen wirkte sie stark amerikanisiert, von den Schnellrestaurants und den T-Shirt-Shops bis hin zu den Multiplexkinos und den Videospielhallen. Überall fand man Schilder in englischer Sprache, und abends traf man in den neuerbauten Promenaden im Stadtzentrum amerikanische Hippies und russische Immigranten, die sangen und Musik machten, um sich ein paar Shekel zu verdienen.
Junge russische Frauen verdingten sich bei den Begleitserviceagenturen, um Anschluß zu finden und die Früchte des Kapitalismus in ihrer neuen Heimat zu genießen. Sie waren hungrig auf Geld. So vieles hatte sich verändert.

Ich stellte den Wagen irgendwo ab, und wir gingen in eine der neuen Kneipen, in denen alle mindestens fünfundzwanzig Jahre jünger waren als wir.
Ich bestellte einen doppelten Bourbon, Shlomo einen Kräutertee. Er mußte am nächsten Morgen früh raus und sich um andere Irre kümmern.
»Also, was ist los?« fragte er.
Shlomo ist wirklich ein kluger Kerl, und wir kennen uns schon viele Jahre, so daß ich offen mit ihm reden kann. Wir haben uns an der Hebräischen Universität kennengelernt; er studierte damals Ökonomie, bevor er zur Psychologie wechselte.
»Ich bin im Augenblick in einer schwierigen Phase«, sagte ich.
»Inwiefern?«
»Ich kann nicht schreiben.«
»Oh, eine Schreibblockade?« Als ob ein Problem schon deshalb verschwindet, weil man ihm einen Namen gibt.
»Ich weiß nicht, was ich mit meinem Leben anfangen soll«, sagte ich. »Ich stelle alles in Frage. Ich fühle mich deprimiert.«
»Na ja, das geht uns allen von Zeit zu Zeit so.«
»Dir auch?«
»Natürlich, manchmal.«

Eine Kellnerin brachte seinen Kräutertee und meinen Bourbon. Sie ist jung und hübsch. Leicht gelocktes braunes Haar, braune Augen, mittelgroß.
»Möchten Sie sonst noch etwas?« fragte sie.
»Ja«, erwidere ich, »Ihre Telefonnummer.«
»Sonst nichts?«
»Wie heißen Sie?« frage ich.
»Paz.«
Ein anderer Gast winkte sie zu sich, und sie ging fort. Shlomo nippte an seinem Kräutertee. »Bist du sicher, daß du deprimiert bist?«
»Ganz sicher«, sagte ich. Ich blickte auf das Glas Bourbon und schob es zur Seite. »Als ich zwanzig war, hatte ich keine Lust auf zwanzigjährige Mädchen. Heute gefallen sie mir.«
»Das geht uns allen so«, sagte Shlomo noch einmal. Ein sehr ruhiger Mensch, dieser Shlomo. In der Armee war er Zugführer bei der Panzertruppe. Einer der ersten, die am Suezkanal ankamen im Juni 1967, im Sechstagekrieg. Ruhig und überlegt. In dieser Hinsicht erinnert er mich an Gad. Sie verlieren nie die Beherrschung. Die Welt könnte um sie her zusammenbrechen, sie würden immer noch gemächlich ihren Tee schlürfen: Laßt uns drüber reden und überlegen, was unter diesen Umständen am besten zu tun wäre. Gad ist allerdings ehrgeiziger, während Shlomo sich damit zufriedengibt, einer von zehntausend Psychologen in Israel zu sein, einem Land, in dem so viele Verrückte leben. Oder nur Verrückte, wie manche behaupten. Denn weshalb würden sie sonst in Israel bleiben?
»Mir sind in letzter Zeit ein paar seltsame Dinge passiert«, sagte ich.
»Was für Dinge?« fragte er und blickte mich über den Rand seines Glases an, ohne weiterzutrinken, das Gesicht von seinem schwarzen Bart eingerahmt. Seine Augen erinnern mich an Abraham Lincoln. Offensichtlich habe ich seine Neugier geweckt. Shlomo ist nicht unempfänglich für gute Klatschgeschichten. Manchmal denke ich, er lebt nur aus zweiter Hand; vielleicht ist er deshalb so schüchtern. Tut mir leid, wenn ich dich enttäusche, Kumpel, aber ich werde dir nicht von den beiden vierzehnjährigen

schwarzen Nutten erzählen, die ich vor drei Jahren in einem Hotelzimmer in Harlem gevögelt habe.
»Ich habe Angst«, sagte ich. »Plötzlich und ohne Grund. Manchmal, wenn ich Auto fahre oder in einem Aufzug bin oder in einem überfüllten Raum. Dann bricht mir kalter Schweiß aus, mein Herz rast, und ich habe das Gefühl, daß ich gleich ohnmächtig werde. Manchmal glaube ich sogar, ich werde gleich sterben. Zum Glück gibt's in Gaza keine hohen Gebäude mit Aufzügen, sondern nur Leute, die mit Steinen nach dir werfen.«
»Klingt nach Angstzuständen. Hast du im Augenblick viel Streß?«
»Nicht daß ich wüßte. Ich habe eher das Gefühl, daß ich mein Leben verschwende.«
Er tat die Bemerkung mit einer Handbewegung ab und nahm einen Schluck von seinem Kräutertee.
»Dieses Land ist nicht geeignet für eine Karriere als Rockmusiker, Filmregisseur oder Schriftsteller«, sagte ich. »In Israel gibt es nur einen wirklichen Beruf: Patriot. Und glaub mir, ich bin zum Patrioten erzogen worden. Nur scheinen meine natürlichen Neigungen in andere Richtungen zu gehen. Meine Eltern würden sich im Grabe umdrehen, wenn sie schon tot wären.«
Er lächelte. »Wäre es dir lieber, wenn sie tot wären?«
»Mir wäre es lieber, wenn sie sich vor fünfzig Jahren nicht hier, sondern in West Hollywood niedergelassen hätten. Dann wäre ich in Beverly Hills aufgewachsen und ganz selbstverständlich ins Filmgeschäft hineingerutscht. Und ich würde Filme für Zehnjährige über Wesen vom Mars machen, die in deinem Garten landen und der Liebling der Familie werden, statt mich mit unerfreulichen Geschichten über den Überlebenskampf Israels abzumühen, von denen niemand etwas hören will.«
Paz tauchte neben uns auf. »Alles in Ordnung?«
»Ich möchte noch einen Bourbon«, sagte ich.
»Sie haben Ihren ersten noch gar nicht angerührt«, erwiderte sie. So jung und schon so praktisch veranlagt.
»Na, dann später.«
Sie lächelte Shlomo an. »Noch einen Kräutertee?«
»Okay«, willigte er ein.

Sie nahm sein Glas und ging weg.
»Sei mal ehrlich!« sagte ich. »Wünschst du dir nie, du wärst nicht verheiratet?«
»Natürlich, das tun alle. Manchmal. Die Welt ist nicht vollkommen. Man muß sich anpassen.«
»Ich hasse Anpasser«, sagte ich und blickte der Kellnerin nach. So jung, strahlendes Gesicht, rote Lippen, glatte Haut, runder, fester Körper unter dem Bruce-Springsteen-T-Shirt und den Bluejeans. »Es gibt so viele hübsche Mädchen. Ich kann mich gar nicht erinnern, daß sie so schön waren, als ich in ihrem Alter war. In der Highschool gab es nur zwei wirklich hübsche Mädchen. Aber hier sind alle umwerfend, schau dich nur um.«
»Vielleicht meinst du das nur, weil du älter geworden bist.«
»Ich bekomme also diese Angstanfälle und fühle mich dann vollkommen hilflos. Und manchmal denke ich dann an meine Eltern, die immer so stark und unverwüstlich gewesen sind, die nach Palästina kamen, im Dreck lebten, gegen die Araber und die Briten gekämpft haben, und dann wird meine Angst noch größer.«
»Vielleicht waren sie gar nicht so stark, wie du glaubst«, sagte Shlomo. »Woher willst du das wissen?«
»Was meinst du damit? Sie haben doch das Land aufgebaut. Malaria, Cholera und die Luft voller Kugeln, wie sollten sie da nicht stark gewesen sein?«
»Na ja, vielleicht hatten sie auch manchmal Angstanfälle. Hast du sie je danach gefragt?«
»Wie könnte ich sie das fragen? Sie wüßten gar nicht, wovon ich rede. Sie haben nie Zeit gehabt, Freud zu lesen.«
»Du würdest dich wundern.«
Paz brachte ihm den Kräutertee, und er dankte ihr mit seiner ruhigen Stimme und seinem ruhigen Lächeln. Ich nahm einen ersten Schluck von meinem Bourbon.
»Paz«, sagte ich, »wir sind jetzt schon eine Viertelstunde hier, und Sie haben mir immer noch nicht Ihre Telefonnummer gegeben. Was ist los mit Ihnen? Raus mit der Sprache, wir haben einen Schüchternen unter uns.«
»Mein Freund würde das nicht mögen«, sagte sie. »Sehen Sie, er schaut schon rüber.« Und mit einer Handbewegung zeigte sie auf

einen großen Kerl in der Uniform des Marinekommandos, einer Eliteeinheit der israelischen Streitkräfte, mit Bürstenhaarschnitt und den Rangabzeichen eines Captains auf seinen breiten zweiundzwanzigjährigen Schultern.

»Ich kriege einen Angstanfall«, sagte ich zu Shlomo, und das war kein Scherz.

Er lächelte. »Wir sollten zahlen. Ich muß morgen arbeiten.«

Ich sah Paz an. »Ist dieser Arnold Schwarzenegger wirklich Ihr Freund?«

Sie lächelte, und ihre Augen funkelten herausfordernd. »Geben Sie mir einen Kuß, dann werden Sie es schon merken«, sagte sie, als sie sich herunterbeugte und die Rechnung auf den Tisch legte. Zwischen ihren roten Lippen glänzte das Weiß der Zähne.

Ich legte ihr die Hand auf die Schulter und küßte sie auf diese Erdbeerlippen, weil ich in drei Tagen für vierzig Tage nach Gaza mußte, und das war schlimmer als der Tod oder fast genauso schlimm, und weil mir eine Zeile von Oscar Wilde in den Sinn kam: »Ich kann allem widerstehen, nur nicht der Versuchung«, und außerdem wollte ich nicht, daß Paz glaubte, ich hätte Angst vor diesem Zweimetermann und Captain des Marinekommandos, der so jung war, daß er mein Sohn hätte sein können – gewissermaßen. Die Erdbeerlippen schmeckten wie israelischer Rotwein, sie preßten sich auf meine und öffneten sich ein wenig, so daß ich ihre Zähne und die Zungenspitze spüren konnte. Ich schielte über ihre Schulter und sah, daß der uniformierte Rohling den Blick abwandte und sich wieder ins Gespräch mit seinen Kameraden vertiefte. Meine Faust entspannte sich. Paz zog sich zurück, nahm die beiden Gläser vom Tisch und ging zur Bar. Meine Hand war jetzt keine Faust mehr, schwitzte dafür aber. Ich schob sie in die Jackentasche, zog fünfzig Shekel hervor und ließ den Geldschein neben die Rechnung auf das Tellerchen fallen, ohne überhaupt hinzusehen.

Ich wischte mir mit dem Ärmel über die Stirn.

Paz kam zurück, um nach dem Geld zu sehen.

»Ich bringe gleich das Wechselgeld.«

»Nein, behalten Sie den Rest«, sagte ich und dachte, die Sache war die fünfzig Shekel wert, denn immerhin hatte ich Shlomo nach-

haltig beeindruckt, von mir selbst ganz zu schweigen. Und vielleicht auch Paz, obwohl sich das schwer beurteilen ließ, weil sie sich so lässig gab.
»Danke«, sagte sie, gab mir einen Zettel mit ihrer Telefonnummer, steckte das Geld ein und ging weg.
»Also weißt du...«, sagte Shlomo, seufzte und stand auf. Seit zweiundzwanzig Jahren verheiratet!
So ein Wichser, dachte ich, in Wirklichkeit braucht *er* einen Psychologen.

Am nächsten Tag aß ich mit meinen Eltern zu Mittag, in einem Restaurant mit Blick über die Altstadt, in das wir immer gingen, wenn wir auswärts aßen, weil das Essen gut und der Ausblick atemberaubend war. Der Blick ging von der Gegenwart über die Ottomanen, die Kreuzfahrer und Herodes bis zurück ins Königreich Davids. Wenn wir dort auf der Terrasse saßen, marokkanische Gerichte aßen und auf den Davidsturm und die alte sonnenüberflutete Stadtmauer auf dem gegenüberliegenden Hügel blickten, dann dachte ich oft, meinen Eltern müsse dieser Blick wie ein Symbol ihres Lebenswerkes und Lebenstraums erscheinen – die Rückkehr der Juden in ihr eigenes Land nach zweitausend Jahren, zusammengefaßt in einem einzigen ruhigen, glanzvollen Bild. Meine Mutter und mein Vater waren deutlich gealtert. Er war achtzig und sie fünfundsiebzig, aber beide wirkten jünger. Keiner von beiden hatte in den letzten Jahren ein wenig kürzergetreten. Mein Vater hatte sich sein Leben lang dem industriellen Aufbau Israels gewidmet; meine Mutter engagierte sich im sozialen Bereich, kümmerte sich um die Integration neuer Einwanderer und sorgte außerdem für ihre Familie. Ihre große Sache war Israel, und alles, was im Lande geschah, nahmen sie sehr persönlich. Ihr Sohn zu sein erschien mir oft als ein hartes Brot und eine allzu schwere Bürde, obwohl ich meine Eltern durchaus bewunderte.
»Was machst du denn so?« fragte mein Vater.
Ich stopfte mir eine Gabel gegrilltes Huhn mit Champignons in den Mund und dachte über diese Frage nach. So etwas fragte man doch wohl als Vater, wenn man sein Interesse bekunden wollte.

Warum also hörte ich immer etwas anderes heraus, zum Beispiel: »Warum tust du nicht, was du eigentlich tun solltest?« oder »Warum tust du nie etwas wirklich Wichtiges?« oder »Warum verschwendest du deine Zeit?«, »Warum hilfst du nicht beim Aufbau unseres Landes? Wie wir. Wie ich?«
Ist das alles nur in meinem Kopf?
Diesmal fiel mir die Antwort leicht. Eine Ausflucht, aber zumindest zeitweilig befriedigend.
»In ein paar Tagen fängt mein Reservedienst an. Ich erledige nur noch ein paar Dinge.« Dabei dachte ich an Paz, die ich abends treffen wollte, denn sie hatte ihren freien Tag. Meine Eltern empfanden große Hochachtung vor dem Militärdienst. Auch das war eine heilige Sache. Manchmal wunderte ich mich über meine Eltern. Kannten sie wirklich nur Arbeit und gar kein Spiel? Die große Sache. Der Staat. Dachten sie jemals an banale Dinge? Hörten sie sich jemals Musik im Radio an? Nat King Cole? Kamen sie jemals auf den Gedanken, sich ein Fußballspiel anzusehen? Tanzen zu gehen? In einer Bar herumzusitzen? Einen Joint zu rauchen? Ein ganzes Wochenende im Bett zu verbringen und sich zu fragen, was man mit sich anfangen wollte?
Wie ich?
Hätte ich sie danach gefragt, dann hätten sie natürlich geantwortet: ›Aber sicher, wir sind doch auch nur Menschen wie alle anderen.‹ Aber taten sie solche Dinge wirklich, und waren sie wirklich Menschen wie alle anderen? Es war schon seltsam, daß ich nach vierundvierzig Jahren des Zusammenlebens mit ihnen nicht die geringste Ahnung hatte, wie ich diese Fragen beantworten sollte.
»Ach ja«, sagte mein Vater und meinte damit meinen bevorstehenden Reservedienst. Dabei sah er mich ohne jeden Vorwurf an. Ja, sein Blick schien sogar Neugier zu verraten. Das war ein neuer Zug an ihm, den ich erst in den letzten zwei oder drei Jahren festgestellt hatte. Dieser neugierige Blick, den ich manchmal auffing, wenn er nicht wußte, daß ich ihn anschaute. Als wollte er nach all diesen Jahren plötzlich herausfinden, wer ich war, und sich mein Gesicht einprägen. Es war ein verwunderter Blick, der gar nicht typisch für ihn war. In all den Jahren hatte er niemals

Zeit gehabt, neugierig zu sein. Er war immer zu beschäftigt gewesen. Vielleicht wurde er ja doch älter. Nur ein ganz kleines bißchen.
Meine Mutter sagte: »Versprich mir, daß du vorsichtig bist, Assaf. Gaza ist im Augenblick nicht gerade ein Ferienparadies.«
Nicht gerade ein Ferienparadies. Meine Mutter liebte Untertreibungen. Sie sah mich ruhig und aufrichtig besorgt an. Diesen Blick kannte ich gut. Sie war stets besorgt gewesen, meine Mutter, der Fels der Familie. Stets besorgt, aber niemals hysterisch. Auf ruhige, geduldige, unerschütterliche Weise besorgt. Gaza war kein Ort, den man besser mied, sondern nur ein Anlaß, vorsichtig zu sein.
»Natürlich bin ich vorsichtig«, sagte ich. Ich mochte meine Eltern inzwischen mehr als früher. Vielleicht ist ›mögen‹ nicht der richtige Ausdruck. Ich liebte sie und hatte es immer getan. Aber jetzt fühlte ich mich wohler in ihrer Gesellschaft. Nicht mehr so zornig, herausfordernd, enttäuscht. Wo wart ihr, als ich klein war? Warum habt ihr nicht mit mir gespielt, wie andere Eltern es mit ihren Kindern taten? Warum habt ihr nicht mehr Interesse gezeigt? Warum wart ihr immer so ernst und habt euch so vollkommen von der großen Sache einnehmen lassen? Heute war ich milder, verständnisvoller, versöhnlicher. Ich jedenfalls war älter geworden.
Der Kellner näherte sich ein wenig zaghaft mit einer Flasche Wein. Eine einschüchternde Persönlichkeit, mein Vater. Nicht nur für mich. Er setzte die Brille auf und studierte das Etikett. Nur wenig Grau in seinem pechschwarzen Haar. War er wirklich achtzig?
»Zur Feier des Tages habe ich etwas ganz Besonderes bestellt«, sagte mein Vater. »Château Lafitte, Jahrgang 1979.«
»Großartig«, sagte ich, als wüßte ich mit dem Namen etwas anzufangen. Er war ein Kenner, was Wein, Kunst, Küche und dergleichen betraf. Er hatte ein perfektes Gedächtnis und vergaß fast nichts. Ich konnte mich nicht einmal mehr an wichtige Ereignisse erinnern, die nur zwei oder drei Jahre zurücklagen. Das mußte einen Grund haben. Verdrängung? Oder waren sie einfach nicht so wichtig und erinnernswert wie das, was meine Eltern erlebt hatten?
Der Kellner goß etwas Wein in ein Glas und reichte es meinem Vater. Der nahm einen Schluck und verkostete ihn umständlich,

bevor er nickte. Ein europäischer Gentleman. Der Kellner schenkte ein, und meine Eltern prosteten mir zu; dann stießen wir an und tranken, auch meine Mutter, die niemals Alkohol anrührte. Doch zu dieser Gelegenheit machte sie eine Ausnahme. Ich war ihr einziger Sohn.

Plötzlich und ohne Vorwarnung standen mir Tränen in den Augen. Die beiden wurden alt. Was würde ich ohne sie tun? Wie sollte ich dann weiterleben? Welchen Sinn konnte mein Leben dann noch haben? Und mir wurde klar, daß ich nie damit gerechnet hatte, ich könnte meine Eltern überleben.

Meine früheste Kindheitserinnerung ist eine Fahrt zu der ersten Fabrik, die mein Vater baute, ganz oben in Nordisrael. Ich muß damals fünf gewesen sein. Es war an einem Samstag, und die Fabrik war geschlossen. Am Tor stand ein bewaffneter Wachmann, der uns ein Zeichen gab, daß wir anhalten sollten. Aus der Entfernung erkannte er meinen Vater nicht und wollte irgendwelche Ausweise sehen. Doch mein Vater trat aufs Gas und fuhr einfach durch, ohne sich um den Wachmann zu kümmern. Das war noch in der Pionierzeit; er hatte keinen Ausweis bei sich, und anhalten ließ er sich von niemandem. Ich erschrak fürchterlich und dachte, wir würden gleich alle erschossen. Ich war starr vor Entsetzen, aber auch vor Ehrfurcht. Er schien über dem Gesetz zu stehen, über der Gefahr, als könnten Kugeln ihm nichts anhaben.

»Er hätte uns töten können«, sagte ich.

Mein Vater lachte. »So schnell stirbt man nicht.«

»Aber was ist, wenn nächstes Mal einer auf uns schießt?« hatte ich eingewandt.

Er war ungerührt weitergefahren.

»Que sera sera«, hatte er gesagt.

Das war nun schon so viele Jahre her. Aber seine Devise war immer dieselbe geblieben: Einsatz, Aufmerksamkeit für Details, stets beenden, was man angefangen hat, und – que sera sera.

Ich schnitt ein Stück von dem Fleisch und steckte es in den Mund, um meinen Gesichtsausdruck zu überdecken, doch das Fleisch blieb mir in der Kehle stecken, so daß ich fast erstickte. Ich hustete und trank einen Schluck Wasser.

Meine Mutter sah mich besorgt an. »Ist dir nicht gut, Assaf?«
»Doch, doch. Ich habe mich nur verschluckt.« Ich trank noch etwas Wasser und wischte mir mit dem Handrücken über die Augen. »Es geht wieder.«
»Ein schöner Tag heute«, sagte sie und blickte zum Himmel hinauf.
»Nirgendwo ist es so schön wie in Jerusalem«, sagte mein Vater. »Findest du nicht auch?«
Und ich sagte: »Das finde ich auch.«
So war das Essen dann doch ganz angenehm verlaufen.
Danach fuhr ich sie noch ein wenig durch die Stadt; sie sahen sich gerne die neuen Häuser an, die überall in Jerusalem gebaut wurden, denn das war die Stadt, von deren Aufbau sie einst als Mitglieder einer zionistischen Jugendgruppe in Deutschland geträumt hatten. Und sie hatten ihren Traum verwirklicht.

Ich war immer noch etwas benommen von dem Nachmittag mit meinen Eltern, als ich den Wagen in einer der engen Gassen eines alten religiösen Viertels der Stadt abstellte, einer Straße, in der man am Sabbat niemals gewagt hätte, Auto zu fahren. Es war ein malerisches Viertel, das aus einem anderen Jahrhundert mit ganz anderer Lebensweise stammte. Die alten, meist nur einstöckigen Häuser waren aus dem gelben Stein der Umgebung gebaut. An den Mauern standen in großen schwarzen Buchstaben Aufrufe an die Töchter Israels, sich züchtig zu kleiden und ihre Reinheit zu bewahren. Die Straßenschilder waren verblaßt und hinter den Zweigen von Bäumen versteckt. Ich brauchte eine Viertelstunde, um das Haus zu finden. Ich ging durch einen kleinen Garten, den ein großer Granatapfelbaum beherrschte, und klopfte an eine schwere, rostige Eisentür. Dahinter hörte ich Jacques Brels Stimme ›Ne me quitte pas‹ singen.
»Einen Augenblick. Ich bin gleich da.«
Paz öffnete die Tür. Sie trug einen langen Wollpullover, der ihr fast bis zu den Knien reichte. Beine und Füße waren nackt. Sie rieb sich ihr Haar mit einem Handtuch.
»Hi«, sagte sie.
Ich trat ein.

Ein Hochbett sorgte für eine gute Ausnutzung des hohen Raumes. An der Wand zwei Poster mit Aktaufnahmen, Reproduktionen mehrerer Schwarzweißfotografien von Avendon, auf einem niedrigen arabischen Tischchen eine halb leere Flasche Wein und ein Aschenbecher mit Zigarettenstummeln, ein kleiner Schwarzweißfernseher und überall Kleider.
Noch ein zweites Mädchen war da, eine Brünette mit kurzem Haar, dunklen Augen und länglichen Gesichtszügen. Sie trug eine Wildlederhose und eine Weste über einer weißen Bluse. Ihr Körper war lang und dünn. Auf dem Kopf hatte sie einen Hut.
»Das ist Danielle«, sagte Paz. Sie zog eine bauschige schwarze Hose hinter einem Sessel hervor und zog sie an. Ich erhaschte einen kurzen Blick auf einen weißen Slip über braunen Schenkeln.
»Hallo«, sagte Danielle. Sie hatte eine vorstehende Nase, hohe Wangenknochen und einen durchdringenden Blick. Sie erinnerte mich an die französische Sängerin Juliette Greco.
»Hallo«, sagte ich, und da ich mich etwas unbehaglich fühlte, weil sie mich mit diesen dunklen Augen anstarrte, fügte ich wohl unnötigerweise noch hinzu: »All diese neuen Namen. Als ich jung war, hießen alle Mädchen Sarah oder Rachel oder Rivka. Danielle war damals ein Jungenname.«
»Meine Eltern wollten einen Sohn«, sagte Danielle. »Mir gefällt der Name.« Sie zündete sich eine Zigarette an. Paz schlang einen dünnen, durchsichtigen Seidenschal um ihren Hals und legte noch etwas Rouge auf die Lippen. Man hörte das Geräusch einer Toilettenspülung, dann kam ein muskulöser junger Mann mit verwaschenen Jeans und nacktem Oberkörper aus dem Badezimmer. Er sah aus, als wäre er gerade aus tiefem Schlaf erwacht.
»Das ist Dagan«, sagte Paz. »Hoffentlich hast du nicht das ganze Shampoo verbraucht.«
»Ich hab noch was übriggelassen. Hi.« Er gab mir die Hand und stieg die hölzerne Leiter zum Bett hinauf. An seinem rechten Ohrläppchen hing ein kleiner silberner Ring. Zweiundzwanzig, dreiundzwanzig. Israel hatte sich wirklich verändert. Als ich in seinem Alter war, trugen nicht einmal die Mädchen Ohrringe. Vielleicht in Tel Aviv, diesem Sündenbabel, aber nicht in Jerusa-

lem. Er ließ sich lautstark auf das Bett fallen, dann herrschte Stille. Jacques Brel hatte sein Repertoire beendet. Danielle setzte sich auf ein kleines Sofa dem Fernseher gegenüber, das mit den verschiedenen Beilagen der Wochenendzeitungen bedeckt war.
»Was machen Sie?« fragte ich sie.
»Ich lehre Bewegung.« Sie schien etwas älter als Paz zu sein. Sechsundzwanzig? Siebenundzwanzig? Trotz ihrer Ähnlichkeit mit Juliette Greco mochte ich ihr Aussehen nicht. Zu semitisch. Ein typisch israelisches Mädchen in aufgemotzter Kleidung.
»Welche Art von Bewegung?«
»Tanz.«
»Okay, wir ziehen ab«, sagte Paz und warf die goldbraunen Locken zurück. »Wir gehen ins Kino.«
»Was seht ihr euch an?«
»*Goodfellas*, sagte ich.
Der Film gefiel Paz gar nicht. Sie fand die Mafia langweilig. Nach dem Kino gingen wir in eine Bar, genau gegenüber der Kneipe, in der ich sie getroffen hatte; sie trank drei Gläser Wein und zwei Wodkas. Ich trinke eigentlich kaum. Manchmal rühre ich monatelang keinen Alkohol an. Aber es war mein vierundvierzigster Geburtstag. Leb schnell, stirb jung, und hinterlasse eine gutaussehende Leiche. James Dean. Paz studierte im dritten Jahr Orientalistik an der Hebräischen Universität. Sie hatte keine Ahnung, was sie den Rest ihres Lebens machen wollte. Willkommen im Club.
»Wie wär's mit Nahostpolitik«, sagte ich, »eine Karriere im diplomatischen Dienst?«
»Nein, dazu habe ich keine Lust. Ich mußte irgendwas nehmen. Ich wollte studieren. Es hat mir keinen Spaß gemacht, Studentin zu sein.«
»Bedienen gefällt dir besser?«
»Viel besser. Das ist eine größere Herausforderung.« Paz gefiel mir.
»Kellnerinnen haben mir immer schon gefallen«, sagte ich. »Stewardessen habe ich dagegen nie gemocht. Ich weiß nicht, warum. Kellnerinnen sind irdischer, glaube ich.« Der Alkohol tat seine Wirkung.

»Ich wäre gern Stewardeß geworden«, sagte Paz.
»Und warum bist du es nicht geworden?«
»Sie haben mich nicht genommen. Ich bin zu klein.«
»Zu klein wofür?«
»Um an die Gepäckablagen über den Sitzen zu kommen.«
»Oh, oh«, sagte ich. »Sag mal, wie alt bist du?«
»Vierundzwanzig.«
Vierundzwanzig. Zwanzig Jahre Unterschied. Als ich bei der Armee war, da war sie erst ein Leuchten in den Augen ihrer Mutter. (Die Mutter war Tunesierin, ihr Vater kam aus Deutschland, ein Überlebender des Holocaust.) Ram war schon tot. Die Beatles standen am Ende ihrer Karriere.
»Hast du Lust auf eine Tasse Kaffee bei mir?« fragte ich.
»Ich werde nicht mit dir schlafen«, sagte Paz in ihrer offenherzigen, ernsten Art. »Ich habe mich erst vor drei Wochen von meinem Freund getrennt. Ich bin noch etwas verwirrt.«
Habe ich ein Glück, eine verwirrte Kellnerin, die zu klein ist. Ich hatte nicht den Eindruck, daß sie zu klein war. Ich versuchte mir vorzustellen, wie sie sich in einem Flugzeug voller lüsterner Juden auf die Zehenspitzen stellt, um die Gepäckablage zu erreichen.
»In Ordnung«, sagte ich. »Kaffee.«
»Natürlich. Ich mag nur keine Mißverständnisse.«
Bin ich der einzige, dem es nie gelingt, eine Frau gleich beim ersten Mal umzulegen? Wie soll man überhaupt wissen, was andere so erleben? In der Highschool und später in der Armee war ich davon überzeugt, daß ich der einzige war, der nicht einmal die absolute Mindestleistung brachte, was das andere Geschlecht anging. Alle um mich herum erzählten von atemberaubenden erotischen Abenteuern, und das mit rekordverdächtiger Häufigkeit. Aber sagten sie die Wahrheit? Wie sollte man das jemals herausfinden?

Paz bewunderte die Plakate an der Wand in meinem Wohnzimmer und die farbigen Standfotos daneben, die bewiesen, daß ich wirklich vier Filme gemacht hatte, davon drei mit bekannten Schauspielerinnen und einen mit einem wirklichen Star.
»Toll!« rief sie und ging von einem Foto zum anderen, voll Be-

wunderung für die bekannten glanzvollen Gesichter. »Toll!« Vor einem Bild von J. M., meiner bekanntesten Darstellerin, blieb sie stehen.
»Wie war sie?«
»Schwierig.«
Ihre Augen glänzten vor Neugier. »Was heißt schwierig?«
»Ach, weißt du, das Make-up, das Licht, das dauerte alles so lange, und alles mußte perfekt sein. Sie hat uns oft warten lassen.« Ich war erstaunt, wie lahm das klang und wie unbehaglich ich mich fühlte. Ich war kein guter Plauderer, und ich lehnte es ab, saftige, zur Hälfte erfundene Geschichten über Filmstars zu erzählen, um eine Vierundzwanzigjährige zu beeindrucken, mit der ich gerne ins Bett gegangen wäre. Ich fühlte mich plötzlich einsam, zu alt und zu ernst. Sie ist ein Kind. Für sie ist es vielleicht ein Abenteuer, das sie ihren Freunden erzählen kann. Was tue ich hier? Was könnten wir beide schon gemeinsam haben? Werde ich alt? Warum plage ich mich mit solchen Gedanken? Das ist nur eine Zufallsbekanntschaft, also was soll's? Wir sind hier, weil wir *Spaß* haben wollen.
»Ich setze das Wasser auf.« Ich ging in die Küche. Sie zündete sich eine Zigarette an und bewunderte weiter die Bilder. Die Bücher auf dem Regal würdigte sie keines Blickes. Ich hatte Hunderte von Büchern. Dostojewski, Kipling, Shaw, Sartre, Wilde, Platon, Nietzsche, Damon Runyon, Joyce, Proust, Dylan Thomas, Dikkens, Jules Verne. Wenn ich in eine fremde Wohnung komme, sehe ich mir immer zuerst an, was die Leute lesen.
Ich füllte Wasser in den Kessel und zündete den Gasherd an. Warum war ich von Anfang an so kritisch und negativ? Sie rauchte zuviel. Neun Zigaretten. Zwei vor dem Kino. War es Angst vor Zurückweisung? Ich ging wieder ins Zimmer.
»Warum hast du dich von deinem Freund getrennt?« fragte ich.
»Ich weiß nicht«, sagte Paz, »wir kommen nicht miteinander zurecht. Er ist sehr ordentlich, er kann meine Launen und Verrücktheiten nicht ertragen.« Sie spricht im Präsens, dachte ich. Das heißt, sie hängt immer noch an ihm. Also, was soll ich mit ihr?
Ich ging wieder in die Küche. Der Wasserkessel hatte zu pfeifen begonnen.

»Milch?«
»Ja.«
»Zucker?«
»Drei.« Drei!
Ich holte eine Flasche Jack Daniels aus dem Schrank über dem Herd und nahm vier große Schlucke. Drei weitere auf ein glückliches Gelingen, und ich stellte die Flasche zurück in den Schrank. Ich nahm ihren Kaffee und trug ihn ein wenig unsicher ins Wohnzimmer. Mein Leben lang wollte ich einmal die Kontrolle verlieren, mich einfach gehenlassen. Aber es gelang mir nie. Irgendein Teil von mir blieb immer wachsam, abseits, beobachtete jede Bewegung und fällte seine Urteile. Wie meine Eltern. Wie der Staat.
Ich setzte mich auf die Couch, und sie setzte sich neben mich. Ich reichte ihr die Tasse.
»Du trinkst keinen?« fragte sie.
»Ich hasse Kaffee«, sagte ich. Der Alkohol stieg mir in den Kopf. Ich spürte ein leichtes, warmes Summen. »Sex mag ich.«
»Warst du jemals verheiratet?«
»Ist lange her.« Ich beschloß, das Thema zu wechseln. »Was ist mit Danielle und diesem, wie hieß er noch?«
»Dagan. Was soll mit ihnen sein?«
»Sind sie ein Paar?«
»Das wechselt.«
»Sie sieht aus wie Juliette Greco.«
»Wie wer?«
»Eine französische Sängerin. Hat eine sehr tiefe Stimme.«
»Ich spare für eine Reise nach Paris«, sagte Paz. »Du bist sicher schon tausendmal dagewesen.«
Nicht tausendmal. Sechs- oder siebenmal. Vielleicht auch zehn.
Sie schlürfte genießerisch ihren Kaffee. »Das ist gut«, sagte sie. »Ich kann ohne Kaffee nicht leben.«
»Weißt du, ich muß morgen sehr früh raus«, sagte ich.
»Ich trinke nur noch die Tasse aus.« Sie nahm einen Schluck und zündete sich noch eine Zigarette an. Ich legte ihr den Arm um die Schultern. Sie nahm die Zigarette aus dem Mund, und wir küßten uns lange, ohne ein Wort zu reden.

»Du könntest mein Vater sein.« Sie küßte mich noch fester.
»Ist das gut oder schlecht?«
»Es ist anders«, sagte sie. Dann stand sie auf und ging ins Schlafzimmer.
Sie zog sich ganz unbefangen aus. Ihr Körper roch nach Zigaretten und war molliger, als ich erwartet hatte. Sie setzte sich auf mein Bett und rauchte ihre Zigarette.
»Möchtest du das Licht ausmachen?« fragte sie.
»Ich dachte, wir haben gesagt, nur Kaffee.«
»Weißt du, was mir an dir gefällt?«
»Daß ich wie Clint Eastwood aussehe.«
»Daß du Humor hast.« Sie drückte die Zigarette aus. »Und jetzt wollen wir mal sehen, was du sonst noch alles kannst.«
Ich löschte das Licht.

2 Letztens habe ich mich mit dem philosophischen Problem der Willensfreiheit beschäftigt. Es liegt alles in deiner Hand. Davon bin ich überzeugt. In erster Linie entscheiden nicht ungewöhnliche Begabungen, Schönheit, Intelligenz, physische Stärke oder Weisheit darüber, ob jemand sich in der Welt hervortut, sondern eher der Wille, das Fehlen irgendwelcher Hemmungen und schließlich Mut. Noch ein Gedanke: Man braucht vor nichts Angst zu haben. Wenn du dich traust, schaffst du es auch. Angst und Furcht sind unnötig und kontraproduktiv. (Zum Beispiel Madonna: keine große Stimme, keine besondere Schönheit, aber grenzenloser Ehrgeiz und Zielstrebigkeit.)
Wichtig: Initiative ergreifen, ständig aktiv bleiben, Träume bis ans Ende verfolgen. Laß dich nicht von Zweifeln abhalten. Spring ins Wasser, und du wirst sehen, daß du schwimmen kannst. (Zum Beispiel: Den Hollywoodstar J. M. dazu bewegen, in meinem Film, einer obskuren israelischen Produktion, mitzuspielen. Warum hat sie es gemacht? Weil ich entschlossen war. Seit meiner Jugend hatten meine feuchten Träume ihr gegolten.) Das wichtigste ist, Hemmungen abzubauen: mangelndes Selbstver-

trauen, Bühnenangst, die Unfähigkeit, Anweisungen zu geben. Untätig verbrachte Zeit ist verlorene Zeit. Oder laufen auch in Zeiten völligen Nichtstuns unbewußte Prozesse ab? Wenigstens lesen oder Sport treiben. Körperliche Fitneß hat große Bedeutung. Wenn du glaubst, daß du Ausstrahlung besitzt, dann besitzt du sie auch. Selbstbewußtsein ist das allerwichtigste. Selbstbewußtsein, nicht Arroganz. Und konzentriere deine Kraft ganz auf das Ziel, das dir im Augenblick am wichtigsten ist, auch wenn du dafür alles andere vernachlässigen mußt. Dann kann es nicht schiefgehen.

Idee für eine Geschichte: Drei Schulfreunde aus Jerusalem leisten gemeinsam ihren Militärdienst ab. Grundausbildung, Vorstöße über die Grenze, Krieg. Sie werden zusammen entlassen. Später dann sind sie hin- und hergerissen zwischen Israel und der Versuchung, nach Amerika zu gehen. Einer heiratet seine Jugendliebe, obwohl sein bester Freund sie schon immer heimlich liebt. Patriotismus und Ernüchterung. Verfolge die drei über die Jahre, von '67 bis '73 und '76. Einer fällt im Yom-Kippur-Krieg 1973. Der zweite geht nach Amerika; er kehrt zurück, geht wieder in die Armee und fällt 1976 bei einer Kommandoaktion. Der dritte zeichnet ihre Geschichte auf. Er ist längst nicht so wagemutig wie die beiden anderen, er kommt sich feige und schwach vor, die Gefahren und die bedrängte Lage Israels machen ihm angst. Trotzdem ist er es, der überlebt, der seine heimliche Jugendliebe heiratet und eine Familie gründet. Ist er der stärkste oder der schwächste der drei Freunde?

3

In meinem ganzen Leben habe ich nichts so sehr gehaßt wie die Armee. Nicht wegen der Gefahr und der körperlichen Anstrengungen. Sondern weil sie mir die Kontrolle über mein eigenes Schicksal nahm, wegen des Verlusts der Individualität und wegen des überwältigenden Gefühls der Bedeutungslosigkeit.

Allerdings war da noch die andere Seite. Das Macho-Gehabe, der Stolz, die Kameradschaft. Nichts schien so romantisch und verklärt wie Erinnerungen an den Militärdienst. Mit anderen Jungs im Schlamm waten, Seesack, Gewehr und Helm durch die Gegend tragen, singen und fluchen, in der Sonne schwitzen und im Regen. Nein, nichts konnte es mit den Erinnerungen an den Militärdienst aufnehmen. Um nichts in der Welt hätte ich sie missen mögen.

Aber ich haßte jede Minute, die ich in der Armee verbrachte.

Ich fühlte mich immer angespannt, wenn ich zum Reservedienst einrücken mußte. Bald würde ich meine Freiheit aufgeben. Für vierzig Tage, aber irgendwo im Hinterkopf war doch auch der Gedanke, es könnte für immer sein.

Bevor wir zum aktiven Dienst nach Gaza gingen, mußten wir ein Vorbereitungstraining in einem Camp im Süden bei Be'er Sheva absolvieren.

Der erste Tag war immer der schlimmste für mich. Die Zivilkleidung gegen Uniform einzutauschen und den Empfang allerlei militärischer Ausrüstung zu quittieren. Gesichter zu sehen, die ich seit Jahren nicht mehr gesehen hatte und von denen ich gar nicht sicher war, ob ich sie jemals wiedersehen wollte. Sich an die Verpflegung, die Betten, die Decken zu gewöhnen. Es schien mir, als verwandelte ich mich in einen anderen Menschen, als glitte ich in eine ruhige, langsame Gleichgültigkeit hinein. In den nächsten vierzig Tagen brauchte ich nirgendwohin zu hasten. Ich brauchte nur die Zeit verstreichen zu lassen.

»Ryke!«

»Ja, Herr Major?«

Der Leutnant, der am Ende meiner Dienstzeit mein Zugführer gewesen war, hatte in den seither vergangenen dreiundzwanzig Jahren geheiratet, war aus seinem Kibbuz in Nordgaliläa nach Tel Aviv umgezogen und hatte eine Baufirma gegründet, die ihre Hochs und Tiefs erlebt hatte. Er hatte einen Sohn in der Armee, eine Tochter in der Highschool und ein kleines Kind. Er war auch befördert worden, zuerst zum Hauptmann, dann zum Major, und nun war er mein Kompaniechef. Sein blondes Haar war grau durchwirkt, und seine Sommersprossen waren verschwunden. Ich sah ihn einmal im Jahr, außer wenn ich im Ausland war. Ich sah ihn nie außerhalb der Armee. Aber über die Jahre hatte sich

fast automatisch eine Art Freundschaft zwischen uns entwickelt, begrenzt, aber dauerhaft und verläßlich.
»Was machen Sie in Uniform, Ryke?« blaffte er mit seiner tiefen Stimme. »Ich dachte, Sie sind Schriftsteller.«
»Ich bin einberufen worden«, sagte ich. »Ein Geburtstagsgeschenk.«
»Da zieht diese Armee doch immer noch Intellektuelle ein, es ist eine Schande«, sagte er.
Wir standen auf einem Sandweg vor der Baracke, in der die Soldaten ihre Ausrüstung erhielten. Das Camp war ziemlich groß, eine Ansammlung von Baracken und Zelten neben einem Übungsgelände, das Ganze mit Stacheldraht umzäunt. Rundum nur Berge und Sand und kein bißchen Grün.
»Da bin ich ganz Ihrer Meinung«, sagte ich zu dem blonden Major. »Ich bin auch bereit, wieder nach Hause zu gehen. Auf der Stelle.«
»Dieses Jahr sind wir befördert worden, Ryke«, sagte er. »Wir sind jetzt Verkehrspolizisten. Darum sind wir schließlich vor fünfundzwanzig Jahren zu den Fallschirmjägern gegangen, oder? Damit wir im Alter Verkehrspolizei spielen dürfen.«
»Wir waren doch die letzten drei Jahre schon Verkehrspolizisten. Streife in Gaza-Stadt.« Seit dem Beginn des zivilen Aufstands der Palästinenser, der Intifada.
»Aber wir kriegen nicht die Stadt«, erwiderte der Major verdrossen. »Die B- und die C-Kompanie kriegen die Stadt. Wir kriegen den Checkpoint.«
»Wirklich?« sagte ich. Das gefiel mir überhaupt nicht. Ich haßte es, Ausweise und Brieftaschen zu kontrollieren und es den ganzen Tag nur mit Arabern zu tun zu haben, die den Gazastreifen verließen oder dorthin zurückkehrten.
»Verkehrspolizisten«, sagte er.
»Was sind schon dreißig Tage?«
»Wir müssen auch freundlich zu den Leuten sein«, fuhr der Major verdrossen fort. »In letzter Zeit wandern eine Menge Soldaten ins Gefängnis für allerlei Sachen. Es gibt eine Menge neuer Gesetze und Vorschriften. Kennen Sie alle Gesetze und Vorschriften, Ryke?«

»Ich dachte, es gibt nur ein Gesetz: Der Stärkste überlebt.«
»Dann besorgen Sie sich lieber einen guten Rechtsanwalt«, sagte er, »denn der Stärkste wandert ins Gefängnis.«
»Also, ich bin Pazifist«, sagte ich. »Ich schieße nur, wenn einer mich angreift.«
»Nein, Sie schießen nur, wenn Sie vor Gericht beweisen können, daß Sie in Lebensgefahr waren. Sie benutzen Ihren Schlagstock nur, wenn Sie vor Gericht beweisen können, daß Sie in Lebensgefahr waren. Wenn jemand Ihnen ins Gesicht spuckt, wischen Sie es einfach mit dem Ärmel ab. Amnesty und das Rote Kreuz sind überall im Gazastreifen, ganz zu schweigen von unseren Reportern. Jüdische Bastarde, die sich selbst hassen.«
Über die Jahre waren die Anschauungen des Majors sehr viel militanter geworden als meine. Ich war der Überzeugung, daß die Konflikte sich nur mit friedlichen Mitteln lösen ließen. Mit Toleranz, wie bei Gandhi.
»Das soll mir recht sein«, sagte ich. »Ich hab mir eine Menge Bücher zum Lesen mitgebracht.«
»Namensappell ist um vierzehn null null«, sagte er und ging; dabei brummte er noch: »Verkehrspolizisten.«
Plötzlich sah ich ein bekanntes Gesicht, einen mittelgroßen, fülligen Mann mit Brille und zu großer Uniform, der die M 16, die man ihm gerade ausgehändigt hatte, hielt, als wäre es eine Schlange, die ihn beißen wollte.
»Hallo, Benny«, sagte ich.
»Hi, Assaf«, sagte er mit seinem komischen amerikanischen Akzent und mühte sich, Decke, Patronentasche, Wasserflasche, Koppel und Eßgeschirr nicht fallenzulassen, die er in der linken Armbeuge trug. »Wie geht's?«
»Könnte nicht besser sein.«
»Sehr gut«, sagte er, und Flasche, Koppel, Patronentasche, Eßgeschirr und Decke purzelten auf den Boden. Neben Shlomo war Benny Grossman der einzige neue Freund, den ich in den letzten fünfundzwanzig Jahren gefunden hatte. Das war erstaunlich, denn ich traf mit vielen Menschen zusammen, wenn ich einen Film drehte, und eine Zeitlang schienen diese Beziehungen auch sehr intensiv zu sein, fast wie zwischen Soldaten an der Front,

aber sie hielten nicht. Wenn die Dreharbeiten abgeschlossen waren, schienen auch die Freundschaften sich aufzulösen. Ich habe nie ganz begriffen, warum das so war. Die Leute gingen einfach ihres Weges, »na dann bis zum nächsten Film«, und man sah sie nicht wieder.

Benny war drei Jahre jünger als ich, obwohl die Brille und der zurückweichende Haaransatz ihm ein professorales Aussehen verliehen, so daß er älter wirkte. In New York war er Wertpapierhändler gewesen, doch in Israel beschloß er, in eine Moshav zu gehen und Blumen zu züchten. Er hatte eine Frau und drei Töchter, Shira, Noga und Yifat, hebräisch für ›Poesie‹, ›Glut‹ und ›Schönheit‹. Er liebte das Familienleben, die Natur, Bücher und Musik. Allem schien er eine positive Einstellung entgegenzubringen. Selbst den hitzköpfigen, intoleranten jüngeren Sabra-Soldaten mit ihren schlechten Manieren, die ihn gerne herumstießen. Obwohl er eine Yarmulkeh trug, waren seine politischen Anschauungen gemäßigt: ›Leben und leben lassen.‹ Nach und nach war ich zu der Auffassung gelangt, daß dieses seltsame Produkt Brooklyns mit seiner empfindlichen, sonnenverbrannten rosa Haut und dem fast schon ergrauten Schnurrbart den Typus des wirklichen israelischen Patrioten verkörperte. Er liebte es, israelische Slangausdrücke aufzugreifen, die er in seinem absurden, schwerfälligen Brooklyn-Akzent dann völlig falsch aussprach. In unserer Freizeit beim Militär spielten wir oft Schach miteinander und hörten Chopin oder Bach von seinem Tonbandgerät. Ich hatte mich nie sonderlich für klassische Musik interessiert, und ich haßte es, beim Schach zu verlieren, doch bei Benny machte mir das nichts aus.

»He, Grossman!« rief der blonde Major vom anderen Ende des Sandwegs her. »Was soll die ganze Ausrüstung auf dem Boden. Sind wir hier im Dschungel?«

»Hallo, Yoram«, erwiderte Benny lächelnd. Er war der einzige von uns, der den Major beim Vornamen nannte. »Schön, daß du so gut aussiehst.« Er bückte sich und begann, die verschiedenen Ausrüstungsstücke aufzulesen, die er in den Sand hatte fallen lassen. Der Major schüttelte den Kopf, lächelte, und seine massige Gestalt verschwand in der Offiziersbaracke.

Ich war Benny Grossman zum erstenmal 1988 begegnet; damals hatte er gerade seine Alija gemacht. Genau zehn Jahre vorher war ich von der Fallschirmjägerreserve zur regulären Infanterie versetzt worden. Wenn man dreißig wurde, durfte man nicht länger bei den Fallschirmjägern bleiben. Auch der blonde Leutnant war damals versetzt worden.

»Scheißinfanterie«, hatte er gesagt. »Wie tief kann man fallen?«

Unsere neue Einheit war eine zusammengewürfelte Truppe. Die meisten waren in den Dreißigern oder Anfang Vierzig. Manche kamen von den Fallschirmjägern wie wir. Andere waren immer schon bei der Infanterie gewesen. Und dann gab es noch die Neueinwanderer, meist Russen und Amerikaner, die eine mehrwöchige Grundausbildung absolvierten und dann in die israelische Armee integriert wurden.

Um zwei Uhr nachmittags trat die ganze Kompanie vor der Kantine an, und der Major informierte sie kurz über das Übungsprogramm der kommenden Woche.

Das Training bestand wie immer aus einigen Auffrischungskursen, die den allzu zivil gewordenen Köpfen und Körpern zeigen sollten, was es hieß, Soldat zu sein. Den Anfang machten individuelle Übungen, meist Waffenpflege und Schießen; dann folgten Bewegung in bebautem Gelände, Häuserkampf, Exerzieren im Rahmen des Zuges und der Kompanie und zum Abschluß dann auf der Ebene des ganzen Bataillons. Besonderes Gewicht legte man auf die Waffen und die Spezialausrüstung, die wir in unserem Einsatzgebiet, dem Gazastreifen und den dortigen Flüchtlingslagern, gebrauchen würden: spezielle Schutzwesten und Helme, Gummi- und Plastikgeschosse und Tränengas.

»Noch Fragen?« blaffte der Major.

Jemand rief: »Können wir nicht einfach alle Araber umbringen und nach Hause gehen?« Ein paar Leute lachten.

»Abtreten!« sagte der Major. Für Unsinn war seine Geduld begrenzt.

Nach einer Dusche saßen Benny und ich am Abend in unserem Zelt und spielten eine Partie Schach. Zwei der anderen Soldaten, Sergei, ein russischer Einwanderer, und Agami, ein Diamantschleifer aus Ashdod, lagen auf ihren Betten und lasen; von Zeit zu Zeit schauten sie herüber und verfolgten den Fortgang des Spiels. Sergei war dreißig und erst vor kurzem aus Leningrad gekommen. Von Beruf war er Elektriker. Er war groß, hatte lockiges braunes Haar, schlechte Zähne, und sein Hebräisch war fürchterlich. Agami, untersetzt, von stoischer Ruhe und sehr stark, war noch ein Baby, als seine Eltern Anfang der fünfziger Jahre aus dem Irak eingewandert sind. Seit fast zehn Jahren waren wir nun schon in derselben Einheit, aber ich hatte ihn nie richtig kennengelernt. Er blieb meistens für sich.

»Willst du wirklich nicht lieber für ein paar Stunden mit nach Be'er Sheva fahren?« sagte ich zu Benny und machte einen Zug mit einem Bauern. Ich war in Bedrängnis, und er wußte das. Benny nahm den Blick nicht vom Brett. Er konzentrierte sich auf das Spiel. »Was gibt's in Be'er Sheva, das wir hier nicht auch haben?«

»Bars, Mädchen, Musik«, sagte ich, um ihn abzulenken. Ich wußte, wenn es mir nicht gelang, ihn abzulenken, würde er gewinnen. Aber auch wenn es mir gelang, würde er wahrscheinlich gewinnen. Er hatte einen ungewöhnlich scharfen Verstand und sehr viel Geduld.

»Also, was meinst du?« sagte ich.

»Wie kommt es, Assaf«, fragte Benny, »daß du jedesmal, wenn du zum Reservedienst einrückst, und vor allem am ersten Tag, wie ein Zwölfjähriger redest?« Er stellte einen seiner Springer gefährlich nah an meinen König heran.

»Ich versuche nur, mich an meine Umgebung anzupassen«, erwiderte ich. »Wenn du in Rom bist...«

Ich wich mit dem König aus. Ein verzweifelter Zug. »Außerdem bin ich nicht verheiratet wie du.«

»Noch ein Fehler«, sagte er und brachte meinen König mit seinem Läufer in arge Bedrängnis.

»Weißt du«, fragte ich, »was James Deans letzte Worte waren, bevor er mit diesem Sportwagen auf der Route 466 verunglückte?«

»Keine Ahnung. Du bist am Zug.«

»Der Kerl da oben muß anhalten, er wird uns sehen.« Ich bewegte noch einmal den König. »Damit meinte er einen Lastwa-

genfahrer, der plötzlich aus einer Seitenstraße geschossen kam. Aber eine Sekunde später stießen sie zusammen…«
Benny schüttelte den Kopf. »Wie kann ein intelligenter Mensch sich so für Filmstars begeistern?«
»Filmstars und Rock 'n' Roll-Sänger haben das beste Leben«, sagte ich. »Sie sind schön, alle bewundern sie, sie haben Drogen und gehen spät schlafen.«
Er stand kurz vor dem Schachmatt; Sergei und Agami schauten aufmerksam zu. Doch Benny ließ sich Zeit. Er starrte abwesend auf das bedruckte T-Shirt, das ich unter meinem Uniformhemd trug.
»Ich weiß, warum du James Dean magst«, sagte er.
»Warum?« Eine Galgenfrist. Keine Chance mehr für den König.
»Weil er ein Rebell war, und das gefällt dir am besten.«
»Wogegen rebelliere ich denn?«
»Keine Ahnung. Vielleicht gegen dein eigenes Glück? Du bist hier geboren, du hast dich nicht entschieden, hierherzukommen. Ich wohl. Darum weiß ich besser zu schätzen, wie großartig dieses Land ist.«
»Warum hast du dich denn entschieden, hierherzukommen, Grossman?« Es war Agami, der nur selten ein Wort sagte.
»Weil ich Jude bin, und das der einzige Ort ist, an dem ich mich zu Hause fühle. Ich liebe Amerika, aber ich habe mich niemals wirklich als Amerikaner gefühlt.« Benny schaute gedankenverloren drein, das Spiel schien er vergessen zu haben. »Ich habe mich immer zuerst und vor allem als Jude gefühlt.«
»Ich habe mich immer zuerst und vor allem als ich selbst gefühlt, dann als Israeli, aber niemals als Jude«, sagte ich. »Ich verstehe schon, wozu Religion da ist; damit die Menschen weniger Angst haben. Aber damit habe ich nie etwas anfangen können.«
»Du hast eben noch nie Antisemitismus erlebt«, sagte Benny. »Du hast nicht erlebt, wie das ist, wenn du als Junge in Brooklyn von italienischen oder irischen Kindern verdroschen wirst, weil du Jude bist.« Einen Augenblick schwieg er, dann zog er seinen Läufer: »Schachmatt.«
»Wir hätten wirklich besser nach Be'er Sheva in eine Bar gehen sollen«, sagte ich.

Am letzten Tag unseres Aufenthalts im Camp hielt der Bataillonskommandeur eine Ansprache an die Soldaten. Er faßte sich kurz.

»Täuschen Sie sich nicht«, sagte er. »Wir sind im Krieg, und entsprechend müssen wir uns verhalten. In unserem Einsatzgebiet werden wir von einem Feind umgeben sein, der uns entmutigen und treffen will, wo immer er kann. Es ist ein schwieriger Feind, denn er trägt keine Uniform; er besteht aus Männern, Frauen und Kindern, manchmal bewaffnet, manchmal nicht. Seine Kampftechniken sind wirkungsvoll und vielfältig. Dazu gehören Spott und Hohn, Beleidigung, Steinewerfen, Spucken, Messer, Stöcke und manchmal Feuerwaffen. Im Umgang mit ihnen müssen wir Stärke und Entschlossenheit zeigen. Eine ihrer Waffen ist der Versuch, Zweifel an der Gerechtigkeit unserer Sache in uns zu wecken. Wir dürfen nicht zulassen, daß sie uns in schwache, unentschlossene Menschen verwandeln oder umgekehrt in brutale Unterdrücker, die Gewalt anwenden, wo es unangebracht ist, oder gegen Menschen, die keine Strafe verdienen. Wenn es ihnen gelingt, unsere moralische Integrität oder unsere Kampfmoral zu erschüttern, ist das ein Sieg für sie. Sie alle werden in Situationen geraten, die gerade deshalb schwierig sind, weil sie so unklar erscheinen; dann gibt es nur eins für Sie: Halten Sie sich an Ihre Befehle, und zwar immer. Die Soldaten der israelischen Armee haben noch niemals einen Krieg verloren. Weshalb sollten wir also den Kampf gegen Frauen und Kinder verlieren? Wir dürfen nie vergessen, daß unsere Sache gerecht ist und daß Israels Existenz bedroht ist, wenn wir Schwäche zeigen und es an Entschlossenheit fehlen lassen. Wir dürfen aber auch nie vergessen: Wenn wir die Zivilbevölkerung, die in unserem Machtbereich lebt, unmenschlich behandeln, wenn wir diese Macht mißbrauchen, weil die Belastung uns ermüdet hat, dann zerstören wir damit das Fundament unseres Volkes, und der Feind wird uns besiegen. Der Weg, den wir gehen müssen, ist sehr schmal. Sie alle sind Zivilisten, Sie haben Frau und Kinder, und keiner von Ihnen möchte den Frauen und Kindern eines anderen Gewalt antun. Aber wenn Sie ständig auf der Hut sind und den Befehlen Ihrer Vorgesetzten folgen, wird dieser Reser-

vedienst ruhig und friedlich vorbeigehen. Viel Glück und gute Nacht!«
Der Bataillonskommandeur machte kehrt und verschwand in seinem Jeep. Die Soldaten gingen auseinander.
»Ich hasse Politiker, und ich hasse Reden«, sagte ich.
»Ich finde, es war eine gute Rede«, sagte Benny.
»Im Feld zählen Worte nicht«, sagte Agami.
»Im Gegenteil«, erwiderte Benny, »im Feld sind Worte das einzige, was wir haben.«
»Wenn irgend jemand mir dumm kommt, schieße ich«, sagte Sergei in seinem gebrochenen Hebräisch. Er war ein Bewunderer von Ariel Sharon. Wie viele andere russische Einwanderer auch.
»Ich werde Streife gehen, ich werde tun, was die anderen tun«, sagte Benny, »aber ich werde nicht schießen, und ich werde nicht schlagen.«
»Und was tust du, wenn ein arabischer Junge dir ins Gesicht spuckt?« fragte Sergei mit höhnischem Grinsen.
»Ich wisch es weg.«
»Und wenn er dich anpißt?« lachte Sergei und zeigte seine schwarzen Zahnfüllungen.
Benny lächelte. »Das macht mir nichts aus.«
»Das ist leicht gesagt«, meinte Nathan Gutman, einer der ältesten Soldaten in unserem Zug. »Du bist noch nicht in Gaza gewesen.«
»Aber ich war schon auf der West Bank«, sagte Benny. »In Ramallah. Zweimal.«
»Das ist nicht dasselbe«, sagte Gutman, und es klang wie ein endgültiges Urteil. Im Zivilberuf war er Richter. »Die Menschen in Ramallah sind zivilisiert. Das ist ein ganz anderer Menschenschlag.«
»Für mich sehen alle Araber gleich aus«, sagte Agami ruhig, »wenn ich sie vor dem Gewehrlauf habe.«
Wir kamen ins Zelt, ich setzte mich aufs Bett und holte eine Taschenbuchausgabe von *Oliver Twist* hervor, den ich wieder einmal lesen wollte. Wenn ich zum Reservedienst mußte, nahm ich mir immer Bücher mit, in denen das Leben armer, unglücklicher Menschen in all seinen unerquicklichen Einzelheiten ge-

schildert wurde. Die Armee erschien mir dann noch vergleichsweise erträglich. Dumas, Dickens, Victor Hugo und Kafka standen immer ganz oben auf meiner Liste. Je trostloser, desto besser.
»Die erste Woche in Gaza müßt ihr ohne mich auskommen«, sagte Benny, der sich Stiefel und Socken ausgezogen hatte und seine schmerzenden Füße massierte.
»Wieso?« Ich legte das Buch weg. Seite eins. Das Baby Oliver war noch im Bauch seiner Mutter. Die Tragödie des Lebens hatte noch nicht begonnen.
»Meine Frau steht kurz vor der Entbindung«, sagte Benny, und es klang fast entschuldigend. »Der Major hat mir eine Woche freigegeben, gleich nach dem Training.«
Toll, dachte ich. Gerade habe ich von einer Geburt gelesen, und jetzt redet er über eine Geburt. In letzter Zeit waren mir solche Dinge öfter passiert. Lag das an mir, oder lag da etwas in der Luft? Ganz besondere Schwingungen vielleicht? Ich nahm mir vor, mir ein Buch über Parapsychologie zu kaufen.
»Mensch, hast du ein Glück«, sagte Sergei, »eine Woche!«
»Ich habe nicht mal um eine ganze Woche gebeten«, sagte Benny entschuldigend. »Ich habe nur gesagt, daß sie am Ende des neunten Monats ist. Und daß sie allein zu Hause ist...«
»Mach dir doch nicht ins Hemd«, sagte Nathan Gutman mit Entschiedenheit. »Die Armee gibt dir eine Woche frei. Nimm sie!«

4 Der Checkpoint Erez liegt an der Hauptverbindungsstraße zwischen der israelischen Stadt Ashkalon und der arabischen Stadt Gaza, etwa zehn Kilometer von beiden Orten entfernt. Zwei biblische Städte.
Jeden Morgen ab vier Uhr dreißig strömen neunzigtausend arabische Arbeiter aus dem Gazastreifen nach Israel, um dort auf dem Bau, in der Landwirtschaft und in der Industrie ihren Lebensunterhalt zu verdienen. Sie arbeiten hart und erhalten wenig Lohn. Zusammen mit den Arabern aus der West Bank stellen sie etwa die Hälfte der Arbeiterschaft in Israel. Fast alle Bauvorhaben

seit 1967 sind von Arabern ausgeführt worden. Dazu gehören auch Militäreinrichtungen, Bunker und jüdische Siedlungen auf der West Bank und im Gazastreifen, was in Israel viele Jahre zu einem erbitterten Streit führte. Viele fragten, was aus dem einstigen Pioniergeist geworden war. Wo waren die jüdischen Bauern, die jüdischen Bauleute geblieben? Die Antwort war offenbar, daß sie Rechtsanwälte, Buchhalter und Manager in den Großstädten geworden waren. Und die anderen schlugen sich als Taxifahrer in New York durch.

Der Checkpoint Erez hatte sich über die Jahre verändert. Als immer mehr Araber über diesen Flaschenhals nach Israel strömten und die terroristischen Anschläge in Israel vor allem nach dem Beginn der Intifada Ende 1987 deutlich anstiegen, verstärkte man die militärische Kontrolle des Grenzübergangs. Man baute die Straße vierspurig aus und errichtete einen Wachturm. Ständig standen mehrere bewaffnete Soldaten, meist Reservisten, an der Straße und kontrollierten den Verkehr. Wer keinen ordnungsgemäßen Ausweis vorzeigen konnte, wurde zurückgeschickt.

Die Araber kamen in Autos, Bussen und Lastwagen, auf Eseln oder zu Fuß zur Übergangsstelle. Früh am Morgen und dann wieder am Spätnachmittag, wenn sie nach Gaza zurückkehrten, kam es zu einem Verkehrschaos, wenn die Soldaten die Ausweise kontrollierten, die Fahrzeuge durchsuchten und manchmal auch Leibesvisitationen durchführten. Die Prozeduren waren entwürdigend für beide Seiten, galten aber als unerläßlich für die Sicherheit Israels. Die israelische Armee war viele Jahre dafür ausgebildet worden, auf dem Schlachtfeld gegen einen gut ausgerüsteten Feind zu kämpfen. Niemand hatte es gerne mit der Zivilbevölkerung zu tun. Doch ein Soldat, der für einen Monat zum Reservedienst eingezogen wurde, konnte sich seinen Einsatzort nicht aussuchen. Er mußte dorthin gehen, wohin man ihn stellte, ob er wollte oder nicht. Kriegsdienstverweigerer, wie es sie erst in allerjüngster Zeit und in sehr geringer Zahl auch in Israel gab, wanderten ins Gefängnis.

Die Armee bemühte sich, bei ihren Patrouillen auf den Straßen und in den Städten des Gazastreifens und der West Bank möglichst wenig Aufsehen zu erregen. Seit 1987 hatten Zusammenstöße zwischen dem israelischen Militär und der palästinensischen Zivilbevölkerung, meist Frauen und Kinder, beträchtlich zugenommen. Fast täglich kamen Schlagstöcke, Gummi- oder Plastikgeschosse und Tränengas zum Einsatz. Der israelische Soldat sah sich in einem moralischen Dilemma gefangen, das ihn vor weitaus schwierigere Probleme stellte als die Überlebensfragen, mit denen er vertraut gewesen war. Nun war er Polizist – und oft genug ein grausamer Polizist. Aus David war Goliath geworden, ein schwerbewaffneter Goliath, dem Frauen und Kinder gegenüberstanden. Die Welt hatte ihn lieber gemocht, als er noch David gewesen war. Auch er selbst hatte sich lieber gemocht, als er noch David gewesen war. Aber die Zeiten hatten sich verändert.

Eigentlich war es gar nicht so schlimm. Denn immerhin hatte unsere Einheit nichts mit den aufsässigen Bewohnern der Flüchtlingslager zu tun. Der Grenzübergang war leicht. Die ersten Tage schienen endlos, wie immer am Anfang eines Reservedienstes, wenn man seinen Rhythmus noch nicht gefunden hatte. Dann stellte sich Routine ein, und die Zeit ging schnell und fast schmerzlos vorbei. Die Lage im Gazastreifen war ziemlich ruhig. Nach einem langen Sommer mit heftigen Zusammenstößen, Streiks und Ausgangssperren schien die Bevölkerung erschöpft. Jetzt waren sie froh, ihrer Arbeit nachgehen zu können. Das Wetter, das im Sommer wirklich heiß und im Winter sehr regnerisch sein kann, blieb kühl, trocken und angenehm. Ich hatte die Aufgabe, die Soldaten zu überwachen und einzuteilen, die den Kontrolldienst am Checkpoint und den Patrouillendienst auf der Straße zwischen dem Grenzübergang und Gaza-Stadt versahen. Dabei blieb mir viel Zeit, zu lesen und an den Strand zu gehen, der nur gut einen Kilometer vom Checkpoint entfernt lag. Alle paar Tage fuhr ich nach Ashkalon, um einmal ordentlich in einem der dortigen Restaurants zu essen und mir die Mädchen anzusehen. Am Wochenende fuhr ich nach Jerusalem zurück. Es war gar nicht so schlecht. In den ersten drei Wochen.

5 Der 17. Oktober 1991, ein Dienstag, begann wie jeder andere Tag. Ich stand um fünf Uhr dreißig auf, wusch mir das Gesicht, putzte die Zähne und rasierte mich schließlich in der kleinen Wellblechbaracke, die uns als Latrine diente. Dann ging ich mit den anderen Soldaten zum Frühstück, das aus Hüttenkäse, Oliven, einem Stück Brot, einem Ei und einem Salat aus Tomaten und Gurken bestand. Ich trank sogar eine Tasse Kaffee. Bei der Armee brach ich mit fast allen Gewohnheiten, die ich im Zivilleben hatte; außerdem war der Kaffee so dünn, daß man kaum etwas spürte. Aber er war warm und süß, und ich hatte das Gefühl, er half mir, den Tag zu beginnen. Dann ging ich zur Straße. Der Exodus der Araber auf den vier nach Israel hineinführenden Spuren hatte seinen Höhepunkt erreicht. In den folgenden drei Stunden ging ich von einem Soldaten zum anderen und sah ihnen zu, wie sie den endlosen Menschenstrom kontrollierten. Ich hatte ein kleines Transistorradio bei mir und hörte den Armeesender, der Popmusik spielte. Dreimal machte ich in dem ausgedienten Bus Rast, der an der Straße stand und als improvisierte Kantine diente. Ich wurde eindeutig dick in der Armee.

Ich las die Abendzeitung. Der Kampf zwischen Mike Tyson und Evander Holyfield um die Weltmeisterschaft im Schwergewicht war verschoben worden, weil Tyson sich beim Training verletzt hatte.

Die Nominierung von Clarence Thomas für den Supreme Court wurde im Kongreß beraten. Elizabeth Taylor bereitete sich auf ihre Hochzeit mit Larry Fortensky vor. Auf der West Bank waren zwei Siedler getötet worden. Die Friedensgespräche zwischen Israel und den arabischen Staaten sollten Ende des Monats in Madrid beginnen.

Gegen neun Uhr wurde es plötzlich ziemlich laut in meinem Funkgerät. Kurz darauf erschien der Major in seinem Jeep, und ich erfuhr, was los war. Ein neunzehnjähriger Soldat, Fahrer eines Versorgungslastwagens, hatte auf einer der Hauptstraßen von Gaza einen sieben Jahre alten Jungen überfahren. Anscheinend hatte das Kind auf dem Bürgersteig gespielt und war plötzlich hinter seinem Ball her auf die Fahrbahn gelaufen. Der Fahrer konnte nicht mehr bremsen. Man brachte den Jungen sofort

ins Krankenhaus der Stadt, aber als man dort ankam, war er schon tot.
An der Unfallstelle hatte sich sofort eine wütende Menge gesammelt. Der Fahrer mußte ein paar Schüsse in die Luft feuern, um fortzukommen. Als er weg war, wuchs die Menge immer weiter an; die Leute schrien wütend und sperrten die Straße mit brennenden Autoreifen. Die herbeigerufenen Soldaten mußten die erbosten Araber mit Tränengas und Warnschüssen auseinandertreiben. Den Unglücksfahrer brachte man ins Hauptquartier der in Gaza stationierten Einheiten, wo er von der Militärpolizei verhört wurde.
Ich war ein wenig beunruhigt, aber nicht wirklich überrascht. Eigentlich wunderte ich mich, daß es nicht mehr Vorfälle dieser Art gab. Die arabischen Kinder in Gaza schienen sich kaum der Gefahren des Straßenverkehrs bewußt, als gehörten Autos nicht zu ihrer Kultur. Es kam oft vor, daß Kinder plötzlich mitten auf die Straße liefen und nur mit knapper Not den quietschenden Reifen vorbeifahrender Fahrzeuge entkamen.
»Den haben sie am Arsch«, sagte der Major. »Wenn sich rausstellt, daß der Soldat unvorsichtig gefahren ist, wandert er für lange Zeit ins Gefängnis.«
»Der arabische Junge ist tot«, sagte ich.
»Ja. Das auch.« Er fuhr wieder los, zum Lager der Kompanie oben auf dem Hügel, und redete dabei in sein Funkgerät.
Ich ging zu dem ausgedienten Bus, der als Kantine diente, und kaufte mir ein Käsebrot. Ständig hatte ich Hunger. Der allmorgendliche Verkehr der Araber hatte nachgelassen. Die Soldaten hörten ihre Transistorradios. Ich holte das zerfledderte Taschenbuch hervor. Es war immer noch *Oliver Twist*.
Ein Wagen hielt bei einem meiner Leute. Der Soldat, es war Sergei, ging näher heran, um mit der Fahrerin zu sprechen. Ich konnte nur ihr blondes Haar und die große Sonnenbrille sehen. Ich wandte meine Aufmerksamkeit wieder dem jungen Oliver und dem gerissenen Artfull Dodger zu. Es schien unvorstellbar, wie grausam das Leben im England des neunzehnten Jahrhunderts mit den Unterprivilegierten umging. War das wirklich erst hundert Jahre her? Der arme Oliver schien für ein Leben gebo-

ren, das ihm nicht die geringste Chance bot, auch wenn sein gnädiger Schöpfer am Ende beschloß, ihn zu verschonen. Ich hob den Blick vom Buch. Sergei redete immer noch mit der blonden Fahrerin, die nun ihre Sonnenbrille abgenommen hatte und mit einem Arm in der Luft fuchtelte. Sergei konnte sich eigentlich nur in Russisch verständlich machen, und ich war neugierig, wie sie von vorn aussah.

Ich stand auf und ging hinüber.

»Was ist los?« fragte ich Sergei.

»Sie will zur Synagoge«, erwiderte er in gebrochenem Hebräisch. Ein großer Kerl, lockiges braunes Haar, vorstehende Zähne, und Hebräisch sprach er nicht annähernd so fließend wie ich. Ein großer Nachteil in Israel. Die Frau drehte sich um und sah mich an.

»Sind Sie hier verantwortlich?« fragte sie auf englisch.

»Kann ich Ihnen behilflich sein, Madam?« sagte ich höflich, wie ein properer englischer Gentleman, der ein Waisenhaus außerhalb von London besucht und ganz unerwartet einer wirklichen Lady begegnet. Ich war immer noch bei Oliver Twist. Sie war eine gutaussehende Frau. Gutaussehend, nicht schön, und ganz sicher nicht besonders feminin. Sie trug ein Khakihemd und kein Make-up. Großes, offenes Gesicht, blaue weit auseinanderstehende Augen, sehr ernst.

»Ich versuche gerade, hier durchzukommen«, sagte sie mit leichter Ungeduld. Sie hatte eine tiefe Stimme, einen leichten Südstaatenakzent, der mich an Blanche DuBois in *Streetcar Named Desire* erinnerte. Eine typische Schickse.

»Wohin möchten Sie denn?« fragte ich.

»Zur Ruine der alten Synagoge in Gaza. Ich habe gehört, sie liegt irgendwo an der Küste. Ich bin Archäologin.«

»Tut mir leid, Madam«, sagte ich. »Wir lassen keine Zivilisten nach Gaza. Wir hatten heute morgen ein paar kleinere Spannungen dort.«

»Ich interessiere mich nicht für Politik«, sagte sie. »Ich bin bereit, eventuelle Gefahren auf mich zu nehmen.«

»Aber ich nicht.« Ich schloß das Buch und steckte es in meine Jackentasche. Die Sonne kam heraus. Die Frau war attraktiv und kam von weit her. Texas, nahm ich an. Sollte ich sie durchlassen oder nicht? Na ja, vielleicht, wenn sie lächelt, wenn sie nett ist… So sollte der Reservedienst immer sein, dachte ich: mit blonden Besucherinnen plaudern, den Tourismus fördern.

»Ich habe die Pflicht, Sie zu beschützen«, sagte ich. »Gaza ist nicht einmal zu den besten Zeiten sicher, Miß…«

»Anderson«, sagte sie ungeduldig.

»Angenehm. Assaf Ryke.« Als ob sie das interessierte.

»Sehen Sie«, sagte sie und bemühte sich, ruhig und höflich zu bleiben, denn ich ging ihr wirklich auf die Nerven. »Ich habe heute meinen freien Tag.«

»Haben Sie eine Waffe?«

»Nein.« Sie sah mich an, als hätte ich sie zutiefst beleidigt. »Ich bin schon durch die ganze West Bank gefahren und habe noch nie Schwierigkeiten gehabt. Sie brauchen mich nicht zu beschützen. Ich kann selbst auf mich aufpassen.«

Die Tage am Checkpoint waren lang und äußerst langweilig. Die einzigen Frauen, die wir sahen, waren verschleierte Araberinnen. Ich hatte es keineswegs so eilig wie sie, das Gespräch zu Ende zu bringen.

Ein anderer Wagen fuhr heran, und Sergei ging hin, um mit dem Fahrer zu sprechen, einem israelischen Bauunternehmer, wie ich an seinem kurzärmligen Arbeitshemd, dem sonnengebräunten Gesicht und den Schlammspritzern auf dem Reserverad seines Pickup erkannte. Wahrscheinlich hatten sich seine arabischen Arbeiter verspätet.

»Wenn Sie zehn Kilometer zurückfahren«, sagte ich zu Miß Anderson, »und dann links nach Ashkalon abbiegen, finden Sie die Ruinen einer ganzen antiken Stadt. Es ist im Nationalpark.«

»Da bin ich schon gewesen«, sagte sie. »Hören Sie, ich habe keine Lust, hier herumzusitzen und zu plaudern. Wenn Sie mich nicht durchlassen wollen, muß ich eben umkehren.«

Ich wollte sie nicht fortlassen. Sie war die einzige Unterhaltung seit einer Woche. Ich sah mich um. Sergei war mit dem israelischen Pickup-Fahrer fertig und winkte ihn durch. Zwei der anderen Soldaten saßen im Schatten und tranken Coca-Cola.

Ich winkte Sergei zu mir.

»Ich fahre mit Ihnen«, sagte ich zu der blonden Amerikanerin. »Aber Sie dürfen nicht zu lange machen.«
»Danke«, sagte sie, und es klang nicht begeistert.
Ich zeigte auf die Kantine. »Möchten Sie eine Coke?«
»Nein danke. Ich bin nicht hergekommen, um Coca-Cola zu trinken.«
»Natürlich«, sagte ich.
Ich ging zum Wachhäuschen und holte mir ein tragbares Funkgerät.
»Ich fahre für ein paar Minuten in die Stadt«, sagte ich zu Shoshani, dem großen jemenitischen Soldaten, der im Schatten saß und den Sportteil der Abendzeitung las. »Ruf mich über Funk, wenn was sein sollte.«
Er sah nicht einmal auf. »Klar.«
»Ich fahre sie eben zur Synagoge«, sagte ich zu Sergei. »Ich bin gleich zurück.«
Ich ging zum Wagen, einem blauen, gemieteten Mitsubishi, und stieg auf der Beifahrerseite ein. Ich legte das Gewehr über meine Knie. Sie legte den Gang ein und fuhr gleich los. Amerikanische Effizienz.
»Immer geradeaus«, sagte ich. Eine halbe Minute verging in Schweigen. »Sie sind also mit einer archäologischen Expedition hier?«
»Ja. Tel Dan.«
»Ach, ganz im Norden, eine schöne Gegend, nicht?« Mit einem Kopfnicken bestätigte sie, daß es eine schöne Gegend war – nicht gerade gesprächig. »Woher kommen Sie? Aus Texas?«
»New Mexico. Al bu querque.« Drei Worte.
»Da vorne rechts«, sagte ich.
Sie bog nach rechts in einen schmalen Weg ein, der direkt zum Strand führte. Im Funkgerät herrschte Stille. Ein Militärjeep kam uns entgegen. Vier Soldaten von der C-Kompanie, mit Helmen und schußsicheren Westen. Ich winkte, und sie winkten zurück, ohne anzuhalten.
»Sind Sie schon lange hier?« fragte ich.
»Seit Anfang Sommer.«
»Wie heißen Sie mit Vornamen?«

»Judy.«
»Und ... gefällt Ihnen Israel?«
Sie warf mir einen kurzen Blick zu und konzentrierte sich wieder auf die Straße.
»Früher habe ich Israel angebetet«, sagte sie.
»Was heißt ›früher‹?«
»Bis 1967«, sagte sie. »Bis ihr Unterdrücker wurdet.«
»Wir sind keine Unterdrücker geworden«, erwiderte ich gereizt. Ich durfte solche Sachen ja sagen, aber von Fremden mochte ich sie nicht hören. Von einer Archäologin aus Albuquerque. Auch wenn sie ganz hübsch war. Sie hatte ein schönes, starkes Profil. Anderson – wahrscheinlich stammte sie von den Wikingern ab. Die ja für ihre Menschlichkeit bekannt waren. »Wir müssen uns schützen.«
»Vor wem?« Sie zeigte auf drei kleine arabische Jungen, die auf einem Esel ritten und uns vom Straßenrand her zuwinkten.
»Vor ihnen und ihren Brüdern und Eltern und weiteren hundert Millionen Arabern.«
»An unserer Ausgrabungsstätte«, sagte sie und fuhr langsam auf der engen, holprigen Straße weiter, den Blick auf die Landschaft gerichtet – mich sah sie kaum einmal an – »finden sich Überreste aus allen Zeiten bis fast 2000 vor Christus: erster Tempel, zweiter Tempel, Mamelucken, Byzantiner, Griechen, Römer, Kreuzfahrer, und eines ist ganz deutlich.« Sie machte eine Pause.
»Was?«
»Immer wenn die Juden in dieser Region ihr eigenes Land hatten, haben sie sich selbst zerstört. Es ist wirklich eine Schande.«
»Trotzdem sind wir immer noch das einzige Volk, das als Religionsgemeinschaft und als Nation dreitausend Jahre überdauert hat«, erwiderte ich mit kaum verhohlener Feindseligkeit. Sie hatte mich zornig gemacht. Warum ließ ich das zu? Wer war sie denn schon?
»Nur in anderen Ländern, aber niemals hier«, sagte sie. »Vor ein paar Wochen bin ich in Massada gewesen. Das ist doch ein wichtiges Symbol der jüdischen Geschichte, oder?«
»Sehr wichtig«, sagte ich gereizt. Aber wenigstens hatte ich sie dazu gebracht, zu reden. Und sogar lange Sätze. Auf fünfunddrei-

ßig schätzte ich diese Bastion christlicher Selbstgerechtigkeit. Voreingenommen und überheblich. Eine Amerikanerin mit Sinn für Geschichte. Ein Widerspruch in sich.
Sie sah zu mir herüber.
»Ein Symbol für den Mut im Selbstmord«, sagte sie. »Ist das das wiederkehrende Motiv?«
»Das auserwählte Volk – ... das Leid beginnt mit dem eigenen Land. Wie bei den Kennedys, alle Welt will sie erschießen.«
»Ein ziemlich schlechter Vergleich, finden Sie nicht auch?«
»Ich weiß nicht«, sagte ich. »Er kam mir nur gerade in den Sinn. Sehen Sie, ich habe es mir nicht ausgesucht, daß ich hier geboren wurde. Viel lieber wäre ich in einem ruhigen Land mit vielen Blondinen geboren, zum Beispiel in Schweden oder Australien, wo die größte nationale Krise die Niederlage in einem Tennisturnier ist, aber leider ist mir das zu spät eingefallen.«
Judy Anderson lächelte nicht. Sie schüttelte nur den Kopf.
»Einfach leben und leben lassen«, sagte sie. »Das ist wirklich nicht so schwer.«
Wir kamen bei der Synagoge an. Ich fragte mich, weshalb sie das sehen wollte. Es war wirklich nicht viel. Ein kaum noch erkennbares Bodenmosaik, das König David, die Harfe spielend, zeigte. Fünftes Jahrhundert. Das Ganze mit Eselsdreck bedeckt. Nicht weit davon spielten ein paar barfüßige arabische Jungen Nachlaufen im Sand und beschimpften sich gegenseitig auf arabisch. Offenbar kümmerte sich niemand um die Stätte.
Plötzlich kam Leben in mein Funkgerät. In einem der Flüchtlingslager war etwas im Gange. Ich verstand nicht genau, was da vor sich ging. Aber offensichtlich war jemand verletzt worden. Und man schickte Soldaten hin. Das Lager war nicht allzu weit entfernt von dem Ort, an dem wir uns befanden. Fast hätte man zu Fuß hingehen können.
»Wir brechen jetzt besser auf«, sagte ich zu Judy Anderson, die in ihrer khakifarbenen Montur auf dem Boden kniete und das Mosaik studierte. »Da ist irgend etwas im Gang.«
Sie stand wortlos auf, wir gingen zum Wagen und stiegen ein. Sie wendete und fuhr zurück. Die Aktivitäten in meinem Funkgerät ließen nicht nach.

»Können Sie etwas schneller fahren?« sagte ich.
Sie trat aufs Gas. Der Wagen schoß über den engen, sandigen Weg. »Was ist los?« fragte sie.
»Ich weiß nicht«, sagte ich und versuchte, die Stimmen im Funkgerät zu verstehen. »Irgendwas ist passiert.«
Wir kamen an die Hauptstraße. Ich sah einen Militärjeep auf uns zukommen, der in Richtung des Flüchtlingslagers und der Stadt fuhr.
»Halten Sie bitte an!« sagte ich.
Ich stieg aus und winkte den Soldaten. Der Jeep stoppte. Die Soldaten waren in voller Kampfausrüstung. B-Kompanie. Wir kannten uns vom Sehen und zum Teil auch mit Namen.
»Was ist los?« fragte ich.
Ihr Kommandeur, ein Leutnant, antwortete: »In Jebalia ist ein Soldat angegriffen worden« – Jebalia war eines der drei Flüchtlingslager. »Anscheinend ist sein Wagen in Brand gesetzt worden. Wir wissen nicht, was mit dem Soldaten passiert ist.«
»Wer ist es?«
»Wissen wir nicht. Er ist nicht aus unserer Kompanie.«
»Das ist doch euer Bereich.« Die Flüchtlingslager waren auf die verschiedenen Kompanien aufgeteilt. B hatte Jebalia, C hatte Nusserat, und die D-Kompanie hatte El Bureij. Wir hatten den Grenzübergang und den nördlichen Stadtrand.
Der Leutnant hatte es eilig.
»Nicht von unserer Kompanie«, wiederholte er. »Wir vermissen niemanden. Wir fahren gerade hin.«
»Ich komme mit«, sagte ich. Dabei hatte ich gar kein gutes Gefühl und wußte nicht einmal genau, warum.
Ich wandte mich an Judy Anderson, die am Steuer saß und unser Gespräch aufmerksam verfolgte.
»Was ist passiert?« fragte sie.
»Ich muß weg«, erwiderte ich. »Fahren Sie nur links ab und dann immer geradeaus bis zum Checkpoint, okay?«
»Natürlich«, sagte sie. »Was ist passiert?«
»Und machen Sie keinen Abstecher mehr!« Ich stieg in den Jeep und zwängte mich zwischen zwei Soldaten, obwohl kaum noch Platz war. »Bye.«

Mit quietschenden Reifen fuhr der Jeep los. Der blaue Mitsubishi an der Kreuzung verschwand schnell aus unserem Blickfeld.
»Nettes Ding«, sagte einer der Soldaten. »Was hast du gemacht? Hast du ihr die Gegend gezeigt?«
»Genau«, sagte ich und lächelte gezwungen. Mein Mund war trocken. Ich hatte ein sehr, sehr schlechtes Gefühl.
»Die war doch bestimmt eine Ausländerin, oder?« sagte ein anderer Soldat. Judy Anderson hatte einigen Eindruck in der B-Kompanie hinterlassen, obwohl sie nur ruhig hinter dem Steuer gesessen hat. Muß ihr langes blondes Haar gewesen sein. Vielleicht auch die Sonnenbrille.
»Ja«, sagte ich. »Amerikanerin.«
»Die sah doch gut aus«, spottete der Soldat. »Ich verstehe nicht, warum du dich so schnell davongemacht hast.«
»Halt's Maul, Berger!« sagte der Leutnant. Er versuchte, den Funkverkehr zu verstehen. Dann sprach er selbst ins Funkgerät: »Hier Esther drei, wir sind jetzt unterwegs. In drei Minuten sind wir da. Ende.« Er wandte sich zum Fahrer und sagte: »Gib Gas!«
Der Jeep schoß die Straße hinunter, wir waren jetzt fast beim Flüchtlingslager. Der Leutnant überprüfte sein Gewehr und warf mir rasch einen Blick zu.
»Es ist einer von euch«, sagte er.
Ich schluckte.
»Wer?« fragte ich.
»Weiß ich nicht.«
Wir waren nun auf der Hauptstraße des Flüchtlingslagers. Ärmliche, erdfarbene einstöckige Häuser aus Lehm. Vor uns eine Menschenmenge und eine schwarze Rauchsäule. Kaum zwanzig Meter davor ein Soldat, der in die Luft feuerte. Hinter ihm noch zwei weitere Soldaten. Die Menge bestand aus mindestens hundert Arabern. Männer, Frauen und Kinder. Hauptsächlich Kinder.
Der Jeep schoß vorwärts, die Reifen quietschten. Als die Araber uns kommen sahen, liefen sie rasch auseinander und verschwanden von der Bildfläche. Der Jeep wurde langsamer und hielt an.
»Was für ein Chaos«, murmelte der Leutnant.
Der schwarze Rauch kam von einem brennenden Wagen. Das

Auto war schon vollständig verbrannt. Ein Peugeot. Er war einmal weiß gewesen, aber die Farbe war völlig verschwunden. Die Reifen auch. Der Wagen stand quer mitten auf der Fahrbahn.
Der Fahrer, oder was von ihm übrig war, saß noch am Lenkrad. Eine verkohlte schwarze Gestalt.
Der Wagen war kaum noch wiederzuerkennen. Die Gestalt hinterm Steuer war überhaupt nicht wiederzuerkennen. Aber ich wußte, wer es war. Irgendwie hatte ich es von dem Augenblick an gewußt, als ich bei den Überresten der alten Synagoge im Funkgerät davon gehört hatte.
Ich sprang aus dem Jeep und lief zu dem brennenden Wagen.
»Langsam!« rief der Leutnant und stieg gleichfalls aus.
»Benny!« Ich erwartete nicht, daß er antwortete. Ich wußte, daß er nicht mehr lebte. Seine Uniform war bis auf die Haut verbrannt. Es roch nach verbranntem Fleisch. Der Rauch war unerträglich. Ich konnte kaum noch atmen.
»Wer ist es?« fragte der Leutnant. Er hatte Rauch geschluckt und hustete unkontrollierbar.
»Benny Grossman«, sagte ich. »Er ist von unserer Kompanie.«
Der Leutnant wandte sich ab. Er ging ein paar Schritte zur Seite und übergab sich.
Die Straße war leer und still.
Ich wandte mich an die Soldaten im Jeep.
»Um Gottes willen, helft mir, ihn herauszuholen!«
»Ich helfe dir«, sagte einer der Soldaten. Er war viel jünger als ich, vielleicht Ende Zwanzig, aus dem Irak oder aus Marokko. Er sprang aus dem Jeep und kniete sich neben mich. Er war stark. Er riß die Fahrertür auf. Die Sitze waren verbrannt. Nur die Metallfedern waren übrig. Überall lagen rußgeschwärzte Steine. Der Soldat neben mir griff in den Wagen und holte ein leeres Magazin für die M 16 heraus.
»Wo ist das Gewehr?« fragte er. Er sah sich um, fand es aber nicht.
Ich blickte in das verbrannte Gesicht. Ich war wie gelähmt. Die Brille lag neben dem Fuß auf dem Boden des Wagens.
»Bist du sicher, du kennst ihn?« fragte der große Soldat. »Sieh nach seiner Hundemarke!«
»Er hat keine Hundemarke«, sagte ich.

Wir zogen die Leiche aus dem Wagen und trugen sie zum Jeep. Inzwischen war alles voll von Soldaten. Zwei Mannschaftswagen der B-Kompanie und eine Ambulanz. Man legte Benny in den Krankenwagen, dann fuhr die Ambulanz davon und verschwand.

»Dafür wird jemand zahlen«, sagte der Soldat neben mir.

»Wie heißt du?« fragte ich.

»Mugla«, sagte er.

Ich bemerkte eine Frau, die allein auf der anderen Straßenseite stand. Sie sah aus der Ferne zu. Sie trug eine beige Hose und eine gleichfarbige Bluse. Sie sah nicht wie eine Araberin aus.

Ich ging zu ihr. »Wer sind Sie?«

»Ich arbeite für die UNRWA«, sagte sie auf englisch. Sie hatte einen starken Akzent, den ich nicht zuordnen konnte. Möglicherweise deutsch. Kurzes graues Haar, braune Augen, fünfundvierzig oder fünfzig Jahre alt.

»Haben Sie gesehen, was passiert ist?«

»Ich konnte es nicht verhindern«, sagte sie.

»Los, erzählen Sie!«

»Ich weiß nicht, wie es angefangen hat«, sagte sie. »Ich war in meinem Büro, oben an der Straße. Ich hörte Lärm. Eine große Menschenmenge war zusammengeströmt, vielleicht hundert oder hundertfünfzig. Sie hatten einen Wagen umzingelt. Ich konnte nicht sehen, wer drin war, aber sie warfen Steine und beschimpften die Insassen, da war mir klar, daß es Israelis sein mußten. Ich wußte nicht, daß es ein Soldat war. Ich versuchte, mich durchzudrängen, die Leute hier kennen mich. Sie schrien ›Rache!‹, ›Rache!‹ und ›Tod den Israelis!‹. Heute morgen hat ein Soldat einen Jungen aus dem Lager überfahren…«

»Ich weiß«, sagte ich. »Was ist dann passiert?«

»Ich ergreife nicht Partei«, sagte sie. »Ich bin neutral. Ich bin gegen das Töten. Ich versuchte, mich zum Wagen durchzudrängen. Ich hörte, wie jemand im Auto schrie. Hebräisch oder englisch, ich weiß nicht mehr. Ich sagte ihnen, sie sollten aufhören. Ihr müßt aufhören. Ihr werdet dafür bezahlen, ihr werdet schrecklich dafür bezahlen. Aber die Leute waren so erregt, so hysterisch, daß sie mich gar nicht mehr hören konnten. Sie waren unerreichbar.

Einer sagte zu mir: ›Gehen Sie weg, bevor Ihnen was passiert. Sie können hier nichts tun.‹ Ich konnte wirklich nichts tun. Jemand zog ein Gewehr aus dem Wagen. Da wußte ich, daß es ein Soldat war. Ich habe ihn nicht gesehen. Ich hatte gar keine Gelegenheit, ihn zu sehen. Der Junge mit dem roten Halstuch goß Benzin über den Wagen, er hatte einen Kanister in der Hand. Die Menge jubelte ihm zu, und dann … zündete er das Benzin an.« Sie starrte auf die schwarze Rauchsäule.
»Was für ein Junge? Wie heißt er?«
Sie sah mich wieder an. »Ich kenne keine Namen.«
»Aber Sie arbeiten doch hier.«
»Ich kenne keine Namen«, wiederholte sie, jetzt ruhig und gefaßt. »Ich ergreife nicht Partei. Ich bin gegen jede Form von Gewalt. Wenn ich versucht habe, Blußvergießen zu verhindern, dann aus humanitären und nicht aus politischen Gründen.«
»Wie alt waren die Jungen?«
»Ich weiß nicht«, sagte sie. »Vielleicht siebzehn. Jung. Ihr habt hier eine fürchterliche Situation geschaffen. Diese Leute sind so voller Haß.«
»Wo sind die Jungen jetzt?«
»Woher soll ich das wissen«, protestierte sie.
Ich starrte sie an. Flaches Gesicht, braune Augen, aus denen Gewissenhaftigkeit sprach, kleine spitze Nase, blutleere Lippen. Ich haßte sie.
»Woher kommen Sie?«
»Aus der Schweiz.«
»Aber natürlich, die ewig neutralen Schweizer. Neutralität ist das Beschissenste, was es gibt. Man muß Partei ergreifen. Man muß doch einen Standpunkt haben.«
Ich ging zurück zu den Soldaten, die auf der anderen Straßenseite standen. Sie bildeten gerade Gruppen von vier oder fünf Mann, die das Flüchtlingslager Haus für Haus durchsuchen sollten. Der Befehl lautete, jedes männliche Wesen zwischen vierzehn und fünfzig Jahren festzunehmen. Das Lager hatte fünfzigtausend Einwohner.
»Sieh dir das an«, sagte Mugla, den Blick auf einen Punkt in der Ferne gerichtet. »Die laufen zu den Orangenhainen.«

Ich folgte seinem Blick. Eine Gruppe von sechs oder sieben jungen Arabern, genau konnte ich es nicht erkennen, in vier- oder fünfhundert Metern Entfernung. Der Orangenhain lag zwischen dem Flüchtlingslager und der Stadt.
»Die wollen in die Stadt«, sagte Mugla. »Da findet sie keiner.«
»Wir kriegen sie, wir haben noch genug Zeit.« Ich wandte mich an den Leutnant. »Ich glaube, die das gemacht haben, versuchen zu entkommen. Wir können sie immer noch fassen, wenn wir den Jeep nehmen.«
»Woher wollen Sie wissen, daß sie es waren?«
»Die Frau da hat mir eine Beschreibung gegeben. Sie hat gesehen, wie es passiert ist.«
»Dann wollen wir keine Zeit verlieren«, sagte er. »Also los!«
»Ich war eben noch da. Bei der alten Synagoge. Da läuft ein Weg an dem Orangenhain vorbei.«
Wir saßen im Jeep und rasten den Hügel hinunter. Der Leutnant saß am Steuer. Mugla und ich waren hinten.
»Sie haben den Mann gekannt?« fragte der Leutnant.
»Ja.«
»Ich begreife nicht, wie er dorthin gekommen ist.«
»Er ist neu in der Kompanie. Er ist erst vor drei Jahren aus Amerika gekommen. Er hatte Urlaub, weil seine Frau ein Kind erwartet.«
»Großer Gott«, sagte der Leutnant.
»Er ist noch nie hiergewesen. Er kam von zu Hause.«
»Er muß sich verfahren haben«, sagte der Leutnant.
»Verfahren«, wiederholte Mugla grimmig.
Oben auf dem Hügel riß der Leutnant den Wagen herum und bog in einen Sandweg ein, der am Orangenhain entlang hinabführte. Wir hatten den Hain in einem großen Halbkreis umfahren und waren jetzt etwa drei Kilometer vom Lager entfernt. Die Stadt Gaza breitete sich vor uns aus. Ein Meer niedriger, hellgrauer Häuser. Die Palmen wiegten sich sanft im Wind.
»Die werden uns hören«, sagte Mugla.
Der Leutnant hielt an und stellte den Motor ab. Stille. Nur aus der Ferne hörte man einzelne Schüsse. Warnschüsse. Die Soldaten hatten offenbar mit der Durchsuchung des Lagers begonnen.

Ein paar Minuten saßen wir schweigend da und warteten. Nichts geschah.
»Wahrscheinlich sind die längst durch«, sagte Mugla.
»Sie können auch noch drin sein.« Ich zeigte auf den Orangenhain.
»Kann auch sein, daß sie woanders rausgekommen sind«, sagte der Leutnant. Das Funkgerät zu seinen Füßen meldete sich. »Esther drei, Esther drei von Esther eins, hören Sie mich? Ende.«
Der Leutnant griff nach dem Funkgerät. »Hier Esther drei, ich höre. Ende.«
»Hier Esther eins, geben Sie Ihre Position, Ende.«
»Fünf Minuten von Ihnen, Ende«, sagte der Leutnant. Ich sah ihn an. Er war mittelgroß, kurzes braunes Haar. Höchstens dreißig. Eine andere Generation.
»Esther drei sofort zum Rapport! Ende und Schluß der Durchsage«, sagte die metallische Stimme im Funkgerät. Dann herrschte wieder Stille.
Der Leutnant legte das Funkgerät beiseite. »Wir müssen zurück.« Er ließ den Motor an. Mugla saß regungslos da, das Gewehr zwischen den Knien, und starrte mich an. Ich sah auf die Uhr. Es war halb eins. Fast eine Stunde, seit ich mit der blonden amerikanischen Archäologin aufgebrochen war. Erst eine Stunde.
»Ich muß zum Checkpoint zurück«, sagte ich. »Sonst glauben die noch, ich hätte mich unerlaubt von der Truppe entfernt.«
»Ich habe keine Zeit, Sie hinzubringen«, sagte der Leutnant. »Sie haben den Kompaniechef ja eben selbst gehört.«
»Lassen Sie mich einfach an der Hauptstraße raus. Den halben Kilometer kann ich auch laufen.«
Ich stieg in den Jeep. Der Leutnant fuhr ans andere Ende des Orangenhains und hielt an der Hauptstraße. Ich stieg wieder aus.
»Seien Sie vorsichtig«, sagte der Leutnant. »Ein toter Soldat ist für heute genug.« Er sah die leere Straße hinauf und hinunter. »Jetzt ist Ausgangssperre«, sagte er nachdenklich. »Kein Araber, dem sein Leben lieb ist, wird die Nase aus dem Fenster stecken.«
»Danke«, sagte ich. »Also bis bald.«
Mugla starrte mich immer noch an. »Sei vorsichtig!« sagte er.

Dann winkte er mit der Hand. Er blickte versonnen und grimmig drein.
Der Leutnant legte den Gang ein, bog in die Hauptstraße ein und fuhr in Richtung Flüchtlingslager davon. Die Sonne stand hoch am Himmel. Ein heißer Tag.
Ich trat ein paar Schritte zurück und setzte mich im Schatten des Hains auf einen großen Stein. Ich fühlte mich sehr müde. Einen Augenblick lang ließ ich das Kinn auf die Brust sinken und schloß die Augen. Ich wollte schlafen. Die Vögel zwitscherten in den Zweigen. Der frische Duft der Orangen drang mir in die Nase und erinnerte mich irgendwie an den letzten Sommer in der Highschool, als wir zur Arbeit in die Kibbuzim geschickt wurden. Nationaldienst nannte man das. Vielleicht nickte ich einen Augenblick ein, aber ich wachte gleich wieder auf, eine alte irrationale Angst griff nach meiner Kehle, die Angst einzuschlafen, die Kontrolle zu verlieren, erschreckende Gedanken aufkommen zu lassen, die sich von irgendwoher einschlichen, ohne daß ich es vorhersehen und mich vor ihnen schützen konnte. Ich war wieder wach. Benny war tot. Bei lebendigem Leibe war er in seinem Wagen verbrannt, unter dem Jubel der Zuschauer. Frauen, Kinder. Eine Schweizerin, die nicht Partei ergreifen wollte. Ich hoffte für ihn, daß er ein tiefreligiöser Mensch gewesen war, daß er aus innerster Überzeugung an Gott geglaubt hatte. Sonst hätte diese gräßliche Situation unerträglich sein müssen. Ich sah ihn vor mir, in seiner zu großen Uniform, wie er abwesend hinter seinen Brillengläsern hervorschaute, das Gewehr wie einen Ast in der Hand haltend. Er mochte das Gewehr nicht.
Ich merkte nicht, daß ich weinte, bis ich ein Geräusch hörte und aufschaute. Einen Augenblick lang konnte ich nicht klar sehen. Ich wischte mir mit dem Handrücken die Tränen aus den Augen. Drei Gestalten kamen aus dem Orangenhain auf mich zu. Einer von ihnen trug ein rotes Halstuch.
Sie sahen mich und blieben stehen. Sie warfen sich Blicke zu und wechselten ein paar Worte auf arabisch, die ich nicht verstand.
Ich stand langsam auf, das Gewehr auf sie gerichtet.
»Ta'al hon!« sagte ich. Kommt her!
Ich ging langsam auf sie zu, den Finger am Abzug. Die Jungen

standen reglos da und starrten mich an, nur ein paar Meter entfernt. Sie rührten sich nicht von der Stelle. Ich ging auf sie zu, behielt alle drei mit äußerster Anspannung im Auge und wußte nicht, was ich tun würde. Wenn du ein Gewehr hast, mußt du auch bereit sein, es zu benutzen, sonst wird es nur zu einer Last. Vielleicht hatte ich das irgendwo gelesen oder in einem Film gehört. Der Junge mit dem roten Halstuch sagte etwas zu seinen Freunden. Alle drei drehten sich um und liefen in den Orangenhain. Ich hatte den Finger am Abzug, aber ich schoß nicht. Ich lief hinter ihnen her. Sie zerstreuten sich, liefen sehr schnell, waren mal zu sehen, mal nicht. Ich konzentrierte mich auf den in der Mitte, den Jungen mit dem roten Halstuch. Das Gewehr war nun zu einer Last geworden. Es lag schwer in meiner Hand, schlug gegen Äste und Baumstämme. Wie viele Kilometer war ich in den letzten fünfundzwanzig Jahren in den Hügeln um Jerusalem schon gelaufen, immer fünfzehn oder zwanzig an einem Stück? Hunderte, viele Hunderte. Mein Atem ging regelmäßig, die Beine waren leicht und kraftvoll. Der Junge vor mir war sehr schnell, aber ich wußte, daß ich ihn einholen konnte. Es mußte sein. Äußerste Anspannung. Mein Blick hing an dem roten Halstuch, das im Wind flatterte. Ein Symbol der Eitelkeit, dieses Halstuch. ›Eitelkeit ist Gift‹, sagte meine Mutter gerne.
Ich genoß das Laufen. Es war wie damals, wenn ich als Junge mit meinen Eltern in die prähistorischen Höhlen in Galiläa hinabstieg, um nach den Ursprüngen des Menschen zu suchen. Irgendwo tief eindringen, wo man noch nie gewesen war. Schnelle, tiefe Atemzüge, ein und aus, ein und aus. Wann schießen die Ektozyme ein? Ich wartete auf das Gefühl der Entspannung, das sich beim Langstreckenlauf einstellt, wenn Sauerstoff und Adrenalin das Gehirn überfluten, das euphorische Hochgefühl, das die Sinne betäubt. Tief atmen, ganz tief, ein und aus. Es war wie in der Kindheit, beim Räuber-und-Gendarm-Spielen in den Olivenhainen auf den Hügeln um Jerusalem, als es noch eine verschlafene alte Stadt war und noch nicht die Metropole von heute mit Einkaufszentren, Bars und Kinopalästen. Stöcke und Steine und offenes Feld, Berge, Bäume, Felsen und wilde Blumen. Und wir waren die Kinder der Wildnis gewesen, die auf den Feldern umherstreunten,

einfach nur Kinder, die die größeren Jungen herausforderten und ärgerten und Krieg mit den Kindern aus den Nachbarstraßen führten. Ein, aus, ein, aus. Der Junge, der vor mir lief, stolperte plötzlich über etwas, einen Busch oder eine Baumwurzel. Er fiel hin. Ich war bei ihm.
Er atmete so heftig, daß ich meinte, er würde gleich das Bewußtsein verlieren. Zum erstenmal konnte ich ihn genauer ansehen. Er war älter, als ich gedacht hatte. Siebzehn oder achtzehn. Vielleicht sah er auch nur älter aus, als er war. Ein schwacher dunkler Schatten von Bartwuchs auf seinem Kinn und seinen Wangen. Ein langer, schmaler Körper. Ein weiß-blaues Hemd. Weiß und blau, dachte ich, die Farben der Flagge. Nicht ihrer, sondern unserer.
»Gib awuya«, sagte ich. Deinen Ausweis! Er lag auf der Seite am Boden, stützte sich auf seinen Ellbogen und atmete immer noch heftig.
»Ein li«, sagte er. Ich habe keinen. Auf hebräisch.
Ich sagte: »Taschen ausleeren!«
»Nein«, erwiderte er trotzig. Sein Atem hatte sich etwas beruhigt. Seine Augen verfolgten jede meiner Bewegungen. Blaue Augen, sehr blau. Woher haben Araber blaue Augen?
Ich lehnte das Gewehr gegen den Baumstamm neben mir. Wie sollte ich ihn zurückbringen? Vor mir her durch den Orangenhain, den ganzen Weg bis zum Flüchtlingslager, das Gewehr im Anschlag? Ich legte die Hand auf sein Hosenbein und zog die Hosentasche heraus.
Ein paar Münzen fielen heraus, ein Feuerzeug und etwas, das an einer Metallkette hing. Eine Erkennungsmarke. Ich hob sie auf und sah sie mir an. Sie war schwarz von Ruß. Ich wischte sie mit den Fingern ab. Er verfolgte jede Bewegung. Seine Augen wanderten von meinen Händen zum Gewehr, aber er rührte sich nicht. Grossman Benjamin. Blutgruppe A. Ich steckte die Erkennungsmarke in meine Tasche. Ich nahm das Gewehr und stand auf. Dann sah ich mir das Feuerzeug an. Ein einfaches Feuerzeug. Auf dem Boden stand ›Made in Italy‹. An allen Ecken Italien.
Auch er stand auf. Sein Atem hatte sich vollständig erholt.
»Und, hat es Spaß gemacht?« sagte ich. ›Kif‹, das arabische Wort

für Spaß, das auch ins Hebräische Eingang gefunden hatte. Außerdem benutzte man es für ›Haschisch‹.
»Ich habe nichts getan«, sagte er.
»Natürlich nicht«, sagte ich. »Woher hast du die Erkennungsmarke?«
Er antwortete nicht. Vielleicht sah er etwas in meinen Augen. Plötzlich griff er nach dem Gewehr, aber ich schwang es herum und schlug ihm den Schaft gegen die Brust, ein kurzer, harter Schlag, aber mit solcher Gewalt, daß es ihn ein paar Zentimeter in die Höhe hob und dann zu Boden schleuderte, und ich dachte: gut, gut, gut, endlich, gut, und ich wußte, er würde nie mehr etwas anstellen, und ich dachte: gut, und wandte mich ab und ging weg. Ich drehte mich nicht um. Ich wollte ihn nicht mehr sehen.
Meine Erinnerung an den Rest des Tages ist ein wenig wirr. Ich glaube, ich ging zum Checkpoint zurück. Es war ziemlich viel los, ständig passierten Autos mit hohen Offizieren und Regierungsvertretern den Grenzübergang. Alle schienen sehr angespannt.
Aus irgendeinem Grund ging mir ständig eine Zeile aus einem Lied von John Lennon durch den Sinn: ›Nobody told me they'd be days like these, nobody told me they'd be days like these. Strange days indeed. Most peculiar, Momma.‹

Abends fuhr ich nach Ashkalon. Ich mußte weg von unserem Camp. Der ganze Gazastreifen war abgeriegelt worden, und man hatte eine strenge Ausgangssperre verhängt. Die Bewohner mußten in ihren Häusern bleiben. Die B- und die C-Kompanie, dazu starke Polizeikräfte, Einheiten des Grenzschutzes und der Armee, der Militärpolizei und des Geheimdienstes setzten ihre Hausdurchsuchung fort. Hunderte von Menschen wurden festgenommen und verhört. Checkpoint Erez war völlig tot. Kein Verkehr, keinerlei Aktivitäten. Die Soldaten waren in ihren Zelten, spielten Backgammon und hörten Radio.
Ich setzte mich in meinen Wagen und fuhr nach Ashkalon. Ich sah keinen Grund, es nicht zu tun.
Eine Zeitlang fuhr ich ziellos durch die Straßen der Stadt. Hier herrschte Normalität. Ich fühlte mich wohl. Die Leute gingen

ihren Geschäften nach. Junge Männer und Frauen in kurzärmligen Hemden aßen Eiskrem. Alles schien mir klar und durchsichtig zu sein. Benny war tot. Der arabische Junge wahrscheinlich auch. Vielleicht auch nicht. Worüber hätte ich mir Gedanken machen sollen?
Das Leben würde weitergehen, wie immer.
Tief im Innern glaubte ich das nicht wirklich, aber ich konnte nicht genau sagen, warum. Auge um Auge, Zahn um Zahn.
Vielleicht sollte ich mich stellen. Aber wem? Dem blonden Major, der mir geholfen hatte, mich aus dem Hospital zu schleichen, als ich vor vierundzwanzig Jahren von arabischen Terroristen verletzt worden war? Oder Yoav, dem Kommandeur der Südgruppe, der einmal mein Kompaniechef gewesen und immer noch mit Ruthi verheiratet war, Kompaniesekretärin und das schönste Mädchen auf dem ganzen Fallschirmjägerstützpunkt damals im Sommer '68. Oder meinem alten Freund Gad, jetzt Polizeiminister, mit dem ich über die Vorzüge der Arbeiterbewegung in Israel gegenüber seiner geliebten rechtsgerichteten Cherut-Partei gestritten hatte, als wir uns gemeinsam auf die Algebraprüfung in unserem letzten Jahr an der Highschool vorbereiteten?
Die Situation erschien mir absurd, denn trotz allem wußte ich tief in meinem Innern, daß ich ins Gefängnis wandern würde, weil niemand einen anderen tötet und ungeschoren davonkommt, ganz gleich, wie sehr er auch im Recht zu sein glaubt. So war ich erzogen worden.
Ich konnte mich auch der Militärpolizei stellen, diesen Marionetten – neunzehnjährige Soldaten mit weißen Binden am Arm, die wir immer verachtet hatten und die es niemals gewagt hatten, uns anzurühren, als wir noch in der regulären Armee waren, weil wir zu den Fallschirmjägern gehörten. Zur Elite. Ich sah eine Leuchtreklame an einem dieser Lokale in Ashkalon, nicht weit vom Strand, die halb Bar, halb Café waren und in denen ein gemischtes Publikum aus Touristen und der Jugend der Stadt verkehrte.
Ich parkte den Wagen in eine Parklücke und stieg aus, ohne die Tür abzuschließen. Ich ging in das Lokal, setzte mich an einen Tisch in der Ecke und sah mir die Speisekarte an. Plötzlich hatte ich großen Hunger und bemerkte, daß ich seit dem Morgen gar

nichts gegessen hatte. Das Lokal war ziemlich leer. Eine Gruppe junger amerikanischer Touristen trank Bier, ein paar Soldaten taten dasselbe und versuchten, die skandinavische Barfrau anzumachen, die mich ein wenig an Anita Ekberg in *La Dolce Vita* erinnerte, nur daß sie nicht so schön war. Sehr großer Busen.

»Guten Abend«, sagte eine Stimme auf hebräisch.

Ich blickte auf und sah eine lächelnde Kellnerin. Schwarzes Haar, große dunkle Augen und perlweiße Zähne.

»Möchten Sie etwas bestellen?«

»Ja«, sagte ich, »ein Steak mit Pommes frites, dazu Salat, ein Glas Wodka mit Grapefruitsaft und Ihre Telefonnummer.«

»Hiesigen oder importierten Wodka?« fragte sie.

Ich sah sie an und sagte: »Hiesigen.«

»Vielen Dank.«

Sie nahm die Speisekarte und ging weg.

Ich stellte das Gewehr gegen den Tisch und lehnte mich auf meinem Stuhl zurück. Ich dachte an Benny, sein ernstes Gesicht hinter diesen dicken Brillengläsern, wenn er Schach spielte und klassische Musik hörte. Ich kann einfach nicht an den verbrannten Wagen denken. An die reglose, verkohlte Gestalt, sagte ich zu mir. Ich kann nicht. Ich kann nicht. Aber das Bild kehrte wieder, dazwischen lachende braune Gesichter, geballte kleine Fäuste. »Biladi, biladi!«

Die Kellnerin brachte den Wodka. Ich leerte das Glas in zwei Zügen und gab es ihr zurück, bevor sie sich auch nur umdrehen konnte.

»Noch einen. Wie heißen Sie?«

»Dalit.« Sie nahm das Glas. Mein ganzes soziales Leben beschränkte sich offenbar darauf, mit zweiundzwanzigjährigen Kellnerinnen zu reden und palästinensische Jungen umzubringen.

»Was bedeutet das?« fragte ich.

»Das ist eine Abkürzung für Daliah, die Blume.« Sie wandte sich zum Gehen.

»Sie sehen wirklich wie eine Blume aus«, sagte ich. Und es stimmte.

»Ihr Steak ist gleich fertig.«

Sie trug eine ausgebeulte graue Hose und ein weißes Hemd, das wenig Rückschlüsse auf ihre Figur zuließ, anders als bei der sonnengebräunten Barfrau mit ihrem Mini-T-Shirt und ihren Riesenbrüsten. Aber ich hatte keine Lust, mit den drei jungen Soldaten in Konkurrenz zu treten, die sie anscheinend in ein lebhaftes Gespräch verwickelt hatten. Worüber mochten sie wohl mit dem schwedischen Busenwunder diskutieren? Über die Filme von Ingmar Bergman? Oder die Theaterstücke von Ibsen? Außerdem hatte ich keine Lust aufzustehen. Immerhin hatte ich schon zwei Minuten in die hiesige Kellnerin investiert. Der Wodka stieg mir in den Kopf. Und ich wollte es so.

Sie kam mit dem Essen und einem neuen Drink zurück. Sie stellte alles auf den Tisch. Ich nahm einen kräftigen Schluck aus dem Glas.

»Wie lange arbeiten Sie schon hier?«

»Zwei Monate.«

Ich hatte den Eindruck, sie wollte sich eigentlich nicht mit mir unterhalten, aber sie war höflich, eine seltene Eigenschaft in Israel.

»Gefällt es Ihnen?«

»Es ist okay«, sagte sie.

»Und was haben Sie vorher gemacht?« Ich war entschlossen, das Gespräch irgendwie in Gang zu halten. Vielleicht gelang es mir ja noch, mit einer Frau ins Bett zu gehen, bevor ich ins Gefängnis wanderte. Aber meine Versuche, etwas Witz in das Gespräch zu bringen, mißlangen gründlich. Vielleicht war der Wodka nicht besonders hilfreich. Ich sah ihn skeptisch an, dann schüttete ich ihn hinunter. O'Neill, Joyce, Dylan Thomas. Alles Trinker. Ich war mir nicht sicher, ob ich mich noch auf meinen Beinen halten konnte, aber das sollte mir recht sein. Ein Mörder und Alkoholiker, Euer Ehren, gestatten Sie, daß ich sitzen bleibe?

»Ich habe Kunst studiert«, sagte sie.

»Oh, wirklich, ich liebe Kunst... Ich bin, ich bin... sehr an Kunst interessiert. Wenn es gute Kunst ist, dann ist es manchmal das einzige, was... van Gogh, ein verrückter Kerl, aber welch eine Ausdruckskraft, und er starb als gebrochener Mann. Er hat es nicht mehr erlebt, daß seine Bilder für siebenundachtzig Millio-

nen Dollar verkauft wurden. Niemand sollte sich umbringen, nur weil es ihm eine Zeitlang schlechtgeht. Denn die Kunst ist wie das Leben: nicht vorhersehbar.«
Sie stand da und blickte mich an. Sie war wirklich höflich. Vielleicht dachte sie auch an das Trinkgeld.
»Also zwei Monate, sagen Sie? Ist es hier immer so, so...«, ich schaute mich um, »halb leer?«
»Manchmal ist es halb voll.« Sie nahm das Glas.
Ich lachte. »Noch einen. Welche Kunst gefällt Ihnen?«
»Ihr Steak wird kalt.«
Sie ging weg.
Ich schlang das Steak, die Pommes frites und den Salat in zwei, drei Minuten hinunter, solchen Hunger hatte ich. Sie brachte mir den dritten Drink und hatte sich schon wieder umgedreht, kaum daß der Wodka auf dem Tisch stand.
Sie brachte mir die Rechnung. Achtundzwanzig Shekel. Verdammt billig. In Jerusalem hätte es fast das Doppelte gekostet. Die Drinks ganz sicher.
»Hey«, sagte ich.
»Was ist?«
Ich blickte sie an. »Ich sehe nirgendwo die Telefonnummer.«
Sie ging nicht darauf ein, sondern wandte sich wieder ab.
»Hey!«
Ein Mann kam auf mich zu, dreißig oder fünfunddreißig Jahre, offenbar der Besitzer oder Geschäftsführer des Lokals.
»Stimmt etwas nicht?«
»Allerdings.« Ich zeigte ihm die Rechnung. »Ich habe Steak, Pommes frites, Salat, drei Wodkas und ihre Telefonnummer bestellt. Die Nummer habe ich nicht bekommen.«
Einen Augenblick stand er ruhig da und sah mich an. Er war ziemlich groß, ein bißchen zu schwer. Und ich hatte ein Gewehr. Alle sahen zu uns herüber. Die schwedische Barfrau zündete sich eine Zigarette an. Ich konnte mir vorstellen, was sie dachte. Toll, dieses Israel. Toll, dieser Nahe Osten. Bin ich froh, daß ich Gustav und Inge und Johann in diesem langweiligen Stockholm, Oslo oder Kopenhagen zurückgelassen habe. Und jetzt will ich Blut sehen.

»Bitte, zahlen Sie die Rechnung an der Kasse, und verlassen Sie friedlich das Lokal«, sagte der Geschäftsführer.
Ich stand auf und griff nach meinem Gewehr.
»Ich kann erst zahlen, wenn ich bekommen habe, was ich bestellt habe.«
Er kniff die Augen zusammen.
»Wollen Sie Streit?«
»Nein, nur eine Telefonnummer.«
Er schaute sich nach den drei Soldaten um. Sie schienen neutral. Er rief: »Mommo! Shabbi!«
Zwei weitere Männer erschienen, der eine, nach seiner Kleidung zu urteilen, der Koch. Bei dem anderen war ich mir nicht sicher. Er hielt einen Besenstiel in der Hand, als wäre es eine Keule. Anita Ekberg war begeistert.
»Hey«, sagte Dalit, »das hätte ich fast vergessen.«
Sie schrieb etwas auf ein Stück Papier, kam herüber und gab es mir.
›Dalit (052) 63218‹
Ich steckte den Zettel in meine Brusttasche, legte fünf Shekel auf den Tisch, zahlte die achtundzwanzig Shekel an der Kasse und ging hinaus. Ich werde nie nach Schweden gehen können.

6 Kurz nach elf war ich wieder in dem kleinen Militärlager beim Checkpoint Erez. Die Soldaten machten sich gerade zum Schlafengehen fertig. Die Operation ›Dynastie‹ war eben zu Ende gegangen. Ich zog mir die Stiefel aus und legte mich auf mein Bett. Ich dachte mir, ich sollte versuchen zu schlafen.
Der blonde Major kam ins Zelt. »Ach, hier sind Sie.«
Er setzte sich auf das Bett neben meinem und zündete sich eine Zigarette an.
»Das war ein schlimmer Tag.«
Ich rührte mich nicht. Ich sah ihn nur an und wartete.
Der blonde Major schwieg. Er saß bloß da und rauchte seine Zigarette. Ich hatte ihn nur selten rauchen gesehen.

»In all den Jahren, die ich bei der Armee gewesen bin«, sagte er, »war das heute das Grauenhafteste, was ich je gesehen habe.« Er machte einen tiefen Zug an seiner Zigarette.
Ich lag immer noch still da, sah ihn an und wartete. Der Major schüttelte den Kopf. Er wirkte sehr müde.
»Er war ein guter Mensch«, sagte er. »Daß er so sterben mußte...«
Ich atmete langsam und tief, ein, aus, ein, aus.
»Ich hoffe nur, sie kriegen den, der das getan hat«, sagte er. »Und wenn sie ihn kriegen, dann hoffe ich, sie stellen ihn nicht vor Gericht und geben ihm lebenslänglich und halten ihn auf unsere Kosten im Gefängnis, um ihn nach zehn oder fünfzehn Jahren freizulassen oder mit hundert anderen gegen eine amerikanische Geisel auszutauschen. Ich hoffe, sie schießen ihn gleich über den Haufen.« Er drückte seine Zigarette aus. Ich hatte ihn noch nie so lange reden hören. Er war sonst eher kurz angebunden und neigte nicht zu philosophischen Erörterungen. »Das wünsche ich mir jedenfalls.«
»Ich weiß nicht«, sagte ich. Meine Stimme klang seltsam rauh und belegt, aber er schien es nicht zu bemerken.
»In dem Kibbuz, aus dem ich komme«, sagte er, »hat man uns gute, einfache Werte beigebracht. ›Tu deine Pflicht, sei bereit, dein Leben für unser Land hinzugeben und dem Feind die Stirn zu bieten, aber laß niemals zu, daß du auf sein Niveau sinkst.‹ Seit ich achtzehn bin, habe ich die Arbeiterpartei gewählt. Aber bei den letzten Wahlen wußte ich nicht, für wen ich stimmen sollte. Alles ist so durcheinander.«
»Ja.«
Er stand auf.
»Jedenfalls werden wir eine ruhige Woche haben. Die Ausgangssperre bleibt bestehen. Eine ruhige Woche, und dann gehen wir nach Hause.« Er schulterte sein Gewehr und ging hinaus.
Der nächste Tag war wirklich ruhig. Nur Militärfahrzeuge passierten den Checkpoint, dazu israelische und ausländische Reporter, die den Ort des Zwischenfalls besichtigen wollten. Aber nur wer in Begleitung eines Vertreters der Armeepressestelle war, wurde durchgelassen.

Im Gazastreifen kam es zu einigen Zusammenstößen. Die Soldaten und die Einwohner waren gereizt. In den Morgenstunden eröffneten Soldaten dreimal das Feuer auf Einwohner, die sich nicht an die Ausgangssperre hielten. Fünf Araber wurden verwundet. Einer von ihnen starb später im Krankenhaus.

Am frühen Nachmittag setzte ich mich in meinen Wagen und fuhr die Küste hinauf zu einer Moshav ein paar Kilometer nördlich von Tel Aviv, wo Bennys Begräbnis um drei Uhr nachmittags stattfinden sollte. Die Familie hatte auf eine schnelle Beerdigung gedrängt, nicht nur um Benny rasch zur letzten Ruhe zu betten, sondern auch um dem Medienrummel und der öffentlichen Neugier, die der Vorfall ausgelöst hatte, ein Ende zu bereiten. Bennys Vater und Schwester waren noch am Morgen aus New York gekommen. Seine Mutter war schon tot.

Es war eine traurige Gesellschaft. Die kleine Gruppe von Angehörigen und Freunden wirkte wie verloren. Die Regierung war durch einen Staatssekretär im Innenministerium vertreten, einen bärtigen Mann mit Käppchen, die Armee durch Yoav, den Kommandeur der Südgruppe, und durch den Bataillonskommandeur. Der in die israelische Flagge gehüllte Sarg wurde in die Grube gesenkt. Bennys Witwe stand reglos da und drückte ihre drei Töchter an sich. Alle hatten einen glasigen Ausdruck im Gesicht, nur die Älteste, Shira, weinte. Die ganze Zeremonie dauerte weniger als eine halbe Stunde.

Auf dem Rückweg hörte ich in den Fünfuhrnachrichten, daß gestern abend im Krankenhaus von Gaza der siebzehnjährige Araber Haled Abu Haled aus dem Flüchtlingslager Jebalia bei Gaza gestorben war. Wie der Sprecher hinzufügte, war der Junge am Tag zuvor von einer amerikanischen Archäologin gefunden worden, die auf dem Weg von Gaza nach Ashkalon gewesen war. Die näheren Umstände seines Todes, so der Sprecher, waren ungeklärt.

Die nächsten fünf Tage vergingen relativ ruhig mit Routinekontrollen an dem nahezu ausgestorbenen Grenzübergang. Das Leben der Bewohner des Gazastreifens und der israelischen Soldaten in ihrer Mitte kehrte langsam zur Normalität zurück. Die Sicherheitskräfte konzentrierten sich auf die Klärung der Um-

stände des Mordes an dem Reservisten Benjamin Grossman. Niemand schien sich sonderlich Gedanken um Haled Abu Haled zu machen, einen von zwölf arabischen Jugendlichen, die in diesem Jahr im Gazastreifen getötet worden waren.
Ende der Woche wurde ich aus dem Reservedienst entlassen und kehrte ins zivile Leben nach Jerusalem zurück.

7 Ich war mitten in der Arbeit an einem Drehbuch, einer Komödie über drei junge Israelis, die in der Halle eines großen Jerusalemer Hotels mit reichen amerikanischen Witwen fortgeschrittenen Alters anzubandeln versuchen, um aus Israel herauszukommen, eine Greencard und die amerikanische Staatsbürgerschaft zu ergattern und dann irgendwie in New York ins Geschäft zu kommen. Ich beschloß, die Sache eine Zeitlang fallenzulassen. Offenbar war es mir völlig unmöglich, lustig zu sein.
Ich hatte das Gefühl, nicht mehr viel Zeit zu haben, und wurde zwischen widersprüchlichen Bedürfnissen hin- und hergerissen. Einerseits wollte ich etwas Sinnvolles und Bedeutsames mit meinem Leben anfangen, mich vielleicht sogar für eine gute Sache opfern (aber für welche Sache?); andererseits spürte ich den Drang, einfach in den Tag zu leben und Spaß zu haben (aber wie?). Die Ungewißheit lähmte mich, und so tat ich keins von beidem. Stundenlang wanderte ich durch die Straßen Jerusalems. Was sollte aus mir werden?
Als ich aus dem Reservedienst nach Hause kam, warf ich als erstes meine schmutzigen Kleider auf einen großen Haufen, aber bevor ich sie in die Waschmaschine steckte, leerte ich alle Taschen und stieß dabei auf einen zerknüllten Zettel, auf dem mit Bleistift geschrieben stand: ›Dalit (052) 63218‹.
Ich griff nach dem Telefon, nahm den Hörer und wählte die Nummer. Ich hatte keine Ahnung, was ich sagen sollte, vielleicht könnte ich mich für mein rüdes Auftreten entschuldigen. Am anderen Ende nahm jemand ab, und ich hörte die Stimme eines jungen Mannes: »Hallo?«

Ich sagte: »Kann ich bitte mit Dalit sprechen?« und kam mir wie ein Idiot vor, weil mir in den Sinn kam, wie jung sie war, und das war höchstwahrscheinlich ihr Freund, obwohl es auch ihr Bruder oder ein Zimmergenosse sein konnte; vielleicht hatte ich mich auch verwählt, oder sie hatte mir eine falsche Nummer gegeben, um mich loszuwerden. Aber wie dem auch war, es gefiel mir nicht, eine männliche Stimme am anderen Ende der Leitung zu hören.

»Dalit ist nicht zu Hause. Kann ich ihr etwas ausrichten?«

»Nein, danke.« Ich legte auf, warf den Zettel in den Papierkorb und meine Wäsche in die Waschmaschine. Eine Kellnerin in Ashkalon war mir vom Schicksal nicht bestimmt. Komm zurück auf den Boden, Assaf.

Ich legte mich aufs Bett. Was sollte ich mit dem Rest meines Lebens anfangen?

Das Telefon riß mich aus tiefem Schlaf. Und aus einem Traum. Wiederum als Junge fuhr ich mit meinen Eltern durch die grünen Täler von Galiläa, vorbei an den Höhlen der Urmenschen, die mich immer so fasziniert hatten. Es war ein steiler Aufstieg bis zu den Höhleneingängen und dann ein langsamer Abstieg im Halbdunkel des Höhleninnern. An den Wänden waren einige Malereien, mehrere tausend Jahre alt, und seltsam bearbeitete Steine. Als kleiner Junge glaubte ich, wenn ich nur tief genug in die Höhle eindränge, stieße ich auf irgendein Geheimnis, das mich alles verstehen ließe.

»Assaf Ryke?« Eine Frauenstimme, die ich nicht kannte, mit einem leichten Akzent. Es fiel mir schwer, in die Gegenwart zurückzukehren.

»Ja?«

»Hier ist Judy Anderson.«

»Oh.« Ich wartete und versuchte, einen klaren Kopf zu bekommen. Einen Augenblick lang hatte ich nicht die geringste Ahnung, wer Judy Anderson war. Ich war gerade dabei, in die prähistorischen Höhlen hinabzusteigen, als sie anrief. Und ich wäre nur zu gern in den Traum zurückgekehrt.

»Die Archäologin. Sie haben mich am Dienstag zu der jüdischen Synagoge in Gaza begleitet.«

»Oh«, sagte ich. Jetzt wußte ich Bescheid. Die Frau, die Haled Abu Haled gefunden hatte. Die Frau, die auf CNN über die Schrecken der Besatzung gesprochen hatte.

»Ich habe Ihre Nummer aus dem Telefonbuch«, sagte sie. »Störe ich?«

»Nein.« Ich dachte, seltsam, daß eine Archäologin mich anruft, als ich gerade in die prähistorischen Höhlen hinabsteigen will.

»Ich bin in Jerusalem«, sagte sie. »Ich dachte, wir könnten zusammen etwas trinken. Falls Sie Zeit haben. Ich bin nur ein paar Stunden hier.«

»Natürlich«, sagte ich und war wieder ganz wach. Die amerikanische Archäologin, die ich auf der Straße nach Gaza zurückgelassen hatte. Und die offenbar eine oder zwei Stunden danach immer noch in der Gegend gewesen war.

»Ich kenne mich hier nicht aus«, sagte sie. »Wollen Sie einen Treffpunkt vorschlagen?«

»Wo sind Sie jetzt?«

»Ich rufe aus der Halle des King David Hotel an.«

»Dann kommen Sie doch zu mir, es ist nicht weit«, sagte ich. »Inzwischen denke ich darüber nach, wo wir hingehen können.«

Ich gab ihr meine Adresse und beschrieb ihr den Weg, dann legten wir auf.

Ich konnte mich noch rasieren und frische Kleider anziehen, bevor sie an die Tür klopfte.

Sie trug eine weiße Bluse und eine Khakihose. Ihr blondes Haar hatte sie zu einem kleinen Pferdeschwanz gebunden. Kein Make-up, kein Schmuck außer einem Ring an ihrer rechten Hand. Aber kein Ehering, dachte ich. Ich war mir nicht sicher. Es spielte keine Rolle.

»Möchten Sie eine Tasse Kaffee?«

»Gern.« Sie trat ein und schloß die Tür hinter sich. Kein Parfüm. Ich ging in die Küche, stellte den Kessel auf den Herd und spülte die Tassen und Gläser ab, die seit sechs Wochen im Ausguß standen. Seit Paz.

Ich ging zurück ins Wohnzimmer. Sie ging langsam am Bücherregal vorbei und sah sich die Bücher an.

»Sie lesen hauptsächlich englisch.« Es war eine Feststellung.

»Beides«, sagte ich, obwohl es nicht stimmte. Fast alle meine Bücher waren in Englisch. Schon als Junge hatte ich sehr darauf geachtet, englisch zu lesen. Dadurch lernte ich die Sprache. Aber auch durch Filme und durch die Lieder von Frank Sinatra. Er hatte eine sehr klare Diktion, sprach jedes Wort deutlich aus. Ich kannte fast alle seine Lieder auswendig.
Sie nahm *Auf der Suche nach der verlorenen Zeit* aus dem Regal. »Mögen Sie Proust?«
»Ich mag alle Schriftsteller, die mit freier Assoziation arbeiten«, sagte ich. »Joyce, Dylan Thomas. So erspare ich mir eine Analyse.«
»Ich habe Englisch studiert.«
»Ich dachte, Sie sind Archäologin.«
»Das bin ich auch.« Sie stellte den Proust zurück. »Aber anfangs dachte ich daran, Schriftstellerin zu werden. Nach dem Magister habe ich dann gewechselt.«
»Warum?«
»Ich war einen Sommer lang in Griechenland, und das hat mich fasziniert.«
»Sie haben die richtige Wahl getroffen.«
Sie drehte sich um und sah mich an. »Warum sagen Sie das?« Ihre Augen waren tiefblau. Die Sonnenbräune ließ sie noch blauer erscheinen. Genau die Art Frau, die mich immer angezogen hatte. Die blonde, blauäugige nichtjüdische Fremde. Die nicht dazugehörte. Wie ich.
»Das Leben eines Künstlers bedeutet nur Leid. Denken Sie an van Gogh.«
»Van Gogh war kein Schriftsteller.«
»Na, dann Kafka, Edgar Allan Poe, Sylvia Plath. Immer nur Ablehnung und Unsicherheit.« Ich ging den Kaffee holen. Sie folgte mir in die Küche.
»Weshalb erfreuen Sie sich nicht an dem, was Sie tun?«
Ein ernster Mensch, dachte ich. Hatten Archäologen Humor? Die viele Sonne und das ewige Graben nach alten Knochen. Das trocknet einen aus.
»Ich weiß nicht«, sagte ich. »Die meiste Zeit starre ich auf ein leeres Blatt. Wie nehmen Sie den Kaffee?«

»Schwarz und ohne Zucker. Trinken Sie keinen?« Das war bisher die einzige Frage, die sie mit Paz gemein hatte. Vor genau sechs Wochen. Das Mädchen, das zuviel rauchte. Judy Anderson rauchte nicht. Eine gesundheitsbewußte Amerikanerin.
Sie nahm die Tasse und ging ins Wohnzimmer.
»Und was führt Sie hierher?« fragte ich und wies auf das Zimmer, um deutlich zu machen, daß ich nicht Israel oder den Nahen Osten meinte.
Sie ließ sich viel Zeit, um über die Frage nachzudenken.
»Ich weiß nicht«, sagte sie.
»Ist auch nicht wichtig. Ich war nur neugierig.«
Wieder folgte eine lange Pause. Dann sagte sie: »Ich hatte ein sehr traumatisches Erlebnis, als Sie weggegangen waren.«
»Sie meinen den arabischen Jungen.«
»Ja. Es war überall in den Nachrichten.« Die letzte Bemerkung war mehr an sie selbst gerichtet. Sie versank wieder in Gedanken. »Ich bin noch einmal zu den Ruinen zurückgegangen. Ich wollte sie mir genauer ansehen. Es war das erste Mal, daß ich mit einem Sterbenden zu tun hatte. Einem Jungen.«
»Jungen wie der hatten kurz vorher einen israelischen Soldaten umgebracht. Er war ein guter Freund von mir«, sagte ich. »Der Soldat. Er hat nie jemandem etwas getan. Er wollte immer nur helfen.«
»Aber das ist etwas anderes. Er war Soldat, bewaffnet. Der Junge war nur ein Junge.«
»Machen Sie, daß Sie rauskommen«, sagte ich. »Ich will nicht, daß Sie hier bei mir Kaffee trinken. Sie nerven mich.« Sie starrte mich entsetzt an.
»Warum sind Sie so wütend? Was habe ich getan?« Sie klang wie ein kleines Mädchen, das mit seinem Lehrer sprach. Was habe ich getan? Warum soll ich gehen?
»Diese amerikanische Heuchelei!« fuhr ich giftig fort. »Der Junge! Der Junge! Wenn du siebzehn bist und bringst jemanden um, dann verzeiht man dir, dann bist du gut. Wenn du achtzehn bist und eine Uniform trägst, bist du ein Mörder. Was ist eigentlich so faszinierend an arabischen Kindern? Die sind nicht unschuldig und unverdorben. Die haben auch nicht mehr Rechte

als die Erwachsenen. Man sollte sie wie Hunde abknallen. Man sollte sie zusammenschlagen und töten. Ich werde ihnen schon beibringen, daß man Menschen nicht bei lebendigem Leib verbrennt.«

»Sie wollen nur ihre Unabhängigkeit.«

»Na und? Wir wollen alle unsere Unabhängigkeit. Leeres Gerede. Mediengeschwätz. Man kann die Dinge auch auf zivilisierte Weise tun. Das Ziel rechtfertigt doch nicht die Mittel. Man kann nicht herumlaufen, Fahnen schwingen, Parolen schreien, Steine werfen und behaupten, die Welt sei einem etwas schuldig, nur weil man das Wort ›Unabhängigkeit‹ ausspricht. Was wissen diese Kinder schon von Unabhängigkeit?«

»Sie wissen, daß sie sie nicht haben. Sie sind umgeben von Soldaten mit Gewehren. Ihre Eltern sitzen in israelischen Gefängnissen.«

»Schön«, sagte ich. »Und die Juden trinken am Pessachfest das Blut kleiner Kinder, und der Holocaust hat niemals stattgefunden. Warum gehen Sie nicht zurück nach Amerika?«

Sie stellte die Tasse ab. Sie hatte ihren Kaffee kaum angerührt. »Ich gehe jetzt.« Sie sah verärgert aus.

Ich zuckte die Achseln. Sie stand auf und ging zur Tür. »Es tut mir leid, daß Ihr Freund getötet worden ist. Das war schrecklich.«

»Warum sind Sie hergekommen?«

Sie blieb an der Tür stehen.

»Sie waren anders als die anderen Israelis, denen ich hier begegnet bin«, sagte sie. »Sie waren lustig.«

Lustig.

»Ich gehe in ein paar Tagen zurück in die Staaten«, sagte sie.

»Zu Ihrem Mann?«

»Ich bin nicht verheiratet.«

Sie stand unschlüssig an der Tür, die Klinke in der Hand, und sah mich an.

»Ja, wenn das so ist«, sagte ich, »sollte ich Ihnen vielleicht den Rest der Wohnung zeigen, oder?«

Sie kam zurück ins Zimmer, langsam und ein wenig zögernd.

»Haben Sie etwas dagegen, wenn ich eine Platte auflege?« fragte ich.

»Ganz und gar nicht.«
Ich legte Frank Sinatras *Nice'n Easy* auf.
»Aha«, sagte sie, schien aber nichts dagegen zu haben. »Vielleicht auch ein Glas Wein?«
»Ich habe noch etwas israelischen da.«
Sie war fünfunddreißig und lebte in New York. Ihr Vater war Buchhalter in Albuquerque gewesen, inzwischen im Ruhestand, ihre Mutter war Hausfrau. Sie hatte einen älteren Bruder, der nun Rechtsanwalt war, und eine jüngere Schwester, die in der Werbebranche arbeitete, beide in Albuquerque.
Der Wein brachte etwas Farbe in ihre Wangen. Das ließ sie ein wenig femininer erscheinen und verletzbarer.
»Ich dachte, Sie wollten nichts mit mir zu tun haben«, sagte ich.
»Das dachte ich auch«, sagte sie. »Vielleicht bin ich deshalb den ganzen Weg nach Jerusalem gefahren, statt mit meinen Kollegen im Hilton von Tel Aviv zu essen.« Offenbar stieg ihr der Wein zu Kopf.
»Was ist schon ein Essen im Hilton von Tel Aviv?« sagte ich.
Das Telefon klingelte. Ich nahm den Hörer ab. »Entschuldigen Sie«, sagte ich. »Hallo?«
»Ryke?«
Es war die Stimme des blonden Majors. In den fünfundzwanzig Jahren, die ich ihn kannte, hatte er kein einziges Mal bei mir angerufen.
»Ja«, sagte ich. »Que pasa?«
»Ich spreche kein Französisch«, sagte er. »Ich habe morgen geschäftlich in Jerusalem zu tun. Ich dachte, wir könnten uns mal zusammensetzen.«
»Natürlich«, sagte ich. Ich hatte ihn vor zwei Tagen noch gesehen. Wir hatten gerade vierzig Tage miteinander verbracht. »Wo und wann?«
»Das können Sie sich überlegen«, sagte er. »Irgendwo, wo es ruhig ist.«
Ich legte auf. Ich sah Judy Anderson an. Sie trank ihr zweites Glas Wein. Sie hatte die Beine unter den Körper gezogen. Die Schuhe lagen vor der Couch. Hochhackige Schuhe, wie ich erst jetzt etwas erstaunt bemerkte. Ich stand auf und setzte mich neben sie.

Sie rückte nicht zur Seite. Durch den dünnen Stoff ihrer weißen Bluse fühlte ich die Wärme ihres Körpers. Sie nippte immer noch an ihrem Glas. Und Frank Sinatra sang immer noch. Nice'n Easy. Und ich glaubte jedes Wort, das er sagte.
»Wie ist es«, fragte ich, »möchten Sie den Rest der Wohnung sehen?«
Sie blickte mich an. Der Wein gab ihren Augen einen sanften Glanz. Ich sah sie völlig anders als bei unserer ersten Begegnung. Sie wirkte viel weicher.
»Warum nicht gleich hier?« sagte sie.
Ich zog sie an mich und küßte sie. In letzter Zeit schien meine Erfolgsquote bei Frauen deutlich zu steigen, und ich fragte mich dunkel nach dem Grund. Ihre Hände wanderten über meinen Körper und zogen mich auf den Boden hinunter. Sie lag auf dem Rücken und atmete heftig.
»Bist du sicher, daß der Teppich dir lieber ist als das Bett?« fragte ich.
Sie begann, ihre Bluse aufzuknöpfen, und enthüllte einen weißen BH über großen, sonnengebräunten Brüsten.
Sie lächelte. »Ich bin Archäologin«, sagte sie. »Ich bin harten Boden gewöhnt.« Also hatte sie doch Sinn für Humor.
Ich beugte mich über sie, schloß die Augen und küßte sie noch einmal. Sie schlang die Arme um mich. Der Rest der Welt schien zu versinken, wenigstens für den Augenblick.

8 In Zivil sah der Major ganz anders aus. Wie ein großer, kräftiger Junge. Nicht ganz so ehrfurchtgebietend wie in Uniform. Vielleicht war es das schwarze Aktenköfferchen, das ihn wie einen Anwalt oder Versicherungsvertreter aussehen ließ. Es war schon komisch.
Wir saßen auf der Terrasse des Seven Arches Hotel, hoch oben auf dem Hügel des arabischen Teils der Stadt, von wo man den schönsten Blick über das alte und das neue Jerusalem und die beiden heiligen Moscheen El Aqsa und Omar hatte, die das Pan-

orama der Stadt beherrschten. Seit Beginn des palästinensischen Aufstands und der allgemeinen Verunsicherung im arabischen Teil von Jerusalem kam kaum jemand mehr in dieses Hotel, das früher wegen des guten Essens und der herrlichen Aussicht bei Touristen und Israelis sehr beliebt gewesen war.

Das Restaurant war fast leer, bis auf die arabischen Kellner und ein paar deutsche Touristen.

Der Major nippte an seinem türkischen Mokka und sah zu den arabischen Kellnern hinüber, die weit hinten in einer Ecke saßen und Shish-bish spielten.

»Als hätten wir nicht schon genug Araber gesehen«, brummte er.

»Sie sagten: irgendwo, wo es ruhig ist.«

»Das ist es hier wirklich.« Er nahm noch einen kleinen Schluck aus seiner Tasse. »Und wie ist es so als Zivilist?«

»Großartig.«

»Nicht zu hart?«

»Nein.«

»Gestern waren welche von der Militärpolizei bei mir«, sagte er.

»So«, sagte ich. »Weshalb?«

»Ach, immer noch dieselbe Sache.« Er machte eine wegwerfende Geste mit der Hand. »Sie untersuchen den Vorfall. Den Mord an Benny Grossman. Und den Tod dieses arabischen Jugendlichen, Haled.«

»Oh«, sagte ich. »Kommen sie voran?«

»Schwer zu sagen. Sie kennen ja diese Typen. Ermittler. Heiße Luft. Der Sache mit dem Jungen würde eigentlich niemand Beachtung schenken. Aufruhr gibt es alle Tage, Leute werden verletzt, das passiert ständig. Aber der hier ist von dieser amerikanischen Archäologin gefunden worden, und die Sache war überall in den Nachrichten. Im amerikanischen Fernsehen. Eine Landplage.« Er blickte mich an. »Sie wissen, wen ich meine?«

»Die Archäologin? Ja, ich habe sie getroffen.«

»Im Augenblick machen sie viel Aufhebens von der Sache. Internationale Aufmerksamkeit. Das hält nicht lange an. Aber im Augenblick versuchen sie, irgend jemanden zu kriegen. Sie wollen beweisen, daß es in Israel Gerechtigkeit gibt.«

»Und?«
Der Major sah sich das Panorama der Altstadt an. »Sie haben die arabischen Ärzte und Krankenschwestern befragt. Der Junge hat im Krankenhaus noch einiges geredet. Das meiste war zusammenhangloses Zeug, aber er hat einen Soldaten beschrieben. Offenbar war es ein einzelner Soldat, der ihn geschlagen hat. Er erinnerte sich an ein T-Shirt unter der Uniform, mit einem großen Gesicht drauf. So eine Beschreibung bedeutet nicht viel, und außerdem ist der Junge tot. Ein Reservist, vierzig oder fünfundvierzig Jahre alt.«
»So«, sagte ich.
»Sie werden noch eine Weile suchen. Möglicherweise finden sie ihn nicht. Es ist nicht leicht, einen Reservisten ausfindig zu machen; die ziehen die Uniform aus und zerstreuen sich im ganzen Land. Der Junge hat schon öfter Schwierigkeiten gemacht. Es besteht der starke Verdacht, daß er an Grossmans Tod beteiligt war. Niemand möchte wegen so was einen Reservisten vor Gericht sehen. Yoav hat das auch gesagt. Der Junge gehörte nicht ins Land der Lebenden. Aber sag das mal den Medien.«
»Sie haben mit Yoav gesprochen?«
Er zuckte die Achseln. »Ja. Wir haben alle schon einen langen Weg hinter uns.« Er sah mich an. »Was machen Sie denn so? Schreiben?«
»Ja, schreiben.«
»Sie sind nirgendwo angestellt?«
»Nein.«
Er lächelte. »Sie sind zu beneiden. Nicht angestellt, nicht verheiratet. Sie können jederzeit weggehen. Reisen.«
»Früher habe ich das gemacht. In letzter Zeit habe ich nicht mehr viel Lust, irgendwohin zu fahren.«
»Ich reise gern«, sagte der Major und studierte aufmerksam die Skyline von Jerusalem, als hätte die Architektur es ihm angetan. »Letzten Sommer war ich in Südamerika. Eine ganz andere Welt. Und die Frauen sind umwerfend.«
»Ja, ich weiß«, sagte ich und sah ihn an. »Ich habe viel Gutes über Südamerika gehört. Aber ich bin nicht in der Stimmung, dahin zu gehen.«

»Sie brauchen nicht dahin zu gehen«, sagte er und starrte immer noch in die Ferne. »Machen Sie einfach mal Urlaub, reisen Sie. Sehen Sie sich die Welt an.«
Ich blickte ihn an.
»Die Welt habe ich schon gesehen«, sagte ich.
Er wandte sich zu mir und sah mich fest an.
»Assaf«, sagte er, »niemand will Sie hängen sehen.«

9 Ich hatte nie geglaubt, daß mir etwas Schlimmes zustoßen konnte. Ich glaube, ich hatte auch nie geglaubt, daß mir etwas Gutes zustoßen konnte. Ich weiß nicht, was ich erwartete. Ich war Schriftsteller. Ich lebte mit Phantasien. Vielleicht war ich nicht ganz in der Wirklichkeit.
Niemand will Sie hängen sehen.
Assaf.
Machen Sie Urlaub, reisen Sie, sehen Sie sich die Welt an.
Wir saßen auf der Terrasse des Seven Arches Hotel und betrachteten den Sonnenuntergang, der die alten goldenen Gebäude in ein goldenes Licht tauchte. Das goldene Jerusalem. Ich war auf der anderen Seite aufgewachsen. Jetzt gehörte alles uns. Seit vierundzwanzig Jahren.
»Ich weiß noch, wie ich zum erstenmal hierherkam, 1967«, sagte ich zu dem Major. »Damals herrschte überall ein Gefühl der Allmacht. Wir waren alle Supermen. Der Sechstagekrieg brachte eine unglaubliche Hochstimmung. Wir konnten einfach nicht fehlgehen. Wir hatten das Gefühl, die Welt gehört uns. Ich erinnere mich noch ganz deutlich daran. Wir standen hier, blickten über die Stadt, und die Welt gehörte uns.«
»Ja«, sagte der Major. Er bestellte bei dem arabischen Kellner noch eine Tasse Kaffee.
»Ich nehme auch einen«, sagte ich. »Überall in der Welt waren die Juden plötzlich stolz darauf, Juden zu sein, wegen Israel und dem Sechstagekrieg. Ich erinnere mich noch genau daran.«
Der arabische Kellner hatte einen schwarzen Schnurrbart und

dunkle, runde Augen. Er war weder freundlich noch feindselig. Er nahm die Tasse des Majors vom Tisch und ging.
»Und alle bewunderten uns«, sagte ich und sah dem arabischen Kellner nach, der mit der Tasse in der Hand wegging. »Auch sie glaubten, wir wären Supermen.«
Der Major zuckte die Achseln. »Wahrscheinlich glauben sie das heute noch.«
»Und 1973 brach alles zusammen«, sagte ich. »Wir waren nur Menschen. Sie hatten uns überrascht. Moshe Dayan war das Symbol der Unbesiegbarkeit gewesen, der einäugige Held. Aber er versagte.«
»Trotzdem haben wir den Krieg gewonnen«, sagte der Major.
»Aber in den Köpfen haben wir ihn verloren«, sagte ich. »Von da an gab es Zweifel. Und dann kam Sadat, und das war auch schlecht für unsere Moral, weil er der Held war. Er war es, der visionäre Kraft und Mut zeigte. Er war es, der ins Land des Gegners flog, um Frieden zu machen. Und das brachte uns noch mehr Selbstzweifel ein. Dann kam der Krieg im Libanon. Aus David ist Goliath geworden, und Goliath ist dazu verdammt, zu verlieren. Aber in Wirklichkeit sind wir nicht Goliath. Tief da drinnen sind wir immer noch David. Wir sind niemals Goliath. Das entspricht nicht unserer Natur. Das entspricht nicht unserer Seele.«
Der Kellner kam mit seinem Tablett und stellte zwei Tassen türkischen Mokka auf den Tisch.
»Shukran«, sagte ich.
»Tfadal«, sagte er ruhig und ging weg.
»Die amerikanische Archäologin ist eine Gefahr«, sagte der Major. »Sie waren mit ihr bei der Synagoge, kurz bevor es passierte. Sie wird sich an das T-Shirt erinnern.«
»Sie verläßt morgen das Land.«
»Oh«, sagte er. »Trotzdem kann sie eines Tages als Zeugin hier erscheinen. Man kann nie wissen.« Wir starrten beide auf die Altstadt.
»Ist schon merkwürdig, hier zu sitzen und all das zu sehen...«, sagte ich. »Wenn man bedenkt, wie lang das schon da ist, die Geschichte hindurch, seit der Bibel. Die Wiege der Zivilisation. Da unter uns, und wir sitzen hier, trinken türkischen Mokka und be-

trachten den Sonnenuntergang. Und es ist unser eigenes Land, wie in biblischen Zeiten, ist das nicht wunderbar?«
»Ich weiß nicht«, sagte er, »ich bin nicht religiös.«
»Ich auch nicht. Aber es rührt einen doch an«, sagte ich. »Meine Großmutter ist auf dem Ölberg begraben.« Ich erinnerte mich noch undeutlich an sie. Meinem Großvater war ich nie begegnet. Er war von den Nazis gefoltert worden und starb kurz nach seiner Ankunft in Palästina. Nach 1967 fuhren wir oft den Ölberg hinauf und dann hinunter nach Jericho und ans Tote Meer, den tiefsten Punkt der Erde, fünfundzwanzig Minuten von Jerusalem entfernt, um Obst zu kaufen und essen zu gehen.
»Wissen Sie, was Ihr Fehler ist, Ryke?« sagte der blonde Major. »Sie sind zu sentimental. Das ist Ihr Fehler.«
»Kann sein«, sagte ich. »Aber ich möchte es gar nicht anders.«
Hinter den Bergen ging langsam die Sonne unter, und wir sahen zu.

10

Am nächsten Morgen fuhr ich zum Verbindungsbüro meiner Reserveeinheit, etwa dreißig Kilometer nördlich von Tel Aviv, an der Straße nach Haifa, um mir eine Auslandsreisegenehmigung der Armee zu besorgen. Ich wußte noch nicht, ob ich wirklich verreisen wollte, aber ich dachte, es sei gut, mir die Genehmigung schon einmal zu holen. Für alle Fälle.
Ich parkte meinen Wagen außerhalb des Geländes und ging zum Tor. Ich zeigte dem Wachmann meinen Ausweis. Er winkte mich durch, ohne einen Blick darauf zu werfen. Das Lager lag in einem Kiefernwäldchen am Fuß eines Berges. Eine herrliche Gegend. Vor der Gründung des Staates Israel hatte es den Briten als Militärlager gedient. Es bestand aus ein paar Reihen langgezogener Wellblechbaracken.
Ich ging ins Verbindungsbüro meiner Einheit. Michal, die Bataillonssekretärin, ein zwanzigjähriges Mädchen in der Uniform eines Sergeanten, trank Kaffee aus einem Plastikbecher. Sie schenkte mir ein freundliches Lächeln. Sie trug eine Zahnspange.

»Was kann ich für Sie tun?«
Ich sagte ihr, ich wollte eine Auslandsreisegenehmigung.
»Sie haben gerade erst Ihren Reservedienst absolviert, nicht?« fragte sie.
Ich nickte.
»Dann dürfte das kein Problem sein.« Sie öffnete eine Schublade in ihrem Metallschreibtisch und holte ein Formular heraus. Sie stempelte es ab und schob es mir herüber. »Nur eben ausfüllen: Name, Nummer, Dienstgrad und Adresse.«
Ich tat es. In der Zwischenzeit holte sie ein Käsebrot mit Tomaten hervor und begann zu essen. Sie hatte Frühstückspause.
Ich gab ihr das Formular zurück.
»Wann wollen Sie fahren?«
»Ich weiß noch nicht genau«, sagte ich. Die Genehmigungen waren drei Monate gültig. »Wahrscheinlich bald.«
»Ich trage das Datum von morgen ein.« Sie tat es. »Wohin fahren Sie?«
»Ich weiß nicht. Rund um die Welt.«
»Sie haben's gut«, sagte sie lächelnd. »Ich habe noch sechs Monate in diesem Loch.« Sie legte das Brot zur Seite, nahm das Formular und stand auf. »Ich lasse es eben unterschreiben.«
Sie ging in den Nebenraum. Ich lehnte mich auf meinem Stuhl zurück und streckte die Beine aus. Ich dachte, ›ich bin vierundvierzig und hole mir eine Reiseerlaubnis bei einer Zwanzigjährigen, die eine Zahnspange trägt‹.
Michal kam zurück, gefolgt von Nava, die den Posten des Verbindungsoffiziers versah. Nava hielt die Genehmigung in der Hand.
»Hallo, Assaf.« Eine tiefe Stimme. Zuerst Offizier, dann erst Frau.
»Hi. Wie geht's?« sagte ich. »Was machst du hier, wenn wir nicht im Reservedienst sind?«
Sie hatte rotes Haar und Sommersprossen, sehr ernst und autoritär. »Ach, wir haben genug zu tun«, sagte sie. »Viel Papierkram. Du fährst also ins Ausland?«
»Ja«, sagte ich. »Ich hatte so viel Spaß letzten Monat, jetzt brauche ich Erholung.«

»Ferien, hah.« Sie lächelte. »Wohin soll's denn gehen?«
»Ich habe mich noch nicht entschieden«, sagte ich. Langsam hatte ich genug von dem Gequatsche. Ich stand auf. »Ich muß jetzt wirklich los.«
»Natürlich.« Sie gab mir das Formular. Ich überflog es, um sicherzugehen, daß es korrekt ausgefüllt und unterschrieben war, dann steckte ich es ein.
»Danke«, sagte ich. »Bis bald mal.«
»Letztens hat einer nach dir gefragt«, sagte Nava.
Ich blieb an der Tür stehen und drehte mich zu ihr um. »Ja? Wer?«
»Von der Militärpolizei.«
»Wirklich?« sagte ich. »Und was wollten die?«
»Nichts. Nur Adresse, Telefonnummer und den Tag deiner Entlassung.«
Michal kaute ihr Brot und sah mich an.
»Haben sie gesagt, warum?«
»Nein. Eine Routineangelegenheit, haben sie gesagt.« Sie blickte mich neugierig an.
Ich zuckte die Achseln. »Na, ich bin weg.«
»Gute Reise«, sagte sie.
Ich ging hinaus und durch das Tor, vorbei an der Wache. Er winkte mich durch. Auch er aß ein Brot. Der Wind strich sanft durch die Kiefern. Ich stieg in meinen Wagen und fuhr zurück nach Jerusalem.

11

Ich sagte meinen Eltern, daß ich für ein paar Wochen ins Ausland fahren würde. Daß ich beim Schreiben nicht weiterkam und eine andere Umgebung mir vielleicht weiterhelfen könne.
»Wohin fährst du?« fragte meine Mutter.
»Ich weiß noch nicht.«
»Wie lange bleibst du weg?« fragte mein Vater.
Ich sagte ihnen, ich würde ihnen alles schreiben, sobald ich

wüßte, wo ich bleiben wollte. Ich ließ alles im unbestimmten. Und so fühlte ich mich auch. Am nächsten Tag fuhr ich Judy Anderson zum Ben-Gurion-Flughafen und verabschiedete sie vor dem Terminal mit einem Kuß. Sie gab mir ihre Adresse und Telefonnummer in New York. Sie schien wenig Lust zu haben, wegzufahren. Erst als ihr Flug zum zweitenmal aufgerufen wurde, ging sie in die Abflughalle hinauf. Oben an der Treppe drehte sie sich noch einmal um und winkte mir zu, dann verschwand sie. Plötzlich fühlte ich mich sehr einsam.

Noch am selben Tag kaufte ich mir in Jerusalem ein offenes Flugticket nach New York und zurück.

Dann ging ich nach Hause und versuchte nachzudenken. Aber es kam mir alles recht sinnlos vor. Ich fühlte mich unruhig und unglücklich. Ich setzte mich in den Wagen und fuhr ziellos durch die Stadt. Nach einer Weile fand ich mich in einer schmalen Straße in den religiösen Vierteln. Ich hielt an.

»Paz ist nicht zu Hause«, sagte Danielle.

»Oh«, sagte ich. Sie stand in der Tür, trug ein zu großes Herrenhemd über schwarzen Strumpfhosen. »Wo ist sie?«

»Im Restaurant.«

»Aber…« Ich sah auf meine Uhr. Es war halb fünf am Nachmittag.

»Sie hat heute die Tagschicht«, sagte Danielle. Aus der Wohnung hinter ihr hörte ich Marianne Faithfuls Stimme.

»Ich fahre weg«, sagte ich. »Da wollte ich mich nur verabschieden.«

»Ach, ja«, sagte sie. »Es ist bestimmt nicht viel Betrieb. Sie können ruhig zu ihr, ich bin sicher, sie freut sich darüber.«

»Wegen diesem Lied habe ich einmal einen Film gedreht«, sagte ich.

»*The Eyes of Lucy Jordan*?«

»Wegen der Zeile, in der einer Frau mit fünfunddreißig plötzlich einfällt, daß sie noch nie in Paris gewesen ist. Da habe ich an all die Dinge gedacht, die man tun möchte und niemals tut.« Ich schwieg.

»Ja. Und weiter?« sagte sie.

»Ich habe mir also eine Geschichte ausgedacht, in der einer Frau mit fünfunddreißig einfällt, daß sie noch nie in Paris gewesen ist; da packt sie ihre Sachen und fährt hin. Sie gibt ihre Stelle auf, verläßt ihren Mann und steigt ins Flugzeug, aber sie fliegt nicht nach Paris, sondern landet aus Versehen in Israel. Der Rest sind ihre Abenteuer im Heiligen Land.«

»Ja, den Film hab ich gesehen«, sagte Danielle. »Vor drei Jahren, als ich zum erstenmal nach Jerusalem kam.«

»Wirklich? Wie hat er Ihnen gefallen?«

»Er war sehr komisch«, sagte Danielle. »Sie waren sehr komisch.«

»Was macht Ihr Freund?« fragte ich.

»Ich habe keinen Freund.«

»Der junge Mann, der damals hier war; der das Shampoo nicht aufgebraucht hatte.«

Sie lächelte. »Er übernachtet hier ab und zu, weil er mit seiner Freundin Schluß gemacht hat; er hat sonst keine Bleibe.«

»Also, dann gehe ich mal und sehe nach Paz.«

»Gute Reise«, sagte Danielle und schloß die Tür.

Ich ging zurück zur Straße, wo ich meinen Wagen auf dem Bürgersteig geparkt hatte. Ich setzte mich hinein und fuhr zum Restaurant. Ich hielt vor dem Lokal und sah durch die Scheiben hinein. Paz stand bei einem Tisch und nahm eine Bestellung auf. Das Lokal war fast leer, aber ich hatte keine Lust hineinzugehen. Ich fuhr zurück zu dem kleinen Haus in dem religiösen Viertel. Ich drückte das schwere Eisentor auf und ging durch den Garten. Der Granatapfelbaum stand in voller Blüte. Der Herbst ging zu Ende.

Ich klopfte an die Tür. Es dauerte eine Weile, bis Danielle öffnete. Sie schien nicht wirklich überrascht, mich zu sehen.

»Wissen Sie«, sagte ich. »Paz und ich, wir sind eigentlich nicht füreinander geschaffen.«

»Ja, ich weiß«, sagte sie.

»Ich mag sie, und vielleicht mag sie mich auch, aber mehr ist es nicht. Wie sind zu verschieden. Und sie ist sehr jung.«

»Ich bin nur zwei Jahre älter«, sagte sie. »Ich kann das nicht beurteilen.«

»Sie wirken ernster. Reifer.«

»Kann sein«, sagte sie.
»Ich bin nicht zu ihr reingegangen«, sagte ich. »Wenn sie kommt, können Sie sie von mir grüßen?«
»Ja«, sagte Danielle.
Ich fuhr zurück zu meiner Wohnung und warf ein paar Kleider in den braunen Lederkoffer, den ich während des Reservedienstes bei mir gehabt hatte. Auf dem Boden lag immer noch etwas Sand, Armeeschmutz. Ich packte Zahnbürste, Rasiermesser und Rasierschaum ein, dazu meinen Paß, der in drei Wochen ablief, und die zweitausend Dollar, die ich aus Israel mitnehmen durfte. Ich ließ die Rolläden herunter und schloß Fenster und Türen. Dann ließ ich meinen Blick noch einmal durch das Wohnzimmer schweifen. Ich nahm Oscar Wildes *Bildnis des Dorian Gray* vom Regal und steckte es in die Tasche meines Jacketts. Ich war reisefertig, als das Telefon klingelte. Es war zehn Uhr abends. Um ein Uhr ging ein Flugzeug nach New York. Das wollte ich nehmen.
Ich nahm den Hörer ab.
»Assaf Ryke?«
»Am Apparat«, sagte ich. Wer konnte das sein? Die Militärpolizei?
»Hier ist Dalit«, sagte sie. Dann folgte eine Pause.
»Ach ja«, sagte ich. Ich war überrascht.
»Man hat mir gesagt, daß vorgestern jemand für mich angerufen hat«, sagte sie. »Ich dachte, Sie könnten es gewesen sein.«
»Warum?« fragte ich.
»Ich weiß nicht. Ich hatte so ein Gefühl. Haben Sie angerufen?«
»Ja«, sagte ich. »Woher haben Sie meine Nummer? Woher wissen Sie meinen Namen?« Ganz offensichtlich entwickelte ich einen Verfolgungswahn.
»Ich habe Sie erkannt, als Sie im Restaurant waren«, sagte sie. »Ich kenne Ihr Bild vom Umschlag Ihrer Bücher. Ich habe Ihre Bücher gelesen.«
»Oh«, sagte ich.
»Warum haben Sie angerufen?«
»Ich weiß nicht«, sagte ich. »Ich habe mich schlecht benommen. Ich war sehr grob. Ich wollte mich entschuldigen.«
»Das war gar nicht nötig«, sagte sie. Dann fügte sie hinzu: »Ich bin

froh, daß Sie angerufen haben. Ich hatte gehofft, daß Sie es tun.«
»Warum?« fragte ich.
»Ihre Bücher haben mir gefallen.«
»Sehen Sie«, sagte ich, »ich bin gerade auf dem Sprung nach New York. Tatsächlich bin ich schon verspätet für meinen Flug.«
Am anderen Ende der Leitung war es still. Dann sagte sie: »Bleiben Sie lange weg?«
»Nein, nicht lange. Ich rufe Sie an, wenn ich zurück bin. Ich möchte Sie gerne wiedersehen.«
»Ich bin da«, sagte Dalit.

12

In New York regnete es, als das Flugzeug dort landete. Nach zwölf Stunden Flug hatten die Passagiere es eilig, aus dem Flugzeug zu kommen. Auf einem Foto empfing uns lächelnd Präsident Bush am Ende eines langen Flurs. ›Willkommen in den Vereinigten Staaten.‹ Das Wort ›Willkommen‹ war in zahlreichen Sprachen geschrieben, auch in Hebräisch. Es gab dreihunderttausend Israelis in New York.
Der Beamte von der Einwanderungsbehörde, ein Philippino, sah sich meinen Paß und die ausgefüllten Formulare an.
»Zweck des Besuchs?«
»Urlaub.«
Er trug das fehlende Wort nach und blätterte weiter in meinem Paß. Dann sah er in einem Buch mit einer Namensliste nach. Stand ich auf einer Liste? Wurde ich von Interpol gesucht?
Es erinnerte mich an die Entlassungsprozedur nach dem Reservedienst. Man steht in einer Schlange und wartet darauf, sein Gewehr und die übrige militärische Ausrüstung abgeben zu können. Dann sieht sich ein Uniformierter deine Papiere an. Bevor er die Entlassungspapiere nicht abgestempelt hat, bist du nicht draußen. Er ist nur ein kleiner Armeeangestellter ohne besonderes Ansehen, er steht auf der untersten Sprosse der Leiter. Aber ohne ihn kannst du nirgendwo hin.

Der Mann am Schalter stempelte den Paß und die Formulare und reichte sie mir.
»Der nächste.«
Ich hatte keine Koffer, nur mein Handgepäck und nichts zu verzollen. In drei Minuten war ich durch.
Die Hälfte der Menschen in der Ankunftshalle sprach Hebräisch oder Jiddisch. Bisher hatte ich noch keinen Amerikaner gesehen auf dem John F. Kennedy International Airport von New York.
Ich ging durch den Regen zu der Schlange gelber Taxis, die draußen warteten. Ein Mann, auch er in Uniform, fragte mich: »Wohin?« Er war ein Schwarzer, aus Jamaika.
»Manhattan.«
Er zeigte auf ein Taxi, und ich stieg ein. Der Fahrer fuhr sogleich los. Amerika, das Land der Effizienz.
»Wohin wollen Sie?« fragte er.
»Midtown Manhattan.«
»Der Regen soll heute aufhören«, sagte er. Ich sah aus dem Fenster auf ein Meer großer amerikanischer Wagen. Eine Menge schwarzer Gesichter. Die Wagen fuhren sehr schnell, und jeder blieb auf seiner Spur, anders als in Israel, wo alle ständig die Spur wechseln. Catch as catch can.
»Sind Sie zum erstenmal hier?« fragte er.
»Ich war schon ein paarmal hier.« Zweimal wegen der Veröffentlichung eines Buches, fünfmal, um Geld aufzutreiben, und einmal wegen einer Filmpremiere.
»Es ist sehr hart«, sagte er.
»Was ist hart?«
»Das Leben in New York. Sehr teuer. Sind Sie geschäftlich hier, oder machen Sie Urlaub?«
»Urlaub«, sagte ich zum zweitenmal innerhalb von zehn Minuten.
»Das habe ich auch gesagt, als ich hierherkam«, sagte der Fahrer. »Und das war vor siebenundzwanzig Jahren.«
»Woher kommen Sie?« fragte ich.
»Rußland.« Ich sah auf das Namensschild am Armaturenbrett. Malkov. Wahrscheinlich ein Jude, der niemals bis Israel gekommen war.

»Gefällt es Ihnen hier?« fragte ich.
»Ja«, sagte er, »aber es ist sehr hart. Viele Dummköpfe. Viele Obdachlose. Das Gold liegt hier nicht auf der Straße.« Er lächelte. Wie Sergei, der Soldat in meinem Zug, hatte er schlechte Zähne.
Wir fuhren durch Queens und weiter zur Triboro Bridge. Die berühmte Skyline von Manhattan kam plötzlich in Sicht. Und wieder fühlte ich die alte Erregung. New York City. Siebenmal war ich schon hier gewesen, und jedesmal hatte sich dasselbe erregende Gefühl eingestellt, wie ein Adrenalinschub. Die Stadt von Damon Runyon. Die Theater, die Kinos, die Mafia. New York, New York.
»Wohin in Midtown?«
»Oh«, sagte ich. Ich hatte keine Ahnung, wohin ich wollte. Wenn ich in New York gewesen war, hatte ich in Hotels oder Privatwohnungen in der Upper East Side oder Upper West Side gewohnt. Die Freunde meines Vaters lebten an der Fifth Avenue, der Park Avenue oder in Central Park West. Sie spendeten Millionen für Israel und kamen gelegentlich herüber, wenn eine Schule oder ein aufgeforsteter Wald nach ihnen benannt wurde. Das waren die Amerikaner, die ich kannte. Jüdisch und reich. Ich war in ihren Häusern zu Gast gewesen und hatte manches Wochenende in ihren Ferienhäusern in Mont Kisco oder Hampton verbracht.
»Times Square«, sagte ich.
Er hielt an der Ecke 47. Straße und Broadway. Die Geschäfte hatten geschlossen. Es war noch früh am Morgen.
»Passen Sie auf Aids auf«, sagte der Taxifahrer. »Eine Menge Frauen in New York haben Aids. Ganz besonders in dieser Gegend.« Der Taxometer zeigte neunundzwanzig Dollar an. Ich gab ihm fünfunddreißig Dollar und stieg aus.
»Ich bin zwei Jahre in Israel gewesen, als ich rauskam«, sagte er. »Ramat Gan. Es war hart«, und auf jiddisch sagte er: »Sei gesund.«
Und fuhr davon.
Ich ging Richtung 47. Straße.
An der Ecke stand ein Mädchen. Schmutzigblondes Haar, Jeans,

eine Lederjacke über einem Herrenhemd, Turnschuhe. Sie sah mich an.
»Hey, Mister«, sagte sie.
Ich blieb stehen.
»Suchst du etwas Spaß?«
Ich sah sie an. Blaue Augen. Keine Strümpfe. Ein kleines, dürres Mädchen. Sie lächelte. Das Lächeln war etwas falsch, aber irgendwie doch ganz nett.
»Mein Leben lang«, sagte ich.
»Zwanzig für mich und zwanzig für das Zimmer. Das Hotel ist gleich da drüben.« Und sie zeigte auf die andere Straßenseite.
»Ich bin gerade erst angekommen«, sagte ich.
»Ich gefalle dir bestimmt. Ich bin gut, und ich bin sauber.«
»Wie heißt du?«
»Patty. Und du?«
»Assaf.«
»Isaak?«
»Assaf.«
»Also, kommst du mit?«
»Vielleicht ein andermal.« Ich ging über die Straße und nahm den gegenüberliegenden Bürgersteig. Sie blieb neben mir.
»Ich brauche nur fünfzig Dollar, damit ich den Bus nehmen und nach Hause fahren kann.«
»Wo bist du zu Hause?«
»In Pennsylvania.«
»Hast du da Familie?«
»Natürlich, meine Mom und meinen Dad. Meine Schwestern. Ich gefalle dir bestimmt, ehrlich«, sagte sie aufrichtig. Sie konnte nicht älter als zwanzig sein. Sie tat mir leid. »Wann willst du losfahren?«
»Von Port Authority geht jeden Tag ein Bus ab.« Sie zeigte auf eine häßliche Stahlkonstruktion in der 42. Straße. »Diese Stadt ist eine Todesfalle.«
Ich blieb stehen und holte meine Brieftasche heraus.
»Nicht hier!« sagte sie. »Du gibst mir das Geld im Zimmer.«
Ich zog einen Fünfzigdollarschein aus der Brieftasche und gab ihn ihr. Ich hatte keine Ahnung, warum.

»Viel Glück«, sagte ich. »Grüß Pennsylvania von mir.«
Sie steckte das Geld in ihre Jackentasche und starrte mir nach, während ich mich abwandte und weiterging.
»Schwule Sau«, sagte sie; dann ging sie in entgegengesetzter Richtung davon und verschwand mit beschleunigten Schritten hinter der nächsten Straßenecke.
Das Hotel, auf das sie gezeigt hatte, befand sich an der Ecke der Nineth Avenue. Eine abgerissene Leuchtreklame versprach Zimmer für Durchreisende. Einen Namen hatte das Hotel offenbar nicht. Ich ging mehrere Treppen hinauf, bis ich die Rezeption erreichte. Der Mann am Schalter hatte ölig schwarzes Haar und eine dunkle, olivfarbene Haut. Er sah indianisch aus.
»Ja?« sagte er.
»Ich suche ein Zimmer.«
Ein schwarzes Mädchen kam aus dem Flur auf uns zu. Sie trug einen kurzen roten Lederrock und einen engen weißen Pulli. In der Hand hielt sie eine Zigarette und ein Feuerzeug. Sie warf mir einen Blick zu und stieß eine Rauchwolke aus. Sie ging die Treppe hinunter. Ihre hohen Absätze hallten durch das Treppenhaus, bis ihr Geklapper im Lärm der Straße verschwand.
»Vierzig Dollar pro Nacht«, sagte der Indianer. Er erwartete nicht, daß ich es nähme.
»Und für eine ganze Woche?«
»Zweihundertvierzig. Mit Dusche dreihundert.«
Ich hatte keine Ahnung von den Preisen. Mein Hotel hatten immer andere bezahlt. Der Verlag oder der Filmverleih. In einem anderen Teil der Stadt.
»In Ordnung«, sagte ich.
»Bar und im voraus.«
»In Ordnung«, sagte ich, nahm die Brieftasche heraus und zahlte den Betrag.
Auf der Treppe waren Schritte zu hören. Das kleine blonde Mädchen aus Pennsylvania, Patty, kam auf uns zu. Hinter ihr ein Mann mittleren Alters in einem billigen Anzug. Ich starrte sie an. Sie tat so, als hätte sie mich noch nie gesehen.
»Kurz, Sammy«, sagte sie. Der Indianer reichte ihr ein Meldeformular und einen Stift.

»Ich füll das aus«, sagte sie zu dem Mann in dem billigen Anzug. »Du zahlst das Zimmer.«
»Zwanzig Dollar«, sagte Sammy.
Der Mann zog einen Geldschein aus seiner Tasche und zahlte.
In einer Handschrift, die ich nicht lesen konnte, schrieb das Mädchen etwas auf das Meldeformular. Dann schob sie es über den Schaltertisch.
»Nummer vier in der Halle«, sagte Sammy. Er gab ihr keinen Schlüssel.
»Ist das Zimmer sauber?« fragte sie. »Letztesmal war es ganz schön durcheinander.«
»Es ist sauber«, sagte ein älterer Mann, offenbar der Hausmeister, der hinter dem Schalter aufgetaucht war. Er hatte einen Besen in der Hand und stank nach Whisky.
»Dann wollen wir die Show mal steigen lassen«, sagte Patty. Sie ging den Flur hinunter. Der Mann folgte ihr.
Sammy reichte mir ein Meldeformular. Ich trug meinen Namen, meine Jerusalemer Adresse und meine Telefonnummer ein, gab ihm das Formular zurück und verlangte eine Quittung. Er nahm ein leeres Blatt, schrieb ›300 für eine Woche bezahlt‹ darauf und setzte seine Unterschrift darunter. Ich faltete das Blatt zusammen und steckte es in die Tasche.
Irgendwo hinten in der Halle quietschte eine Tür, und der Mann in dem billigen Anzug kam auf uns zu. Er murmelte irgendwas in seinen Bart. Er schien erregt.
»Was hat sie angestellt?« fragte Sammy. »Ist sie abgehauen?«
Der Mann gab keine Antwort. Er öffnete die Glastür und ging die Treppe zum Ausgang hinunter.
Sammy gab mir einen Schlüssel. »Nummer zweihundertsiebzehn, die Treppe hoch.«
Das Zimmer war klein und schmutzig. Vielleicht war es nicht wirklich schmutzig, aber es wirkte so. Die Wände waren in einem undefinierbaren Gelb gestrichen, und die Farbe blätterte ab. Es gab ein Fenster, aber durch das Glas konnte ich nichts erkennen. Ich ging hin und schob das Fenster hoch. Es führte auf die 42. Straße. Die Bettdecke war voller Flecken. Darauf lagen zwei kleine Stücke Seife und ein kleines weißes Handtuch. Es gab

einen leeren Schrank mit zwei Drahtbügeln, ein Bad mit gesprungenen Fliesen und einen großen Schwarzweißfernseher. Das Zimmer gefiel mir.
Ich ging ins Bad und drehte den Wasserhahn auf. Das Wasser war rostig. Ich wartete, bis es klar war, dann wusch ich mir mit kaltem Wasser das Gesicht und trocknete mich mit dem kleinen weißen Handtuch ab. Ich hörte ein Hämmern an der Wand und zwei Stimmen, einen Mann und eine Frau, die sich anschrien. Ich ging zurück ins Zimmer und legte mich aufs Bett. Es knarrte unter meinem Gewicht. Ich starrte auf die nackte Glühbirne, die von der gelben, abbröckelnden Decke herabhing.
Amerika. Ich war in Sicherheit. Niemand würde mich hier finden. Niemand.
Ich schloß die Augen und schlief ein.
Als ich erwachte, war es draußen dunkel. Die nackte Glühbirne blendete mich wie die Lampe in einem Verhörraum. Wo war ich? Weshalb wurde ich verhört?
Irgendwo rief eine Stimme: »Hey, Frankie, gib mir 'ne Zigarette, du Wichser.«
Ich zog die Schuhe und das Jackett an, sah nach, ob noch all mein Geld in der Brieftasche war, und öffnete die Tür. Auf dem Flur stand eine fette schwarze Frau, sie lehnte sich mit dem Rücken gegen die Wand; sie trug Shorts und ein T-Shirt, das sich eng um die schweren Wülste ihres Bauches legte.
»Willst du was?«
»Nein, vielen Dank.«
»Wirklich nicht?«
»Wirklich nicht. Vielleicht ein andermal.« Ich schloß die Tür ab und steckte den Schlüssel in die Tasche. Dann ging ich die Treppe hinunter.
Der Times Square war eine einzige Ansammlung von Schäbigkeit. Alles, was man sah, schien illegal oder verboten. Cops, Junkies, Pusher, Prostituierte, Touristen, Geschäftsleute – alles schien Teil derselben rohen, unzensierten, gnadenlosen und erbärmlichen Welt zu sein. Nichts war so lebendig und so deprimierend wie der Times Square am Abend. Alles lag vor einem. Man brauchte nur loszugehen und sich umzuschauen.

Vor einem Sexshop standen ein paar junge Schwarze und murmelten: »Smoke, Smoke, Smoke? Hey, Mister, wollen Sie welchen?«
Ich lief gut eine Stunde durch die Gegend und sah mir Kinoaushänge, Elektronikläden und Pizzerien an. Dann nahm ich die U-Bahn nach Greenwich Village und lief noch etwas herum. Auf einem Bürgersteig fand ich, was ich suchte, eine gebrauchte Smith-Corona-Schreibmaschine, die einem Straßenhändler gehörte. Wir feilschten eine Weile. Dann kaufte ich sie für dreißig Dollar.
Ein Gelegenheitskauf. Ich fragte mich, ob sie wohl funktionierte. In einem der Geschäfte kaufte ich noch eine Polaroidkamera. Ich ging zurück zum Hotel. In meinem Zimmer stellte ich die Schreibmaschine auf den Tisch und zog ein Blatt Papier ein. Oben auf das Blatt schrieb ich: ›Bildnis des Israelis als sterbender Hund‹, und starrte eine Weile darauf. Die Tastatur war etwas eingerostet. Ich mußte die Tasten mit ziemlicher Gewalt herunterdrükken. Das Zimmer hatte einen starken Hall. Es hörte sich an wie Salven aus einem Maschinengewehr. Ich begann, ohne lange nachzudenken. Ich schrieb: ›Als Kedar im Herbst 1965 eingezogen wurde, war er darauf gefaßt, sein Leben für sein Land hinzugeben. Er war ein Jahr vor dem Staat geboren worden, und man hatte ihn im Geiste des Patriotismus erzogen. Alles in seinem Leben hatte ihn dahin geführt, und alle seine Freunde empfanden ebenso. Sie waren stolze, in ihrer jugendlichen Begeisterung arrogante patriotische Snobs. Das Land war klein und schmal, und alle Grenzen waren bedroht. Ihre Eltern hatten das Land aufgebaut, nun ging es an sie über. Mit seinen achtzehn Jahren war er jederzeit bereit zu sterben, im Sturm auf die Golanhöhen oder quer durch die Wüste Sinai, gegen eine Überzahl bewaffneter feindlicher Soldaten. Die jungen Männer waren stark und ansehnlich. Die Mädchen waren schön, wenn sie an den Wochenenden auf sie warteten oder wenn sie an den Gräbern weinten. Das ganze Land war eine einzige große Familie. Er hätte nie gedacht, daß er eines Tages auf Kinder schießen würde. Daß Frauen ihn auf den Straßen ihrer Städte anspucken, kleine Jungen ihn aus den Fenstern anpissen würden. Er hätte nie gedacht, daß seine eigenen

Leute ihn einen Nazi nennen würden. Vielleicht hatte er auch nie gedacht...‹

Ich stand auf und trank etwas Wasser aus dem Wasserhahn. Ich schaltete den Fernseher ein und sah mir die Nachrichten an. David Duke, ein ehemaliges Mitglied des Ku-Klux-Klan, kandidierte bei den Gouverneurswahlen in Louisiana. Ein gutaussehender Mann mit blondem Haar und dem Gesicht eines Engels, sanfte Stimme, höflich, freundlich. Ich sah in seine blauen Augen und wußte nicht recht: Würde ich von diesem Mann einen Gebrauchtwagen kaufen? Sofort. Weshalb sollte die Welt Israel verstehen? Ein Land in weiter Ferne, dessen Gesicht nicht mehr dem eines Engels glich und dessen Augen nicht mehr blau waren. *Das Bildnis des Dorian Gray*.

Ich schrieb: ›Die Welt dreht sich im Kreis, dachte Kedar; mit achtzehn hatte er noch nicht gewußt, daß die heroische Zeit ihrem Ende entgegenging und daß nun bald die Zeit der vergeblichen Mühen, der Ohnmacht und der stillen Verzweiflung anbrechen würde. Die Welt gehört den Underdogs, den Führern des palästinensischen Aufstands Faisal el Housseini und Hanan Ashrawi. Jede Welle hat ein Oben und ein Unten, und auf jede Welle folgt eine andere. Wir waren nun unten angelangt, im Wellental. Wir strebten nicht mehr nach Unabhängigkeit. Jetzt strebten andere nach Unabhängigkeit von uns. In den Gesichtern der politischen Führer spiegelte sich der gegenwärtige Zustand des Landes: eigenschaftslos, unbestimmt, austauschbar.

Aus den Goldjungen waren mittelmäßige Männer geworden. Es gab nichts mehr, in das sie hätten hineinwachsen können. Das war der Platz, den ihnen die Geschichte zugewiesen hatte. Ihre Wahlmöglichkeiten beschränkten sich auf die kapitulierende Linke, die faschistische Rechte und die unentschiedene Mitte. Schäbige Reste.‹

Ich sah auf die Uhr. Es war fast Mitternacht. Ich las noch einmal die halbe Seite, die ich geschrieben hatte, und dachte: deprimierend und bitter, tolles Zeug. Genau das, was alle haben wollen.

Ich zog das Blatt aus der Schreibmaschine, knüllte es zu einem Ball zusammen und warf damit nach der Schabe, die an der Tischkante entlanglief. Ich verfehlte sie.

Ich zog mein Jackett an und ging hinaus.
Ich lief eine Weile durch die Straßen und betrat schließlich in der 45. Straße eine Bar.
Ich bestellte mir einen Drink und wählte einen Song von Frank Sinatra in der Jukebox. *That's life* schien mir passend. Ein Mädchen stand neben der Jukebox; sie rauchte eine Zigarette und trommelte mit den Fingern an die Wand.
Ich sagte: »Mögen Sie Frank Sinatra?«
»Hat der nicht was mit der Mafia zu tun oder so was?«
»Ich meine seine Songs«, sagte ich.
»Kenn ich nicht.«
»Einer wird gerade gespielt«, sagte ich.
»Kann ich nicht hören, es ist zu laut hier«, sagte sie. »Ich bin mit meinen Freundinnen hier.« Sie zeigte auf zwei Mädchen, die bei der Theke standen und rauchten; eine von ihnen warf mit Dartpfeilen nach dem Brett, das an der Wand hing. »Wir sehen uns das Spiel an.«
Baseball. Über Baseball kann ich mich nicht unterhalten. Ich habe nicht die geringste Ahnung davon. »Ich bin heute morgen erst aus Israel gekommen«, sagte ich.
»Ach ja?« Ihr Gesicht zeigte keinerlei Reaktion, ihre Augen blieben auf den Fernseher geheftet.
»Das ist ein kleines Land im Nahen Osten, das viele Probleme hat«, sagte ich.
»Weiß ich«, sagte sie. »Hab ich im Fernsehn gesehen.« Wo sonst?
»Ich könnte Ihnen bei einer Tasse Kaffee oder einem Drink alles darüber erzählen«, sagte ich, »wenn wir irgendwohin gehen, wo es nicht so laut ist.«
»Entschuldigen Sie mich«, sagte sie und ging zurück zu ihren Freundinnen am Dartbrett. Ich legte einen Dollar auf die Theke und verließ die Bar.
Ich ging weiter die 45. Straße hinunter. In der Mitte des Blocks sah ich eine Frau, die sich an einen Wagen lehnte und mir den Rücken zukehrte. Sie stand unter einer Straßenlaterne, deren Licht auf ihr hellbraunes Haar fiel. Ich weiß nicht, warum ich stehenblieb. Vielleicht wollte ich mit jemandem reden.

»Hi«, sagte ich. Sie drehte sich um und sah mich an. Sie war älter, als ich gedacht hatte, ein schönes Gesicht, aber etwas mager, mit Falten am Hals und einer schwachen Narbe auf der linken Wange. Ihr Blick war in die Ferne gerichtet, als wäre sie irgendwo anders, zumindest in Gedanken.

»Oh, hi«, sagte sie und schwieg. Ich wußte nicht recht, was ich sagen sollte.

»Was machen Sie noch so spät?« fragte ich.

»Nichts Besonderes«, sagte sie. »Und was machen Sie noch so spät?«

»Ich kann nicht schlafen«, sagte ich.

Ein dünnes Lächeln erschien auf ihren Lippen. Es erreichte auch ihre Augen, ein freundliches Lächeln, das nichts Hartes an sich hatte.

»Vielleicht können wir daran was ändern«, sagte sie.

Sie hieß Sylvia.

Sammy, der Indianer an der Rezeption, hielt uns an, als wir an ihm vorbeikamen.

»Sie kann nicht mit rauf«, sagte er.

»Warum nicht?« fragte ich. »Das Zimmer ist doch bezahlt.«

Er schüttelte nachdrücklich den Kopf. »Hausordnung«, sagte er. »Keine Besucher.« So kamen wir nicht weiter.

»Ach, kommen Sie«, sagte ich.

»Für zwanzig Dollar kann sie eine Stunde mit«, sagte er ohne jede Rücksichtnahme. Ich gab ihm das Geld.

Wir gingen hinauf. Ich schloß die Tür auf und drehte das Licht an. Sie trat ein.

»In diesen Zimmern ist es immer zu warm«, sagte sie. Sie zog ihren Mantel aus und hängte ihn ordentlich an den Haken an der Tür. Sie trug einen dünnen Pulli. Ihr Körper schien etwas mißgestaltet. Sie zog vier Dosen Bier aus einer braunen Papiertüte und stellte sie auf den kleinen Tisch neben die Schreibmaschine. Das Bier hatte sie auf dem Weg hierher an einem Obststand gekauft. Bezahlt hatte ich.

»Ich war ein paar Monate in einem Obdachlosenheim für Frauen«, sagte sie. »Jetzt habe ich wieder eine Wohnung.«

Sie öffnete eine Dose und bot sie mir an. Ich schüttelte den Kopf.

Sie setzte sich aufs Bett und nahm einen Schluck. Ihr Rücken war etwas verkrümmt. Ich fragte mich, wie alt sie sein mochte. Ich hatte keine Vorstellung. Wenn sie lächelte, wirkte sie ziemlich jung. Aber nur, wenn sie lächelte.

»Woher kommst du?« fragte ich.

»Oregon. Ursprünglich. Aber ich lebe schon viele Jahre hier.«

»Wie alt warst du, als du nach New York gekommen bist?«

»Vierzehn«, sagte sie. Sie holte eine Packung Marlborough und ein Feuerzeug heraus. Sie steckte sich eine Zigarette in den Mund.

»Reichst du mir mal den Aschenbecher, Honey«, sagte sie. Ich gab ihr einen Aschenbecher, auf dem ›Regency‹ stand. Das hier war eindeutig nicht das Regency.

»Mach's dir doch bequem«, sagte sie.

»Hättest du was dagegen, wenn wir uns einfach etwas unterhalten?«

»Wenn du willst«, sagte sie etwas unsicher.

»Erzähl mir von dir. Wie bist du hierhergekommen?«

»Als ich hierherkam, war ich von zu Hause weggelaufen.« Sie zündete die Zigarette an. »Das ist eine lange Geschichte. Davor, in Oregon, war ich in einer Besserungsanstalt. Ich bin ein paarmal von zu Hause weggelaufen, und sie haben mich vier Jahre eingesperrt. Die waren ganz schön streng.« Sie blies den Rauch in die Luft und trank einen Schluck Bier.

»Und warum bist du weggelaufen?« fragte ich.

»Wir waren ziemlich arm. Das war das eine. Und dann hatte mein Vater Sachen mit meiner Schwester und mir gemacht. Ich erinnere mich nicht mehr daran, aber meine Schwester hat es mir erzählt. Ich war schon in ganz jungen Jahren auf mich allein gestellt. Am Ende wollte ich nur noch weg.«

»Wie bist du in dieses Leben reingeraten?«

»Das war die einzige Möglichkeit für mich, unabhängig zu sein. Als ich herkam, war mir klar, daß ich nur so Geld verdienen konnte. Ich hatte schon Erfahrungen mit Männern gemacht und wußte, daß es mir so nicht gefiel, wie sie es bis dahin mit mir gemacht hatten.«

»Mit vierzehn?« sagte ich.

Sie lächelte wieder. Ein freudloses Lächeln.

»Ach, Mann«, sagte sie. »Mit neun bin ich vergewaltigt worden. Und dann die Scheiße mit meinem Vater. Ich hab es weggedrängt, aber manchmal sehe ich ihn nackt vor mir. Ich hab mir gedacht, das ist nicht die schlechteste Art, sein Geld zu verdienen. Wenigstens läßt man sich dafür bezahlen«, lachte sie.
Sie drückte die Zigarette aus und zog mit einer einzigen raschen Bewegung ihren Pulli aus. Darunter trug sie einen beigefarbenen Büstenhalter. Ihre Haut war sehr blaß. Eine lange Narbe lief vom Brustkorb bis zum Bauch hinunter. »Machst du dich jetzt fertig, Honey?« fragte sie.
»Eigentlich wollte ich reden. Das hab ich doch schon gesagt.«
»Na ja«, lachte sie etwas unsicher. »Wir wollen doch zu einem Ergebnis kommen, oder?«
»Ich weiß nicht«, sagte ich. »Warum? Macht es dir was aus?«
Sie griff nach hinten, um den BH zu öffnen, doch dann hielt sie inne. Ihre Schultern sanken ein wenig herab. »Nein, eigentlich nicht. Aber was soll das Ganze, wenn wir nicht…« Sie ließ den Satz unbeendet und zündete sich noch eine Zigarette an.
»Ärgert dich das?«
»Nein«, sagte sie. »Aber ich kann nicht mehr lange bleiben. Es ist schon in Ordnung, wenn du was davon hast. Das ist deine Sache.«
Ich hatte ihr dreißig Dollar bezahlt. Und dann noch zwanzig für das Zimmer.
»Ich habe was davon«, sagte ich. Es lenkte mich von Israel und Haled Abu Haled ab.
»Dann ist es ja gut.« Sie zuckte die Achseln. Mir wurde klar, daß es schwerer für sie war, nicht ihre üblichen Dienste zu erbringen. Es war eine Zumutung, dazusitzen und sich mit einem völlig fremden Menschen zu unterhalten, nur weil der dafür bezahlte. Sie rauchte schweigend weiter und trank ihr Bier aus.
»Ich bin Schriftsteller«, sagte ich gleichsam zur Erklärung und zeigte auf die Schreibmaschine. »Ich bin heute erst angekommen. Ich kenne hier niemanden.«
Sie lächelte. »Das ist schon in Ordnung, Baby.« Und sie legte ihre dürre Hand kurz auf meinen Arm, eine Geste, die mich seltsam berührte. »Hast du was dagegen, wenn ich mir noch eine Dose Bier nehme?«

»Nein, natürlich nicht«, sagte ich. »Das Bier ist für dich.«
»Danke.« Sie stand auf und holte sich eine neue Dose Bier. Sie öffnete sie, setzte sich wieder hin und trank. Ihr Unterkiefer war ohne Zähne, aber man konnte es kaum erkennen.
»Gefällt dir dieses Leben?«
Sie zog an der Zigarette und atmete den Rauch tief ein. »Ich will nicht gerade behaupten, daß es mir Spaß macht, mit allen möglichen Leuten Sex zu haben. Das wäre gelogen. Es macht keinen Spaß. Aber das Geld gefällt mir, ja. Ich will mal so sagen: Es macht mir nichts aus.«
»Aber was hast du von dem Geld? Hast du jemals welches gespart?«
»Ach, Honey, wenn du auf der Straße bist, denkst du nicht ans Sparen.« Sie wandte sich zu mir und sah mich an, suchte nach Worten, um mir zu verdeutlichen, was sie meinte. Ihr Gesicht war von dem Bier leicht gerötet, und ich dachte, sie muß einmal eine Schönheit gewesen sein, vor gar nicht langer Zeit. Sie hatte haselnußbraune Augen und feine Gesichtszüge.
»Es scheint eine Menge Geld zu sein«, sagte sie und gestikulierte mit der Bierdose, »und vielleicht ist es auch eine Menge, für normale Menschen. Aber das sind Leute, die haben schon eine Wohnung und ihr Auskommen. Dann kannst du auch anfangen, etwas Geld zu sparen.« Sie hielt inne. »Wie spät ist es, Honey?«
Ich sah auf die Uhr.
»Bald zwei.«
»Dann muß ich los«, sagte sie. »Es war trotzdem nett mit dir. Du bist nicht aufdringlich.«
»Ich würde dich gerne wiedersehen. Kann ich dich irgendwo finden?«
»Ich wohne in der 40. Straße«, sagte sie. »Ich gebe dir meine Adresse.«
Ich reichte ihr einen Stift und ein Blatt Papier; sie schrieb ihre Telefonnummer und ihren Namen darauf: Sylvia Punchuk.
Als sie gegangen war, rief ich meine Eltern an. Zwei Uhr nachts in New York, neun Uhr morgens in Jerusalem.
»Assaf!« Die Stimme meiner Mutter klang sehr klar, als wäre sie nebenan. »Wo bist du?«

Ich gab ihr die Telefonnummer des Hotels. »Zimmer 217.«
»Geht es dir gut?« fragte sie.
»Ja«, sagte ich. »Es ist anders. Wie geht's euch beiden?«
»Gut«, sagte sie. Sie sprach nie darüber, wie es ihr oder meinem Vater gesundheitlich ging. Im Geiste fühlte sie sich immer noch als die zwanzigjährige Pionierin. Wir sprachen einfach nicht über so triviale Dinge wie die persönliche Gesundheit. Es gab Wichtigeres. Es ging einem immer gut, bis man tot war.
»Wie lange willst du dort bleiben?« fragte sie.
»Ich weiß noch nicht«, sagte ich. Erst einen Tag war ich weg, und schon fühlte ich mich schuldig. »Eine Weile. Ich versuche zu schreiben. Ich habe gerade angefangen. Hat jemand nach mir gefragt?«
»Nein«, sagte sie. »Ich glaube nicht. Warum? Hast du jemanden erwartet?«
»Nein.«
Wir sprachen noch ein paar Minuten über die allgemeine Lage in Israel und den Gesundheitszustand von ein paar Verwandten, dann legten wir auf.
Ich setzte mich an den Tisch und begann wieder zu schreiben. Durch die Wand hörte ich einen Mann und eine Frau, die miteinander stritten. Verließen sie nie das Zimmer? Und warum waren sie überhaupt zusammen?
Am Morgen ging ich ins israelische Konsulat, um meinen Paß verlängern zu lassen. Die Adresse sah ich im Telefonbuch nach; es befand sich an der Ecke 42. Straße und Second Avenue. Ich zog den Mantel an und ging Richtung Osten, gut zwanzig Minuten die Straße hinunter.
Das Konsulat befand sich im elften und zwölften Stock eines dieser hohen grauen Gebäude, die so typisch für Midtown Manhattan sind. Ein kleiner quadratischer Vorraum mit einer Videokamera, eine stark gesicherte Eisentür und eine Sprechanlage. Ein Wachmann, ein junger Israeli, der wahrscheinlich gerade erst seinen Militärdienst hinter sich hatte, kam heraus, um mit mir zu reden und sich meinen Paß anzusehen. Dann geleitete er mich durch zwei schwere Eisentüren ins Innere der Festung. Das Personal erinnerte mich an israelische Behörden, wie ich sie nur zu gut

kannte. Ich wartete zwanzig Minuten und wurde schließlich von einer Konsulatsbeamtin mittleren Alters empfangen; sie saß hinter einem aktenbeladenen Schreibtisch, auf dem eine Tasse Tee stand. Sie sah sich meinen Paß an, schrieb etwas auf eine Seite und stempelte sie ab. Der Paß war um fünf Jahre verlängert.
Als ich hinausging, begegnete ich einem jungen Mann mit Anzug und Krawatte, der mir irgendwie bekannt vorkam. Er erkannte mich sofort. Wir waren in derselben Straße in Jerusalem aufgewachsen und auch in dieselbe Schule gegangen; allerdings war er sechs oder sieben Jahre jünger als ich. Ich erinnerte mich nur noch, daß er ein dicklicher, ziemlich weibischer Junge gewesen war, den die größeren Jungen gerne hänselten, und daß er oft weinend nach Hause zu seiner Mutter lief, einer großen, kräftigen Frau mit starkem ungarischen Akzent. Doch jetzt, mit fünfunddreißig oder sechsunddreißig Jahren, schien er ein präsentabler junger Mann zu sein, vollkommen schlank, selbstsicher und sehr darauf bedacht, seinen Wert zu zeigen. Er freute sich offensichtlich, mich zu sehen, und ich wußte nicht recht, warum. Vielleicht wollte er jemandem, der ihn von früher kannte, zeigen, wie gut er sich herausgemacht hatte. Jedenfalls bestand er darauf, daß ich in sein Büro kam – anders als die Beamtin eben, Rivka, hatte er ein eigenes Büro – und daß ich eine Tasse Kaffee mit ihm trank. Er war Kulturattaché. Er hieß Nachman Sapir. Früher eigentlich Silberschatz.
»Malka, zwei Tassen Kaffee«, sagte er zu seiner Sekretärin. »Was machst du so, Assaf?«
Ich sagte ihm, daß ich keinen Kaffee trank; ein Glas Wasser täte es auch, doch er bestand darauf, daß ich wenigstens einen Fruchtsaft nähme; am Ende einigten wir uns auf ein 7Up. Zuerst brachten wir uns auf den neuesten Stand. Nach dem Militärdienst hatte er Internationale Beziehungen an der Hebräischen Universität studiert und war dann ins Außenministerium gegangen. Seit fast zwei Jahren war er am Konsulat in New York, und es gefiel ihm sehr.
»Wir müssen noch soviel tun, um unser Image zu verbessern«, sagte er nachdenklich und nippte an seinem Kaffee. »Es ist noch viel zu tun. Wir sind von Amerika abhängig.« Er stellte die Tasse

ab und lächelte mich wie ein Elder statesman an. »Und du, Assaf? Schreibst du immer noch Romane?«
»Ab und zu.«
»Ich habe deine Bücher gelesen«, sagte er. »Sie haben mir gefallen. Darin spürt man den Geist unserer Generation. Hast du in letzter Zeit etwas geschrieben? Ich habe so wenig Zeit zum Lesen.« Er seufzte und zeigte auf seinen Schreibtisch, womit er wahrscheinlich all die Überstunden meinte, die er hatte erbringen müssen, um Israels Image in der wichtigsten Stadt der Welt zu verbessern, dieser Bastion der Macht und des Geldes, in der auch die öffentliche Meinung der Welt gemacht wurde.
»Eigentlich nicht«, erwiderte ich ihm auf seine Frage und warf die leere 7Up-Dose in den Papierkorb unter seinem Schreibtisch. »Also dann ...« Ich machte mich bereit zu gehen.
»Wo wohnst du?« fragte er und nahm einen Stift, um sich die Adresse aufzuschreiben.
Ich nannte ihm das Hotel und die Telefonnummer.
»Aber das ist eine fürchterliche Gegend ...« Er schien schokkiert.
»Mir gefällt sie«, sagte ich. »Ich finde sie interessant – und außerdem billig.« Ich stand auf und reichte ihm die Hand. »War nett, dich wiederzusehen, Nachman, und nochmals danke für das 7Up.«
»Warte doch«, sagte er. »Kann ich irgend etwas für dich tun, Assaf?«
»Ich brauche nichts. Ich versuche nur zu schreiben.« Langsam ging er mir auf die Nerven. Ich war nur wegen der Verlängerung meines Passes zum Konsulat gekommen.
»Wir machen allerlei Veranstaltungen«, sagte er. »Zum Geldsammeln. Da brauchen wir Gastredner aus Israel. Jemanden, der eine kleine Ansprache hält, bevor wir zuschlagen und ihnen das Geld aus der Tasche ziehen. Du wärst dafür bestens geeignet.«
»Warum wäre ich bestens geeignet?«
»Na, weil du Schriftsteller bist. Sie spenden Geld. Dafür möchten sie ein paar Geschichten von einer israelischen Persönlichkeit hören. Du mußt sie bei ihren Gefühlen packen. Du bekommst ein paar hundert Dollar für eine Rede von zwanzig Minuten.«

»Das ist, glaube ich, nichts für mich. Aber trotzdem vielen Dank.«

Er geleitete mich zur Tür und schüttelte mir herzlich die Hand. »Wir bleiben in Kontakt. Willkommen in New York, Assaf.«

Auf dem Rückweg ins Hotel fühlte ich mich elend. Ein Junge, den ich aus meiner Kindheit kannte, ein fetter, pickelgesichtiger Heulpeter, der bei der Armee einen Schreibtischjob versehen hatte, bot mir nun eine Möglichkeit, ein paar hundert Dollar zu verdienen, weil ich in einem billigen Hotel am Times Square abgestiegen war. Vielleicht hatte ich ihm auch den Eindruck vermittelt, ich bräuchte Hilfe. Und er war immerhin ein offizieller Repräsentant des Staates, ein Diplomat, ein Beamter. Ein Vertreter der Staatsmacht.

Ich ging zum Hotel. An der Treppe, gegen das Geländer gelehnt, stand Patty, das kleine blonde Mädchen, im Regen und zitterte in ihrer dünnen Lederjacke. Ihr Gesicht war rosa von der Kälte.

»Hey, Mister, wie wär's mit uns?«

Ich antwortete nicht und ging an ihr vorbei. Sie setzte sich auf die unterste Stufe.

»Nur zwanzig Dollar«, sagte sie, ohne aufzublicken. »Es wird dir gefallen. Ich habe mich gerade geduscht.«

»Das sieht man«, sagte ich.

»Ich bin gut, und ich bin sauber«, murmelte sie.

»Du bist nicht sauber, und eigentlich solltest du in Pennsylvania sein.«

»Hah?« Sie sah zu mir auf.

»Wo wohnst du?«

»Ich wohne nirgendwo.«

»Du bist doch noch jung«, sagte ich. »Du hast dein ganzes Leben noch vor dir.« Es war eine idiotische Bemerkung. Sie hatte kein Leben vor sich. In zwei oder drei Jahren würde sie tot sein, und ihr Tod würde für niemanden einen Verlust bedeuten, am allerwenigsten für sie selbst. Ich ließ sie stehen und ging ins Hotel, in Gedanken immer noch bei Nachman Silberschatz und seiner ordentlichen Kleidung. Ich dagegen trug Turnschuhe, Jeans, T-Shirt und Windjacke und lebte zwischen billigen, rauschgiftsüchtigen Straßennutten. Ich hatte gedacht, solch ein kleines, schäbiges Hotel in einem fernen Land, einer fernen Welt, könne mir helfen, einen distanzierten Blick auf mein Leben und mein Schreiben zu werfen. Aber das schien wohl ein Irrtum zu sein. Was hatte das alles mit mir zu tun? Meine Eltern wurden alt. Wer weiß, wie lange sie noch zu leben hatten? Ich sollte eigentlich in Israel sein. Alle meine Bücher handelten vom Staat, von der Armee, von den Menschen, mit denen ich aufgewachsen war, von der Liebe und vom Krieg. Sie fanden ihr Publikum, weil sie wahr waren, und sie waren wahr, weil sie von Israel handelten. Man kann seine Herkunft nicht einfach wechseln…

Jemand klopfte an die Tür. Ich ging hin und machte auf.

»Kann ich einen Augenblick reinkommen?« fragte Patty. Sie war außer Atem. Ohne meine Antwort abzuwarten, trat sie ein.

»Was willst du?« fragte ich.

Sie lehnte sich gegen die Wand. »Machst du bitte die Tür zu?« Sie griff in ihre kleine rote Handtasche und zog ein schmales Glasröhrchen heraus, das an einem Ende abgebrochen war, dazu ein Plastikfläschchen mit einem blauen Verschluß und etwas Weißem darin. Sie setzte sich aufs Bett und ließ das Glasröhrchen nervös durch die Hände gleiten. Ich schloß die Tür.

»Hast du etwas Scharfes, Schmales?«

»Außer meinem Verstand nicht«, sagte ich. »Warum fragst du?«

Sie winkte ungeduldig ab. Sie hatte keine Zeit für Unsinn.

»Ich muß das hier saubermachen.« Sie zeigte auf das Röhrchen. Ihr Blick wanderte über den Boden. »Hast du einen Kleiderbügel?«

Ich stand auf und holte den Bügel aus dem leeren Schrank. Ich hatte immer noch nicht ausgepackt.

»Danke.« Sie zog den Bügel auseinander und bog die Drahtenden gerade; dann steckte sie den Draht in das rußgeschwärzte Röhrchen. Sie stieß kräftig zu. Dann legte sie den Bügel auf den Boden und öffnete das Plastikfläschchen. Vorsichtig schüttete sie die weiße Substanz in das abgebrochene Ende des Röhrchens.

»Was ist das?« fragte ich.

»Crack.«

Sie holte ein Feuerzeug hervor, hielt die Flamme an das Ende des Röhrchens und zog mit den Lippen kräftig daran. Eine Weile hielt

sie die Luft in der Lunge, dann atmete sie langsam aus; zwei kräftige graue Rauchsäulen stiegen aus ihren Nasenlöchern empor.
»Hey«, sagte sie. »Woher kommst du?«
»Aus Israel.«
»Wirklich?« Sie sah sich im Zimmer um. »Schönes Zimmer«, sagte sie. Sie beugte sich über den Tisch und betrachtete das Blatt Papier in der Schreibmaschine. »Was schreibst du da?«
»Weiß nicht. Ein paar Gedanken. Bruchstücke eines gequälten Geistes.«
»Wirklich? Da könnte ich dir eine Menge erzählen.« Sie hielt noch einmal das Feuerzeug an das Röhrchen, nahm einen Zug, verstaute ihre Utensilien in der Handtasche, warf das leere Fläschchen aus dem Fenster und ging zur Tür.
»Das würde mich interessieren«, sagte ich.
»Ich muß jetzt arbeiten«, sagte Patty. »Ich komme wieder.«

13

Die nächsten beiden Wochen verbrachte ich mit Schreiben, Kino, Fernsehen und Spaziergängen durch Manhattan. Mein Leben hatte etwas Unwirkliches, als wäre ich eine Figur in einem Film, den ich jederzeit verlassen konnte, wenn ich wollte. Ich ging zu niemandem. Und niemand kam zu mir. Ich hatte keine Verpflichtungen. Ich dachte mir, ich könnte eine Amerikanerin heiraten, meinen Namen ändern, mir eine Greencard besorgen und ein völlig neues Leben in Amerika beginnen. Was sind schon vierundvierzig Jahre? Es hieß, meine Generation hätte eine Lebenserwartung von neunzig Jahren und mehr. Ich konnte noch einmal zur Schule gehen oder ein Geschäft aufmachen oder weiterhin schreiben und Filme machen. Wie viele Leben kann man leben? Und für welches sollte man sich am Ende entscheiden? Für das beschränkte Leben eines Israelis oder für das eines Weltbürgers?
Zu meinem eigenen Erstaunen stellte ich fest, daß ich in New York ganze Tage verbringen konnte, ohne ein Wort über Israel zu hören und – wichtiger noch – ohne daran zu denken. Und ich

schrieb mit rasender Geschwindigkeit, alle möglichen Gedanken, die mir in den Kopf kamen. Ob ich sie jemals zu einer sinnvollen Geschichte zusammenfassen konnte, wußte ich nicht. Haled Abu Haled schien eine ferne Erinnerung.
Eines Morgens, ich saß an der Schreibmaschine und schrieb, klingelte das Telefon.
»Mr. Ryke?« fragte eine Frauenstimme.
»Ja.«
»Ich verbinde mit dem Kulturattaché.«
»Assaf«, redete er bereits dazwischen. Ich fragte mich, wann er eine so tiefe Stimme entwickelt hatte und ob das wohl zum Studium der Internationalen Beziehungen dazugehörte. »Wohnst du immer noch in diesem Hotel in der 42. Straße?«
Ich bestätigte es.
»Am Montag veranstalten wir ein Luncheon«, sagte er. »Der Gastredner hat abgesagt, weil seine Frau einen Schlaganfall bekommen hat. Ich habe gleich an dich gedacht.«
»Das ist herzerwärmend.«
Er überging den Sarkasmus und kam gleich zur Sache, und ich dachte, vielleicht ist er doch kein so schlechter Diplomat, vielleicht ist er doch ein ganz ordentlicher Kulturattaché. Wahrscheinlich wollte er mir wirklich helfen. Vielleicht war ich es ja, der das Problem hatte.
»Es ist eine wichtige Veranstaltung«, sagte er. »Dreißig oder vierzig Leute, allererste Sahne.«
»Um was handelt es sich denn genau?« fragte ich.
»Ein Hadassah-Luncheon.«
Ein Hadassah-Luncheon, dachte ich. Ein Hadassah-Luncheon! Und ich sah die fetten, lauten Amerikanerinnen fortgeschrittenen Alters in der Halle des King David Hotel vor mir, wie sie in die Busse drängten, mit denen man sie durch Israel kutschierte, das Land, dem sie bei seinem Aufbau halfen. Das Land, das sie zu besitzen glaubten. Der Anblick dieser reichen jüdisch-amerikanischen Damen hatte mich immer abgestoßen. Er hatte etwas Kastrierendes an sich. Da waren wir, ein hartes, mutiges kleines Land, das praktisch gegen hundert Millionen Araber kämpfte und gleichzeitig Almosen von diesen lauten Damen und ihren Män-

nern annahm. Wie hart und mutig und stolz waren wir also wirklich?
»Du meinst, es ist ein Frauen-Luncheon?« fragte ich.
»Ja«, gluckste er übers Telefon. »Du weißt doch, wie das hier ist. Die Männer verdienen das Geld, und die Frauen bestimmen, wie es ausgegeben wird.«
»Ich weiß nicht, ob ich der Richtige dafür bin.«
»Aber klar doch.« Er lachte wieder. »Sie werden dich lieben. Ihre Männer sind alt. Ein Mann unter sechzig läßt sie erbeben.«
»Aber was muß ich denn tun?« hörte ich mich fragen. Die Fliege zappelte im Spinnennetz. Mit zweitausend Dollar kam man nicht weit in Manhattan. Ich hatte noch sechshundert Dollar in der Brieftasche und keine Lust, schon nach Hause zu fahren.
»Ach, du brauchst ihnen nur von Israel zu erzählen, von den Schwierigkeiten, den Heldentaten, den Dingen, die für Israels Überleben notwendig sind. ›Überleben‹ ist das Schlüsselwort, es erinnert an den Holocaust. Sie wissen alle Bescheid, aber sie möchten es aus einer persönlichen Sicht hören. Sie wollen von Soldaten in Uniform hören und von den Gefahren, denen sie trotzen. So was turnt sie an. Bist du noch Reservist?«
»Ja.«
»Großartig.« Er schien sich wirklich zu freuen. »Erzähl ihnen davon. Wie das so ist. Du weißt schon, auf unserer Seite.«
Unsere Seite, dachte ich. Unsere Seite? Früher wußte ich, was das ist. Jetzt war ich mir nicht mehr so sicher.
»Ist das alles?« sagte ich.
»Das ist doch eine ganze Menge«, sagte er. »Zwei Dinge sind wichtig: die persönliche Sicht, und dann mußt du ihnen das Gefühl geben, daß sie wichtig sind. Daß sie und wir eins sind.«
»In Ordnung«, sagte ich.
Ich legte auf. Irgendwie hatte ich das Gefühl, mich verkauft zu haben.
Ich hatte nicht einmal ein ordentliches Hemd oder eine Krawatte. Zuerst dachte ich, in den Kleidern hinzugehen, die ich hatte: Turnschuhe, Jackett und ein T-Shirt darunter. Zur Hölle mit diesen reichen, aufgetakelten amerikanischen Jüdinnen, wenn sie einem kämpfenden Land kein Geld geben wollen, weil der Gastredner

nicht so gekleidet ist wie sie. Doch als ich mich morgens rasierte, sah ich mich im Spiegel an, graue Schläfen und ein T-Shirt, das vorne groß das Gesicht von James Dean zeigte, und ich dachte: jämmerlich, beleidigend, kindisch. Was wollte ich beweisen? Daß ich keine Achtung vor ihnen hatte? Vor der Sache, die uns zusammenführte? Vor meinem Land? Vor mir selbst? Ich ging in einen Laden in der 39. Straße und gab dort achtundzwanzig Dollar für ein weißes Hemd und zwölf Dollar für eine Krawatte aus. Mit Steuern machte das zusammen vierundfünfzig Dollar. Am Ende kostete mich das Luncheon genausoviel, wie es mir einbrachte. Aber als ich mich angezogen hatte und im Spiegel betrachtete, fühlte ich mich besser. Selbst die drei Nutten, die ständig wie Wachsoldaten vor dem Hotel standen, bemerkten den Unterschied.

»Hey, Honey, siehst gut aus heute.«

»Hast du dich für mich schöngemacht?«

Inzwischen war es nur noch ein Spiel, denn sie hatten längst erkannt, daß ich kein potentieller Kunde war, aber sie versuchten es trotzdem, nur zum Spaß, und ich lächelte sie an, als ich die Straße überquerte und ein Taxi heranwinkte.

In Wirklichkeit war ich nervös. Ich hatte in meinem Leben noch nicht oft öffentlich geredet, und ich fühlte mich stets unbehaglich dabei. Es war eine Unsicherheit, die ich nicht zu überwinden vermochte. Ich war kein schlechter Redner. Ich konnte Späße machen und die Leute zum Lachen bringen, aber immer hatte ich das Gefühl, ich wäre bei einer Prüfung; und es schien eine schreckliche Schande zu sein, bei dieser Prüfung durchzufallen.

Das Luncheon fand in einem kleinen Hotel in der Upper East Side statt. Ein ruhiges, aber feines Haus. Nachman wartete in der Halle auf mich und führte mich in einen kleinen, leeren Versammlungssaal. Wir setzten uns.

»Wir haben ein volles Haus.«

»Ach, wirklich?«

»Fünfzig Damen. Wir mußten noch einen Tisch dazustellen.«

»Wirklich«, sagte ich. Meine Handflächen schwitzten. Fünfzig Hassadah-Damen, und auf der anderen Seite nur ich, das war doch nicht fair.

»Hast du deine Ansprache vorbereitet?« fragte er.
»Na ja, ich habe mir nichts aufgeschrieben«, sagte ich, »aber ich habe mir etwas zurechtgelegt. Ich wollte darüber sprechen, wie es ist, in Israel aufzuwachsen.«
»Großartig. Großartig«, sagte er; dann sah er mich an. »Was meinst du damit?«
»Na, du weißt schon, die Veränderungen in den letzten vierzig Jahren, aus persönlicher Sicht, wie du gesagt hast. Die Unterschiede zwischen der heutigen Jugend und den jungen Männern und Frauen vor zwanzig Jahren.«
»Es ist sehr wichtig, auf die russischen Einwanderer einzugehen«, sagte er, »daß sie Geld brauchen und Wohnungen und so weiter. Und auch, daß die israelische Armee mit modernsten Waffen ausgerüstet werden muß. Die wichtigsten Punkte, die du erwähnen mußt, sind hier Saddam Hussein und der Golfkrieg und die Tatsache, daß die PLO sich auf die Seite des Irak gestellt hat. Die Schäden durch die Scud-Raketen. Hast du da persönliche Erlebnisse? Ist eine Scud-Rakete in deiner Nachbarschaft heruntergekommen?«
»Nein«, sagte ich. »Ich lebe in Jerusalem. Die Scuds sind in Tel Aviv heruntergekommen.«
»Trotzdem wären ein paar Worte dazu sehr wirkungsvoll. Sie haben das hier alle im Fernsehen gesehen. Und die Leute waren schrecklich empört. Die Juden in Israel werden mit Raketen angegriffen. Du kannst dir das nicht vorstellen. Das ist die Sache mit dem Überleben. Die Bedrohung unserer Existenz.«
»Die Existenz Israels war im Golfkrieg nicht wirklich bedroht. Die eigentliche Bedrohung liegt im Innern, weil wir den Glauben an uns selbst verloren haben, weil Moral, Bildung und Erziehung verfallen. Die eigentliche Bedrohung liegt in der wachsenden Polarisierung und im Extremismus. Saddam und die PLO sind da noch das geringste Übel.«
»Natürlich«, sagte er. »Aber wir sammeln hier Spenden. Wenn du von der Polarisierung und vom Verfall der Moral in Israel sprichst, kriegen wir keinen Cent.«
»Vielleicht wäre das auch besser. Wenn wir keine Spenden bekämen, wären wir gezwungen, auf eigenen Beinen zu stehen.«
»Du bist ein Spaßvogel«, sagte er. Eine Frau kam auf uns zu, sech-

zig oder fünfundsechzig Jahre alt, teuer, aber geschmackvoll gekleidet. Nachman stand auf, und ich tat es ihm nach.
»Zwei Monate brauchen wir, um so eine Versammlung zu organisieren«, sagte er. »Wir rechnen damit, heute mindestens eine Million zusammenzubringen«, und auf englisch fuhr er fort: »Hello, Mrs. Morris!« Er schüttelte ihr herzlich die Hand. »Das ist Assaf Ryke. Mrs. Morris, unsere Vorsitzende.«
»Goldie«, sagte sie, und wir schüttelten uns die Hand. Sie sah mich neugierig an. Sie hatte blaßblaue Augen, sehr scharf, dachte ich. Eine schöne Frau, gut erhalten. Die Falten um die Augen sah man nur aus der Nähe. Eine schmale Nase und volle Lippen. In ihrer Jugend hätte sie ein Model oder ein Filmstar sein können. Vielleicht war sie es auch gewesen.
»Freut mich, Sie kennenzulernen«, sagte ich.
Sie lächelte.
»Ich werde Sie vorstellen«, sagte sie. »Wir müssen jetzt anfangen.«
»Dann wollen wir die Show mal steigen lassen«, sagte ich und mußte an Patty denken, die genau das an meinem ersten Tag in New York zu dem Mann in dem billigen Anzug gesagt hatte. Ich fühlte mich wie eine Hure, weil ich für Geld eine Rede über Israel hielt.
»Ich bin gespannt, was Sie uns zu sagen haben«, meinte Goldie Morris. »Folgen Sie mir.«
Wir gingen durch die Halle in einen kleinen Festsaal mit sieben oder acht Tischen, an denen jeweils sieben oder acht Frauen saßen. Fünfzig Nerzmäntel hingen an einer Garderobe neben der Tür. Auf der gegenüberliegenden Seite befand sich ein Podest mit einem Tisch und einem Rednerpult, auf dem ein Mikrophon stand. Wir setzten uns an den Tisch. Die Frauen, die noch beim Essen waren, sahen zu uns her. Ich lächelte steif und hielt den Blick fest auf Mrs. Morris geheftet, die am Rednerpult stand und ins Mikrophon sprach.
»Mein Damen, wir beginnen jetzt mit unserer Versammlung. Ich freue mich sehr, Ihnen unseren Gastredner vorstellen zu können. Er stammt aus einer der angesehensten Familien Israels, hat sich aber auch selbst schon große Verdienste erworben. Er ist 1947 in

Jerusalem geboren und verbrachte seine Kindheit und Jugend dort. Von 1965 bis 1968 diente er in der israelischen Armee. 1971 erwarb er den Magister für Ökonomie an der Hebräischen Universität in Jerusalem. Er hat am Sechstagekrieg, am Yom-Kippur-Krieg und am Krieg im Libanon teilgenommen. Er hat vier Romane geschrieben und vier abendfüllende Spielfilme gedreht, die sich alle mit den Lebensfragen dieses Landes befassen. Meine Damen, ich freue mich, Ihnen Assaf Ryke vorstellen zu dürfen.«
Sie setzte sich ans andere Ende des Tisches. Die Damen unterbrachen einen Augenblick ihr Essen, legten Messer und Gabeln beiseite und applaudierten, während ich aufstand und in Zeitlupe zum Rednerpult und dem Mikrophon ging, im Kopf eine einzige Leere. Ich spürte fünfzig Augenpaare auf mich gerichtet, und allen wich ich aus. Ich versuchte mich zu konzentrieren. Sag was! Der Rest kommt von allein. Der Anfang ist immer am schwierigsten.
»Guten Tag«, sagte ich. »Ich freue mich, heute bei Ihnen zu sein.« Ich brach ab. Warum sagen die Leute immer ›Ich freue mich, heute bei Ihnen zu sein‹, obwohl es gar nicht stimmt? Gibt es ein Naturgesetz, das es von ihnen verlangt?
»Ich bin ein schlechter Redner«, sagte ich. »Ich bin kein geselliger Mensch, ich hasse Reden, und vor allem habe ich das Gefühl, daß ich gar nichts zu sagen habe. Ich habe immer gedacht, ein Israeli zu sein ist in erster Linie ein Nachteil. Die weltweit höchste Rate an Herzanfällen, Terroranschlägen, Verkehrsunfällen, Inflation, Kriegen. Wer mit fünfundzwanzig noch lebt, kann sich glücklich schätzen. Und ich wollte immer etwas Sinnvolles mit meinem Leben anfangen; wenn ich sterbe, spende ich deshalb meine Organe der Wissenschaft.«
Niemand lächelte. Es herrschte Stille.
»Man hat mir gesagt, ich sollte Ihnen von all den wunderbaren Dingen erzählen, die Sie für Israel tun können; aber ich kann nicht über Dinge reden, die mir gar nichts bedeuten, und Ihre Hilfe kann sich meines Erachtens nur auf Nebensächlichkeiten erstrecken. Verteidigung, Wohnungen, Integration der Einwanderer, Industrie. Wir brauchen aber vor allem eine Änderung des Wahlsystems, damit endlich Schluß ist mit diesen impotenten

Koalitionsregierungen. Wir müssen den Geist wiederbeleben, aus dem Israel hervorgegangen ist. Idealismus, Patriotismus, Gemeinschaftsgefühl und der Wunsch, nicht mehr Händler und Geldverleiher zu sein, sondern Bauer, Bauunternehmer und Intellektueller zu werden. Ich weiß nicht, wer in Israel recht hat, die Linke oder die Rechte. Ich weiß nicht, ob wir an jedem Stück Land festhalten müssen, um unsere Sicherheit zu gewährleisten, oder ob wir den Palästinensern ihren eigenen Staat zugestehen sollen, weil wir darauf vertrauen, daß die Araber sich ändern werden. Ich glaube nicht einmal, daß es auf all das wirklich ankommt. Worauf es ankommt, ist, daß wir einen anderen Menschenschlag aufziehen. Menschen, die nicht gleichgültig sind, die Werte haben und eine Vision, und ich sehe nicht, daß Sie uns dabei in irgendeiner Weise helfen könnten, denn das muß von innen her geschehen. Die Israelis sind in Apathie und Gleichgültigkeit verfallen, und deshalb wird die Welt – einschließlich der Juden – immer gleichgültiger gegenüber Israel. Wenn Israel nur noch ein Land unter vielen ist, kann es nicht überleben.« Ich hielt einen Augenblick inne. Alle starrten mich an. Ich hatte das deutliche Gefühl, daß ich genau das Falsche sagte, und das Schlimmste war, ich hatte noch nicht einmal drei Minuten gesprochen und schon mein ganzes Pulver verschossen. »Ich möchte Ihnen eine Geschichte erzählen, über Elizabeth Taylor und wie ich ins Filmgeschäft kam. Vor einiger Zeit, kurz nachdem sie Richard Burton zum zweitenmal geheiratet hatte, besuchte sie Israel, aber damals traf ich nicht mit ihr zusammen. Doch dann, ein Jahr später, sie hatte gerade John Warner geheiratet, kam sie wieder, und mein Vater, ein Industrieller, mußte den Gastgeber spielen. Er rief mich an und sagte: ›Ich werde gleich Elizabeth Taylor sehen und ihr ein bißchen Jerusalem zeigen, hättest du Lust mitzukommen?‹ Nun müssen Sie wissen, daß ich meinen Vater nicht oft sehe, weil er ein sehr beschäftigter Mann ist, und so sagte ich: ›Ja, natürlich, nur zu gern‹, und wir fuhren zusammen zum King David Hotel, wo sie wohnte. Wir gingen hinauf in ihre Suite, doch Elizabeth Taylor war nicht da, denn sie war immer noch beim Friseur. Mein Vater wurde ungeduldig; er wollte ihr die Stadt zeigen, solange es noch hell war. Ihr Mann bot uns etwas zu trinken an, wir tranken einen Wodka und noch einen, und ich wurde langsam betrunken, während der Senator meinem Vater etwas über die amerikanische Politik erzählte. Und dann geht die Tür auf, und Elizabeth Taylor kommt herein und hat ganz schlechte Laune und sagt: ›John, ich habe meinen roten Schal verloren‹, und geht an uns vorbei ins Schlafzimmer und schließt die Tür hinter sich, ohne uns auch nur guten Tag zu sagen. Ich trinke noch einen Wodka und fühle mich schon etwas benebelt, denn ich trinke sonst nur Coca Cola. Da sehe ich, wie die Schlafzimmertür aufgeht und Elizabeth Taylor, in einen Morgenmantel gehüllt, mich direkt ansieht und mir mit der Hand ein Zeichen macht, daß ich zu ihr kommen soll, aber ich weiß, daß ich drei Gläser Wodka getrunken habe, und reagiere nicht, denn ich kann mir nicht vorstellen, daß Elizabeth Taylor mich wirklich in ihr Schlafzimmer bittet. Da stampft sie mit dem Fuß auf und sagt: ›Kommen Sie jetzt endlich?‹ Also stelle ich mein Glas ab und gehe ins Schlafzimmer, und sie schließt die Tür hinter uns, und mein Vater und ihr Mann, die sich über den Kongreß und die amerikanische Auslandshilfe unterhalten, haben anscheinend gar nichts davon bemerkt. Auf dem Fußboden liegt ein wunderbares Seidenkleid, und natürlich bin ich so nervös, daß ich es übersehe und darauf trete, und sie sagt: ›Bitte nicht auf mein Abendkleid!‹ Sie setzt sich auf das Doppelbett und läßt mich neben ihr Platz nehmen, und sie nimmt meine Hand, und sie sieht mir in die Augen, und sie sagt: ›Ich sehe Ihnen in die Augen und weiß, daß Sie der einzige sind, der mir helfen kann, meinen roten Schal wiederzufinden.‹ Ich sage: ›Miß Taylor, ich weiß nicht, wie ich Ihnen das sagen soll, aber ich bin wirklich nicht gut im Wiederfinden roter Schals.‹ Sie drückt meine Hand und sagt: ›Nennen Sie mich Elizabeth.‹ Ich sage: ›Also, Elizabeth, ich habe keine Ahnung, wo Ihr roter Schal ist.‹ Sie blickt mich an, und ihre Augen sind tatsächlich mehr oder weniger wie Samt, und sie sagt: ›Sie werden mich doch nicht im Stich lassen, oder? Ich hänge sehr an diesem Schal, und morgen früh reisen wir schon um fünf Uhr ab.‹ Also sage ich: ›gut, ich versuch's‹. Vielleicht machte der Wodka mir Mut. Ich greife nach dem Telefon, es ist Freitagabend, und alle Geschäfte im Hotel haben schon geschlossen. Ich rufe den Hausdetektiv an und sage ihm: ›Ich rufe für Elizabeth Taylor an, sie hat ihren Schal beim Friseur vergessen.‹ Er sagt: ›Kommen Sie runter.‹ Also gehe ich raus und fahre mit dem Aufzug nach unten, und er nimmt mich mit zum Frisiersalon und schließt ihn auf, und natürlich finden wir keinen roten Schal, sondern nur Frisiersessel, Shampoos und Haartrockner. Doch es gibt noch einen Nebenraum, und ich sage ihm, er soll ihn aufschließen, und natürlich, auf einem Bügel im Schrank hängt ein dicker, wunderschöner roter Schal. Ich nehme ihn und bedanke mich sehr bei dem Detektiv, und er sagt: ›Ich komme noch mit rauf.‹ Aber ich sage: ›Nein, das wird nicht nötig sein‹, denn ich hatte keine Lust, den Ruhm mit diesem Hausdetektiv zu teilen. Also nehme ich den Schal und dann den Aufzug nach oben und klopfe an die Tür der Suite, und Elizabeth Taylor, die inzwischen ihr Seidenkleid angezogen hat, öffnet mir die Tür, und als sie den roten Schal sieht, fällt sie mir um den Hals und drückt mir einen langen Kuß auf den Mund. Und über ihre Schulter sehe ich meinen Vater, und er sieht mich an und lächelt.« Ich hielt einen Augenblick inne. Sie starrten mich immer noch schweigend an; es war so still, man hätte eine Stecknadel fallen hören können. »Sie legte den roten Schal über die Schultern, und wir fuhren fast eine Stunde lang durch Jerusalem. Es war schon dunkel, aber die Stadt war erleuchtet und schön, und alle schienen bei guter Laune zu sein und ein bißchen betrunken, und es war der schönste Abend, den ich seit langem mit meinem Vater verbracht hatte.« Die Hadassah-Damen lächelten, und selbst Nachman Sapir neben mir atmete wieder regelmäßig. »Danach beschloß ich, ein Drehbuch für Elizabeth Taylor zu schreiben, wie sie sich als amerikanische Touristin in Israel verirrt. Daraus wurde zwar nichts, aber auf diese Weise kam ich zum Filmgeschäft. Sicher haben Sie bemerkt, daß dies alles nichts mit dem zu tun hat, was ich hier eigentlich erzählen sollte, und daß es völlig irrelevant ist. Aber letztlich ist dies eine meiner glücklicheren Erinnerungen an Israel. Ich werde Ihnen nicht von meinen Heldentaten in der Armee erzählen, und zwar vor allem deshalb, weil es keine gab. Ich möchte nur noch hinzufügen, ich hoffe, daß es Israel noch lange, lange geben wird und daß wir alle stolz darauf sein können. Ich danke Ihnen.«

Ich verließ das Rednerpult und setzte mich wieder an den Tisch auf dem Podium. Ich nahm mein Glas Wasser in die Hand. Es gab langen, begeisterten Applaus. Goldie Morris stand auf und sagte: »Also gut, meine Damen, jetzt ist es Zeit für die Spendenzusagen. Ich möchte beginnen und sage auch im Namen meines Mannes fünfundsiebzigtausend Dollar zu.« Alle applaudierten. Ich auch. Goldie lächelte und sagte: »Okay, Sadie, jetzt du.« Nacheinander nannte jede ihre Zusage, während ich mein Beef Stroganoff aß, das zwar schon etwas kalt war, mir aber dennoch gut schmeckte.

»Mr. Ryke«, sagte eine der Damen, »darf ich Ihnen eine persönliche Frage stellen?«

»Nur zu!«

»Sind Sie verheiratet?«

»Nein«, sagte ich.

»Ich habe eine hübsche Tochter«, sagte sie. »Sie würde Sie gerne einmal treffen.«

»Bitte, meine Damen«, sagte Goldie, »bringen wir zuerst unsere Zusagen zu Ende.«

Sie fuhr fort, die Namen der Damen an den verschiedenen Tischen aufzurufen. Als sie damit durch war, rechnete sie den Betrag auf ihrem Taschenrechner zusammen.

»Mit großer Freude kann ich Ihnen mitteilen, daß wir unser Ergebnis vom letzten Jahr verdoppelt haben. Die Gesamtsumme beträgt zwei Millionen einhundertzwanzigtausend Dollar.«

Wieder ertönten Hochrufe und Beifall.

Nachman warf mir einen merkwürdig schiefen Blick zu. »Du hast dich wirklich gut geschlagen«, sagte er. »Wirklich gut. Ich will ehrlich sein, ich habe mir Sorgen gemacht.«

Ich nahm einen Schluck von meinem Champagner. Die Erleichterung, die ich empfand, war überwältigend. Zwei Millionen einhundertzwanzigtausend. Ich dankte Gott für Elizabeth Taylor. Ein Kellner schenkte mir nach. Ich begann, mich ganz leicht zu fühlen, wie ein Nationalheld. Zwei Millionen einhundertzwanzigtausend. Da dient man zwei Jahre in der Armee und dann jedes Jahr einen Monat in der Reserve, und was erreicht man damit? Was erreicht man damit wirklich? Und hier, in zwanzig Minuten zwei Millionen...

»Hallo, Assaf«, hörte ich eine Stimme.
Ich sah auf und erkannte Judy Anderson.
»Du hast mich nie angerufen«, sagte sie.
»Was machst du denn hier?«
»Ich habe gehört, daß du heute hier sprichst, da bin ich hergekommen.«
»Von wem hast du das gehört?«
»Von meiner Tante.« Sie zeigte auf eine ältere Dame, die sich an der Tür gerade ihren Pelzmantel anzog.
»Deine Tante ist Jüdin?«
»Ich bin Jüdin.«
»Anderson, Albuquerque«, sagte ich.
»Es gibt Juden in Albuquerque. Und Anderson hieß früher anders. Mein Großvater hat den Namen geändert, als er in dieses Land kam.«
»Ich soll doch verdammt sein«, sagte ich. Und ich versuchte zu begreifen, weshalb ich so sicher gewesen war, daß sie keine Jüdin sein konnte. Der Name? Das blonde Haar? Die blauen Augen? Vielleicht wollte ich nur nicht, daß sie Jüdin war. Nicht, wenn sie möglicherweise als Zeugin gegen mich aussagen würde. Als Geliebte wie als Gegnerin war sie exotischer und weniger kompliziert für mich, wenn sie eine Christin war.
Die Damen sammelten ihre Pelze ein und begannen sich zu zerstreuen.
»Sollen wir irgendwohin gehen und eine Tasse Kaffee trinken?« ergriff sie die Initiative.
»Gern.«
Sie ging zu ihrer Tante und redete mit ihr, während ich mich von Nachman Sapir und Goldie Morris verabschiedete, die mir beide dankten und mir versicherten, das Luncheon sei ein großer Erfolg gewesen. Ich ging mit Judy Anderson hinaus. Am Morgen hatte es geschneit. Jetzt schien die Sonne. Ein klarer Wintertag. Der Schnee schmolz. Wir waren auf der Lexington Avenue, in Höhe der 60. Straße.

»Wollen wir zu Fuß gehen?« fragte Judy.
»Gern, wohin?«

»Wo wohnst du?«
»In einem Hotel, nicht weit vom Times Square.«
»Dann gehen wir doch in diese Richtung.«
Auch sie trug einen dicken Pelzmantel, der ihr bis zu den Knöcheln reichte. In New York sah sie ganz anders aus. Warm und teuer. Plötzlich fragte ich mich, ob sie wohl reich war. Wir gingen zur Park Avenue und dort südwärts weiter.
»Wie lange bist du schon hier?« Es schien sie wirklich zu interessieren.
»Vier Wochen.«
»Ich wußte gar nicht, daß du herkommen wolltest.«
»Es war ein spontaner Entschluß. Ich mußte einfach mal fort.« Ich hatte keine Lust, bei diesem Thema zu bleiben. »Wo wohnst du?«
»Die Straße hoch.«
»Park Avenue?«
»Ja.«
Ich betrachtete ihre Stöckelschuhe im Schnee. Sie ging sicher und ließ sich auch von den Bettlern nicht einschüchtern, die uns auf unserem Weg ansprachen. New Yorker entwickelten eine Robustheit, wie man sie anderswo nicht fand. In ihrem alltäglichen Leben begegneten sie so vielen Extremen, maßloser Armut und ebenso maßlosem Reichtum an jeder Straßenecke. Anders als die Israelis in Ost-Jerusalem, auf der West Bank oder im Gazastreifen, die eine klare Vorstellung davon hatten, wo sie zu Hause waren und wo ihnen Gefahr drohte. In New York war die Gefahr überall, und nach einer Weile achtete man nicht mehr darauf, obwohl sie tatsächlich ständig da war, direkt vor deinen Augen.
»Die Geschichte mit Elizabeth Taylor war lustig.«
»Es ist mir einfach nichts anderes eingefallen.«
»Und sie hat Wirkung gehabt.«
»Danke.«
»Da fühlst du dich am wohlsten«, sagte Judy Anderson, durch den Schnee auf der 42. Straße stapfend, eine Veteranin vieler Spaziergänge an vielen Orten der Welt, in Khakihosen oder Nerzmantel, eine robuste Frau, unabhängig und auf eigenen Fü-

ßen stehend, trotz des offenbar ererbten Reichtums, »wenn du scherzen kannst.«
»Warum wolltest du nicht, daß wir zu dir gehen?« fragte ich. »Das war doch viel näher.«
»Ich wollte sehen, wo du wohnst.«
»Warum?«
»Ich versuche herauszufinden, wer du bist.«
»Ich wohne in einem Hotel in der 42. Straße, zusammen mit Nutten und Junkies. Es wird dir nicht gefallen.«
»Das kann schon sein«, erwiderte sie unerschrocken. »Warum wohnst du in einem Hotel mit Nutten und Junkies?«
»Weil ich mit diesen Leuten am besten auskomme.«
»Und warum ist das so?«
»Weil sie exotischer sind als jüdische Damen von der Park Avenue, die sich selbst hassen.«
»Wieso selbst hassen?«
»Warum bist du wegen dem arabischen Jungen zum Fernsehen gegangen? Was wolltest du damit bezwecken? Daß die Welt die Juden noch mehr haßt? Leute, die nicht die mindeste Ahnung haben, was da wirklich los ist.«
»Großer Gott«, sagte sie. »Ich habe ihn gefunden. Was sollte ich denn machen? Es verbergen?«
»Du mußtest es ja nicht gleich in die ganze Welt hinausposaunen.«
»Ich habe mir die Fernsehreporter nicht ausgesucht. Sie sind zu mir gekommen.«
»Armes Kind. Du hättest ihnen sagen können, daß du nichts zu sagen hast.«
»Warum hätte ich das tun sollen?«
»Weil ein Israeli nun dafür wird zahlen müssen.«
»Na, welch ein Unglück. Immerhin hat er ein Verbrechen begangen.«
Die drei Nutten an der Ecke warfen Judy anerkennende Blicke zu, unterließen aber einmal ihre Kommentare, als wir an ihnen vorbeigingen. Ich hielt unter der abgerissenen Leuchtreklame.
»Das ist das Hotel.«
Sie besah sich das Gebäude und die Nutten davor und die beiden

Betrunkenen, die sich auf ihren Kartonunterlagen auf dem Gehsteig ausgestreckt hatten.
»Gehen wir doch rauf«, sagte sie ziemlich tapfer.
»Besuch ist nicht erlaubt.«
Sie starrte mich an.
»Okay«, sagte sie schließlich. »Dann suchen wir uns ein Café.«
»Ich habe keinen Hunger.«
»Ich versteh dich nicht«, sagte sie, griff in ihre Handtasche und holte ein Paar schwarze Lederhandschuhe heraus. Es war kalt, wenn man still dastand im Schatten der hohen Gebäude. »Was ist los mit dir?«
»Ich habe den arabischen Jungen getötet.«
Ich wandte mich ab und ging die Treppe zum Hotel hinauf. Sie blieb stehen, einen Handschuh angezogen, den anderen in der Hand. Ich drückte die schmutzige Glastür auf und ging hinein. Als ich die Tür schloß, sah ich zurück. Sie stand immer noch auf dem Gehsteig und starrte mir nach. Ein großer schwarzer Mann mit einem abgewetzten Mantel über abgewetzten Hosen und abgewetzten Schuhen ging auf sie zu. Judy Anderson trat auf die Fahrbahn und winkte ein Taxi heran.

14

»Hi, Baby«, sagte Sylvia Punchuk und trat lächelnd ein. »Hast du was dagegen, wenn ich erst mal 'ne kleine Aufmunterung nehme, Honey?« Sie war besser gekleidet denn das erste Mal, als ich sie gesehen hatte.
»Nein«, sagte ich.
Sie setzte sich aufs Bett, holte ihr Röhrchen hervor und gab eine große Portion Crack hinein. Sie zündete es an, zog den Rauch tief ein, hielt ihn eine Weile in der Lunge und atmete ihn schließlich ganz langsam wieder aus. Ich war froh, mit ihr zusammen zu sein, weit weg von reichen Jüdinnen mit noblen Zielen. Sylvia Punchuk hatte keine noblen Ziele und kein Geld. Sie war ein realer Mensch.
»Wenn das Zeug wirklich gut ist, habe ich das Gefühl, ich bin auf

einem anderen Stern. Weißt du, was ich meine?« sagte sie. »Ich sehe dann eine Menge Sachen, die ich sonst nicht sehe. Wenn ich high bin, dann sehe ich alles so klar; wenn das die Leute wüßten, würden sie gar nicht erst versuchen, mich reinzulegen. Ich kann die Leute so leicht und schnell durchschauen, daß es schon nicht mehr schön ist. Ich sehe Sachen in den Leuten, die ich lieber nicht sehen würde.« Sie wischte sich mit dem Taschentuch übers Gesicht. »Ich schwitze so stark.« Ihr ganzes Gesicht war naß von Schweiß.

»Bist du in Ordnung?«

»Ja«, sagte sie. »Du bist süß. Du urteilst nicht. Das gefällt mir.« Sie sah mich an. »Was machst du, Honey? Was schreibst du?«

»Verschiedenes. Bücher. Drehbücher.«

Sie nahm eine Dose Bier vom Boden, öffnete sie und reichte sie mir. Ich setzte mich aufs Bett, lehnte mich gegen die Wand und trank, während sie rauchte.

»Ich wette, du verdienst eine Menge Geld damit«, sagte sie.

»Nein. Ich tue, was mir Spaß macht. Jedenfalls versuche ich das. Geld ist mir nicht so wichtig.« Ich nahm ein zweites Bier. Langsam spürte ich die Wirkung. Warm, weich, leicht. Ich wollte mich diesem Gefühl überlassen. Wollte, daß es sich meiner vollkommen bemächtigt. Damit ich das alles vergaß, die Juden, die Araber, den Staat Israel, mich selbst. Warum nicht?

»Warum bist du nach New York gekommen?« fragte Sylvia.

»Ich weiß nicht, ich glaube, ich bin geflüchtet.« Ich trank noch einen Schluck Bier. »Vielleicht bin ich auch hergekommen, um mich zu verlieren, um in der Anonymität zu verschwinden und mich von meinen eigenen Gedanken abzulenken. Vielleicht bin ich auch nur deshalb hergekommen, weil ich mich gelangweilt habe, weil ich Angst vor Verpflichtungen oder Bindungen hatte. Ich weiß es nicht.«

»Das verstehe ich, Honey«, sagte Sylvia. Sie wischte sich noch einmal mit dem Taschentuch übers Gesicht. Und ich dachte, vielleicht stimmt es, vielleicht konnte ich nur einer amerikanischen Hure sagen, was ich wirklich dachte. Sie würde kein Urteil über mich fällen. Sie würde mitfühlen. Der Schweiß rann über ihr Gesicht und ihren Hals; die Bluse klebte an ihrem Körper.

»Manchmal meine ich, ich bin schon tot«, sagte ich. Der Rauch, der das Zimmer füllte, hatte einen süßlichen Geruch und eine betäubende Wirkung. Ich dachte, ich sollte aufstehen und das Fenster öffnen, aber ich tat es nicht. »Ich habe Angst, ich bin nicht mehr fähig, Gefühle zu haben. Vielleicht habe ich die Hoffnung verloren. Am merkwürdigsten ist, daß ich nicht herausfinde, was eigentlich nicht stimmt. Ich empfinde nur selten wirkliche Freude, und ich bin nie wirklich ganz bei der Sache. Es ist, als wäre ich ständig in einem Traum, als sähe ich Szenen aus dem Leben eines anderen und wartete darauf, daß mein eigenes Leben beginnt.« Lebte ich nur das Leben meiner Eltern, die nach den Greueln des Holocaust versuchten, den Traum eines jüdischen Staates zu verwirklichen? Hätte ich mich irgendeinem dieser Ziele auch aus eigenem Entschluß verschrieben?

»Du bist sehr klug«, sagte sie. »Du mußt sicher eine Menge über viele verschiedene Dinge wissen, um das zu machen, was du machst.«

»Ich weiß gar nicht so viel.«

»Ich bin sicher, du lernst sehr schnell«, sagte sie. »Wahrscheinlich bist du einer von denen, die etwas nur einmal sehen müssen und es dann nie mehr vergessen.«

»Ach, ich weiß nicht.« Mein Kopf trieb irgendwo zwischen dem Rauch und dem Bier. Ich wußte, ich sollte das Fenster öffnen. »Vielleicht schreibe ich etwas über dich. Hättest du was dagegen?«

»Nein. Ich wollte immer schon, daß die Leute erfahren, daß ich anders bin, als sie meinen«, sagte sie. »Ich bin schon oft festgenommen worden. Dann sitze ich rum und höre den Mädchen zu. Bei manchen von ihnen sieht es so aus, als ob sie überhaupt keine anderen Interessen hätten. Mehr ist da nicht. Und ich sage mir, Mensch, ich weiß, ich bin nicht so. Und wenn ich ihnen zuhöre und sie mir ansehe, dann weiß ich auch, warum die Leute dieses Bild von uns haben. Ich möchte nicht, daß sie mich so sehen. Ich bin immer anders gewesen. Es gibt nicht viele Menschen, mit denen ich reden kann, wie wir jetzt miteinander reden. Hast du nicht schon oft mit Leuten geredet und es ist so, als ob sie dich hören, aber nicht verstehen?«

»Ja«, sagte ich und nahm noch einen Schluck Bier.
»Ich wette, das passiert dir ziemlich oft, oder?«
»Ja.«
»Ich weiß nämlich, daß du ein außergewöhnliches Talent hast. Du bist kein gewöhnlicher Mann, in keinem Sinn, den man sich vorstellen kann. Einerseits ist das ein Vorteil, aber andererseits fühlst du dich manchmal wie ein Fremder oder so was.«
Es klopfte an die Tür, im Flur war eine Frauenstimme zu hören.
»Wer ist das?« fragte Sylvia.
Ich ging hinüber und öffnete die Tür. Patty schlüpfte herein, von ihrer Lederjacke rann das Wasser. Dann bemerkte sie Sylvia. »Oh, tut mir leid, ich wußte nicht, daß jemand bei dir ist.«
»Das ist Sylvia. Patty.«
»Hi, Sylvia«, sagte Patty. »Freut mich, dich kennenzulernen.«
»Hi«, sagte Sylvia.
»Ich hab dich schon gesehen«, sagte Patty. »Wohnst du hier im Hotel?«
»Nein«, sagte Sylvia.
»Ich habe mich reingeschlichen«, sagte Patty. »Draußen gießt es. Ich hab keinen Schirm.« Sie stand mitten im Raum und sah uns an. Silvia wandte sich zu mir.
»Soll ich ein paar Minuten rausgehen?« fragte sie.
»Nein, nein«, sagte ich.
»Du brauchst nirgendwohin zu gehen«, sagte Patty. »Es regnet in Strömen, Sweetie.« Sie setzte sich aufs Bett. »Wie alt bist du, Sylvia?«
Sylvia machte sich an ihrem Röhrchen zu schaffen. »Ich bin jetzt neununddreißig«, sagte sie, ohne den Blick zu heben.
»Warum?«
»Du erinnerst mich an jemanden.«
»An wen?«
»Meine Mutter«, sagte Patty.
Sylvia steckte eilig ein großes Stück Crack in das Röhrchen. »Meinst du?«
»Meine Mutter war sehr schön. Alle haben ihr gesagt, daß sie wie Marilyn Monroe aussieht. Ich habe Bilder von ihr. Sie sah toll aus.«

»Ich dank dir, Honey«. Sylvia zündete den Crack an und nahm einen Zug, dann reichte sie Patty das Röhrchen, und das Mädchen nahm gleichfalls einen Zug.

»Du bist schön, Babe«, sagte Patty rauchend. »Du kannst doch tun, was du willst.«

»Nein. Das kann ich mir nicht leisten.«

»Und was wäre das?«

Sylvia schloß die Augen. »Eine schöne lange Kreuzfahrt.«

»Eine schöne lange Kreuzfahrt?« lachte Patty. Sie nahm noch einen Zug und reichte Sylvia das Röhrchen.

»Ja, genau«, sagte Sylvia. »Das würde ich gerne mal machen.« Sie rauchte und gab Patty das Röhrchen.

»Du brauchst dir doch nur jemanden zu angeln«, sagte Patty und nahm das Röhrchen. Sie legte etwas von ihrem eigenen Zeug nach und zündete es an. »Dann soll er das bezahlen.«

»Ich hatte schon oft Angebote, zu verreisen«, sagte Sylvia. »Manchmal bedaure ich, daß ich nicht mitgefahren bin.«

Patty sah sie an und nahm einen tiefen Zug. Sie schien wegzutreten.

»Als ich ein kleines Mädchen war«, begann Sylvia versonnen, »wollte ich immer die Welt sehen...«

»Einmal in Fort Worth«, sagte Patty, »bin ich mit einem anderen Mädchen abgehauen. Wir haben ein Auto geklaut, und da waren zehntausend Dollar drin. Wir waren in Mexiko, sie war fünfzehn und ich dreizehn, und wir sind zurück nach Fort Worth und in einen Park, und da haben wir uns Acid gekauft. Das war noch ganz früh am Morgen, und wir haben uns den Arsch abgefroren. Da haben die uns festgenommen. Die dumme Kuh hatte die Autoschlüssel im Wagen gelassen, zwischen dem Rücksitz und dem Boden. Auf der Wache haben sie uns gar nicht beachtet, und wir sind gegangen. Wir hatten keine Ahnung, was wir tun sollten. Wir waren so high, wir konnten schon gar nichts mehr sehen. Dann hat uns so ein Typ aufgelesen. Der war gerade auf dem Weg zur Arbeit. Wir haben ihm erzählt, was los war, und auch von diesem Auto. Und zufällig sind seine Zimmerkumpel im Autogeschäft. Er hat uns mit in seine Wohnung genommen, und da haben wir bis zum Abend gewartet. Und natürlich mußte diese dumme Kuh ihm erzählen, wieviel Geld wir im Wagen haben. Ich hab ihm gesagt, er kriegt zweihundert Dollar, wenn er den Wagen aufmacht, und das Auto könnten sie haben. Und ich hab ihm die zweihundert Dollar gegeben, als sie den Wagen aufhatten. Die Typen waren nett, sie haben das Geld rausgeholt und uns gegeben. Zehntausend Dollar.«

Die Mädchen redeten und rauchten weiter. Es hatte eine betäubende, erleichternde, erregende Wirkung, ihnen zuzuhören, in ihre Geschichten einzutauchen, sich von ihnen überschwemmen zu lassen und sich darin zu verlieren. Ich dachte: Könnte ich auch so leben, ohne Gut und Böse, ohne Pflichten? Nur dieses abenteuerliche, sinnlose, völlig freie, völlig hoffnungslose Leben? High sein und den Rest der Welt einfach vergessen? Kein Erbe, keine Geschichte, keine Zukunft, keine Vergangenheit, nur der Augenblick, nichts zu gewinnen, nichts zu verlieren, nur das Recht auf ein völlig wertloses Dasein? Welche Verschwendung! Und welche Erleichterung! Alles vergessen: den Zionismus; die Rückkehr der Juden in ihre Heimat, nach zweitausend Jahren; den einzigartigen Augenblick in der Geschichte...; den Ruhm und die Verantwortung. Israels Kriege, dachte ich, die Kriege, die ich selbst erlebt hatte, zeugten von einem stetigen Niedergang. Oder betraf dieser Niedergang nur meine Wahrnehmung, weil ich alt wurde und meine Begeisterung nachließ? Der Sechstagekrieg schien ein vollkommener Krieg gewesen zu sein, der Große Krieg, vollkommen gerechtfertig und vollkommen erfolgreich. Auch im Yom-Kippur-Krieg war es ums Überleben gegangen, auch er vollkommen gerechtfertigt, aber weder groß noch erfolgreich. Er hatte die Saat des Zweifels gesät. Man hatte uns mit heruntergelassenen Hosen überrascht. Wie hatte das passieren können? Uns? Es mußte eine einmalige Ausnahme gewesen sein, ein Irrtum der Geschichte, der sich nie mehr wiederholen würde. Aber dann, 1982, der Krieg im Libanon. Da ging es nicht ums Überleben, dieser Krieg war nicht vollkommen gerechtfertigt, und ganz gewiß war er weder ruhmreich noch ein Erfolg. Und die Zweifel wuchsen. Wer waren wir wirklich? Warum hatten wir uns darauf eingelassen? Zu lang, zu chaotisch. Und jetzt der scheinbar endlose palästinensische Aufstand, in dem manche

Leute es wagten, uns mit der Gestapo zu vergleichen. Unsere eigenen Leute. Wie war es zu all diesen Veränderungen gekommen? Wir waren erst vierundvierzig Jahre alt, der Staat Israel und ich, und schon so alt, so müde. So hoffnungslos.
»Hast du keine Musik hier?« fragte Patty.
Israelische Lieder, dachte ich, nirgendwo sonst konnte man den Unterschied zwischen den verschiedenen Kriegen Israels und die veränderte Stimmung des Landes so gut ablesen wie in den Liedern. Der Unabhängigkeitskrieg von 1948 hatte die besten Lieder hervorgebracht. Hoffnung, Sehnsucht, Mut, Liebe, Opferbereitschaft. Ich kannte Dutzende dieser Lieder auswendig: ›Bub el Wad, vergeßt unsere Namen niemals, unsere Konvoys waren in die Stadt eingebrochen, an den Straßenrändern lagen unsere Toten, das eiserne Skelett liegt still wie ein Spiegel.‹ ›Da trat ein großer Junge vor und sagte, Mutter, weine nicht, unsere Jungs, Mutter, stehen wie eine Wand aus Stahl, Mutter, gegen unsere Feinde, wenn unser Land sie braucht.‹ ›Ich werde sie niemals vergessen, all diese Schönen und Reinen, denn solche Freundschaft kann niemand vergessen, eine Liebe, die durch Blut geheiligt ist, wird ewig blühen.‹ ›Und du warst so schön wie deine Augen, als die Tränen darin glänzten. Und wenn du zurückbleibst und die Einsamkeit dich umfängt und du wanderst allein durch die Weinberge, wirst du dich erinnern, wie still wir uns auf den schmalen Weg in die Schlacht machten.‹ Auch der Krieg von 1967 hatte sehr schöne Lieder, die den Ruhm und den unglaublichen Sieg besangen, der noch die kühnsten Erwartungen übertraf. ›Und niemand fragte: Wohin gehen wir? Wer vorausging, wurde getroffen und fiel, man brauchte viel Glück, um lebend aus der Schlacht am Munitionshügel herauszukommen. Zum Andenken an die befestigten Bunker und unsere Brüder, die Männer, die zwanzigjährig für immer dort blieben, am Munitionshügel.‹ Lieder über den glorreichen Sieg auf dem Sinai, die Rückkehr auf die West Bank und vor allem das Lied, das zum Symbol dieses Krieges wurde, ›Goldenes Jerusalem‹. Die ewige Stadt endlich wieder vereint, für immer. ›Jerusalem, Stadt aus Gold, Kupfer und Licht, zu all deinen Liedern bin ich die Violine.‹

Der Yom-Kippur-Krieg hatte anscheinend keine Lieder hervorgebracht, jedenfalls keine, die blieben. Vielleicht sagte das etwas über die Verwirrung und den allgemeinen Schock aus. Sie inspirierten zu gar nichts. Die Musen schwiegen.
Dann kam der Krieg im Libanon, 1982, den manche als Israels Vietnam bezeichneten. Ich erinnerte mich nur an ein einziges Lied, das die Soldaten sich im Feld ausdachten, ein einfaches Lied, nicht besonders poetisch, aber mit einer klaren Botschaft. Die Melodie stammte von einem Wiegenlied, aber den Text hatte man verändert: ›Komm runter zu uns, Flugzeug, bring uns in den Libanon, wir werden für Sharon kämpfen und in einer Kiste heimkehren.‹ Im Hebräischen reimte sich der Text.
»Nein, ich habe keine Musik«, sagte ich.
»Das ist Butter, Butter, Butter«, sagte Patty und blies den Rauch in die Luft.
»Was ist Butter?«
»Wenn das Zeug wirklich gut ist.«
Ich wollte nach dem Glasröhrchen in ihrer Hand greifen, wollte rauchen, was sie rauchte, um wie sie zu vergessen und mich gehenzulassen. Aber meine Gedanken ließen mich nicht los.
Wie war es dazu gekommen? Was war aus dem Traum geworden? Aus dem tapferen Israel? Wir waren dabei, unsere Eltern zu verraten, unsere ruhmreichen Eltern. Wie hart hatten sie gearbeitet, wie stark war ihr Glaube gewesen – und war es auch jetzt noch. Doch die ganze Welt hatte sich verändert. Vielleicht waren die Medien und die Elektronik daran schuld, der schnelle, leichte Zugang zu so viel Information. Die alten Werte schienen verschwunden zu sein. Niemand wußte mehr, wohin er ging. Niemand auf der ganzen Welt. Nicht einmal in Israel.
Jemand klopfte an die Tür. Ich achtete nicht darauf.
Die Zeiten waren vorbei, als alle in Israel wie Paul Newman in ›Exodus‹ auszusehen schienen. Wir waren wieder bei Faigin, Dikkens' fingerfertigem Juden. Dennis Levin, Boesky, Milken, Robert Maxwell, Shamir… Sharon…
Es klopfte wieder.
»Wer ist da?« fragte ich.
»Jimmy.«

»Was will der denn?« sagte Patty. Sie rauchte weiter. »Mach die Tür nicht auf. Er soll weggehen.«

Wieder klopfte es.

Ich öffnete die Tür. Jimmy, der Hausmeister, stand davor, auf seinen Besen gelehnt. Er sah über meine Schulter zu den beiden Frauen auf dem Bett.

»Sammy sagt, die Mädchen sollen sofort runterkommen«, sagte er mit einem entschuldigenden Lächeln. »Er ist sauer.« Er sah sehnsüchtig auf die zwei Frauen, die immer noch rauchten.

»Nehmen Sie ein Bier«, sagte ich. Ich holte eine Dose und gab sie ihm. Er öffnete sie und trank. Ich holte mir auch eins. Ich fühlte mich ziemlich benebelt.

»Die beiden können nicht hierbleiben«, sagte er.

»Ach komm, Jimmy«, sagte Patty. »Du darfst auch meine Pussy anfassen, du alter Bock.«

»Ich kann nichts dafür«, sagte Jimmy entschuldigend, aber er trat ein. Ich schloß die Tür hinter ihm.

»Was hat er gesagt, er kann nicht?« murmelte Patty, die unablässig weiterrauchte. »Wir werden schon dafür sorgen, daß er kann, nur keine Angst.« Sie lachte und reichte Sylvia das Röhrchen.

»Vielleicht sollten wir besser gehen«, sagte Sylvia. »Ich will keine Schwierigkeiten.«

»Zehn Dollar«, sagte Patty. »Dann können wir noch eine Stunde bleiben.«

Das Telefon klingelte.

»Das ist Sammy, laß mich mit ihm reden«, sagte Patty und griff nach dem Hörer. »Sammy, du altes Schwein… hah? Entschuldigung.« Es folgte eine Pause, dann sagte sie: »Natürlich, einen Augenblick bitte.« Sie sah mich an und sagte: »Das ist für dich.«

Ich nahm den Hörer. »Hallo?«

»Assaf?« Es war meine Mutter. »Geht's dir gut?«

»Ja«, sagte ich. »Natürlich.«

Es folgte eine Pause. Meine Mutter war sehr diskret. Sie hätte niemals gefragt, wer das eben war. Niemals, aber sie gab mir Gelegenheit, von mir aus die gewünschte Information zu geben, die aber ausblieb. Was hätte ich sagen sollen? Ich bin hier mit zwei Nutten zusammen, die gerade Crack rauchen?

»Wir haben schon zwei Wochen nichts mehr von dir gehört«, sagte sie. »Ich habe ein paarmal versucht, dich zu erreichen. Hast du meine Nachricht bekommen?«

»Nein«, sagte ich. »Die sind hier nicht besonders gut im Weitergeben von Nachrichten.« Ich sah Jimmy an, der neben Patty stand. Er berührte sie zwischen den Beinen. Sie stieß seine Hand zurück. Sie rauchte immer noch. Sylvia packte ihr Röhrchen, das Feuerzeug und die Plastikfläschchen in ihre Handtasche.

»Wie geht es dir?« fragte ich meine Mutter.

»Gut, es geht uns beiden gut.«

Patty kicherte auf dem Bett. Die Luft im Zimmer war warm und süß. Es fiel mir schwer, mich auf das Telefonat zu konzentrieren.

»Wie ist die Lage zu Hause?«

»Wie immer«, sagte meine Mutter. »Die Regierung funktioniert nicht, aber niemand kann was daran ändern. Jede Woche eine neue Siedlung. Das Geld, das eigentlich für die Integration der russischen Juden bestimmt ist, geht ausschließlich in die Siedlungen in den Gebieten.« Ich hörte sie seufzen, am anderen Ende der Leitung, dreitausend Kilometer entfernt, in dem Land, in dem ich geboren war. Tiefe Sorge klang aus ihrer Stimme. Meine Eltern hatten mit wachsender Enttäuschung die politische Entwicklung in Israel verfolgt, seit die Arbeiterpartei 1977 die Macht verloren hatte. Sie hörten stündlich die Nachrichten. Jedes politische Ereignis traf und bewegte sie. Sie litten unter jedem Rückschlag, jedem Fehlurteil, jedem Zeichen des Werteverfalls, der abnehmenden Toleranz und der zunehmenden Gewalt, doch nie verloren sie die Hoffnung. Vielleicht hatten sie in ihrem Leben zu viele Wunder erlebt, als daß sie jemals die Hoffnung hätten verlieren können. Patty streckte sich auf dem Rücken aus, ihr Kopf lag auf dem Kissen, die Augen waren geschlossen. Das Röhrchen glitt ihr aus den Fingern und fiel auf die Decke. Ihre Hose hing um ihre Knöchel und enthüllte ihre dürren weißen Beine. Jimmy kniete sich auf den Boden und stellte die leere Bierdose ab. Seine Hände zitterten. Vorsichtig zog er ihr den Slip bis zu den Knien herunter und vergrub sein Gesicht in ihrem blonden Busch. Patty machte eine Bewegung, öffnete aber nicht die Augen. Ich konnte nicht erkennen, ob sie wach war.

»Weißt du schon, wann du zurückkommst?«
»Noch nicht. Ich versuche zu schreiben.« Jimmys Hand wanderte nach unten, und er öffnete seine Hose.
»Ich kann dich nicht verstehen, Assaf, es ist soviel Lärm in der Leitung.«
»Hier sind ein paar Leute bei mir.«
»Ach, das tut mir leid«, sagte sie. »Ich will dich nicht aufhalten. Das hättest du mir sagen sollen.«
»Ich rufe dich in den nächsten Tagen an.«
»Da hat jemand angerufen«, sagte meine Mutter, »gestern oder vorgestern; er wollte dich sprechen. Ich habe ihm deine Nummer gegeben. Ich hoffe, das war in Ordnung.«
»Wer war es denn?«
»Augenblick, ich muß nachdenken«, sagte sie. »Ich habe seinen Namen irgendwo aufgeschrieben. Ja, hier ist es. Er heißt Yaron.«
»Yaron?« fragte ich. Der Name sagte mir gar nichts. »Bist du sicher?«
»Ja, das hat er gesagt. Ich habe es aufgeschrieben. Er sagte, er ist ein Freund von dir aus der Armee.«
Jemand pochte laut und kräftig an die Tür.
»Ich habe keine Ahnung, wer das ist«, sagte ich. »Ist auch egal. Ich rufe dich bald an, Mutter.« Wir legten beide auf.
Jimmy stand auf und schloß rasch seine Hose.
Sylvia schüttelte Patty an den Schultern. »Komm, Honey, wach auf!«
Patty fuhr hoch und sagte: »Hah?«
»Komm«, sagte Sylvia und schüttelte sie noch einmal kräftig. »Wir müssen gehen.« Das Pochen an der Tür ließ nicht nach. Ich ging hin und öffnete. Sammy warf mir einen vorwurfsvollen Blick zu, wandte sich dann aber an die Mädchen. »Ihr beiden verschwindet jetzt sofort.«
»Schon gut«, sagte Patty. Sylvia half ihr, die Jacke anzuziehen. Patty zog ihre Hosen hoch. Sie schien völlig weggetreten. »Wir gehen schon.«
»Sofort«, sagte Sammy. »Und kommt nicht wieder her!« Er war wütend. »Kommt nicht noch mal her!«
»Hey, Mann«, sagte Patty und verstaute ihr Röhrchen in der Hand-

tasche. Sie stand jetzt auf den Beinen, wankte aber leicht. »Was soll das denn?«
»Mit dir habe ich nichts zu bereden.« Er stand da und hielt die Tür weit offen.
»Es ist nicht ihre Schuld«, sagte ich. »Ich habe sie gebeten zu bleiben. Ich wollte Ihnen etwas Geld geben ...«
»Nein, kein Geld«, sagte Sammy entschieden. »Sie schleicht sich hier herein, sie macht nur Schwierigkeiten, sie kommt mir hier nicht mehr ins Haus.«
»Du bist ein Haufen Scheiße«, sagte Patty. »Was hast du? Ich habe noch nie Schwierigkeiten gemacht. Andere Leute machen Schwierigkeiten.«
»Komm«, sagte Sylvia und nahm sie beim Arm. »Komm!«
Und dann waren sie alle weg, Sylvia, Patty und Jimmy. Nur Sammy stand noch an der Tür und beobachtete ihren Rückzug. »Mensch, hab ich einen Hunger«, sagte Patty. Sie verschwanden im Treppenhaus, und ihre Stimmen verklangen.
»Es tut mir wirklich leid«, sagte ich.
»Nein, nein«, sagte Sammy. »Dieses Mädchen, Patty, einmal ist sie beim Rauchen eingeschlafen und hätte fast das ganze Hotel in Brand gesteckt. Das kann mich meine Lizenz kosten. Die sind alle nur Müll.« Dann ging auch er weg. Ich öffnete das Fenster, warf die leeren Bierdosen in den Papierkorb und fragte mich, wer da wohl fern in Israel meine Mutter um meine New Yorker Telefonnummer gebeten hatte.

15

In den folgenden Wochen sah ich niemanden, den ich kannte, außer dem Hotelpersonal und den drei Nutten an der Ecke. Patty und Sylvia waren offenbar aus der Gegend verschwunden. Ich rief auch Judy Anderson nicht an, und sie rief mich nicht an. Nach etwa einer Woche erhielt ich einen Brief in einem Hassadah-Umschlag, der einen Scheck über zweihundertfünfzig Dollar enthielt. Ich ging zur nächsten Bank und eröffnete ein Konto. Zweimal telefonierte ich mit meinen Eltern. In Israel schien nicht sonderlich viel zu passieren. Das Kabinett beriet über die Frage, ob man die Wahlen vorziehen sollte. In Jerusalem schneite es. Meine Zeit verbrachte ich hauptsächlich mit Schreiben. Die Geschichte der drei Freunde, die gemeinsam mit dem Staat aufwuchsen, nahm langsam Gestalt an.

Wenn ich nicht schrieb, unternahm ich lange Spaziergänge durch Manhattan. Ich sprach mit niemandem, ich ging nur umher und dachte über mein Leben nach. Zu irgendwelchen Schlüssen kam ich nicht. Ein paarmal versuchte ich, Sylvia anzurufen. Sie wohnte in einem Hotel der Sozialhilfe, das von der Stadt getragen wurde und Teil eines Rehabilitationsprogramms für Drogensüchtige und Alkoholiker war. Ich konnte sie jedoch nicht erreichen. Der Mann an der Rezeption, der den Anruf entgegennahm, sagte mir, daß er sie seit mehreren Tagen nicht gesehen hatte und nicht wußte, wo sie sein könnte.

Dann, eines Abends, auf der 42. Straße zwischen Eighth Avenue und Times Square, sah ich eine vertraute Gestalt. Abgetragene Jeans, schwarze Lederjacke, kurzes blondes Haar. Sie ging direkt vor mir unter der Leuchtreklame eines Pornokinos.

»Patty!«

Sie reagierte nicht, sondern ging schneller. Ich war erstaunt, wie schnell sie ging. Nutten gehen gewöhnlich langsam, sie haben es nicht eilig, sie wollen nirgendwo hin. Sie gehen nur auf und ab, wie Polizisten, die ihr Revier abgehen.

»Patty!«

Aber sie wurde nicht langsamer. Ich hatte Angst, sie in der Menge aus den Augen zu verlieren. Ich lief hinter ihr her und faßte sie am Arm.

»Hey«, sagte ich, »hast du mich nicht gehört?«

Ihre Reaktion traf mich völlig unvorbereitet. Sie wirbelte heftig herum, in ihrer Hand tauchte ein Springmeser auf. Das Messer kam direkt vor meiner Kehle zum Stillstand.

»Faß mich noch mal an, du Wichser, dann stech ich dich ab.«

Ich wich ein paar Schritte zurück.

»Was ist denn los mit dir?«

»Faß mich nie von hinten an.« Sie hatte keine Stimme. Sie war heiser und rauh und kaum zu hören. Sie steckte das Messer in ihre

Jackentasche. Sie hatte ein blaues Auge und eine Schnittwunde auf der Stirn.

»Was ist denn passiert?«

»Ich bleibe nicht hier draußen stehen.« Ich konnte sie kaum verstehen, und was ich verstand, las ich ihr von den Lippen ab. »Gibst du mir Geld?«

»Ja«, sagte ich, »ich geb dir Geld.«

»Gehen wir in eine Bar.«

Sie ging in ein Blarney Stone, eine dunkle Bar mit ein paar unverwüstlichen Stammkunden und viel Rauch in der Luft. Patty legte ihre Handtasche und ihr Kopftuch auf einen Stuhl an einem der Tische. »Hol mir einen Jack Daniels mit Coke.« Sie mußte es zweimal wiederholen, bis ich sie verstanden hatte. »Und eine Pakkung Newport.« Dann verschwand sie in der Damentoilette.

Ich ging zur Theke, bestellte zwei Jack Daniels mit Cola und zog eine Packung Newport am Zigarettenautomaten. Ich setzte mich an den Tisch und sah mir das Baseballspiel auf dem Fernseher über der Theke an. Ich mußte mehr als zwanzig Minuten warten, bis sie endlich zurückkam. Sie setzte sich mir gegenüber an den Tisch und holte eine Zigarette aus der Packung. Sie versuchte, sie mit ihrem Feuerzeug anzuzünden, aber es funktionierte nicht. Sie warf das Feuerzeug auf den Boden.

»Meinst du, du kannst mir eine Packung Streichhölzer besorgen? Ach, laß nur.« Mitten im Satz stand sie auf und ging zu einem der Männer an der Theke, der eine Zigarette rauchte; aber anscheinend geriet sie in Streit mit ihm, denn sie wandte sich abrupt von ihm ab. Schließlich gab der Barkeeper ihr Feuer; sie kam zurück, setzte sich an den Tisch und murmelte etwas in sich hinein. Ich blickte sie an. Sie sah blaß und abgemagert aus, als wäre sie geschrumpft.

»Was ist denn passiert?« fragte ich. »Was ist mit deiner Stimme?«

»Ein Kerl hat versucht, mich zu erwürgen. Also, wieviel Geld gibst du mir?«

Ich holte einen Zwanzigdollarschein heraus und legte ihn auf den Tisch. »Du siehst schrecklich aus.«

»Ja, nicht?« Sie nahm das Geld und steckte es in ihren Strumpf.

»Die haben mich vergewaltigt und auf mich geschossen. Auf mich und meine Freundin. Sie haben uns vergewaltigt, im Hintern, mit einer Taschenlampe. Sie haben viermal auf uns geschossen. Sie haben ein Kissen auf uns gelegt und geschossen und sind gegangen, weil sie glaubten, daß wir tot sind.«
»Wer?«
»Zwei Typen aus Jamaika, Kunden, in New Jersey.« Sie leerte ihr Glas in einem Zug und wollte aufstehen. »Ich muß jetzt los.«
Ich hielt sie mit der Hand zurück. »Warte doch einen Augenblick, um Himmels willen.«
»Ich besorge mir nur Stoff. Ich bin gleich zurück.«
»Du mußt damit aufhören«, sagte ich. Sie drehte sich um und blickte mich wütend an.
»Wenn ich damit aufhöre, bin ich wahrscheinlich schneller tot als ohne das Zeug. Weißt du, wie lange ich diesen Mist schon rauche? Jeden Tag, aber auch jeden, jeden Tag, seit ich hier bin, sechs, sieben, acht Jahre.«
»Und du hast dir nie vorgenommen aufzuhören?«
Sie murmelte: »Besser tot, als so zu leben. Kann ich noch einen Drink haben?«
Ich stand auf und gab dem Barkeeper ein Zeichen. Er kam mit dem Drink. Ich gab ihm fünf Dollar und bat ihn, den Rest zu behalten. Eine Weile saß sie da und starrte auf ihr Glas. »Du mußt hier raus, Patty«, sagte ich. »Fahr nach Hause.«
»Ich habe kein Zuhause.« Wieder saß sie schweigend da, dann erschien ein scheues, schiefes Lächeln auf ihrem Gesicht. »Einmal kam so ein Kerl zu mir«, sagte sie, »ein Zuhälter, und er sagt, wo ist mein Geld? Ich schulde dir kein Geld. Wo ist mein Geld? Ich sage, bitte, ich schulde dir kein Geld. Er sagt, verschwinde von hier, arbeite irgendwo anders. Ich sag ihm, Mann, du bist wohl verrückt. Ich sag, ich gehe nicht woanders hin. Ich laß mir nicht von den Cops sagen, wo ich arbeiten darf, und von dir laß ich mir auch nichts sagen. Da hat er mir in die Pussy getreten. Da war ein Mädchen, das lachte. Ich sag zu ihr, findest du das lustig, du dumme Kuh? Wenn du so einen Tritt in die Pussy bekommen hättest, würdest du nicht mehr stehen.«
Sie leerte das Glas in einem Zug und stand auf.

»Bis bald«, sagte sie.
Sie wandte sich zum Gehen.
»Was ist mit deiner Freundin passiert?«
»Sie hat einen Schuß in die Brust bekommen. Sie ist im St. Vincent's. Ich weiß nicht, ob sie durchkommt.«
Sie war schon fast draußen, doch dann blieb sie plötzlich stehen, als wäre ihr etwas eingefallen.
»Es ist Sylvia«, sagte sie.
Sie war draußen, bevor ich noch ein Wort sagen konnte. Ich blieb noch eine ganze Stunde sitzen, ohne meinen Drink anzurühren. Doch sie kam nicht zurück. Am Morgen ging ich zum St.-Vincent's-Hospital. An der Pforte fragte ich nach Sylvia Punchuk.
»Welche Station?«
»Ich weiß nicht. Wahrscheinlich ist sie auf der Intensivstation.«
Das Mädchen hämmerte auf die Tasten ihres Computers und sah auf den Bildschirm.
»Ja. Intensivstation. Erster Stock, Zimmer 102B.«
»Vielen Dank«, sagte ich.
Ich ging durch lange Flure mit dem vertrauten Krankenhausgeruch. Es gab Zeiten, da war ich öfter in Krankenhäusern gewesen, als ich mich erinnern mochte. Zwischen 1967 und 1969. Nach dem Sechstagekrieg, während des Zermürbungskriegs. Und dann wieder 1973, während des Yom-Kippur-Kriegs. Ich hatte Freunde, die verwundet worden waren, Kameraden, die zur selben Einheit gehörten wie ich oder mit mir zur Schule gegangen waren. Mit den Jahren wurden meine Krankenhausbesuche seltener, denn nun waren es hauptsächlich Jüngere, die getötet oder verwundet wurden. Seit 1982, seit dem Krieg im Libanon, hatte ich kein Krankenhaus mehr von innen gesehen. Meine Eltern waren trotz ihres hohen Alters bei guter Gesundheit. Wegen ihnen hatte ich noch nie ein Krankenhaus besucht. Und ich war ihnen dankbar dafür.
Nummer 102B war ein Dreibettzimmer. Es war sehr laut. Sylvia lag im hintersten Bett, gleich am Fenster.

Eine schwarze Krankenschwester hielt mich an der Tür an. »Ja?«
»Ich möchte zu Sylvia.« Ich zeigte auf das Bett.

»Sind Sie ein Verwandter?«
Einen Augenblick schwankte ich. Gewöhnlich log ich selbst in trivialen Dingen nicht, doch ich wollte keine Komplikationen riskieren.
»Ich bin ein Vetter«, sagte ich. »Ich bin von außerhalb.« Die Hälfte stimmte immerhin.
Sie musterte mich. Die beiden anderen Patienten, gleichfalls Schwarze, schienen bewußtlos zu sein oder zu schlafen.
»In Ordnung«, sagte die Krankenschwester. »Es ist gut, daß sich endlich jemand zeigt. Sorgen Sie dafür, daß sie redet. Es ist sehr wichtig, daß sie wach bleibt, wenigstens ein paar Minuten.«
Ich trat ins Zimmer. Sylvia hatte den Kopf abgewandt, zum Fenster. In ihrer Nase steckten zwei Plastikschläuche. Zwei weitere Schläuche waren an ihrem linken Arm und an ihrer Brust befestigt. Die Schläuche führten zu Plastikbeuteln, die an zwei Ständern hingen. Eine Maschine mit Digitalanzeige zeichnete ihren Herzschlag auf. Sylvias Augen waren geschlossen. Ich nahm einen Stuhl und setzte mich zu ihr ans Bett. Der alte Mann im Nebenbett bewegte sich unruhig und stöhnte. Anscheinend war er nicht bei Bewußtsein. Ich streckte die Hand aus und berührte vorsichtig Sylvias rechten Arm, an dem keine Schläuche hingen. Sie schlug die Augen auf.
»Hey«, sagte ich.
Sie blickte mich an. Ihre Augen hatten offenbar Schwierigkeiten, zu fokussieren. Ich wußte nicht, ob sie mich erkannte. Sie sah blaß und mager und dünn und alt aus.
»Ich bin's, Assaf«, sagte ich.
»Hey.« Plötzlich lächelte sie. Das Lächeln veränderte ihr Gesicht. Ihre Augen wurden lebendig.
»Wie fühlst du dich?« fragte ich.
»Ich muß fürchterlich aussehen.«
»Ja, ziemlich. Patty hat mir gesagt, daß du hier bist.«
»Sie hat es dir gesagt?« Sie schien verwirrt.
»Wie fühlst du dich?« fragte ich noch einmal.
»Ich fühle mich schon besser. Eine Zeitlang war es ganz schön schlimm.«
»Du wirst bald wieder rauskönnen.«

»Haben sie das gesagt?«
»Na ja«, begann ich, die unvermittelte Frage brachte mich in Verlegenheit. Der alte Mann im Bett nebenan stöhnte laut auf und begann zu husten. Die Schwester lief zu ihm hin und richtete ihn im Bett auf. Sein Husten ließ langsam nach.
»Ja doch«, sagte ich, »schon sehr bald.«
»Das ist gut. Ich kann nichts essen und auch sonst nichts machen.« Sie zeigte auf die Schläuche in ihrem linken Arm.
»Du kriegst hier alles, was du brauchst.«
»Nicht alles.«
»Und das ist gut so«, sagte ich. »Wenn du rauskommst, bist du diese Gewohnheit los. Und das wird dir guttun.«
»Wahrscheinlich«, sagte sie. »Wie lange bin ich schon hier?«
»Ich weiß nicht. Ein paar Tage.«
»Ich kann mich an gar nichts erinnern.«
»Weiß du noch, wie du hierhergekommen bist?«
Sie schüttelte den Kopf. »Ich weiß nur noch, daß ich mit Patty ausgegangen bin. Wir wollten irgendwo was essen.«
»Und danach nichts mehr?«
»Nein.«
»Aber du erinnerst dich an mich?«
»Der israelische Schriftsteller... Ich muß fürchterlich aussehen. Ich habe kein Make-up hier und gar nichts.«
»Deine Augen sehen wunderbar aus. Deine Augen glänzen.« Es stimmte. Ihre Augen waren schön. Sie waren das Beste an ihr. Und ich dachte, wenn sie nur lebt, wenn sie nur gerettet werden kann! So viele, die ich gekannt hatte, waren in den Kriegen gefallen, als ihr ganzes Leben noch vor ihnen hätte liegen müssen. Vielleicht war es zu etwas gut, wenn sie verschont blieb. Vielleicht konnte sie sich noch einmal fangen und ein wirkliches Leben beginnen.
»Ich möchte hier raus«, sagte sie.
»Das wirst du auch.« Ich sah sie an. Sie schien wegzudämmern. Sorgen Sie dafür, daß sie redet, hatte die Krankenschwester gesagt. »Woher hast du diese Narbe?« Ich zeigte auf ihre Seite. Sie versuchte, die Decke darüber zu ziehen, doch sie war zu schwach. Ihre Hand sank zurück aufs Bett.

»Eine Verrückte ist mit dem Messer auf mich losgegangen.«
»Warum?«
»Sie dachte, ich will ihr den Mann ausspannen. Dabei kannte ich sie nicht mal.«
»War sie auch eine Nutte?«
»Ja.« Sie wälzte sich unruhig hin und her. Ich schob das Kopfkissen zusammen, damit sie ihren Kopf darauf stützen konnte. »Hier in New York?«
»Nein, in Washington, D. C. Ich war erst sechzehn. War eine dumme Sache. Ich bin mit diesem Typen ausgegangen. Ich wohnte da in einem Hotel. Ich war nach Washington gegangen, weil ich von einem Kerl wegwollte, mit dem ich hier zusammen war, ein richtiger Mistkerl war das. Na, jedenfalls wohnte ich da in einem Hotel, und ich kannte niemanden, und ich war ziemlich einsam. Er arbeitete an der Rezeption, ein netter Kerl. Er hat mich zum Essen und zum Tanzen eingeladen. Wir sind ausgegangen und haben gegessen und eine Menge getrunken. Und dann sind wir zu seiner Wohnung gegangen. An der Haustür ist es dann passiert. Ich fühlte plötzlich einen harten Schlag im Rücken. Und mir wurde ganz übel. Dann fühlte ich hier etwas, und ich bin mit der Hand hin und hab sie wieder weggenommen, und da war sie ganz voll Blut. Ich denke: Scheiße, und drehe mich um und halte mich am Arm von diesem Typen fest. Und sie hat noch mal versucht, nach mir zu stechen. O Mann, ich erinnere mich noch daran, als ob es gestern gewesen wäre. Ich sehe, wie das Licht von der Straßenlaterne auf der Klinge blitzt. Es war ein verdammt großes Messer. Aber er hat ihren Arm festgehalten, und ich habe so stark geblutet, Mann, beinahe wäre ich umgefallen und auf den Boden gestürzt. Da hat er sie laufenlassen und hat mich aufgefangen. Er hat sein Hemd ausgezogen und meine Wunde verbunden. Jemand hat den Rettungswagen gerufen. Es hat fast eine Viertelstunde gedauert, bis sie da waren. Ich wäre beinahe verblutet. Das Messer hatte auch die Niere getroffen, darum mußten sie sie rausnehmen. Ich war lange krank.« Sie atmete tief ein und schloß die Augen, dann öffnete sie sie wieder. »Irgendwann einmal würde ich gerne nach Israel fahren.«
»Warum?«

»Na, wegen der Geschichte von Christus und all diesen Sachen«, sagte Sylvia. Sie griff nach den Sauerstoffschläuchen, die in ihren Nasenlöchern steckten, und zog daran. Ich nahm ihre Hand weg und brachte die Schläuche wieder in Ordnung. »Ich würde gerne all die Orte sehen, an denen es passiert ist«, sagte sie. »Nazareth, Bethlehem, Jerusalem.«

»Bist du katholisch?«

»Ich bin protestantisch aufgewachsen«, sagte sie. »Aber zur Kirche bin ich eigentlich nie gegangen. Unsere Eltern haben uns da unsere Freiheit gelassen.«

Sie schien wieder wegzudämmern. Ich nahm ihre Hand und drückte sie sanft.

»Was hat dein Vater gemacht?«

»Daddy war Maler und Zimmermann«, sagte Sylvia. »Er war Klempner. Er hat eine Menge Sachen gemacht. Und weißt du, was mich immer geärgert hat, er war sehr talentiert. Wenn er in der Großstadt gelebt hätte, dann hätte er mit seinen Fähigkeiten viel Geld machen können. Aber in einer Stadt wie Portland. Oregon, gab es wohl so viele Leute, die diese Fähigkeiten auch hatten, daß er wirklich nicht gut davon leben konnte. Wenn ich hier in der Stadt Leute sehe, die dasselbe machen wie mein Vater und jede Menge Geld damit verdienen, dann fühle ich mich jedesmal ganz elend.« Sie verstummte.

»Bist du müde?«

»Nein, ich fühle mich gut«, sagte sie.

»Hast du noch Kontakt zu deinen Eltern?«

»Daddy ist tot«, sagte Sylvia. »Mit meiner Mutter spreche ich manchmal am Telefon.«

»Weiß sie, was du machst?«

»Ja.«

»Stört es sie?«

»Jetzt nicht mehr«, sagte Sylvia. »Am Anfang wohl, aber...«

Sie dämmerte weg. Ich drückte noch einmal ihre Hand.

»Wie alt ist sie?« fragte ich.

»Fünfundsiebzig«, sagte Sylvia. »Ich glaube, sie versteht, daß ich mich damals, noch bevor ich hierhergekommen bin, entschlossen hatte, nicht arm zu sein. Ich wollte Geld machen und alles haben,

was ich brauchte, ganz gleich, was ich dafür tun mußte. Ich glaube, sie versteht das jetzt. Sie sagt nie etwas darüber. Am Anfang, vor Jahren, da gefiel es ihr nicht, wenn ich darüber gesprochen habe. Ich hab ihr gesagt: Sieh mal, Momma, als ich hierhergekommen bin, da war ich weggelaufen. Ich hatte niemanden, der irgendwas für mich getan hat. Ich hatte keine Ausbildung. Was hätte ich denn tun sollen? Ich wollte nicht arm sein.«
Dann schloß sie die Augen und schlief ein. Wenig später ging ich. Als ich am nächsten Morgen wiederkam, sagte man mir, daß sie in der Nacht gestorben war. Niemand hatte sie besucht.

16

Als ich das Krankenhaus verließ, regnete es. Die Temperatur war deutlich gefallen. Ich hatte keinen Mantel bei mir, denn am Morgen, als ich das Hotel verließ, hatte noch die Sonne geschienen. Ich hatte mich noch immer nicht an die plötzlichen Wetterumschwünge in New York gewöhnt. In Israel war der Tag entweder warm oder kalt, entweder sonnig oder trüb. Wetteränderungen kamen stets langsam und schrittweise. Man hatte Zeit, sich darauf vorzubereiten. Nur selten wurde man überrascht. Im Nahen Osten gingen alle Veränderungen langsam vor sich – kein Ort für ungeduldige Leute.
Durch den strömenden Regen ging ich zurück zum Hotel. Ich fühlte mich elend. Ich hatte das Gefühl, gespielt und verloren zu haben. Sylvia Punchuk war tot. Eine neununddreißigjährige Prostituierte mit nur einer Niere, ohne Zähne im Unterkiefer, mit einer fünfundzwanzig Jahre alten, niemals überwundenen Drogensucht und Eltern, die ihr an Erziehung, Vorbildern und Werten wahrscheinlich sehr wenig hatten bieten können. Ich gehörte zu den vom Glück verwöhnten Menschen, die in einem neuen, hoffnungsfrohen Land geboren waren, in einem einzigartigen Augenblick der Geschichte, dessen Eltern nur gute Werte und starke Ideale kannten und unfähig waren, ein schlechtes Beispiel zu geben, selbst wenn sie es gewollt hätten, weil sie niemals Zeit hatten, schlechte Gewohnheiten zu entwickeln. Und nicht ein-

mal Zeit, ins Kino zu gehen oder sich etwas im Fernsehen anzuschauen, außer den Nachrichten.
»Smoke? Smoke? Smoke?« fragte mich ein Schwarzer an der Ecke der Eighth Avenue. »Roten? Blauen? Wollen Sie was haben?« Er stand unter der zerschlissenen Markise eines Schnapsladens und verlagerte sein Gewicht von einem Fuß auf den anderen, um sich warm zu halten. Rund um ihn her strömte der Regen herab.
Ich schüttelte den Kopf und wandte mich der Ecke der 42. Straße zu. Ich ging zum Hotel. Wollen Sie was haben? Ja, Gesundheit und Glück und Seelenfrieden. »Regenschirme, Regenschirme, einen Dollar das Stück.«
Ich ging weiter. In New York schien einem jeder etwas verkaufen zu wollen, ob man wollte oder nicht.
Ich ging ins Hotel.
»Da war eben jemand für Sie da«, sagte Sammy.
»Ach ja? Wer?« Das Wasser tropfte auf den Boden, aber das kümmerte mich wenig.
»Sie haben ihn gerade verfehlt.«
Jimmy, der Hausmeister, kam aus dem Flur und wischte den Boden um mich herum auf. Ich roch seine Fahne. Ich wandte mich zur Treppe.
»Assaf!«
Ich blieb stehen und drehte mich um. Ein junger Mann stand am Eingang; er trug einen weiten blauen Mantel und hielt einen Schirm in der Hand. Sein kurzes schwarzes Haar war sorgfältig gekämmt. Ein stämmiger, breitschultriger Mann. Er kam mir sehr bekannt vor, aber ich konnte ihn nicht einordnen.
»Ich wollte gerade in die U-Bahn runter«, sagte er auf hebräisch, »da hab ich dich ins Hotel gehen sehen.« Er kam näher. Die Stimme, das Gesicht, alles kam mir bekannt vor; trotzdem hatte ich keine Ahnung, wer er war. Jemand aus dem Konsulat? Jemand, mit dem ich vor dreißig Jahren zur Schule gegangen war? Nein, er war zu jung...
Er stand nun am Fuß der Treppe und bemerkte den Ausdruck auf meinem Gesicht. »Vor zwei Monaten. In Gaza«, sagte er. »Mugla.«
»Mugla!«

»Du hast mich nicht erkannt?« sagte er.
»Was machst du hier?«
»Ich bin gestern angekommen«, sagte er.
»Wie hast du mich gefunden?«
»Deine Mutter hat mir deine Telefonnummer gegeben. Ich habe schon ein paarmal angerufen.«
»Wie heißt du mit Vornamen?« fragte ich. »Yaron?«
Er nickte. »Yaron Mugla, ich dachte, das weißt du.«
»Nein, ich wußte nur, daß du Mugla heißt«, sagte ich. »Na, das ist ja eine Überraschung.«
»Am besten gehst du rauf und ziehst dir was Trockenes an«, sagte Mugla. »Ich warte hier.«

17

»Eine komische Stadt, dieses New York«, sagte Mugla. »Lauter Verrückte.«
Wir saßen in einer Pizzeria in der Eighth Avenue. Mugla hatte einen gesunden Appetit. Er aß eine große Portion Spaghetti mit Frikadellen von einem Pappteller und trank Cola aus einem großen Pappbecher. Ich stocherte in einem kleinen Salat. Ich hatte keinen Hunger.
»Du hast meine Mutter angerufen«, sagte ich.
»Ich habe dich gesucht. Ich hatte keine Ahnung, daß du in New York bist.«
»Und warum hast du mich gesucht?«
»Ein paar Wochen nach meiner Entlassung hatte ich ein Gespräch mit der Militärpolizei. Ich und der Leutnant. Es ging um den toten arabischen Jungen in diesem Orangenhain.«
Ich fühlte, wie meine Muskeln sich spannten. »Was hast du ihnen gesagt?«
Mugla war ganz mit seinem Essen beschäftigt. »Nichts. Wir hatten nichts zu sagen. Aber sie wußten, daß noch ein Soldat im Wagen war und daß er nicht mit uns zurückgekommen ist. Sie haben ein paar Fragen gestellt.«
»Und was hast du ihnen gesagt?«

»Nichts. Ein Soldat von einer anderen Einheit. Hat uns seinen Namen nicht gesagt. Hab ihn nie wiedergesehen.«
»Das war alles?«
»Das war alles. Aber ich meinte, du solltest es wissen. Ich glaube nicht, daß sie noch weitersuchen werden.«
»Danke«, sagte ich. Wir schwiegen eine Weile. »Was führt dich nach New York?«
»Ich habe hier einen Vetter und ein paar Freunde, in Brooklyn«, sagte er. »Sie arbeiten im Umzugsgeschäft. Machen eine Menge Geld damit.«
»Du besuchst sie?«
»Nein, ich bleibe hier. Morgen fange ich meine Arbeit an. Das Diamantengeschäft in Israel ist im Augenblick ziemlich flau. Meine Frau verkauft das Haus, und in ein paar Monaten kommt sie nach.«
Ich legte die Plastikgabel zur Seite. Der Salat und die Tomaten schmeckten fade. In ganz New York hatte ich noch keinen anständigen Salat gefunden, wie man ihn in Israel in jedem Restaurant bekam. Es war zum Auswachsen.
»Das verstehe ich nicht«, sagte ich. »Du willst nach New York ziehen?«
»Ja. Warum nicht?«
»Ich weiß nicht«, sagte ich. Ich kannte Mugla gar nicht, wir hatten kaum mehr als eine Stunde zusammen verbracht, in Gaza, und dabei allenfalls zehn oder fünfzehn Sätze miteinander gesprochen, und die waren nicht einmal persönlich gewesen. Es gab gar keinen Grund, weshalb er mir als Inbegriff des guten, ehrlichen, patriotischen Israelis erschien. Als Vertreter der schweigenden Mehrheit. All derer, die im bürgerlichen Leben hart arbeiteten und in der Armee ihre Pflicht taten, ohne ein Wort darüber zu verlieren. Die nicht viel Geld verdienten, aber sich nie beklagten. Auf die man sich immer verlassen konnte, wenn Not am Mann war. Ich hatte keine Ahnung, weshalb ich ihn so sah. Von dem Augenblick an, als sie mich an der Kreuzung bei der alten Synagoge am Strand von Gaza auflasen, hatte ich das deutliche Gefühl, daß Mugla in Ordnung war. Es war mein Instinkt. Ich hatte mich immer auf meinen Instinkt verlassen.

»Woher kennst du meinen Namen?« fragte ich.
»Ich habe dich in einem Film gesehen.«
Ich war überrascht. Ich hätte nicht gedacht, daß Mugla sich solche Filme ansah. Es mußte mein erster gewesen sein, in dem ich einen Soldaten während des Zermürbungskriegs spielte, der sich in ein amerikanisches Mädchen verliebt. Der Film basierte auf meinem ersten Roman, den ich mit dreiundzwanzig geschrieben hatte und der in Israel ein großer Erfolg gewesen war.
Wir aßen schweigend weiter.
»Du meinst Umzüge, so von Haus zu Haus?« fragte ich.
»Ja. Man sieht die Wagen überall. Mein Vetter ist vor sechs Jahren hergekommen. Direkt aus der Armee. Er hatte nichts, nur eine Frau und ein kleines Kind. Er war Fallschirmjäger. Nach dem Krieg im Libanon hat er den Dienst quittiert.«
»War er im Krieg?«
»O ja, als Zugführer. Sein Bataillon hat Beauforte eingenommen.«
»Wirklich?« sagte ich. In Beauforte hatte eine der schlimmsten Schlachten des Krieges stattgefunden.
»Jedenfalls hat er hier bei einer Umzugsfirma angefangen. Vor drei Jahren hat er sich ein paar Möbelwagen gekauft und sein eigenes Geschäft aufgemacht. Es läuft bestens.«
»Warum hat er den Dienst quittiert? Wegen des Libanon-Krieges?«
»Ich glaube schon«, sagte Mugla. »Er fand es nicht richtig. Er wollte nicht, aber sie haben ihn da rausgeschickt, also ist er gegangen. Zwei seiner Soldaten sind gefallen. Ganz jung, gerade erst achtzehn. Ich weiß nicht genau, warum er weggegangen ist. Er wollte mal was anderes machen.«
»Na ja, New York ist wirklich was anderes.«
»Denke ich auch.« Er schnitt die Spaghetti mit dem Messer klein und lud sie auf seine Plastikgabel. Mugla war offensichtlich kein erfahrener Spaghetti-Esser. »Und wie ist es dir hier ergangen?« fragte er.
»Ganz gut«, sagte ich. »Bist du zum erstenmal in New York?«
»Ja.« Er wischte sich mit der Serviette den Mund ab und nahm einen Schluck Cola. »Das erste Mal, daß ich überhaupt im Ausland bin.«

»Wie alt bist du?«
»Achtundzwanzig.« Er sah sich im Restaurant um und betrachtete die verschiedenen Gesichter. »Gefällt es dir hier?«
»Ja. New York ist toll. Die aufregendste Stadt der Welt. Es gibt überhaupt nichts Aufregendes in der Welt, das du hier nicht finden könntest.« Ich sah auf meinen Teller. »Außer guten Salat.«
»Was meinst du damit?«
»Na, du weißt schon, diese Mischung aus Tomaten, Gurke und Zwiebeln. Das kennen sie hier nicht.«
»Aber du kannst dir die Sachen doch kaufen und ihn selbst machen«, sagte Mugla.
»Das ist nicht dasselbe.«
»Na ja.« Das Salatproblem schien ihn jedenfalls nicht zu beunruhigen.
Ich sah nach draußen. Der Regen hatte aufgehört. Jetzt schien wieder die Sonne. »Hast du Lust auf einen Spaziergang?« sagte ich.
Wir gingen die Eighth Avenue Richtung Columbus Circle hinauf. Eine Zeitlang schwiegen wir beide.
»Die Gegend erinnert mich an Israel«, sagte Mugla. »Ist schon seltsam.«
»Kann gut sein«, sagte ich. »Immerhin leben hier fast genauso viele Israelis.« Wir gingen schweigend weiter. »Und dann dieses Gemisch von Menschen aus aller Welt«, sagte ich, »und diese ungezwungene Atmosphäre.«
»Ja, vielleicht.«
Zwei Schwarze gesellten sich zu uns, junge Kerle, zwanzig oder einundzwanzig Jahre.
»Hey, wie geht's?« sagte einer von ihnen und ließ ein breites, strahlendes Lächeln sehen. »Hey, woher seid ihr?«
»Israel«, sagte Mugla.
»Israel? Wirklich? Kein Spaß?« sagte der junge Schwarze, und das breite Lächeln war immer noch da. »Gefällt's euch hier?«
»Ich bin gestern erst angekommen«, sagte Mugla. Offenbar freute er sich, sein Englisch ausprobieren zu können. Ich dachte, ich sollte ihm vielleicht sagen, daß junge Schwarze auf der Eighth Avenue Fremde nur selten aus bloßer Gastfreundschaft oder Freundlich-

keit anzusprechen pflegten. Doch Mugla schien auf seine ruhige, unbeirrbare Art ganz in das Gespräch vertieft. Ich sagte nichts.

»Erst gestern, hah?« sagte der junge Schwarze und rollte die Augen. »Mann, hier sind harte Zeiten, eine schlimme Rezession in Amerika. Eine Menge Leute sind verzweifelt, Mann. Weißt du, was ich meine?«

»Nicht genau«, sagte Mugla.

»Ich zum Beispiel und mein Kumpel«, sagte der Schwarze. »Wir kommen gerade aus dem Gefängnis. Bewaffneter Raubüberfall. Wir waren am Ende, Mann, darum haben wir das gemacht. Wir wollen das nicht noch mal machen.« Die beiden waren nun etwas vor uns. Sie blieben stehen. Mugla und ich ebenfalls. Sie standen uns im Weg.

»Wir brauchen nur ein paar Dollar, damit wir uns was zu essen kaufen können«, sagte der Schwarze. »Wir wollen keinem weh tun.«

Muglas Ausdruck blieb unverändert, und auch seine Haltung war dieselbe. Vielleicht war etwas in seinen Augen, das ich nicht sehen konnte. Seine Stimme blieb ruhig, der Ton war keineswegs unfreundlich, aber es lag etwas Warnendes darin.

Er legte dem jungen Schwarzen die Hand auf den Ärmel.

»War nett, mit dir zu reden«, sagte Mugla langsam und ruhig. »Und jetzt, mein Freund, habe ich hier was Privates zu bereden. Auf Wiedersehn!« Seine Hand machte eine kaum merkliche Bewegung. Eine unaufdringliche Gebärde, die den Schwarzen ein paar Zentimeter zur Seite drückte, so daß er nicht länger im Weg stand. Mugla ging weiter, und ich tat dasselbe. Er steckte seine Hände wieder in die Taschen, doch sein Blick folgte den beiden jungen Männern, die auf dem Gehsteig stehengeblieben waren.

Der junge Schwarze, der die ganze Zeit gesprochen hatte, ließ plötzlich wieder sein breites Lächeln sehen. »Hey, du bist cool, Bruder«, sagte er, »du bist okay, Mann.«

Mugla nickte und wandte seinen Blick wieder nach vorn. Wir gingen weiter die Eighth Avenue hinauf. Die beiden Schwarzen drehten sich um und gingen in entgegengesetzter Richtung davon.

»Mit denen bist du genau richtig umgegangen«, sagte ich zu Mugla

und war sogar etwas neidisch. Ich hätte das nicht so gekonnt wie er. Ich besaß nicht die Selbstsicherheit, den Mut, die Ruhe, die man dazu brauchte.
»Ich bin mit solchen Typen aufgewachsen«, sagte er. »Die bellen gern, aber sie beißen nicht.« Er zuckte die Achseln, und damit war das Thema erledigt.
Ich hatte Mugla richtig eingeschätzt; ich fühlte mich bestätigt und zugleich traurig. Mein Instinkt hatte mich nicht getäuscht. Mugla war in Ordnung. Und er würde es in Amerika zu etwas bringen. Er würde hart arbeiten und gutes Geld verdienen. Es war schade. Leute wie Mugla sollten Israel nicht verlassen. Das machte keinen Sinn. Sie waren es doch, die das Land in Wirklichkeit ausmachten. Wenn sie gingen, was blieb dann noch? Was wird aus Israel geworden sein in zwanzig oder dreißig Jahren, wenn Muglas Kinder naturalisierte Amerikaner, Yuppies, Wall-Street-Broker waren, deren einzige Bindung an Israel darin bestand, daß sie einmal im Jahr um Weihnachten herum nach Israel fuhren, um Verwandte zu besuchen? Wußte Mugla das nicht? Erkannte er nicht, daß er Israel zerstörte, wenn er wegging? Die Umzüge in Manhattan konnte auch jemand anders machen.
»Hast du Lust auf einen Drink?« fragte ich.
»Ich trinke keinen Alkohol«, sagte Mugla.
»Du kannst ja was anderes trinken.«
Wir gingen in eine Bar in der Nähe der Columbus Avenue. Ich nahm einen Screwdriver und Mugla noch eine Cola. Eine Weile schwiegen wir beide. Ich überlegte, wie ich Mugla den Gedanken ausreden konnte, nach New York zu ziehen. Was sollte ich ihm sagen? Es fiel mir nichts ein. Mugla nippte ruhig an seiner Cola. Das Schweigen machte ihm nichts aus. Er war ein stiller Mensch. Ich bestellte noch einen Screwdriver. Mugla war immer noch an seiner Cola; er genoß sie, er genoß Amerika. Auf einer gewissen Ebene glaubte ich ihn gut zu kennen, aber auf einer anderen war er mir ein Rätsel, das ich einfach nicht verstand. Wir waren Fremde, aber im Augenblick war er der einzige Mensch auf der Welt, der wirklich zählte. Er gehörte einfach nicht nach Amerika. Das wußte ich genau.

»Was sollte man sich denn hier in New York ansehen?« fragte er.
Ich zuckte die Achseln. »Kommt drauf an, was dir Spaß macht. Magst du Theater?«
Er zuckte die Achseln. »Vielleicht. Bin nicht oft dagewesen.«
»Oper? Ballett? Musicals?«
»Vielleicht ein Musical«, sagte er. »Aber da warte ich lieber, bis meine Frau da ist.«
»Ist alles ganz in der Nähe. Das Lincoln Center ist da drüben, und der Broadway ist nur ein paar Blocks die Straße runter.«
Er nickte. »Du siehst dir sicher all diese Sachen an«, sagte er. Ich spürte Respekt in seiner Stimme. Ich war Künstler, ein Mann von Welt, ein Intellektueller.
»Nein, Theater mag ich nicht, ich mag Filme.«
Mugla nickte noch einmal und nippte an seiner Cola. Die Kunst war kein leichtes Thema für uns, dachte ich. Es ergab sich nicht von selbst. Und irgendwie schien es eine Distanz zwischen uns zu schaffen.
»Will deine Frau hierher?« fragte ich.
»Ja, sie ist ganz begeistert. Sie ist auch noch nie im Ausland gewesen.«
»Glaubst du, es wird ihr hier gefallen?«
Er lächelte. »Ganz bestimmt.«
Der Alkohol tat nicht die gewünschte Wirkung. Ich wurde nur noch deprimierter. Ich konnte Mugla gar nichts ausreden, was bildete ich mir da ein? Er war eine viel zu gefestigte Persönlichkeit. Er hatte es sich vorher sorgfältig überlegt. Und was ging es mich eigentlich an? Ich machte dem Barkeeper ein Zeichen, daß ich zahlen wollte. Ich fühlte mich plötzlich sehr müde. Ich wollte zurück ins Hotel und schlafen.
»Ich hatte noch ein Gespräch mit der Militärpolizei«, sagte Mugla. »Ein paar Tage bevor ich hergekommen bin.« Er machte eine Pause. »Sie untersuchten einen Selbstmord.«
»Wessen Selbstmord?«
Wieder schwieg Mugla eine Weile, dann sagte er. »Als wir dich damals abgesetzt hatten, sind wir zurück zur Kompanie und haben uns an den Hausdurchsuchungen beteiligt. Wir mußten alle

Männer rausholen. Ich war mit Danny und zwei anderen Soldaten zusammen.«
»Wer ist Danny?«
»Der Leutnant, mein Zugführer. Du müßtest dich an ihn erinnern.«
»Ich wußte nur nicht, wie er heißt.«
Eine Kellnerin kam und brachte die Rechnung. Ich gab ihr einen Zehndollarschein, und sie ging.
»In einer Straße sind wir von einer Horde Steinewerfer angegriffen worden«, sagte Mugla. »Einer der Soldaten bekam einen Stein ins Gesicht. Nicht besonders schlimm. Es blutete nur etwas. Wir sind dann mit dem Jeep hinter ihnen her. Danny hat ihnen befohlen stehenzubleiben. Sie haben nicht gehört, sondern noch mehr Steine geworfen. Da hat er den Jeep angehalten und ist raus. Er hat auf den Kerl geschossen, der ihr Anführer war, und ihn an der Brust getroffen, mit einem Plastikgeschoß. Die anderen haben sich ergeben, und wir haben sie festgenommen. Den verwundeten Araber haben wir ins Krankenhaus gebracht. Drei Tage später ist er gestorben.« Mugla schwieg erneut. Es fiel ihm offenbar schwer, die Geschichte zu erzählen. Er sagte: »Du weißt ja, wir haben Befehl, auf die Beine zu zielen; wir sollen verwunden, aber nicht töten. Danny hat auf die Beine gezielt, aber er hat den Araber in die Brust geschossen.«
»Er hat eben danebengeschossen«, sagte ich.
Mugla nickte. »Ja, er hat danebengeschossen, aus extra zwanzig Metern Entfernung. Er war der beste Schütze in der Kompanie, Danny. Er konnte aus hundert Metern Entfernung eine Sardinenbüchse treffen. Wir waren zusammen in der regulären Armee.«
»Er hat danebengeschossen«, sagte ich noch einmal. »Was soll's?«
Die Kellnerin brachte das Wechselgeld. »Und was ist dann passiert?«
»Keiner hat was gesagt«, fuhr Mugla fort. »Wir haben den Vorfall gemeldet. Wir haben gesagt, der Araber wurde angeschossen, als er uns mit Steinen angriff. Daß sie alle auf uns losgestürmt sind. Es war fast korrekt. Keiner hatte irgendwelche Probleme mit der Meldung. Ich habe keine Probleme damit gehabt. Sie hatten gerade Grossman umgebracht. Wir waren alle erregt. Ich hätte

einen Araber erschossen, wenn er nur in meine Richtung gespuckt hätte. Am Ende der Woche sind wir dann entlassen worden.« Mugla trank einen Schluck von seiner Cola. »Ich habe Danny nach Hause gefahren. Er lebte im Kibbuz Sa'ar, das ist nur fünf Minuten von meiner Wohnung entfernt. Wir haben uns die ganze Zeit unterhalten. Es war alles in Ordnung. Wir waren beide froh, wieder nach Hause zu kommen.«

Ich sah auf den Tisch, auf die fünf Dollar und fünfundsechzig Cent Wechselgeld, und überlegte, wieviel Trinkgeld ich geben sollte. Ich wollte den Rest der Geschichte gar nicht hören. Ich wußte, wie es weiterging. Es war unausweichlich. Die Bar wurde mir zu eng. Ich wollte ins Freie.

»Zwei Wochen später«, sagte Mugla, »hat jemand mich angerufen. Einer aus unserem Zug, der im selben Kibbuz lebt wie Danny. Bei der regulären Truppe waren wir alle zusammengewesen. Danny war für die Fischerei verantwortlich, das ist die Haupteinnahmequelle des Kibbuz. Na, jedenfalls schien er guten Mutes gewesen zu sein. Er arbeitete hart. Dann eines Tages, nach der Arbeit, kam er nach Hause, ging ins Bett, legte eine Platte von Zohar Argov auf und schoß sich mit seiner Beretta in den Kopf.« Mugla verstummte. Nach einer Weile sagte er: »Ich bin dann später zum Hauptquartier der Südgruppe gerufen worden, um eine Aussage zu machen.«

»Warum?«

»Sie suchten nach einem möglichen Zusammenhang mit dem Reservedienst, weil es so kurz danach passiert ist.«

»Was hast du ihnen gesagt?«

»Nichts. Was hätte ich denn sagen sollen?« Er zog seine Brieftasche heraus. »Wieviel war's?«

»Ach, vergiß es«, sagte ich. Mugla sah auf die Rechnung und legte ein paar Dollar auf den Tisch. Ich hatte nicht die Kraft, mit ihm zu streiten. »Du meinst, er hat sich umgebracht, weil er diesen Araber erschossen hat?«

»Ich weiß es nicht«, sagte Mugla. »Wer kann das schon wissen. Ein paar Monate vorher hatte seine Frau ihn verlassen. Sie wollte einen anderen heiraten. Man sagt, er hat es sehr schwergenommen.«

»Die Leute bringen sich nicht um, weil ihre Frau sie verlassen hat«, sagte ich.
»Die Leute machen alle möglichen Sachen«, sagte Mugla.
Die Luft in der Bar war stickig und verraucht. Das Atmen fiel mir schwer. Die Jukebox spielte einen Countrysong. Meine Ohren taten mir weh. Ich stieß den Stuhl zurück.
»Gehen wir raus, ja?«
Wir standen eine Weile am Rand des Columbus Circle, an der nordöstlichen Ecke, wo er an den Central Park angrenzt. Wir sahen den Pferdekutschen zu, die in den Park fuhren.
»Das Grün ist erfrischend.«
»Ja«, sagte Mugla.
»Das ist eine Seltenheit in New York. Das Grün.«
»Wahrscheinlich kann man überall leben«, sagte Mugla. »Es gibt keinen Grund, warum man an einem bestimmten Ort leben sollte.«
»Ich weiß nicht.«
Er zuckte die Achseln. »Ich auch nicht.« Er sah auf die Uhr. »Ich glaube, ich muß jetzt los«, sagte er. »Die erwarten mich in Brooklyn zum Essen.«
Wir schüttelten uns die Hand. Es war seltsam, sich die Hand zu schütteln. Dann drehte er sich um und ging zur U-Bahn-Station, und ich sah ihm nach, bis seine massige Gestalt verschwunden war. Ich hatte das Gefühl eines großen Verlustes, als ich Mugla die Treppe hinuntergehen sah, einen kleinen U-Bahn-Führer in der Hand, und es kam mir in den Sinn, was für einen elenden Tag ich hinter mir hatte.
Ich drehte mich um und ging zurück zum Hotel. In Central Park South kam ich an einer Gruppe von Kutschern mit großen Zylindern vorbei. Sie stritten sich auf hebräisch miteinander. Ich schloß einen Augenblick die Augen und dachte, ich wäre wieder in Israel.

Als ich ins Hotel kam, richtete Sammy mir aus, daß meine Mutter angerufen hatte. Es war das erste Mal seit meiner Ankunft in New York, daß eine Nachricht mich erreichte. Anrufe aus Jerusalem machten mich nervös. Israels Existenz schien mir ständig gefährdet. Meine Familie, meine Freunde, das Land, alles. Es konnte jeden Augenblick losgehen. Ein Scud-Angriff. Ein Terroristenanschlag. Ein unerwarteter Angriff durch die vereinten Armeen der arabischen Nachbarstaaten. Der Yom-Kippur-Krieg von 1973 war der größte Schock meines Lebens gewesen. An einem Samstag, als ich gerade darüber nachdachte, ob ich trotz des Fastentages eine Tafel Schokolade aufmachen sollte, kam plötzlich der Mobilmachungsbefehl. Vollkommen überraschend. Und ein paar Stunden später stürmten Tal und ich auf Schützenpanzern die Golanhöhen hinauf, vorbei an explodierenden Granaten und brennenden Panzern, in denen noch die Leichen lagen. Die Leichen unserer eigenen Soldaten. Wir hockten in dem Schützenpanzer und hatten nicht die geringste Ahnung, was da vor sich ging. Waren wir am Gewinnen oder am Verlieren? Wie lange würde es dauern? Wie hatte das alles angefangen? Wie war es möglich gewesen, daß wir überrascht worden waren? Obwohl wir doch den besten Geheimdienst der Welt hatten. Es war ein Schock. Vielleicht hatte Tal sich davon nie erholt. Nachrichten aus Israel machten mich immer nervös. Besonders, wenn ich weit weg war.

Ich ging in mein Zimmer und rief zu Hause an.

»Assaf«, sagte meine Mutter, »wie geht es dir?«

»Mir geht es gut«, sagte ich, »und wie geht es dir?«

»Gut.«

»Du hast angerufen?«

»Ich wollte nur wissen, wie es dir geht. Wir haben seit zwei Wochen nicht mehr miteinander gesprochen.«

Ich spürte, wie mein Körper sich entspannte, und dachte, wie dumm von mir. Die Friedensgespräche hatten begonnen. Vor einem Jahr war Saddam jämmerlich geschlagen worden. Die UdSSR löste sich auf. Die Russen waren im Nahen Osten keine treibende Kraft mehr. Weshalb war ich so gereizt gewesen? Was sollten diese Vorahnungen, die immer nur das Schlimmste erwarteten? Alte Gewohnheiten sind hartnäckig.

»Mir geht es gut«, sagte ich. »Ich schreibe.«

»Dein Vater hat sich vor ein paar Tagen nicht ganz wohl gefühlt. Er hat sich untersuchen lassen, aber es ist alles in Ordnung.«

Das Gefühl war wieder da. Die kalte Hand, die nach meinem Magen griff. »Was hat er denn?«
»Nichts. Er hat sich nur ein paar Stunden schwach gefühlt. Nichts. Überarbeitung. Eine Grippe oder so was. Eine Eintagsfliege.« Ihre Stimme klang leicht und herzlich.
»Wo ist er jetzt?« fragte ich.
»Er arbeitet.«
»Ich komme nach Hause.«
»Aber warum denn? Bist du verrückt? Es tut mir leid, daß ich es dir überhaupt gesagt habe. Es ist nichts. Wirklich, Assaf.«
Als wir eingehängt hatten, legte ich mich aufs Bett. Ich dachte an Mugla, der jetzt mit seinen Verwandten in Brooklyn speiste. Seargent Yaron Mugla, achtundzwanzig Jahre, aus Kiryat Shmone an der libanesischen Grenze. Zum ersten Mal in meinem Leben vermißte ich die Armee, den Reservedienst. In Uniform zusammen mit Mugla in Gaza zu sein. Mit dem blonden Major. Mit dem Leutnant, Danny, der in dem Kibbuz an der Küste für die Fischerei verantwortlich gewesen war, auch er jung, auch er achtundzwanzig oder neunundzwanzig. Ein Kindergesicht. Warum hatte er sich umgebracht? Warum hatte seine Frau ihn verlassen? Und plötzlich wußte ich, daß ich nach Israel zurückkehren mußte. Ich wollte wieder Hebräisch hören, nicht in Central Park South, nicht von jemandem, der seinen Weg in Amerika machen würde. Nicht mit einem leichten amerikanischen Akzent. Sondern das wirkliche. Ich wollte wieder die Unschuld erleben, die ich all die Jahre empfunden hatte, als ich in Israel aufwuchs, als Israel noch alles gewesen war. Die ganze Erde. Das Gefühl überwältigte mich. Ich holte meinen Koffer hervor und leerte ihn aufs Bett. Israelischer Staub. Paß, Papiere. Ich suchte nach einer Telefonnummer, bis mir klar wurde, daß ich sie gar nicht mehr hatte. Ich hatte den Zettel zusammengeknüllt und in den Papierkorb geworfen, als ich sie nicht beim ersten Mal erreichte. Dalit. Ich sah auf die Uhr. In Israel war es Abend. Wie hieß dieses Restaurant in Ashkalon? Ich versuchte mir die Leuchtreklame ins Gedächtnis zu rufen, aber es ging nicht. Ich erinnerte mich an die schwedische Barfrau, die drei Soldaten, den Koch mit dem Besen. Ich kannte ihren Familiennamen gar nicht. Nur Dalit und die Telefonnummer. Wie sollte man

jemanden finden, von dem man nur den Vornamen kennt: braunes Haar, dunkle Augen, ein geheimnisvolles, stilles Lächeln? Ich legte mich aufs Bett und starrte in das grelle Licht der Glühbirne, die von der Decke herabhing. Jenseits der Wand stritten der Mann und die Frau miteinander. Ich fragte mich, ob Mugla sein Essen in Brooklyn genoß. Nach einer Weile griff ich zum Telefon. Es dauerte eine halbe Stunde, bis ich El Al an der Strippe hatte. Ich buchte einen Flug für mich. Dann schlief ich ein.

18

Der hintere Teil der Boeing 747 der El Al war voll besetzt mit religiösen Juden. Ein Mann mit schwarzem Hut und weißem Bart versuchte mich zu einem gemeinsamen ›Ma'ariv‹-Gebet zu überreden. Seine zahlreichen und recht lauten Kinder waren zu beiden Seiten des Gangs verteilt. Seine Frau trug ein Kopftuch und sprach die ganze Zeit Jiddisch. In der Reihe vor mir diskutierten drei Israelis über das Import-Export-Geschäft für elektronische Geräte, das sie in Chicago aufgemacht hatten; sie hofften, in zwei, drei Jahren mehrere Millionen damit zu machen, wenn nur die Rezession in Amerika endlich überwunden wäre. Ich haßte alle um mich herum. Die Leute gingen ständig in den Gängen umher und rauchten unablässig. Unwillkürlich verstand ich den Antisemitismus. So viele Juden in einem überfüllten Raum, streitend, aufdringlich, ruhelos, eine Stunde auf der Runway und zehn in der Luft. Ich versuchte mich auf die Stewardessen zu konzentrieren. Ich dachte an Paz. Tatsächlich war keine von ihnen so klein, daß sie nicht die Gepäckablage über den Sitzen erreicht hätte. Ich ging zurück nach Israel, um dort mein restliches Leben fortzusetzen. Die Ermittlungen zum Tod des Haled Abu Haled waren eingestellt worden, hatte Mugla gesagt. In meinem Koffer lag ein fast fertiges Buch, zweihundertfünfundneunzig Seiten mit einer frischen Sicht auf Israel, geschrieben in einem Hotelzimmer auf der 42. Straße. Ich setzte die Kopfhörer auf und hörte mir eine Folge israelischer Lieder an, eine Zusammenstellung aus vierundvierzig Jahren, gute Lieder, meist ruhig und traurig, poetisch und patriotisch, über starke, klare Gefühle, Liebe, Trauer, Sehnsucht nach Frieden, Liebe zum Vaterland, Mut und Zuversicht, über die Traurigkeit beim Abschied und die Hoffnung auf ein Wiedersehen, über Frieden, Frieden, Frieden.

Kaum waren wir gelandet, standen alle auf und drängten zum Ausgang. Das gelobte Land. Wir gingen die Gangway hinunter auf die asphaltierte Rollbahn und bestiegen den Bus, der uns zum Terminal bringen sollte. In New York kam man nicht mit dem Asphalt der Rollbahn in Berührung und brauchte keinen Bus, doch hier war nicht New York. Wir stiegen aus. Der Mann mit dem schwarzen Hut und dem weißen Bart kniete sich hin und küßte den Boden, ein Stück feuchte, braune Erde in einem Blumenbeet gleich neben dem Eingang. Ich ging ins Terminal und stellte mich in eine der Schlangen an der Paßkontrolle.

Draußen war es sonnig und warm, ein strahlender Frühlingstag. Ich war froh, wieder in Israel zu sein. Die Autos waren klein, die Straßen schmal. Ich ging zum Taxistand, sagte »Jerusalem« und wartete fast eine halbe Stunde, bis der blaue Mercedes voll war: fünf orthodoxe Juden und ich. Wir fuhren nach Jerusalem, an historischen Stätten vorbei. An der Polizeistation in Latrun, dem Ort einer der wenigen großen Schlachten, die die israelische Armee während des Unabhängigkeitskriegs verloren hatte. An ›Bub el Wad‹, arabisch für ›Tor des Tals‹, wo beiderseits der Straße seit 1948 verrostete Fahrzeuge standen, zur Erinnerung an die Konvois, die versucht hatten, den Ring der arabischen Soldaten um Jerusalem zu durchbrechen. Arabische Soldaten unter Führung von Abdel Kader el Husseini, dessen Sohn Faisal nun die Palästinenser in den besetzten Gebieten anführte. Die kurze, an Kämpfen reiche Geschichte Israels zog auf der vierzigminütigen Fahrt vom Flughafen nach Jerusalem an mir vorbei. Der Fahrer setzte zuerst die fünf Amerikaner ab, in einem der neu errichteten Viertel, die bis 1967 zum Königreich Jordanien gehört hatten und vielleicht eines Tages Teil eines palästinensischen Staates sein würden.

Ich schloß die Tür zu meiner Wohnung auf und ging hinein. Ich öffnete Läden und Fenster, um frische Luft hereinzulassen. Es

war spät am Nachmittag. Ich setzte mich auf den Balkon und betrachtete den Sonnenuntergang. Dann rief ich meine Eltern an und sagte ihnen, daß ich zurück war.
»Du möchtest sicher schlafengehen«, sagte meine Mutter.
»Nein, ich bin nicht müde.«
Ich fuhr zu ihrer Wohnung. Ich wollte sie sehen. Ich wollte meinen Vater mit eigenen Augen sehen, um mir ein eigenes Urteil über die ›Eintagsfliege‹ zu bilden. Er öffnete selbst die Tür und schien erfreut, mich zu sehen.
»Willkommen, Assaf.«
Ich trat ein.
»Du siehst gut aus«, sagte ich.
Wir setzten uns in die Küche und aßen Schnitzel, eine Spezialität meiner Mutter, solange ich zurückdenken konnte. Ich erzählte ihnen von meinem Aufenthalt in New York, und dann sprachen wir über Israel. Würde die Einwanderung aus Rußland weitergehen? Würden die Amerikaner Israel weiterhin unterstützen? Bestand wirklich eine Chance für den Frieden? Mein Vater sprach erregt über die Fehler der gegenwärtigen rechtsgerichteten Regierung; sie lasse all die historischen Chancen ungenutzt, die ihr das Schicksal auf einem silbernen Tablett präsentiere. Ihre Führer hätten sich nicht geändert, sie hätten nichts aus den Kämpfen gegen die britische Mandatsmacht vor der Staatsgründung gelernt. Sie seien nur Schreihälse, ohne jede Weitsicht, ohne tiefere Einsicht, ohne geschichtliches Verständnis. Da wußte ich, daß es ihm gutging. Welch eine Erleichterung, dachte ich, über etwas Substantielles zu reden, statt sich Pepsi-Cola-Werbung und Musikvideos in einem New Yorker Hotel anzusehen oder rauschgiftsüchtigen Nutten zuzuhören, die ihr Leben wegwarfen. Ich blieb noch ein wenig bei meinen Eltern, und wir unterhielten uns. Es war sieben, als ich sie verließ. Einen Augenblick stand ich auf der ruhigen Straße, in der sie wohnten und in der ich aufgewachsen war, und atmete die klare Jerusalemer Luft ein. Seit vierzig Stunden hatte ich nicht mehr geschlafen, aber ich fühlte mich nicht müde. Ich stieg in meinen Wagen, ich hatte vor, nach Hause zu fahren, zu duschen, ein paar Freunde anzurufen und vielleicht die Fernsehnachrichten zu sehen. Statt dessen nahm ich die Haupt-

straße, die aus der Stadt herausführte, und dann die Autobahn nach Süden. Gegen acht Uhr war ich in Ashkalon. Die Leuchtreklame über dem Restaurant sagte: ›Café zum einsamen Soldaten‹. Ich wunderte mich, daß ich mich daran nicht hatte erinnern können.
Ich stellte den Wagen ab und ging hinein.
Die schwedische Barfrau war da und auch der massige Geschäftsführer. Ich setzte mich an denselben Tisch, an dem ich vor drei Monaten gesessen hatte. Ich sah Dalit, als sie aus der Küche kam. Sie brachte mir die Speisekarte. Sie war nicht wirklich überrascht, mich zu sehen, aber ihre Augen glänzten.
»Hi.«
»Ich hatte deine Telefonnummer verloren«, sagte ich.
»Wann bist du aus New York zurückgekommen?«
»Vor drei Stunden.«
»Na ..., da sollte ich ja eigentlich geschmeichelt sein.«
»Solltest du.«
»Hast du Hunger?«
»Ich habe bei meinen Eltern gegessen.«
Sie nickte.
»Wann hast du hier Schluß?« fragte ich.
»Gegen zwei. Manchmal auch früher, wenn keine Kunden da sind.«
»In Ordnung. Ich habe es nicht eilig.«
Sie nahm die Speisekarte und ging weg. Nach ein paar Minuten kam sie mit einem Teller Salat und einem großen Glas frischen Grapefruitsaft zurück.
»Ich habe mit dem Geschäftsführer gesprochen. Ich kann weg.«
»Wann?«
»Wenn du mit dem Essen fertig bist.«
»Das dürfte in etwa zweiundzwanzig Sekunden sein.«
Sie ging wieder weg. Ich aß den Salat und trank den Saft. Dann bat ich um die Rechnung.
»Das habe ich schon erledigt.«
Sie zog eine braune Jacke über und verabschiedete sich von dem Mann an der Kasse. Ich folgte ihr nach draußen.
»Wo wollen wir hingehen?«

»Ich komme mit dir nach Jerusalem, wenn du magst«, sagte sie. »Ich teile die Wohnung mit einem Zimmergenossen. Da ist man nie ungestört.«

Ich öffnete ihr die Wagentür, sie setzte sich auf den Beifahrersitz und entriegelte die Fahrertür für mich. Sie saß ruhig da in ihrer dünnen Jacke, während ich den Wagen anließ und nach Jerusalem zurückfuhr.

»Du hattest keine Schwierigkeiten mit dem Geschäftsführer?«

»Nein.«

Das Schweigen war unangenehm. Ich hatte nicht erwartet, daß alles so leicht abging, und wußte nicht, was ich sagen sollte. Ich dachte, ich sollte wenigstens für etwas Small talk sorgen, ihr von New York erzählen und ihr ein paar Fragen über sie selbst stellen. Aber wir schwiegen weiter.

»Hast du Brüder? Schwestern?«

»Brüder.«

»Älter? Jünger?«

»Älter.«

»Ich bin das einzige Kind«, sagte ich. Dann herrschte wieder Schweigen. »Ich muß wohl müde vom Flug sein; sonst bin ich es immer, der Schwung in die Party bringt.«

»Wir können Musik hören.«

Sie schaltete das Radio ein und drehte am Kanalwähler, bis sie einen Sender fand, der israelische Songs spielte. »Gut so?«

»Schön.« Den Rest der Fahrt bis nach Jerusalem sprach keiner von uns beiden ein Wort.

Ich war nervös, als wir die Treppe zu meiner Wohnung hinaufgingen. Dalit wirkte klein, dünn und unscheinbar im schwachen Licht des Flurs. Ich öffnete die Wohnungstür und ließ sie ein. Das Wohnzimmer war muffig und staubig, das Schlafzimmer ein einziges Chaos. Ich sammelte ein paar Kleidungsstücke vom Boden auf und warf sie in den Wäschekorb neben dem Bett.

»Ich wechsle die Bettwäsche.« Sie öffnete den Schrank und nahm frische Bettücher und Kissenbezüge heraus. Sie nahm die alte Bettwäsche ab und bezog das Bett neu.

»Wie alt bist du?« fragte ich.

»Neunundzwanzig.«

Ich war überrascht. Sie sah viel jünger aus.
»Möchtst du etwas trinken?« Ich ging in die Küche. »Kaffee? Wein? Whisky?«
»Nein danke.« Sie war immer noch mit dem Bett beschäftigt.
»Ich dusche mich schnell«, sagte ich.
Ich nahm ein Handtuch und ging ins Bad; ich hoffte, die Dusche würde mich wieder etwas beleben, aber offenbar hatte sie die entgegengesetzte Wirkung. Ich wurde müde und mutlos. Die Vorfreude, die Erregung während der Fahrt nach Ashkalon, der Triumph, sie wiederzufinden, alles war verschwunden. Ich spürte kein Verlangen, und ihre ruhige, effiziente Betriebsamkeit irritierte mich.
Ich trocknete mich ab und ging ins Wohnzimmer, ohne mir vorher etwas anzuziehen; ich schlang nur ein Handtuch um die Hüfte. Sie saß in einem Sessel und blätterte in einem Buch. Die Jacke hatte sie immer noch an.
»Ich gehe ins Bett.« Ich ging ins Schlafzimmer und legte mich zwischen die sauberen, kühlen Laken. Ich wartete eine Weile. Aus dem Wohnzimmer hörte ich keinen Laut. »Was machst du?«
»Lesen.«
»Warum kommst du nicht zu mir?«
Ich hörte, wie sie das Buch hinlegte. Sie trat in die Tür und blieb dort stehen.
»Komm her«, sagte ich.
Sie kam ein paar Schritte näher, stellte sich neben das Bett und sah zu mir herunter. Ich ließ meine Hand vom Saum ihrer Jacke zu ihrer Hose gleiten und schlang den Arm um ihre Beine. Sie waren fest und muskulös.
»Zieh das aus, und komm ins Bett.«
Sie beugte sich zu mir herab und berührte meine Wange. »Du bist erschöpft. Warum schläfst du nicht?«
»Weil ich nicht schlafen will.«
Sie ging zur Tür und drehte das Licht aus. Dann kam sie zurück und setzte sich zu mir auf die Bettkante. Ich hob die Hand und wollte ihr aus der Jacke helfen, doch sie zog sich zurück und legte ihre Hand auf meine.
»Schlaf jetzt.«

»Ich verstehe dich nicht.« Ich sah ihre Umrisse vor der erleuchteten Türöffnung.
»Wir haben es nicht eilig. Es ist schon in Ordnung.« Sie streichelte meine Hand, sanft und beruhigend. Ich schloß die Augen, ich fühlte mich warm und behaglich, seit drei Monaten die erste Nacht in meinem eigenen Bett.
»Ich bin froh, daß du heute abend gekommen bist«, sagte sie. Das war das letzte, was ich hörte, bevor ich einschlief.
Als ich am nächsten Morgen aufwachte, lag ich allein im Bett. Ich fragte mich, ob ich meine Fahrt nach Ashkalon und dann zusammen mit Dalit zurück nach Jerusalem nur geträumt hatte? Ich stand auf und ging ins Wohnzimmer. Sie lag auf dem Sofa und schlief fest. Ihre Schuhe standen auf dem Boden, die Jacke hatte sie sich unter den Kopf gelegt. Sie atmete langsam und gleichmäßig und schnarchte ein wenig.
Ich ging in die Küche, machte mir Kaffee und ging wieder ins Wohnzimmer. Sie rührte sich nicht. Ich hatte Menschen immer beneidet, die so schlafen konnten; Schlaflosigkeit war ihnen fremd. Kurz nach zehn wurde sie vom Telefon aufgeweckt. Es war meine Mutter, die wissen wollte, wie es mir ging, und mir sagte, wie sehr sie beide sich freuten, daß ich wieder zu Hause war.
Während ich mit meiner Mutter sprach, stand Dalit auf und ging ins Badezimmer. Nach ein paar Minuten kam sie zurück; sie roch frisch, von der Seife, ihr Haar war sauber gekämmt, ihr Gesicht noch etwas feucht und ohne Make-up.
»Wie hast du geschlafen?« fragte sie.
»Gut.«
Sie ging in die Küche. Ich setzte mich aufs Sofa und nahm das Buch, das auf dem Boden lag. *Hundert Jahre Einsamkeit* von Marquez. In der Mitte steckte ein Stück Papier, sie hatte viel geschafft für einen Abend. Ich hörte sie in der Küche. Ihre Jacke lag gefaltet auf der Armlehne. Ich nahm sie und durchsuchte die Taschen. Sechzig Shekel in Scheinen und etwas Kleingeld, ein Personalausweis auf den Namen Dalit Even, geboren am 31. Dezember 1962 in Ashkalon. Ich hörte nicht, daß sie ins Wohnzimmer kam. Ihre Schuhe standen immer noch vor dem Sofa. Sie sah mich an. »Das Frühstück ist fertig.«

»Okay.« Ich steckte das Geld und den Personalausweis wieder in ihre Tasche und legte die Jacke zurück aufs Sofa. Ich wußte nicht, was ich sagen sollte. Wenn ich jemanden dabei überraschte, wie er meine Taschen durchsucht, würde ich sicher für den Rest meines Lebens nicht mehr mit ihm reden. Der Tisch war sauber für zwei Personen gedeckt. Teller mit Tomatenomelett und Tee. Thunfisch und Mais aus Dosen, an die ich mich nicht einmal mehr erinnern konnte. Wir aßen schweigend.
»Das ist wirklich gut.«
»Du mußt einkaufen.«
»Ich esse meistens draußen.«
»Die wichtigsten Sachen sollte man im Haus haben«, sagte sie. »Brot, Gemüse, Obst.«
»Wahrscheinlich.«
Sie sah auf die Uhr.
»Ich muß bald los.«
»Warum?«
»Ich fange um elf Uhr dreißig mit der Arbeit an.«
»Wie kommst du nach Ashkalon?«
»Ich nehme den Bus.«
Sie stand auf, nahm die Teller und warf die Reste in den Abfalleimer. Dann begann sie Geschirr und Besteck abzuwaschen.
»Laß das doch.«
»Es dauert nur eine Minute.« Sie machte weiter, dann trocknete sie das Geschirr ab und stellte alles an seinen Platz.
»Du bist sehr ordentlich.«
»So ist es leichter.« Sie räumte weiter die Küche auf.
»Woher kommen deine Eltern?«
»Marokko.«
Ich war überrascht, und ich wußte nicht einmal, warum. Schließlich hatte sie dunkles Haar und dunkle Augen.
»Aber du bist hier geboren?« fragte ich und versuchte, sachlich zu klingen, denn ganz gegen meinen Willen hatte dieses ›Marokko‹ doch gewisse Gefühle in mir geweckt. Solange ich zurückdenken konnte, waren die Juden in Israel stets nach Sefardim und Aschkenasim getrennt worden, nach Juden, die aus Europa oder Amerika stammten, und solchen, die aus arabischen Ländern kamen. Die

aschkenasischen Juden hatten sich den sefardischen eindeutig überlegen gefühlt. Es gab eine deutliche Trennung zwischen ›denen‹ und ›uns‹. Die Gründungsväter und Führer des Staates in den frühen Jahren waren sämtlich Aschkenasim gewesen. Sie besaßen eine höhere Bildung und hatten die Gesetze diktiert. Dasselbe galt für die führenden Militärs und die Mehrzahl der Rechtsanwälte, Ärzte, Geschäftsleute und Intellektuellen. All das änderte sich nach und nach. Die ›Sabras‹ waren schon recht integriert. Vor allem die Armee tat viel, um alle Barrieren zu beseitigen und die Menschen zusammenzuführen. Die Trennung in ›die‹ und ›wir‹ wurde in Israel nur selten ausgesprochen, aber unterschwellig war sie immer noch vorhanden. Ich hatte nie viel darüber nachgedacht. Meine Freunde waren sämtlich Söhne russischer oder deutscher Einwanderer. Ich war nur mit sehr wenigen israelischen Mädchen ausgegangen, aber nie mit einer Sefardin und ganz sicher nicht mit einer Marokkanerin. Die Marokkaner hatten einen besonders schlechten Ruf. Es gab einen Ausdruck, der ihr aufbrausendes Temperament und ihre ›Rückständigkeit‹ aufspießen sollte: ›Marokko-Messer‹.

»Ja«, antwortete Dalit auf meine Frage. »Wir sind alle hier geboren, außer meinem ältesten Bruder, der ist in Casablanca geboren. Sie sind nach Israel gekommen, als er drei Jahre alt war.«

»Was macht er?«

»Er ist Busfahrer.«

»Aber nicht auf der Linie Jerusalem-Ashkalon?«

Sie lächelte. »Nein, auf der Linie Eilat-Ashkalon.«

»Eine schöne Strecke.«

»Ja. Außerdem ist er Schlagzeuger. An Wochenenden spielt er mit seiner Band in Clubs. Er ist der größte Musikexperte, den ich kenne.« Ihr Gesicht leuchtete vor Stolz.

»Du magst Musik?«

»Ich liebe Musik.«

»Spielst du ein Instrument?«

Sie schüttelte den Kopf. »Ich singe ein bißchen.«

»Was für Lieder?«

»Alles mögliche.«

»Hebräisch?«

»Hebräisch und englisch. Manchmal singe ich mit der Band meines Bruders, aber nur in kleinen Lokalen. Ich mag Menschenmengen nicht.«
»Was machen deine anderen Brüder?«
»Einer ist Karatelehrer und einer Polizist.«
»Polizist?«
Sie lächelte. »Er ist okay.«
»Du hast eine seltsame Familie. Was macht dein Vater?«
»Er hat einen Süßwarenladen.«
»Aber du bist gar nicht dick.«
»Ich mag keine Süßigkeiten«, sagte sie. »Ich muß jetzt los.«
»Ich bringe dich zum Bahnhof.«
»Das brauchst du nicht. Ich kann auch zu Fuß gehen.«
»Bist du verrückt? Ich habe doch einen Wagen.«
»Ich gehe gern zu Fuß.«
»Ich fahre dich.« Ich stand auf und suchte nach den Schlüsseln.
»Sie sind im Schlafzimmer auf der Kommode.«
Sie ging ins Wohnzimmer und zog sich die Jacke an, während ich ins Schlafzimmer ging und die Schlüssel holte. Sie stellte *Hundert Jahre Einsamkeit* zurück ins Regal.
»Nimm das Buch doch mit.«
»Ich hole es mir aus der Bibliothek.«
»Ach komm«, sagte ich. »Nimm's mit, du bist doch schon in der Mitte.«
»Ich leih mir nicht gerne Sachen aus.«
»Ich schenke es dir. Ich werde dieses Buch sowieso nicht mehr lesen. Ich habe es schon seit acht Jahren. Ich kann Bücher, die so klein gedruckt sind, nicht lesen. Außerdem finde ich den Titel deprimierend.«
Ich steckte das Buch ein, und wir verließen die Wohnung.
Wir fuhren durch das Tal des Kreuzes. Dort befand sich ein wunderbares altes Kloster an der Stelle, wo nach der Legende der Baum gestanden hatte, aus dessen Holz das Kreuz Jesu gemacht worden war. Auf unserem Weg zum Busbahnhof am Stadtrand fuhren wir durch neue und alte Viertel der Stadt.
»Ich liebe Jerusalem«, sagte sie.
»Und Tel Aviv?«

»Nein.«
»Warum nicht?«
»Tel Aviv hat keinen Charakter.«
Wir waren nun fast am Busbahnhof. »Ich könnte jetzt genausogut nach Ashkalon fahren.«
»Das ist absurd.«
»Stimmt.« Ich schmeichelte mir, das Absurde zur Perfektion zu bringen. Wir passierten eine Reihe von Ampeln, die alle grün waren, und fuhren aus der Stadt heraus. Sie sah mich an, sagte aber nichts. Ich lächelte. Sie stellte das Radio an, und während der ganzen Fahrt hörten wir eine Zusammenstellung von Beatles-Songs.
Um elf Uhr dreißig hielt ich vor dem Restaurant. »Voilà.«
»Danke.«
»Schon gut.« Ich stellte den Motor ab, und wir saßen einen Augenblick schweigend da.
»Ich muß jetzt los.« Sie öffnete die Tür.
»Ich bin noch nie mit einem israelischen Mädchen ausgegangen.«
Sie stieg aus dem Wagen. »Wirklich nicht? Warum?«
»Ich habe sie eigentlich nie gemocht. Gibst du mir noch mal deine Telefonnummer?«
Ich schrieb sie mir auf. Dalit drehte sich um und ging ins Restaurant. Ich sah ihr nach, bis sie hinter der Glastür verschwunden war, dann startete ich den Motor. Als ich losfahren wollte, fiel mir das Buch wieder ein. Ich stellte den Motor ab und stieg aus. Ich ging ins Restaurant.
Das Lokal war leer, bis auf eine Kellnerin, die die Tische deckte.
»Wo ist Dalit?«
Sie zeigte auf die Küche. Ich ging hinein. Dalit stand mit dem Rücken zu mir und sprach mit einem jungen Mann in Khakihosen. Er war schmal, mager und dunkelhäutig; er sah aus wie ein äthiopischer Jude. Dalit redete leise, und ich erkannte, daß sie Arabisch sprach. Der junge Mann starrte mich aus großen, dunkel umrandeten Augen an. Er schien verstört.
Dalit bemerkte seinen Blick und drehte sich zu mir um. Ich zog das Buch aus der Tasche.

»Ich wollte dir nur...« Ich hielt inne. »Stimmt was nicht?«
»Issam ist schon drei Tage hier. Er hat im Restaurant übernachtet. Er ist die ganze Zeit nicht zu Hause gewesen.«
Der junge Schwarze zog sich still zurück und verschwand hinter den großen Töpfen.
»Wer ist Issam?«
»Er ist der Hilfskoch.«
»Wo wohnt er?«
»In Gaza. Im Flüchtlingslager Jebalia.«
Es entstand eine Pause.
»Wo liegt das Problem?«
»Vor drei Tagen ist ein Soldat gekidnappt worden. Die Armee hat eine Ausgangssperre verhängt. Darum konnte Issam nicht nach Hause. Er hat die letzten drei Nächte in der Küche geschlafen. Heute haben sie die Ausgangssperre aufgehoben.«
»Dann kann er ja wieder nach Hause.«
»Aber wie soll er dahinkommen?«
»Er kann ein Taxi zum Checkpoint nehmen.«
»Was meinst du, wieviel er hier verdient? Dafür ginge ja schon die Hälfte drauf. Außerdem hat er Angst. Er ist ein wunderbarer Junge, freundlich, er arbeitet hart...«
»Ich fahre ihn hin.« Ich hatte keine Lust, mir noch länger anzuhören, wie sie von den Vorzügen des Jungen schwärmte.
Sie sah mich an. »Wirklich?«
»Sicher. Warum nicht?« Ich drückte ihr das Buch in die Hand. »Nimm das gottverdammte Buch!«
»Danke. Issam?«
Sie wandte sich zu Issam, der hinter den Töpfen hervorkam und schweigend, mit gesenktem Blick, vor uns stand.
»Issam, das ist Assaf. Er wird dich nach Erez bringen.« Er blickte unsicher von mir zu ihr. Konnte er mir trauen? Dalit sprach in Arabisch beruhigend auf ihn ein und tätschelte seine Hand.
»Er ist sehr verängstigt.«
»Es ist schon in Ordnung.« Ich wurde etwas ungeduldig. Issam nickte schweigend. »Fahren wir los«, sagte ich.
Ich ging hinaus. Issam folgte mir auf die Straße. Ich stieg in den Wagen und öffnete ihm die Tür. Er stieg ein.

»Vielen Dank«, sagte er auf hebräisch. »Vielen Dank.«
»Schon gut.«
Ich fuhr los und stellte das Radio an, um es uns beiden etwas leichter zu machen; so brauchten wir nicht zu reden. Ein Sender spielte ein israelisches Lied aus dem Sechstagekrieg, ein anderer brachte ein Interview mit einem Siedler von der West Bank. Ich machte das Radio aus. Warum war das Leben so kompliziert? Issam drückte sich an den Rand des Sitzes. Er roch nach Lysol und Bratfett. Er sah immer noch verängstigt aus.
»Lebt Ihre ganze Familie in Jebalia?« Ich wollte nur, daß er sich etwas wohler fühlte. Wir waren jetzt außerhalb der Stadt.
»Ja.«
»Sind Sie verheiratet?«
»Nein, ich bin erst siebzehn.« Er lächelte.
Erst siebzehn. Ich nickte, und eine Weile fuhren wir schweigend weiter. Wir überholten einen Kübelwagen der Armee, und ich sah, wie er sich klein machte.
»Haben Sie in den letzten drei Tagen mit Ihrer Familie telefoniert?«
Er schüttelte den Kopf.
»Sie machen sich bestimmt Sorgen.«
»Bestimmt. Große Sorgen.«
»Na, Sie werden sie ja bald sehen.« Ich fuhr schneller, als wollte ich ihm zeigen, daß ich das Menschenmögliche tat, damit er bald wieder bei seiner Familie war. Ein paar Minuten später sahen wir den Checkpoint vor uns, ein bewaffneter Soldat stand an der Straße. Issams schmaler, dunkler Körper erstarrte, ich konnte seine Angst fast riechen. Er tat mir leid. Welch ein lausiges Schicksal, darauf angewiesen zu sein, daß ein zufällig daherkommender Israeli einen den halben Weg nach Hause brachte.
Ein paar Soldaten kontrollierten einen Wagen mit arabischem Kennzeichen. Ich fuhr vorbei und hielt bei einem anderen Soldaten weiter hinten.
»Haben Sie Ihren Ausweis dabei?« fragte ich Issam.
»Ja.«
Der Soldat sah mich an. »Fahren Sie rein?«
»Nein. Ich lasse ihn nur aussteigen.«

Der Soldat sah durch das Fenster zu Issam hinüber. »Arbeitet er für Sie?«
»Ja.« Ich reichte ihm Issams Ausweis. Der Soldat prüfte ihn, gab ihn mir zurück, und ich gab ihn an Issam weiter.
»Okay.«
Der Soldat ging weg. Issam stieg aus dem Wagen.
»Vielen herzlichen Dank.« Er sah mich aus großen, dunklen Augen an. »Möge Allah Sie segnen.«
Er ging mit raschen Schritten zu einer Reihe arabischer Fahrzeuge auf der anderen Seite des Checkpoint. Einmal drehte er sich um und winkte. Dann ging er noch schneller. Ich fragte mich, was er wohl empfinden mochte; wo er gewesen war, als Benny Grossman umgebracht wurde; ob er wohl jemals ein israelisches Auto in Brand gesteckt oder Steine auf israelische Soldaten geworfen hatte. Ich würde es nie erfahren, und vielleicht war es auch gar nicht wichtig. Das Schicksal hatte dafür gesorgt, daß unsere Wege sich kreuzten; es hatte mir die Gelegenheit gegeben, ein wenig für ihn zu tun, und zumindest für ein paar Augenblicke, hier und jetzt am Checkpoint Erez, dankte er wahrscheinlich Allah dafür, daß es einen Assaf Ryke gab.

19

»Wie ist Ihr Standpunkt?« fragte der Verleger. Er saß hinter seinem Schreibtisch und sah mich durch seine Brillengläser an. Vor drei Tagen hatte ich ihm das Manuskript vorbeigebracht, jetzt saß ich ihm in Tel Aviv gegenüber.
»Was meinen Sie damit?«
Er ließ die Finger abwesend über die sauber getippten Seiten gleiten. »Es ist ein interessantes Buch, es hat gute Stellen, aber der Leser möchte wissen, wo Sie stehen, was Sie ihm sagen möchten.«
»Ich habe keine Ahnung. Ich schreibe, wie es kommt. Ich erzähle nur eine Geschichte.«
»Ja, ich weiß«, sagte er und lächelte. Er schob den Stapel zurück, alle zweihundertfünfundneunzig Seiten.

»Heißt das, Sie wollen es nicht herausbringen?«
»Nein, es heißt nur, daß Sie noch etwas daran arbeiten werden.«
Auf der Rückfahrt nach Jerusalem dachte ich über seine Bemerkung nach. Wie war mein Standpunkt? Woran glaubte ich? An Krieg oder Frieden, die Linke oder die Rechte, ›töte sie, bevor sie dich töten‹, oder ›halte auch die andere Wange hin‹? Doch mein Nachdenken brachte mir nur Kopfschmerzen ein, und so beschloß ich, die Sache für den Augenblick fallenzulassen. Als ich zu Hause war, rief ich Dalit an.
»Hast du das Buch zu Ende gelesen?«
»Ja, ich sollte es dir zurückgeben. Du solltest es lesen.«
»Genau«, sagte ich. »Ich habe das Gefühl, ich hätte gerade hundert Jahre Einsamkeit hinter mir. Wie wär's, wenn du herkommst?«
»Hättest du nicht Lust, am Freitagabend zu meinen Eltern zum Essen zu kommen?«
Es entstand eine Pause.
»Das war es eigentlich nicht, woran ich gedacht hatte.«
»Meine Mutter ist eine gute Köchin, und du kannst meinen Vater und meine Brüder kennenlernen.«
»Es gibt so viele Kellnerinnen in Jerusalem, warum tue ich mir das an? Gib mir deine Adresse.« Ich rief meine Mutter an und verschob unser traditionelles Freitagsessen auf Samstag. Am Freitagabend zog ich die Kleider an, die ich bei dem Hassadah-Luncheon getragen hatte, und fuhr nach Ashkalon. Die Gegend, in der ihre Eltern wohnten, war weder reich noch arm. Mietskasernen aus grauem Beton, wie man sie in den fünfziger Jahren eilig aufgezogen hatte, als Israel große Einwanderungswellen aus den arabischen Staaten aufnehmen mußte. Ich hatte das Gefühl, ich tat etwas, das ich schon einmal getan hatte: Ich ließ mich auf eine Frau ein, die aus einer ganz anderen Welt stammte und überhaupt nicht zu mir paßte, und alles nur, um mir zu beweisen, daß es nicht funktionierte. Ich parkte den Wagen, nahm die ordentlich in Geschenkpapier eingewickelte Flasche Ashkalonwein und bedauerte, daß ich nicht Paz oder Danielle angerufen hatte.

Ich stieg die drei Treppen hinauf und läutete an einer Schelle, an der ›Even‹ stand. Ein kleiner, grauhaariger Mann mit einem kurzärmligen weißen Hemd öffnete die Tür.
»Guten Tag, ich bin Assaf.«
Er schüttelte mir die Hand und bat mich in ein großzügiges, behagliches Wohnzimmer.
Die Brüder waren groß, dunkel und muskulös. Sie sahen wie arabische Terroristen aus. Sie schüttelten mir die Hand und sahen mich schweigend an. Sie machten mich nervös. Sie hießen Abraham, Isaac und Jacob. Ich fragte mich, ob ihre Eltern einen ausgeprägten Sinn für Humor hatten oder bloß die Tradition liebten.
Ich fragte nach Dalit.
»Sie ist in der Küche«, sagte Isaac, wahrscheinlich der Karatelehrer, und zeigte auf einen schmalen Flur. Ich ging in die Küche. Dalit trug ein weißes Kleid, das ihr Gesicht und ihre Figur betonte, und ich bemerkte, wie aufregend sie aussah. Ein wenig Mascara unterstrich ihre braunen Augen. Ihre Mutter sah wie eine typische arabische Frau aus, olivfarbene Haut und etwas übergewichtig. Ich gab ihr den Wein.
»Gehen Sie nur ins Wohnzimmer«, sagte sie. »Joseph wird Ihnen etwas zu trinken geben.«
Die nächste halbe Stunde verbrachte ich auf dem Sofa, mit einem Teller Sonnenblumenkernen, einem Glas Cognac und einer Fußballübertragung im jordanischen Fernsehen. Die vier Männer waren in das Spiel vertieft. Inzwischen bereiteten die Frauen das Essen zu.
Als das Spiel vorbei war, setzten wir uns zum Essen. Es gab eine Vielzahl von Speisen: Couscous, Salate, verschiedene Sorten gegrilltes Fleisch, Pitas. Der Fernseher lief ununterbrochen weiter. Sie brachten Nachrichten. Man interviewte einige Politiker zur Frage der Siedlungen auf der West Bank und im Gazastreifen und zur Bürgschaft der amerikanischen Regierung für die israelischen Staatsanleihen, die durch die Siedlungen gefährdet waren. Die Männer der Familie waren Anhänger der Rechten. Sie waren begeistert, wenn Falken unter den Regierungsmitgliedern sprachen, und zeigten ihren Unwillen, wenn Vertreter der Opposition sich für Verhandlungen und Kompromisse aussprachen.

»Und Sie, Assaf«, fragte Jacob, der Polizist, »was halten Sie von den Friedensgesprächen?«
»Ich weiß nicht. Am Ende werden wir die Gebiete wohl zurückgeben. Aber wahrscheinlich wird das noch eine Weile dauern.«
»Sie meinen, Sie sind dafür, daß die Araber einen eigenen Staat bekommen?«
»Es ist ganz gleichgültig, ob ich dafür oder dagegen bin. Es wird so kommen. Es ist Teil des historischen Prozesses, der schon längst im Gang ist.«
»Wenn Arik Sharon Premierminister wird, ist Schluß damit.«
»Er wird nicht Premierminister. Mit dem Krieg im Libanon hat er sich selbst ins Abseits manövriert.«
»Sie werden sich wundern, wie viele Anhänger er noch hat. Die Leute bewundern ihn.«
»Trotzdem wird er nicht Premierminister. Die Palästinenser werden ihre Unabhängigkeit bekommen.«
»Sie haben aus den Gebieten nichts gemacht, als sie noch zu Jordanien und Ägypten gehörten. Wir sorgen wenigstens für Entwicklung und geben ihnen Arbeit. Sie sollten froh sein. Und dankbar.«
»Sie sollten, aber sie sind es nicht.«
Mein ganzes Leben hatte ich solche Diskussionen geführt, und ich haßte sie. Es war immer dasselbe. Reden, reden, reden.
»Schmeckt Ihnen der Couscous?« fragte Dalits Mutter. Das war schon angenehmer.
»Er schmeckt wunderbar«, sagte ich.
»Dann nehmen Sie noch etwas.« Sie reichte mir die Schüssel. Alle sahen mir zu, wie ich mir noch eine große Portion auflud.
»Wie waren denn Ihre Beziehungen zu den Arabern in Marokko?« fragte ich den Vater.
»Gut. Die waren sehr gut.«
»Ihr habt auch nicht um Land gekämpft«, sagte Abraham.
»Haben Sie damals unter Antisemitismus zu leiden gehabt?« fragte ich.
»Nein.«
»Warum sind Sie aus Marokko weggegangen?«
»Es war nicht unser Land.«

»Die Juden sind von jeher verfolgt worden, Vater. Die Vertreibung aus Spanien ist fünfhundert Jahre her, der Holocaust fünfzig.« Abraham wandte sich an mich: »Ihre Eltern haben das doch sicher erlebt.«
»Sie konnten flüchten«, sagte ich. »Aber einige Verwandte haben es nicht geschafft. Mein Onkel Oskar, der Bruder meiner Mutter, ist in Theresienstadt umgekommen.«
»Und der Großmufti von Jerusalem, Haj Amin el Housseini, der Großvater von diesem Faisal, der jetzt ihr Führer ist, hat sich mit den Nazis verbündet.«
»Es hängt immer davon ab, wie weit man in der Geschichte zurückgehen will«, sagte ich. »Da lassen sich Argumente für beide Seiten finden. Die Frage ist, ob wir den Rest unseres Lebens im Krieg oder in Frieden leben wollen.«
»Man kann den Arabern nicht trauen«, sagte Isaac. Die anderen Männer nickten.

»Du hast ihnen gefallen«, sagte Dalit.
»Wem habe ich gefallen?«
»Der Familie.«
»Bist du verrückt? Wir haben den ganzen Abend gestritten.«
»Ich kenne sie. Du hast ihnen gefallen.«
»Schön. Sie haben mir auch gefallen. Vor allem deine Mutter. Sie ist wirklich eine tolle Köchin.«
»Gehst du morgen zu der Demonstration?«
Ich drehte mich zu ihr und starrte sie an.
»Du hast doch davon gehört, oder?«
Ich weiß nicht mehr, wann ich zum ersten Mal von der Friedensdemonstration in Jerusalem gehört hatte. Die Medien waren voll davon. Ich schenkte der Sache keine besondere Beachtung, jedenfalls nicht bewußt. Man hörte davon in den Abendnachrichten des Fernsehens oder im Radio, die Zeitungen brachten Artikel und Kommentare darüber. Initiiert hatte das Ganze die israelische Linke, zusammen mit ähnlichen Organisationen aus anderen Ländern. Man wollte eine gewaltlose Zusammenkunft von Israelis, arabischen und jüdischen, sowie Menschen aus aller Welt organisieren, die eine Menschenkette um die Altstadt von Jerusa-

lem bilden sollten und damit gleichsam einen einzigen menschlichen Körper, der die Stadt vor Streit und Zwist beschützte. Auf diese Weise wollte man zeigen, daß Einheit möglich war, daß alle Menschen zusammenkommen und einander die Hände reichen konnten.

Ich hatte mich nie für Demonstrationen interessiert. Vielleicht, weil ich für Massen und ihren Herdentrieb nichts übrig hatte. Boxen war mir lieber als Fußball, denn das war eine individualistische Sportart, bei der einer gegen einen kämpfte. Auch mit den israelischen Friedensbewegungen hatte ich nie sympathisiert. Vielleicht einfach deshalb, weil ich in einer heroischen Zeit aufgewachsen war und diese Bewegungen jedem Heroismus feindlich gesonnen waren. Während des Vietnamkriegs, als alle Amerikaner, denen ich begegnete, gegen den Krieg waren, konnte ich auch mit ihnen nichts anfangen. Es war die Zeit des Sechstagekriegs und des Zermürbungskriegs in Israel. Wir hatten keine Kriegsdienstverweigerer und Drückeberger, sondern nur tapfere tote Freunde, die ihr Leben für Israel gelassen hatten. Ich verachtete Leute, die nicht bereit waren, für ihr Land zu kämpfen und zu sterben. Die pazifistischen Bewegungen, die nach dem Yom-Kippur-Krieg aufkamen und nach dem Krieg im Libanon 1983 an Stärke gewannen, erschienen mir wie eine Bande von Defätisten. Von diesem Gedanken konnte ich mich nie ganz freimachen, auch als ihre Positionen mir sinnvoll zu erscheinen begannen, und auch nicht, als ich feststellte, daß viele von ihnen bei den Kommandos, bei der Luftwaffe, der Panzertruppe oder den Fallschirmjägern gedient hatten und für außergewöhnliche Tapferkeit ausgezeichnet worden waren. Tatsächlich hatten schließlich viele der besten Generäle, Kommandeure und Soldaten sich der radikalen Linken angeschlossen. Aber ich mochte mich immer noch nicht mit ihnen anfreunden. Es steckte einfach zu tief in mir drin, ich lechzte nach Helden. Wie konnte man ein israelischer Patriot sein und den Arabern das ganze Land zurückgeben, für das wir mit Blut bezahlt hatten, und das in Kriegen, die sie selbst angezettelt hatten.

Zu den Organisatoren der Friedensdemonstration gehörte auch Tal Ramon. Mein alter Freund aus der Highschool. O ja, ich wußte von der Friedensdemonstration.

Dalit sah mich an.
»Damit habe ich nichts zu schaffen.«
»Bist du sicher?« Ihr Lächeln ärgerte mich. »Vielleicht doch?«
»Weshalb? Weil ich Issam zum Checkpoint gefahren habe? Das heißt noch lange nicht, daß ich für einen palästinensischen Staat bin.«
»Es geht nicht um einen palästinensischen Staat. Es geht um Frieden. Es geht darum, daß man einander die Hand reicht. Das ist alles.«
»Ich bin ziemlich wählerisch, wenn ich jemandem die Hand reiche.« Ich nahm ihre Hände in meine und zog sie an mich. Sie wandte ihr Gesicht ab.
»Was ist denn?«
»Du drängst mich. Wir kennen uns doch kaum.«
»Komm, fahren wir nach Jerusalem«, sagte ich.
»Nein. Ich komme morgen, zur Demonstration. Um viertel vor zwei bin ich am Sammelpunkt.« Sie stieg aus dem Wagen. »Danke, daß du zum Essen gekommen bist.«
Sie ging zurück in das Haus, in dem ihre Eltern wohnten. Ich fuhr wütend weg und schwor mir, sie niemals wiederzusehen.

20

Am nächsten Tag, gegen halb zwei, parkte ich meinen Wagen im Mamila-Viertel, gut einen Kilometer entfernt vom Jerusalemer Rathaus, das sich gleich gegenüber der alten Stadtmauer befand. Es war unmöglich, weiterzufahren. Die Polizei hatte sämtliche Straßen gesperrt. Hunderte von Menschen gingen in Richtung des Sammelpunktes am Neuen Tor. Ich fragte mich, ob ich wohl Tal begegnen würde. Und wenn es dazu kam, was tat ich dann?
Ich stieg aus, schloß den Wagen ab und machte mich auf den Weg zum Rathaus. Die Demonstration sollte um zwei Uhr beginnen. Ich sah vertraute Gesichter, Reporter, politische Aktivisten, Leute, mit denen ich vor vielen Jahren zur Schule gegangen sein mochte.

Je näher ich dem Rathaus kam, desto dichter wurde die Menge. Aber alle wirkten ruhig und entspannt. Wären da nicht die vielen Polizisten, die Fernsehkameras und die Fernsehteams gewesen, hätte es wie ein großes Picknick an einem sonnigen Samstagnachmittag ausgesehen.

»Assaf!«

Zuerst wußte ich nicht, wer mich da gerufen hatte. Dann sah ich einen großen, muskulösen Polizisten in der Uniform eines Obermeisters. Vor Elimelech Yasski hatte ich als Kind immer Angst gehabt, denn er war größer, gemeiner und stärker gewesen als alle übrigen Kinder in der Nachbarschaft. Nach der vierten Klasse hatte man ihn von meiner Schule geworfen, und wenig später zog seine Familie in einen anderen Stadtteil, doch über die Jahre war ich ihm immer wieder einmal begegnet. Irgendwann war er einem Kampfsportclub des YMCA beigetreten und hatte um die ›Jerusalemer Schwergewichtsmeisterschaft in Karate‹ gekämpft, einen etwas dubiosen Titel. Im Finale war er von einem kleinen, dürren Kerlchen besiegt und gedemütig worden. Ich hatte mich gefreut, daß er verlor.

Auch in der Armee war ich ihm begegnet; er war damals der Chauffeur des Kommandanten der Fallschirmjägerschule gewesen. Er lief mit den silbernen Schwingen auf dem Khakihemd herum, und das rote Barett auf seinem kurzgeschorenen Kopf machte ihn zu einer imposanten Gestalt. Doch auf Militärchauffeure sah man bei den Fallschirmjägern herab, und ich verlor einiges von meiner Ehrfurcht gegenüber Yasski. Zum ersten Mal, seit wir uns kannten, fühlte ich mich ihm überlegen, und als ich erst die Fallschirmjägerschule hinter mir hatte, dachte ich nie mehr an ihn.

Seit gut zwanzig Jahren hatte ich ihn nicht mehr gesehen. Er hatte inzwischen einen Bauch, und die Schläfen waren grau, aber sonst schien er sich kaum verändert zu haben. Ein großer Bulle.

»Hi.« Ich nahm die ausgestreckte Hand. Sein Handschlag war so stark, daß es weh tat. Eine spiegelnde Pilotensonnenbrille verbarg seine Augen. Er lehnte sich an einen kleinen Polizeiwagen, der mitten auf der Straße parkte.

»Lange nicht gesehen«, sagte er grinsend. »Was machst du hier?«

Ich fühlte mich unbehaglich, obwohl er die Frage in freundlichem

Ton gestellt hatte. Vielleicht war ich die Angst ja immer noch nicht los, die ich als Kind vor Yasski empfunden hatte. Vielleicht war es auch das allgemeine Unbehagen, das mich beim Anblick von Autoritätspersonen beschlich.

Einen Augenblick lang war ich versucht, ihm die Wahrheit zu sagen: daß ich an der Demonstration keinerlei Interesse hatte, sondern nur gekommen war, um einem Mädchen aus Ashkalon, deren politische Anschauungen ich nicht teilte, guten Tag zu sagen und dann wieder nach Hause zu gehen.

»Ich gehe ein bißchen spazieren«, sagte ich. »Und was machst du hier?«

»Es gehört zu meinem Beruf, dafür zu sorgen, daß die Dinge nicht aus dem Ruder laufen.«

Ich sah Dalit in ihrem weißen Kleid auf dem Rasen sitzen. Sie sah zu mir herüber und lächelte, und ich vergaß Yasski.

»Na ja, bis bald mal.« Ich ließ ihn stehen, wie er sich da an seinen Wagen lehnte und in ein Funkgerät sprach. Ich ging über die Straße und über den Rasen zu Dalit.

»Hi.«

Sie saß nur da, lächelte zu mir herauf und ließ sich von der Sonne bescheinen.

»Ich will hier nicht mitmachen«, sagte ich, »ich will mir nur mal ansehen, was für Leute hergekommen sind.«

Jemand sprach über einen Lautsprecher. »In ein paar Minuten wollen wir anfangen. Ich bitte alle Teilnehmer, ihre Plätze einzunehmen. Bitte bleibt nicht alle an einer Stelle, sondern verteilt euch an der ganzen Stadtmauer entlang. Bitte verhaltet euch ruhig und friedlich. Vielen Dank.« Ich kannte die Stimme. Es war die von Tal.

Dalit stand auf. »Ich muß los. Kommst du mit?«

»Warum bleibst du nicht hier?« Ich schaute mich nach Tal um, konnte ihn aber nicht sehen.

»Hier sind so viele. Ich will weiter runter, zum Blumentor.«

Das Blumentor war fast einen Kilometer entfernt, im arabischen Teil der Stadt. In dieser Gegend waren in den letzten Jahren mehrfach Israelis von Arabern mit dem Messer angegriffen worden.

»Na dann, bis bald«, sagte Dalit, strich mir über den Arm und wandte sich zum Gehen.
»Ich verstehe nicht, warum du zum Blumentor mußt.«
»Hier sind doch nur Israelis und Touristen. Es geht aber darum, daß Juden und Araber sich zusammentun.« Sie ging los.
»Ich bringe dich hin«, sagte ich.
Wir gingen die Fallschirmjägerstraße hinunter, die parallel zur alten Stadtmauer verläuft und nach den israelischen Reservisten benannt ist, die die Altstadt am zweiten Tag des Sechstagekriegs von den jordanischen Legionären eroberten. Hier gab es viel weniger Zivilisten und mehr Polizisten.
Auf der anderen Straßenseite standen arabische Zuschauer. Die Reaktion der arabischen Bevölkerung von Jerusalem auf die Demonstration war ebenso gemischt wie die der jüdischen Bevölkerung. Manche sahen in den Teilnehmern Verräter und Kollaborateure.
Dalit blieb nicht weit vom Blumentor stehen und begann, sich auf arabisch mit einem arabischen Jugendlichen zu unterhalten, der dort stand. Sie unterhielten sich ein paar Minuten, ohne daß ich auch nur ein Wort verstand. Ganz in der Nähe sah ich zwei Mädchen, sechzehn oder siebzehn Jahre alt, beide sehr hübsch, die sich auf arabisch miteinander unterhielten. Sie lächelten mir zu, als sie bemerkten, daß ich sie ansah; ich lächelte zurück und nickte. Ich fragte sie, ob sie Hebräisch konnten, und eine von ihnen, die etwas offener schien als die andere, sagte mir, sie könnten ein bißchen Hebräisch, aber sehr viel besser Englisch. Ich stellte ihr ein paar Fragen und erfuhr, daß sie in eine Mädchenschule nicht weit von hier gingen, daß sie im letzten Schuljahr waren und von ihrem Lehrer die Erlaubnis erhalten hatten, an der Demonstration teilzunehmen. Sie waren etwas scheu, freuten sich aber über das Gespräch. Während des Reservedienstes in Gaza und auf der West Bank hatte ich nur sehr selten Gelegenheit gehabt, mit arabischen Mädchen zu sprechen. Sie hielten sich zurück. Wenn überhaupt, dann hatte ich mit Jungen zu tun, die uns allerdings meistens beschimpften. Manchmal griffen ältere Frauen ein, aber nie die jungen, schönen.
Während ich mich am Blumentor mit den beiden arabischen

Mädchen unterhielt, meldete sich die Stimme im Lautsprecher wieder. Es sei nun zwei Uhr, sagte sie, und die Friedensdemonstration solle beginnen. Sie bat alle Teilnehmer, sich nun an den Händen zu fassen. Die beiden arabischen Mädchen stellten sich links und rechts neben mich und streckten ihre Hände aus. Ich zögerte keinen Augenblick. Es wäre falsch gewesen, den Kopf zu schütteln, ihnen den Rücken zu kehren und wegzugehen. Es erschien mir alles ganz selbstverständlich und hatte kaum etwas mit meinen politischen Überzeugungen zu tun. Es war ein warmer, freundlicher Tag, und wir hatten uns nett unterhalten. Es gab keinen vernünftigen Grund, nicht ihre Hand zu nehmen. Und so tat ich es. Vielleicht griff ich damit auch nach Tals Hand.

Als ich später darüber nachdachte, fragte ich mich, ob nicht auch die unerwartete Begegnung mit Yasski mich veranlaßt hatte, an der Demonstration teilzunehmen, wie er da mit Sonnenbrille und vorstehendem Bauch an den Polizeiwagen gelehnt stand. Ich hatte Yasski nie gemocht, als Junge hatte ich ihn gefürchtet, in der Armee hatte ich ihn verachtet, aber gemocht hatte ich ihn nie. Für mich war er der Inbegriff des häßlichen Israeli, ein Bulle, ein aufdringlicher, vulgärer Mensch ohne jede Substanz. Als er mich fragte: »Was machst du hier?«, da sagte er in Wirklichkeit: »Du bist doch nicht einer von denen, einer von diesen liberalen, intellektuellen, araberfreundlichen Bastards, oder? Du bist doch einer von uns, von den echten, aufrechten Israelis, oder?« Ich wollte zu nichts gehören, wozu auch er gehörte. Das empfand ich als erniedrigend.

Ich stand zwischen den beiden arabischen Mädchen, und weiter unten in der Reihe standen der arabische Jugendliche und Dalit. Dalit sah mich nachdenklich an. Obwohl ich sie kaum kannte, hatte ich irgendwie das Gefühl, daß sie sich nie über etwas wunderte, was ich tat, und daß sie es nicht mißbilligte.

Wir standen auf dem Gehsteig an der Mauer und hielten uns an den Händen. Die Polizisten hatten in der Straßenmitte eine Reihe gebildet und beobachteten uns, Helme auf dem Kopf, Plastikschilde vor sich und in der Hand Knüppel. Von der anderen Straßenseite filmten Fernsehteams die Szene, aus Fenstern und Balkonen sahen arabische Bewohner zu. Das Ganze war bemerkenswert ruhig, fast langweilig, dachte ich; alles verlief nach Plan, keine Agitatoren, keine Konfrontation. Ich sah auf die Uhr. Fünf nach drei. In ein paar Minuten mußte es vorüber sein. Ich fragte mich, ob das schon alles war. Händchenhalten für den Frieden? Ein paar Fotos in den Zeitungen, ein paar Bilder in den Fernsehnachrichten, sollte das irgend etwas ändern? Vielleicht hatte ich die Einstellung, daß Demonstrationen sinnlos seien, durch Osmose von meinen Eltern übernommen, die der Auffassung waren, daß Handeln besser sei als Reden.

Ganz in der Nähe – vielleicht war es der Jugendliche, mit dem Dalit gesprochen hatte – begann jemand zu singen: »Zwei Länder für zwei Nationen, Israel und Palästina.« Der Text war hebräisch und reimte sich. Andere fielen ein. Ich konnte nicht erkennen, wer. Einige der Stimmen gehörten eindeutig Israelis. Die arabischen Mädchen an meiner Seite sangen nicht. Vielleicht kannten sie den Text nicht, oder sie waren einfach zu schüchtern.

Plötzlich fielen Schüsse. Jemand schoß. Ich war so überrascht, daß ich zunächst gar nichts erkannte, so, als funktionierten meine Augen und mein Gehirn nicht. Was war da los? Wer schoß auf wen? Neben mir schrie jemand. Plötzlich hielt niemand mehr irgendwelche Hände, alle liefen weg. Eine Gruppe Polizisten stürmte mit hocherhobenen Knüppeln auf uns zu. Einer von ihnen hatte die Pistole gezogen. Er war es, der geschossen hatte.

»Einen Arzt! Einen Arzt, holt einen Arzt!« Die Stimme gehörte Dalit. Der arabische Jugendliche, mit dem sie sich unterhalten hatte, lag am Boden. Die Menge zerstreute sich rasch. Ein großes Fahrzeug kam auf uns zu und verspritzte in kräftigem Strahl eine grüne Flüssigkeit. Der Strahl traf mich ins Gesicht, und einen Augenblick konnte ich nichts sehen. Ich wischte mir die Augen mit dem Taschentuch aus.

Ich sah, wie zwei Männer den arabischen Jugendlichen aufhoben und wegtrugen. Anscheinend war er seitlich am Gesicht getroffen worden. Das Blut floß in Strömen auf sein weißes Hemd. Die beiden Männer trugen ihn zu einem Rettungswagen auf der anderen Straßenseite. Ich sah zu Dalit.

»Bist du in Ordnung?«
»Ja.« Ihr Gesicht, ihr Haar und ihr Kleid waren mit der grünen Flüssigkeit bedeckt. Der Polizist, der die Pistole gezogen hatte, kam auf uns zu, einen Knüppel in der einen Hand, die Pistole in der anderen. Er atmete heftig, seine Augen glänzten unter seinem Helm, hinter dem Plexiglasschutz, oder vielleicht glänzte auch nur das Plexiglas.
»Warum haben Sie geschossen?« fragte Dalit.
»Wer hat geschossen?« In seiner Stimme lag etwas Höhnisches, die Pistole war direkt auf ihre Brust gerichtet. Ein israelischer Polizist, wahrscheinlich zehn oder fünfzehn Jahre jünger als ich. Einer von unseren. Wußte er, daß sie auch Israelin war? Konnte er das überhaupt erkennen? Der arabische Junge, Haled Abu Haled, hatte blaue Augen. Und wir waren mit dem grünen Zeug bedeckt. Aus den Augenwinkeln sah ich die beiden arabischen Mädchen, die ängstlich zu uns herübersahen.
»Sie haben geschossen«, sagte Dalit.
»Ach, wirklich?« Er kam noch näher, die Pistole immer noch auf ihre Brust gerichtet. Die beiden arabischen Mädchen drehten sich um und gingen weg. Was würde er tun? Schießen? Und plötzlich wußte ich, daß das keineswegs unmöglich war und daß nur wenig dazu fehlte.
»Komm!« Ich nahm Dalits Arm.
»Ein guter Rat«, sagte der Polizist mit dem Helm und dem Plexiglasschutz, dessen Gesicht ich nicht sehen konnte. Er steckte die Pistole zurück ins Holster.
»Sie hatten gar keinen Grund zu schießen«, sagte Dalit und schimpfte ihn einen dummen, gemeinen Hund.
Er hob den Knüppel, und ich dachte, das kann doch nicht wahr sein, gleich schlägt er sie, und ich trete ihm in die Eier, und dann erschießt er uns beide. Ich dachte an Mugla. Was hätte er an meiner Stelle getan? Ich hatte keine Ahnung, ich wußte nur, daß Mugla damit fertig geworden wäre. Mugla war in Ordnung. Aber Mugla war in Brooklyn, trug Möbel von einer Wohnung in die andere und begann ein neues Leben im Land der unbegrenzten Möglichkeiten. Ich dachte, wie erniedrigend, wir waren hier in Jerusalem, der Hauptstadt Israels, der Stadt, in der ich geboren war, und

gleich würde ein gesichtsloser Polizist uns wie gemeine Kriminelle niederknüppeln. Soll es doch verdammt noch mal so kommen, dachte ich, wenn's denn sein muß.

Ich machte einen Schritt nach vorn und stellte mich zwischen ihn und Dalit.

»Wie wär's mit jemandem, der genauso groß ist wie du?« sagte ich.

»Aber gern«, sagte er.

»Laß ihn in Ruhe, ich kenne ihn.«

Ich erkannte die Stimme. Yasski sah mich durch seine Sonnenbrille an. Er legte dem Polizisten die Hand auf den Arm. »Du hast deine Sache gut gemacht, Marcel.«

Der Polizist ließ den Knüppel sinken. Yasski hatte uns das Leben gerettet. Er sah mich durch seine Sonnenbrille an und grinste, Kaugummi.

»Assaf«, sagte er, »du hast dich ganz grün gemacht.«

Ich stand da und starrte ihn an. Ich fühlte mich ohnmächtig, mein ganzer Körper zitterte vor Zorn. Ich mußte irgend etwas sagen, irgend etwas tun, aber mir fiel nichts ein, was ich hätte sagen oder tun können. Yasski kaute weiter auf seinem Kaugummi und grinste. Er hatte die Oberhand. Ich war ein fehlgeleiteter Israeli ohne klare Meinungen, und er war ein Mann, der seine Arbeit tat und die nötige Autorität dazu besaß. In diesem Augenblick hätte ich ihn umbringen mögen, aber es gab nichts, was ich tun konnte.

»Du gehst besser nach Hause und wäschst dich«, sagte Yasski, drehte sich um und wandte sich an seine Polizisten. »Worauf wartet ihr noch? Macht die Straße frei, schickt alle nach Hause. Los!«

Dalit nahm meine Hand. »Es ist vorbei. Komm.«

Sie machte sich auf den Weg Richtung Rathaus, dem jüdischen Teil Jerusalems. Die Fallschirmjägerstraße leerte sich rasch. Hier und da lagen Transparente auf dem Gehsteig, das auf hebräisch, arabisch und englisch geschriebene Wort ›Frieden‹ mit grüner Farbe überzogen; die Menschen hatten sie auf ihrer überstürzten Flucht fallen lassen. Wir gingen schweigend zu meinem Wagen und fuhren zu meiner Wohnung.

Auf der Treppe begegneten wir meinen Nachbarn, die uns und unsere mit grüner Farbe verschmierten Gesichter und Kleider anstarrten. Sie sagten guten Tag, stellten aber keine Fragen. Vielleicht war es ihnen peinlich.
Wir gingen in die Wohnung.
»Geh doch ins Bad, und wasch dich«, sagte Dalit.
»Ich kann warten.«
Ich holte ein frisches Handtuch aus dem Schrank und gab es ihr, dann ging ich ins Wohnzimmer und ließ die Rolläden herunter. Ich stand im Zimmer an der Balkontür und sah hinaus auf die Häuser und Bäume. In den Zweigen zwitscherten Vögel. Ich hörte, wie sie ins Bad ging und das Wasser anstellte. Ich setzte mich und zog Hemd, Schuhe und Strümpfe aus. Alles war grün. Ich ging ins Schlafzimmer, sah im Schrank nach, nahm einen Bademantel heraus und hängte ihn an die Badezimmertür. Ich ging in die Küche und begann, mir Gesicht und Hände mit Waschpulver zu waschen. Mit dem Geschirrtuch rieb ich meine Arme ab. Die grüne Farbe war klebrig und schwer zu entfernen, aber als Dalit aus dem Bad kam, hatte ich das meiste ab.
Sie hatte den Bademantel angezogen.
»Ich mache Kaffee«, sagte sie.
Ich duschte mich. Als ich zurückkam, hatte sie den Kaffee fertig; außerdem hatte sie ihr Kleid gewaschen und auf dem Balkon zum Trocknen aufgehängt. Wir setzten uns ins Wohnzimmer und tranken Kaffee.
»Ich kann dir ein Hemd und Jeans geben.«
»Das brauchst du nicht, das Kleid ist in einer Stunde trocken«, sagte sie.
»Wann mußt du arbeiten?«
»Heute abend arbeite ich nicht.«
Wir saßen da und tranken Kaffee. Ich war immer noch erregt. Sie legte ihre Hand auf meinen Arm.
»Warum haben sie geschossen?« fragte ich.
»Ich glaube, wegen dem Singen. Vielleicht hat einer der Polizisten den Kopf verloren.«
»Wie bist du da hineingeraten? Deine Familie steht sonst doch weit rechts.«

»Das Restaurant«, sagte sie. »Ich war nie besonders politisch, eigentlich bin ich es jetzt auch nicht. Ich glaube, mit meinen Meinungen bin ich ziemlich in der Mitte. Aber im Restaurant...«, sie hielt inne, nippte an ihrem Kaffee und dachte nach. »Im Restaurant sieht man eine Menge Leute, wie sie sind, wie sie sich verhalten. Ich kenne nicht viele Araber. Wann hat man schon Gelegenheit, welche kennenzulernen. In der Armee habe ich keine kennengelernt. Ich kenne Issam und Abed. Issam ist höflich, Abed ist ein wenig ein Clown, und er flirtet gerne. Aber im Grunde sind sie einfach nett, und sie kommen mit jedem gut aus. Immer, wenn etwas passiert, müssen sie sich verstecken, oder sie können nicht zur Arbeit kommen. Dann ist die Stimmung im Restaurant nicht besonders gut. Ich glaube einfach nicht, daß Spannungen irgend etwas Gutes bringen.«
»Wo warst du in der Armee?«
»Nach der Grundausbildung war ich eine Weile im Hauptquartier der Südgruppe stationiert, das heißt, ich konnte jeden Abend nach Hause. Es war fast so wie in der Schule. Schließlich habe ich erreicht, daß sie mich weit weg versetzten, in den Libanon. Du hättest meine Familie erleben sollen. Sie waren alle für Sharon und den Krieg, aber als sie erfuhren, daß ich in die Nähe von Beirut versetzt wurde, sind sie ausgeflippt. Mein Vater hat sogar gedroht, daß er mich aus der Armee herausholt. Natürlich konnte er das nicht.« Sie sah mich an und lächelte. »Und was hat dich in die Friedensbewegung gebracht?«
»Die beiden arabischen Mädchen. Sie waren süß.«
»Das habe ich mir gedacht.« Sie schwieg einen Augenblick. »Du hast vielleicht ein Temperament. Du wirst oft wütend.«
»Ich hasse Leute, die eine rauchende Pistole in der Hand halten und dann noch fragen: ›Wer hat hier geschossen?‹ Ich hätte den Kerl umbringen können.«
Sie hielt meine Hand. »Du könntest niemanden umbringen.«
Als sie sich zu mir beugte, öffnete sich ihr Bademantel ein wenig und ich konnte ihre Brüste sehen, rund, braun und fest.
»Wie machst du das?« Ich berührte ihre Brust. »Legst du dich nackt in die Sonne?«
Sie schloß die Augen. »Ja.«

»Und wo?«
»Auf dem Dach.«
»Mit deinem Zimmergenossen?« Ich zog den Bademantel auseinander. Sie hatte einen wunderbaren Körper, schlank und kraftvoll.
»Manchmal. Er ist schwul. Möchtest du, daß wir ins Schlafzimmer gehen?«
»Was glaubst du wohl? Seit vier Monaten warte ich darauf.«
Wir gingen ins Schlafzimmer; unterwegs half sie mir, meine Kleider abzustreifen. Ihre maßlos hungrige Art paßte gar nicht zu ihrer Ruhe und Zurückhaltung. Sie saß auf mir, bog sich nach hinten, die Augen geschlossen, den Mund halb geöffnet, ritt auf mir, schwer atmend, griff mit der Hand hinter sich und streichelte meine Hüften. »Vier Monate«, flüsterte sie. »Warum hast du so lange gewartet?«
»Drei davon war ich in New York«, sagte ich.
Danach lagen wir schweigend nebeneinander und starrten lange an die Decke.
»Weißt du«, sagte ich, »ich habe kein gutes Gedächtnis für Witze. Ich kann mich nur an einen einzigen Witz erinnern, und zwar den, wonach israelische Männer nur eines lieber tun als Sex machen, nämlich all ihren Freunden davon zu erzählen.«
»Wirklich, du erzählst es all deinen Freunden?«
»Ich habe gar nicht mehr so viele Freunde. Einige sind tot, einige sind in Amerika. Früher habe ich eine Liste aller Frauen geführt, mit denen ich zusammen war, aber nicht um anderen davon zu erzählen.«
»Warum dann?«
»Ich wollte mich daran erinnern können. Ich dachte, wenn ich achtzig bin, ist das vielleicht das einzige, woran ich mich erinnern möchte.«
»Wolltest du nie Kinder haben?«
»Ich mag keine Bindungen.«
Wir schwiegen.
»Es war schrecklich heute«, sagte Dalit.
»Aber sieh nur, was sie für mein Sexualleben getan haben.«
Das Telefon klingelte. Meine Mutter rief an, um mich an unser

Abendessen zu erinnern. Ich sagte ihr, ich könne nicht kommen.
»Doch«, sagte Dalit. »Ich werde lesen. Mein Körper braucht Ruhe.«
»Also gut, Mutter, ich komme«, sagte ich und legte auf. Zu Dalit sagte ich, daß ich nur eine Stunde bliebe.
Meine Mutter öffnete mir die Tür. Mein Vater war in seine Zeitungen vertieft und hörte gleichzeitig das Ende der Achtuhrnachrichten. Wir setzten uns zum Essen in die Küche.
»Wir haben dich im Fernsehen gesehen«, sagte meine Mutter.
Ich hatte keine Ahnung, wovon sie sprach. Ich hatte mehrere Filme gedreht und war ein paarmal interviewt worden. Wahrscheinlich hatten sie einen Filmbericht im Zusammenhang mit einem meiner Spielfilme gesehen.
»Bei der Demonstration.«
»Oh«, sagte ich.
»Hast du das nicht gewußt?«
»Nein. Was haben sie gezeigt?«
»Dich mit einer Gruppe von Arabern. Einen Zusammenstoß mit der Polizei. Diesen Araber, der niedergeschossen worden ist.«
»Was ist ihm passiert?«
»Er hat ein Auge verloren. Ich glaube, sie sagten, ein Auge.« Sie sah mich besorgt an.
»Ein Auge.«
»Wir wußten gar nicht, daß du da hingehst.«
»Ich habe es selbst nicht gewußt.«
»Wie das?« fragte mein Vater.
»Ich weiß nicht, es war seltsam. Israelische Polizisten haben auf mich geschossen. Ich habe mich wie ein Araber gefühlt.«
»Es ist wichtig, daß du dagewesen bist«, sagte mein Vater. Ich blickte ihn an, und zum ersten Mal in meinem Leben sah ich in seinen Augen etwas, nach dem ich immer gesucht hatte: echte Anerkennung. »Es ist wichtig, der Welt zu zeigen, daß diese Regierung nicht das Volk repräsentiert.«
»Ich weiß nicht«, sagte ich. »Jemand hat ein Auge verloren. Und was ist sonst noch dabei herausgekommen?«
»Die Menschen werden es sehen, überall in Israel und in der ganzen Welt. Das ist sehr wichtig.«

»Ich weiß nicht.« Aus irgendeinem Grunde fühlte ich mich mutlos, ausgelaugt, zerschlagen. Meine Mutter bemerkte es.
»Du bist doch nicht verletzt worden?«
Ich dachte an den israelischen Polizisten mit dem Helm, dessen Gesicht ich nicht hatte sehen können. Ich fragte mich, wie er wohl aussehen mochte, ob er braune oder blaue Augen hatte, wer er war, wo er geboren und aufgewachsen war, wer seine Eltern waren.
»Assaf?«
»Was?«
»Du bist doch nicht verletzt worden?«
»Nein, ich bin nicht verletzt worden. Nur etwas grüne Farbe.« Ich erzählte ihnen von der Demonstration, den beiden arabischen Mädchen, dem Polizisten. Dalit erwähnte ich nicht.
»Ob sie diesen Polizisten vor Gericht stellen?« fragte meine Mutter. »Wahrscheinlich nicht.«
»Ganz bestimmt«, sagte mein Vater.
»Warum bist du so sicher?«
»Es war im Fernsehen. Ein Mann hat ein Auge verloren. Es wird eine Untersuchung geben. Es gibt Augenzeugen. Assaf ist Zeuge.«
»Ich habe sein Gesicht nicht gesehen«, sagte ich.
»Aber sie haben doch diese Namensschilder, oder?« meinte mein Vater. »Du mußt sein Namensschild doch gesehen haben.«
»Nein, habe ich nicht.«
Ich dachte an den Polizisten, wie er mit erhobenem Knüppel auf uns zukam. Schwer atmend. Und immer noch schwer atmend, als er nach Yasskis Intervention den Knüppel gesenkt hatte. Für alle Zukunft verdankte ich es Yassky, daß dieser Polizist mir nicht den Schädel eingeschlagen oder eine Kugel in den Kopf geschossen hat. Dem Kaugummi kauenden Yasski mit seiner Sonnenbrille, der seinen Leuten befiehlt, alle nach Hause zu schicken. Marcel, er hatte den Polizisten Marcel genannt, fiel mir plötzlich wieder ein. Das hatte ich offenbar ganz verdrängt.
»Trotzdem solltest du zur Polizei gehen und eine Aussage machen«, schlug mein Vater vor, »das wäre jetzt das richtige.«
»Ich weiß nicht, vielleicht hatte der Polizist einen Grund.«

»Was meinst du damit, Assaf?« Meine Mutter sah mich fragend an. »Welchen Grund könnte er gehabt haben?«
»Ich weiß es nicht.«
»Unser Bildungssystem ist daran schuld«, sagte mein Vater. »Das Geld geht in die Rüstung und den Bau neuer Siedlungen statt ins Bildungswesen. Wenn wir unsere Moral und unsere geistige Überlegenheit verlieren, ist Israel am Ende.«
In dieser Weise ging unser Gespräch noch eine halbe Stunde weiter, obwohl ich mich immer weniger daran beteiligte. Meine Mutter machte eine Bemerkung über meinen nicht leergegessenen Teller, was nur selten vorkam. Ich versicherte ihr, daß ich nicht krank war, daß ich nur keinen besonderen Appetit hatte, wahrscheinlich wegen der Ereignisse des Tages.
»Du bist sicher erschöpft. Geh lieber schlafen.«
Mein Vater pflichtete ihr bei.
Ein paar Minuten später verabschiedete ich mich von ihnen.
Dalit schlief in meinem Bett, als ich nach Hause kam. Ich löschte das Licht, zog mich aus und legte mich neben sie. Sie wachte nicht auf. Ich lag im Dunkeln und hörte auf ihren Atem. Es war seit langem das erste Mal, daß ich die Nacht mit einer Frau im Bett verbrachte. Ihr gleichmäßiger Atem hatte einen beruhigenden Rhythmus; dennoch konnte ich nicht einschlafen. Das Bild des gesichtslosen Polizisten mit dem plexiglasbewehrten Helm auf dem Kopf und dem Knüppel in der erhobenen Hand tauchte vor mir auf. Wahrscheinlich gab es nicht viele Marcels in der Jerusalemer Polizei, und es konnte nicht schwierig sein, ihn ausfindig zu machen, doch ich würde keine Aussage vor einer Untersuchungskommission oder irgendwo sonst über den Zwischenfall machen. Was kümmerte mich dieser Marcel?
Nach einer Weile ging ich ins Wohnzimmer und las ein paar Stunden. Gegen drei Uhr morgens nahm ich eine Schlaftablette und legte mich wieder ins Bett. Dalit drehte sich im Schlaf zu mir und legte mir die Hand auf die Brust. Ich legte meine Hand auf ihre Brust und schloß die Augen. Nach einer Weile schlief ich ein.
Wir wachten beide spät auf. Dalit zog sich hastig an, sie hatte Angst, zu spät zur Arbeit zu kommen. Mein Angebot, sie nach

Ashkalon zu fahren, lehnte sie ab, aber ich bestand darauf. Obwohl ich es ihr nicht sagte, lag Ashkalon tatsächlich auf meinem Weg. Während der Fahrt sprachen wir über Gefühle und Beziehungen. Sie erzählte mir von einem Mann, mit dem sie fünf Jahre zusammengewesen war. Sie waren sich in der Armee begegnet, im Libanon, wo er Stabsoffizier gewesen war und sie Stabssekretärin. Nach der Entlassung aus der Armee hatte sie in Be'er Sheva Kunst studiert und er Medizin in Tel Aviv. Über die Jahre hatten sie sich auseinandergelebt.

»Nicht daß wir aufgehört hätten, uns zu lieben«, sagte sie. »Ich hatte nur das Gefühl, daß unsere Beziehung immer weniger wurde. Es hat sehr weh getan. Du merkst, daß etwas geschieht, aber du weißt nicht, warum, und du kannst nichts dagegen machen...« Ihr Gesicht war traurig.

»Ja«, sagte ich. Ich hörte ihr zu, aber ich nahm kaum auf, was sie sagte, denn meine Gedanken waren anderswo. »Das Leben führt uns auf seltsame Wege.«

»Ja«, sagte Dalit.

Wir fuhren schweigend nach Ashkalon hinein.

Als ich sie vor dem Restaurant abgesetzt hatte, fuhr ich zum Checkpoint Erez, zeigte dem wachhabenden Soldaten meinen Personal- und meinen Reservistenausweis und wurde durchgelassen. Ich fuhr zum Armeehauptquartier in Gaza und stellte meinen Wagen ab. Ich stieg aus, ging zu dem Wachsoldaten vor dem Gebäude der Militärkriminalpolizei und sagte ihm, ich wolle mich stellen.

»Warten Sie hier«, sagte der Wachsoldat. Es war ein junger Kerl mit Bürstenhaarschnitt. Er rief einen anderen Soldaten, der zu mir kam und mich in den Hof einließ. Wir stiegen in den zweiten Stock des Gebäudes hinauf und gingen einen langen Flur entlang, der nach Ammoniak roch.

»Warten Sie hier.«

Der Soldat öffnete die Tür zu einem der Büros, dann drehte er sich plötzlich um und sah mich mißtrauisch an, als wäre ihm gerade in den Sinn gekommen, daß ich weglaufen konnte. Mein Gesichtsausdruck schien ihn zu beruhigen. Er ging hinein und kam nach ein paar Minuten mit einem Mann zurück, der sehr viel älter, vielleicht fünfundvierzig, war und ein Khakihemd ohne Rangabzeichen trug. Er war mittelgroß und etwas übergewichtig, mit sonnengebräuntem Gesicht und sehr hellen grünen Augen. Er lehnte sich an den Türrahmen und sagte: »Ja?«

»Ich bin hergekommen, um eine Aussage über einen getöteten arabischen Jungen zu machen.«

Er sah mich an und zeigte keine Neigung, mich hereinzubitten.

»Wann soll das gewesen sein?«

»Am 17. Oktober 1991, in einem Orangenhain bei Gaza.«

Der junge Soldat, der mich hergebracht hatte und noch bei uns stand, drehte sich um und ging. Der Mann mit den hellgrünen Augen sah mich mit gebremster Neugier an.

Er angelte eine Packung Zigaretten aus der Tasche.

»Und was haben Sie damit zu tun?«

»Ich habe ihn getötet.«

Meine Erklärung machte anscheinend keinen Eindruck auf ihn. Er holte eine Zigarette aus der Packung, steckte sie in den Mund und zündete sie an. Dann bot er mir auch eine an, aber ich schüttelte den Kopf. Er verstaute die Zigarettenpackung wieder in der Tasche, immer noch lehnte er mit der Schulter am Türrahmen.

»Ich kann mich an so einen Vorfall gar nicht erinnern.«

»Er war in den Nachrichten.«

»Kennen Sie den Namen des Jungen?«

»Haled Abu Haled, aus Jebalia.«

Er sah mich an und rauchte gelassen weiter.

»Das ist schon mehr als vier Monate her.«

»Ich war in New York.«

Ein weiblicher Soldat mit drei Streifen auf den Ärmeln und einem Stapel Akten in der Hand kam über den Flur auf uns zu. Der Mann im Türrahmen folgte ihr mit seinen wäßrigen Augen, einen Augenblick schien Leben in ihn zu kommen.

»Hi, Ricki.«

»Hi.« Sie lächelte ihn an und ging die Treppe hinunter. Der Mann wandte mir unwillig wieder den Blick zu.

»Und was wollen Sie?«

»Vielleicht spreche ich nicht mit dem Richtigen. Ich wollte mit einem Ermittler der Militärpolizei sprechen.«
»Das bin ich«, sagte er ungerührt. Er hatte eine tiefe, rauhe Stimme und gelbe Zähne. »Was wollen Sie eigentlich erreichen?«
»Ich verstehe nicht, was Sie meinen.«
»Es gibt keinen Fall. Sie sagen, ein arabischer Junge ist umgekommen. Haben Sie ihn erschossen?«
»Nein.«
»Was dann?«
»Ich habe ihn mit dem Gewehrkolben niedergeschlagen und dann liegen lassen. Am nächsten Tag habe ich in den Nachrichten gehört, daß er tot ist.«
»Woher wissen Sie, daß es der Junge war?«
Ich starrte ihn an. Langsam wurde es absurd. Ich hatte erwartet, längst in Handschellen zu sein.
»Das weiß ich.«
»War er tot, als Sie gegangen sind?«
»Nein. Er ist am nächsten Tag im Krankenhaus gestorben.«
»Woher wollen Sie dann wissen, daß Sie ihn getötet haben?« Er sah mich schweigend an. »Sehen Sie«, sagte er, »ich bin dreihundertfünfundsechzig Tage im Jahr in diesem Loch, ich sehe eine Menge Dinge, die Sie nicht für möglich halten würden. Es geht mir auf die Nerven, aber das ist eben mein Reservedienst, ich mache ihn, ich bin ein israelischer Patriot, verstehen Sie?«
Ich verstand nicht. Ich hatte keine Ahnung, wovon er sprach. Wir sahen uns lange schweigend an.
»Wissen Sie was«, sagte er, »tun Sie sich und mir einen großen Gefallen: Gehen Sie nach Hause.«
Es war seltsam.
Ich überlegte einen Augenblick. Es war wie diese Spiele, die man manchmal mit sich selbst spielt. Man fühlt sich wegen irgend etwas schuldig, man möchte dieses Gefühl loswerden, man tut etwas, und plötzlich sieht es so aus, als würde man verschont. Man sagt sich, vielleicht ist das ein Gotteszeichen, vielleicht sollte ja alles so kommen, ich habe mich jedenfalls bemüht, ich habe meine Schuldigkeit getan. Die andere Seite will nicht wei-

terspielen, das ist nun nicht mehr mein Problem, ich bin nicht mehr dafür verantwortlich.
»Ich kann nicht«, sagte ich. »Ich habe jemanden getötet, und ich will das melden.«
Er ließ die Zigarette auf den Boden fallen und trat sie mit dem Absatz aus. »Kommen Sie rein.«
Das Büro war mit zwei Schreibtischen vollgestellt. Ein anderer Mann, ein paar Jahre jünger als der grünäugige, vielleicht fünfunddreißig, auch er trug ein Khakihemd ohne Rangabzeichen, saß rauchend hinter einem der Schreibtische und telefonierte. Er stritt sich anscheinend mit seiner Frau.
»Nehmen Sie Platz«, sagte der Mann mit den hellgrünen Augen. Er setzte sich an den Schreibtisch und holte einen Block Papier hervor. Ich setzte mich ihm gegenüber auf einen abgewetzten, wackligen Stuhl. Er suchte unter den Papieren auf seinem Schreibtisch nach einem Kugelschreiber und kritzelte etwas auf den Block. Ohne aufzublicken, fragte er:
»Name?«
»Assaf Ryke.«
»Anschrift, Nummer des Personalausweises, Dienstnummer?« Offenbar hatte er noch nie von mir gehört.
Nachdem ich ihm meine Personalien gegeben und er sie aufgeschrieben hatte, zündete er sich eine neue Zigarette an, hielt auch mir die Packung hin und sagte schließlich: »Okay, dann erzählen Sie mir mal die ganze Geschichte.«
Die nächste Stunde verbrachten wir mit der Rekonstruktion des 17. Oktober; mein Gegenüber – er hieß Gabi – schrieb alles auf und stellte gelegentlich Fragen. Der andere Mann, der sein Telefongespräch beendet hatte und immer noch recht erregt schien, ging zum Essen und ließ uns allein.
»Okay«, sagte der Mann vor mir am Schreibtisch, als wir uns dem Ende der Geschichte näherten. »Sie sagten also: ›Ich fragte ihn, ob es Spaß gemacht hat, und er sagte: Ich habe nichts getan, und ich sagte: Woher hast du dann die Erkennungsmarke?, worauf er plötzlich nach meinem Gewehr griff und ich es wegzog und in Notwehr schlug...‹«
»Ich habe nicht ›Notwehr‹ gesagt.«

»Warum haben Sie das Gewehr weggezogen?«
»Weil ich dachte, er könnte es an sich reißen. Er machte eine plötzliche Bewegung.«
»Okay«, begann er nochmals. »›Ich dachte, er wollte nach meinem Gewehr greifen, weil er eine plötzliche Bewegung machte; deshalb zog ich es weg und schlug ihm mit dem Kolben gegen die Brust. Er fiel hin, und ich ging weg. Meines Wissens lebte er noch, und ich sah kein Blut. Ich ging zurück zum Checkpoint Erez und machte meinen Dienst weiter. Am nächsten Tag hörte ich in den Nachrichten, daß ein arabischer Junge namens Haled Abu Haled, den man in einem Orangenhain bei Gaza gefunden hatte, im Shifa-Hospital in Gaza gestorben war. Ich dachte, es könnte derselbe Junge sein, den ich niedergeschlagen hatte, aber ich meldete den Vorfall nicht. Einige Tage später war mein Reservedienst zu Ende, und einige Tage danach reiste ich nach New York. Der Vorfall hat mich die ganze Zeit beschäftigt, und heute habe ich mich entschlossen, diese Aussage zu machen.‹ In Ordnung?« Er sah mich fragend an. Ich sagte nichts. Er schob mir den Block und den Stift zu und sagte: »Unterschreiben Sie unten.«
»Ich will es erst lesen.«
»Natürlich.«
Er lehnte sich in seinem Stuhl zurück und sah mir geduldig zu, während ich die vier Seiten mit seiner großen, etwas schrägen Handschrift durchlas. Er hatte fast alles, was ich gesagt hatte, umgeschrieben, meist um es kürzer zu fassen. Hier und da machte ich eine Bemerkung, und er nahm geduldig Stift und Papier und fügte einen Satz ein oder änderte ein Wort. Sein Verhalten machte deutlich, daß er das alles für unsinnige Wortklauberei hielt, aber ich hatte das Gefühl, dies war ein wirklich wichtiger Augenblick, vielleicht sogar der wichtigste Augenblick meines Lebens, und ich dürfe mich durch sein Verhalten nicht ablenken lassen. Ich las das Ganze langsam durch, Wort für Wort, um sicher zu sein, daß es der Wahrheit entsprach und nichts Wesentliches fehlte.
»In Ordnung?«
Ich las die letzte Seite, die zweifellos die wichtigste war. Es fiel mir schwer, mich zu konzentrieren. Ich las sie ein zweites Mal.

»Einmal«, sagte ich. »Ich schlug ihn einmal mit dem Gewehrkolben. Einmal!« Ich gab ihm das Blatt. Er fügte die Korrektur ein.
»Sonst noch was?«
Ich nahm das Blatt zurück und las es durch. Was hatte ich vergessen? Ich hatte den Jungen liegen lassen und war zum Checkpoint Erez zurückgekehrt. Ich hatte nicht nachgesehen, wie schwer seine Verletzung war, und ich hatte niemandem Meldung gemacht. Das war der entscheidende Punkt, und es ließ sich kaum eine Erklärung finden, die zu meinen Gunsten sprach, aber so war es gewesen.
»Nein.«
Im letzten Absatz hieß es, daß ich diese Erklärung aus freien Stükken und ohne Zwang abgegeben hatte ...
Ich unterschrieb die Aussage.
Er nahm sie, sah auf die Unterschrift und legte die vier Blätter samt Stift in die Schublade, aus der er sie genommen hatte.
»In Ordnung.«
»Und was jetzt?«
»Sie können gehen.«
Ich saß da und starrte ihn an.
»Ich kann gehen?«
»Ich nehme Ihre Aussage zu den Akten. Wenn es noch Fragen gibt, werden wir uns an Sie wenden. Ich habe ja Ihre Telefonnummer.« Er stand auf und kam um den Schreibtisch herum. »Ich mache jetzt Mittag.«
»Sie wollen mich nicht festnehmen?«
»Sehen Sie mal«, sagte er, »Sie wollten eine Aussage machen, Sie sind hergekommen, Sie haben Ihre Aussage gemacht. Jetzt geht die Sache ihren geordneten Gang.« Er legte mir die Hand auf die Schulter und ging zur Tür. »Ist Ihr Gewissen jetzt wieder rein, Assaf? Gehen Sie nach Hause.«

21 Als ich aus dem Gebäude kam, schlug mir die Sonne mit strahlender Heftigkeit entgegen und blendete mich. Mittag in Gaza. Ich ging langsam zu meinem Wagen. Es war seltsam. Ich hatte keine Ahnung, was ich als nächstes tun sollte. Noch ein Buch schreiben? Einen Film drehen? In die Politik gehen? Eine Bank ausrauben? Heiraten? Ich hatte keine Pläne für den Rest meines Lebens. Ich hatte erwartet, daß man mich ins Gefängnis sperrte.

Ich lehnte mich gegen den Wagen und sah auf das Flüchtlingslager. Ein paar arabische Jungen spielten in der Ferne, vielleicht acht oder neun Jahre alt. Sie wußten wahrscheinlich noch nicht, daß ihr Leben vorbestimmt war, daß sie keine Zukunft hatten, keine wirklichen Chancen. Ich vielleicht auch nicht. Vielleicht sind wir alle in den Fängen des Schicksals. Ich stieg in den Wagen und fuhr zurück nach Jerusalem. Ich hatte gerade meine Freiheit wiedergewonnen. Warum fühlte ich mich nicht frei?

Ich sah mir gleichgültig die Abendnachrichten an. Eine scharfe Auseinandersetzung in der Knesset zwischen Regierungsmitgliedern und Vertretern der linksextremen Opposition über den Polizeieinsatz bei der gestrigen Demonstration. Ein Abgeordneter forderte die Einsetzung eines Untersuchungsausschusses zur Klärung der Angelegenheit und überhaupt aller Fälle, in denen die Behörden zu Unrecht gegen Araber vorgegangen waren. Der Polizeiminister erwiderte, die Polizei werde selbst eine Untersuchung vornehmen und ihre Schlußfolgerung ziehen. Es folgte eine hitzige Debatte, wie sie so typisch für die israelische Politik war. Ich schaltete den Fernseher aus. Und jetzt?

Einen Augenblick lang spielte ich mit dem Gedanken, Dalit anzurufen, doch dann fiel mir ein, daß sie noch im Restaurant sein mußte.

Ich zog die Schuhe aus, legte mich aufs Bett und schloß die Augen. Erst eine Woche in Israel und schon vermißte ich Amerika. Ich fragte mich, ob Mugla in New York glücklich war. Ich dachte mit erstaunlicher Wehmut an Sylvia und Patty, sogar an Sammy, Jimmy und das kleine Hotel in der 42. Straße. Ich fragte mich, ob Patty noch lebte. Schlief sie irgendwo tief in der rostbraunen Stahlkonstruktion von Port Authority? Würde sie jemals nach

Pennsylvania zurückgehen? Wird Mugla jemals nach Israel zurückkommen? Ich öffnete die Augen und sah auf die Uhr. Zehn. Was machen andere Leute mit ihren Abenden? Bin ich der einzige Mensch in Israel, der keine Möglichkeit findet, seine Zeit sinnvoll zu verbringen?

Bin ich der einzige Mensch im Alter von vierundvierzig Jahren, der nicht verheiratet ist und keine Kinder hat? Israel war eine familienorientierte Gesellschaft, anders als New York. Sobald man den Kriegsdienst hinter sich hatte – vorausgesetzt, man war noch ganz –, gründete man eine Familie. Man saß nicht in seiner Wohnung herum und fragte sich, warum man das tun sollte und ob man es wirklich wollte. Man tat es eben. Punkt und Ende.

Soviel Zeit und nichts zu tun. Man fühlt sich wie ein Verbrecher. In der westlichen Gesellschaft darf man eines niemals zugeben: daß man nicht bis zum Hals in Arbeit steckt. Wenn man Leute fragte, ob sie ein bestimmtes Stück gesehen oder ein bestimmtes Buch gelesen hatten, bekam man unvermeidlich zur Antwort: Das würden wir ja gern tun, aber wer hat schon die Zeit dafür? Ich habe mich immer gefragt, womit sie eigentlich so sehr beschäftigt sind, daß sie nie Zeit haben. Bis mir dann klar wurde, daß es sich hier um eine Frage der Ehre handelt. Wer Zeit hat, der hat keine Ehre. Er ist ein nutzloser Faulpelz.

Bei meinen Eltern war das alles natürlich noch zehnmal stärker. Sie waren nicht nur ständig so emsig beschäftigt wie die Bienen, das, womit sie sich beschäftigten, war zudem noch über jeden Zweifel erhaben. Die geheiligte Sache. Wenn sie sagten: ›Das würden wir ja gern tun, aber wer hat schon die Zeit dafür?‹, dann hatte ihre Stimme etwas Vorwurfsvolles: Wie kannst du von Kino reden, wenn wir das Land der Juden aufbauen? Für dich und die ganze Menschheit.

Ich zog meine Schuhe an, ging hinunter und stieg in den Wagen. Ich fuhr durch die kühle Nacht zu der engen Gasse in dem alten religiösen Viertel. Ich klopfte an die Eisentür. Von drinnen war Musik zu hören, aber keine Antwort. Ich klopfte noch einmal. Endlich ging die Tür auf. Danielle sah heraus. Sie trug ein kariertes Hemd über kurzen Hosen. Ihr kurzes schwarzes Haar war naß. Über ihre Schulter hinweg sah ich einen barfüßigen jungen Mann mit nacktem Oberkörper, der mit den Armen in der Luft ruderte. Ich war mir nicht sicher, ob er tanzte oder Karateübungen machte. Es war nicht der Mann, den ich vor drei Monaten gesehen hatte, Dagan.

»Oh, hallo«, sagte Danielle. Sie bückte sich, hob eine Bürste vom Boden auf, und ich konnte durch ihr halboffenes Hemd einen Blick auf ihre Brüste werfen. Sie sah aus, als wäre sie gerade unter der Dusche gewesen oder im Bett. Beide sahen so aus.

»Hi«, sagte ich und fühlte mich äußerst unbehaglich. »Ich suche Paz.« Das war gelogen.

»Paz ist nicht da.«

»Okay. Dann suche ich sie im Restaurant.«

Ich wandte mich zum Gehen.

»Ich glaube nicht, daß sie im Restaurant ist«, sagte Danielle. »Sie ist wahrscheinlich zu Hause. Sie ist umgezogen.«

Ich blieb stehen. »Ach, wohin?«

»Nicht weit von hier. Haben Sie einen Wagen?«

Ich nickte.

»Ich zeig es Ihnen.«

Und sie kam heraus, barfuß wie sie war, schloß die Tür hinter sich und ging vor mir durch den Garten zur Straße.

Wir stiegen ein, und ich ließ den Motor an. Sie legte die Füße aufs Armaturenbrett. Ihre Fußnägel waren schwarz lackiert.

»Wohin?«

»Geradeaus, dann zweimal rechts.« Sie bürstete ihr Haar mit der Bürste, die sie vom Boden aufgehoben hatte; dabei spritzten ein paar Tropfen auf meinen Ellbogen. Wieder erhaschte ich einen kurzen Blick auf ihre Brüste. »Passen Sie auf den Bürgersteig auf!« sagte sie mit ihrer rauhen Stimme.

»Wann ist sie umgezogen?«

»Vor ein paar Wochen.«

»Und warum?«

Danielle lächelte. »Ich glaube, sie wollte mal was anderes. Halten Sie hier an!« Ich tat es. Sie blickte über meine Schulter zu einem kleinen Haus, das völlig dunkel war. Ihr nasses Haar strich über meine Wange.

»Sie ist nicht zu Hause. Das da oben ist ihr Fenster.«

»Na gut«, sagte ich und legte den Gang ein.
»Sie können hier nicht wenden. Am besten fahren Sie einfach weiter.« Sie legte die Bürste auf den Boden und schüttelte mit einer Kopfbewegung die letzten Tropfen Wasser aus ihrem Haar. »Jetzt hätte ich Lust auf Wein und eine Zigarette.«
Wir kamen an die Hauptstraße. Sie zeigte auf einen kleinen Kiosk an der Ecke. Ich hielt an, sie stieg aus und ging barfuß zu dem Kiosk. Nach einer Weile kam sie mit einer Packung Gitanes und einer brennenden Zigarette im Mund zurück.
»Für Wein hatte ich nicht genug Geld bei mir«, sagte sie und blies den Rauch in die Luft. »Macht nichts.«
»Ich habe Wein zu Hause.«
»Gut.« Sie stieg wieder ein, und wir fuhren zu meiner Wohnung.
Das rote Licht an meinem Anrufbeantworter blinkte zweimal; das hieß, daß zwei Anrufe für mich darauf waren. Doch ich beschloß, sie nicht zu beachten, sondern meine Anstrengungen auf Danielle zu konzentrieren. Nur selten hatte mich eine Frau so stark angesprochen wie sie. Die schmutzigen, schwarzlackierten Fußnägel, das halb geöffnete Herrenhemd, der junge Mann mit nacktem Oberkörper, den sie in ihrer Wohnung allein gelassen hatte, all das verstärkte nur den Eindruck. Ich öffnete die Flasche Rotwein und füllte zwei Gläser. Dann ging ich zurück ins Wohnzimmer und gab ihr ein Glas. Sie trank im Stehen, rauchte und sah sich meine Filmplakate an. »Sie mögen abgewrackte Blondinen, hah?«
»Nein, ich stehe auch auf ausgepumpte Brünette.«
Sie lachte.
»Was ist mit Ihrem Freund?«
»Zimmergenosse. Ich hab keinen Freund.«
Der Duft ihrer Zigarette war stark und dicht. Ich fragte mich, welchen Unterschied sie zwischen einem Zimmergenossen und einem Freund macht, entschloß mich aber, nicht danach zu fragen.
Sie ließ Asche auf den Boden fallen, als sie die Fotos betrachtete. »Kann ich noch etwas Wein haben?«
Ich goß den Rest des Sauvignon rouge in ihr Glas.

»Tut mir leid, mehr ist nicht da.«
Sie trank das Glas aus. »Ich glaube, ich habe etwas Hasch bei mir.« Sie setzte sich, schob die Finger in ihre Brusttasche und zog ein kleines Briefchen aus schmutzigem Zeitungspapier hervor. »Möchtest du auch?«
Wieder dachte ich an Patty und Sylvia und an den schweren Geruch von Crack in dem kleinen Hotelzimmer in der 42. Straße. Sylvia, die tot war, und Patty, die ich wahrscheinlich niemals wiedersehen würde, falls sie denn überhaupt noch lebte. Sklaven des Rauschgifts und des Eskapismus in der Hauptstadt des Kapitalismus, dem Mittelpunkt der Welt.
»Natürlich«, sagte ich. »Sehr gern.«
Sie nahm das Gras aus dem fleckigen Stück Zeitungspapier, zerbröselte es und ließ es in eine Zigarettenhülle gleiten, aus der sie den Tabak herausgeholt hatte. Vor vielen Jahren hatte ich einmal Haschisch geraucht, aber keinerlei Wirkung gespürt. Vielleicht hatte ich nicht gewollt, daß es eine Wirkung auf mich hatte. Schließlich war ich begeistert von dem Gedanken, mich zu kontrollieren. Ich sah Danielle an und dachte, das war eine Chance zum Experimentieren.
Der richtige Zeitpunkt, der richtige Ort und die richtige Frau.
Danielle zündete den Joint an, nahm einen tiefen Zug und gab ihn mir.
Ich zögerte.
»Ist der Stoff gut?«
»O ja, ich kaufe ihn bei einem Araber in der Altstadt.«
Das schien mir kaum überzeugend, doch ich setzte mich neben sie auf die Couch und rauchte. Ich war gerade dem Militärgefängnis entronnen. Die Spannung, die sich während der letzten Monate in mir aufgestaut hatte, mußte sich entladen. Ich war mit einem Mord davongekommen, da würde ich doch sicher auch mit ein bißchen Haschischrauchen davonkommen. Ich inhalierte tief und hielt den Rauch in der Lunge.
»Wie fühlst du dich?« fragte Danielle.
»Ich weiß noch nicht.« Ich nahm noch einen Zug und noch einen. »Nichts...«
»Du hast den ganzen Joint geraucht«, sagte sie, nahm mir kopf-

schüttelnd den Stummel ab und rauchte den Rest. Sie hatte recht, ich hatte tatsächlich fast den ganzen Joint geraucht, und jetzt spürte ich es auch. Ich fühlte mich benebelt und leicht, und überdeutlich spürte ich den schlanken Körper neben mir.

»Ich fühle mich gut.« Ich trank den Rest meines Weins und schob meine Hand zwischen ihre Schenkel. Ich streichelte sie, während sie rauchte. Sie streckte ihr Bein, legte ihren Fuß in meinen Schoß und massierte meine Hose mit ihren Zehen. Ich griff nach ihrem anderen Fuß, zog ihn an mein Gesicht und nahm den schwarzlakkierten großen Zeh in den Mund. »Du bist sehr gelenkig«, sagte ich.

»Ich bin Tänzerin.«

»Ich habe es noch nie mit einer Tänzerin gemacht. Mit ein paar Schauspielerinnen ..., ein paar Lektorinnen ..., einer Archäologin, aber ... noch nie mit einer Tänzerin.« Ich strich mit der Hand über ihr muskulöses Bein, öffnete ihre Hose und zog sie zusammen mit dem Slip herunter. Sie ließ sich auf den Boden gleiten und begann, mir Schuhe und Strümpfe auszuziehen. Sie legte sich auf den Rükken und rieb mit meinen Fußsohlen über ihre Brustspitzen, während ich versuchte, den Stummel wieder anzuzünden, um noch einen Zug zu bekommen, aber ich verbrannte mir nur die Lippen dabei. Trotzdem fühlte ich mich gut. Das Leben war ein großes Abenteuer, und ich war mitten in diesem Abenteuer; ich ritt triumphierend auf dem Wellenkamm, ohne abzustürzen und in den Tiefen des Meeres zu versinken. Sie biß mir in die Zehen, ihre Zunge war warm und feucht, ihr linker Fuß massierte immer noch geschickt mein Geschlecht, und ich dachte, ich brauchte gar nicht bis nach New York zu fahren, um aufregenden Sex und befreiende Drogen zu erleben, wie es in einem dieser populären Musicals heißt, die Antwort war immer schon da. Sie stützte sich auf ihren Ellbogen und öffnete meine Hose; ich sehnte mich immer noch nach einem Zug aus dem längst aufgerauchten Joint, aber ich ließ mich gleichfalls auf den Boden gleiten, rollte mich über sie, und dann war ich in ihr, und sie biß in meine Zunge, stieß mir heftig ihr Becken entgegen, immer wieder.

»Fest, fest!« sagte sie. »Ich mag's, wenn es weh tut.«

Die leere Weinflasche fiel vom Tisch und zerbrach auf dem Boden, aber wir ließen uns nicht stören. Irgendwann mittendrin dachte ich plötzlich an Dalit, jung, unschuldig, ernst und nicht annähernd so aufregend wie die gelenkige Frau unter mir, die mit der einen Hand ihre Zigarette rauchte und mir mit den langen, abgebrochenen Fingernägeln der anderen Hand die Schulter zerkratzte. Ich dachte, Drogen sind toll und israelische Tänzerinnen unglaublich, und dann kam es mir, und kurz darauf schlief ich ein.

Als ich aufwachte, schien die Sonne mir durch das offene Fenster ins Gesicht. Danielle lag neben mir auf dem Teppich, ihr Unterleib war nackt, aber sie trug noch ihr Hemd, und die Zigarette steckte immer noch zwischen ihren Fingern. Ich hörte einen unangenehmen, hartnäckigen Lärm und erkannte, daß nicht die Sonne mich geweckt hatte, sondern ein anhaltendes Klingeln an der Tür.

Ich zog meine Hose hoch und stand unsicher auf. Ich war ein wenig benebelt, hatte leichte Kopfschmerzen, aber ich fühlte mich gut. Ich sah auf Danielles muskulöse Schenkel und ihren runden Hintern herab und hatte Lust, sie umzudrehen und mich wieder in sie zu versenken, doch das Pochen ließ nicht nach. Der Postmann klingelt immer zweimal, dachte ich. Ich bedeckte Danielles nackten Hintern mit meinem Hemd und ging zu Tür. Dabei trat ich auf eine Glasscherbe und schnitt mir in den Zeh. Fluchend und auf einem Fuß hüpfend öffnete ich.

Es war nicht der Postmann. Drei junge Männer standen vor der Tür. Einer von ihnen trug eine Khakiuniform mit einer weißen Binde am rechten Arm. Einer war in Zivil. Der dritte war Polizist.

»Assaf Ryke?« Es war der Mann in Zivil, der gefragt hatte.

Mein Verstand arbeitete langsam und unsicher. Ich fragte mich, ob sie wegen dem Haschisch kamen. Haschisch war in Israel verboten, obwohl ich mich nicht erinnern konnte, daß jemals jemand verfolgt worden wäre, weil er es geraucht hatte. Aber ich war kein Experte auf diesem Gebiet, und meine juristischen Kenntnisse waren äußerst beschränkt.

»Ja«, sagte ich.

»Wir sind von der Armee, Militärkriminalpolizei der Südgruppe.«

Ich sah auf meinen Fuß. Er blutete, eine schmale Spur dunkelrotes Blut zog sich über den Boden. Ich sah, wie Danielle, mein Hemd vor den Körper haltend, über den Flur ins Bad huschte.
»Treten Sie ein.«
Sie kamen herein und schlossen die Tür hinter sich. Ich wollte mir das Gesicht waschen, wieder einen klaren Kopf bekommen. Ich hörte Danielle unter der Dusche.
»Wir haben Befehl, Sie nach Ziffin zu bringen.«
Ich starrte sie an. Ich verstand nicht richtig. Zriffin war ein großer Militärkomplex nicht weit von Tel Aviv, wahrscheinlich die größte Militärbasis in Israel. Früher war dort das Hauptquartier der Briten gewesen. Daneben lag ein Militärhospital. Ich erinnerte mich, daß ich einmal während des regulären Militärdienstes dort zu einer Untersuchung gewesen war, als ich mich bei der Grundausbildung verletzt hatte. Ich erinnerte mich noch vage, daß ich mich beim ersten Mal zwischen all den Baracken verirrt und dann stundenlang auf einen Militärarzt gewartet hatte, der mir drei Tage Urlaub gab, eine angenehme Überraschung.
»Warum sollen Sie mich nach Zriffin bringen?«
»Gefängnis vier ist in Zriffin«, sagte der junge Soldat mit der weißen Armbinde der Militärpolizei.
Danielle kam aus dem Bad, sie war schon angezogen. Sie ging ins Wohnzimmer und achtete sorgsam darauf, mit ihren nackten Füßen nicht in die Scherben zu treten.
»Ich muß gehen.« Sie nahm ihr Päckchen Gitanes und berührte meinen Arm. »Bis bald.«
»Ja, bis bald... Ich ruf dich später an«, sagte ich, aber sie war schon gegangen, ein Symbol meiner Freiheit und der guten Zeiten. Die Ratten verließen das sinkende Schiff.
Die drei sahen sich im Zimmer um. Zwei leere Weingläser, die zerbrochene Flasche auf dem Boden, Haschischkrümel auf der Couch, Blutspuren von meinem blutenden Zeh auf dem Boden. Das alles mußte wirklich einen tollen Eindruck machen, dachte ich.
Der junge Militärpolizist sah sich die Filmfotos an. »Mensch, ist das nicht...?« Er zeigte auf das Foto von J. M., auf dem sie am Strand von Tel Aviv spazierengeht, den Arm um meine Schulter

gelegt. Eine Szene aus meinem letzten Film. Einem Film, der gute Kritiken bekommen, aber kein Geld eingebracht hatte. Meine Lebensgeschichte.
»Ja«, sagte ich und fragte mich, ob er mich nun wohl laufenlassen würde. Für ein Foto mit Autogramm von J. M.
»In ›Crackdown‹ war sie toll.«
»Ja, sie ist eine großartige Schauspielerin«, sagte ich. »Ich gehe nur kurz ins Bad, ich möchte das verbinden.« Ich zeigte auf meinen Zeh und kam mir plötzlich lächerlich vor. Ich brauchte sie doch nicht um Erlaubnis zu fragen, um ins Bad zu gehen. Wir waren doch nicht in Rußland. Oder doch?
Ich wusch mir das Gesicht mit kaltem Wasser und putzte mir die Zähne. Dann setzte ich mich in die Badewanne und ließ warmes Wasser über meinen Fuß laufen. Ich versuchte, meine Gedanken zu ordnen. Gefängnis vier. Was sollte das bedeuten? Doch mein Verstand war noch nicht klar genug. Warum mußte ich unter allen Nächten ausgerechnet die letzte auswählen, um mich vollzudröhnen. Die Blutung stoppte. Ich drehte das Wasser ab, trocknete meinen Fuß und klebte ein Pflaster auf die Wunde. Sollte ich jemanden anrufen? Wen? Der erste Gedanke waren natürlich meine Eltern. Sie hatten eine Menge Einfluß in Israel. Sie gehörten zur Generation der Pioniere, die den Staat geschaffen hatten. Sie waren allmächtig. Sie konnten die Dinge regeln. Ich hatte stets blind darauf vertraut, daß sie die Dinge regeln konnten. Alles. Bei dem Gedanken, meine Eltern anzurufen, spannten sich meine Muskeln. Der ganze Körper wurde steif. Ich wollte sie nicht anrufen. Das war mein Problem. Irgendwann mußte ich doch erwachsen werden, ein vollwertiger Mensch, der auf eigenen Füßen stand. Aber wen sollte ich sonst anrufen. Ich hatte keine engen Freunde.
Dalit, Paz, Danielle... Shlomo. Nein, keinen Angsthasen. Und Dalit, was würde sie von jemandem halten, der einen Araber umgebracht hatte? Ich dachte an die Friedensdemonstration und an Issam. Ich ging zurück ins Wohnzimmer.
»Haben Sie irgendwas Schriftliches?«
Der Mann in Zivil holte ein zusammengefaltetes Blatt aus seiner Tasche, öffnete es und zeigte es mir. Ich nahm das Blatt und las es

sorgfältig durch. Es war ein auf fünfzehn Tage befristeter Haftbefehl in Zusammenhang mit dem Tod eines gewissen Haled Abu Haled und lautete auf meinen Namen. Unterschrieben war es vom Kommandeur der Militärkriminalpolizei, Südgruppe.

»Ich war gestern im Hauptquartier der Militärpolizei in Gaza«, sagte ich. »Ich habe eine Aussage gemacht. Sie haben mich nach Hause geschickt.«

»Davon weiß ich nichts«, sagte der Mann in Zivil. »Wir haben unsere Befehle.«

»Haben Sie es mal mit ihr gemacht?« fragte der junge uniformierte Militärpolizist. Er starrte immer noch auf das Foto von J. M.

»Nein«, sagte ich. »So was macht man nicht, wenn man einen Film dreht. Man konzentriert sich ganz auf die Arbeit.« Ein Künstler spricht zu einem einfachen Sterblichen. Arrogante Scheiße. Ich hatte es nicht mit ihr gemacht, weil sie eine Affäre mit ihrem Friseur hatte.

»Möchten Sie ein paar Sachen einpacken?« fragte der andere. »Sie können Zahnbürste und Rasierzeug mitnehmen, wenn Sie möchten. Bettwäsche und ein Gebetbuch auch.«

Ich darf Zahnbürste und Rasierzeug mitnehmen. Ein Gebetbuch auch. Ich gehe ins Gefängnis.

»Großartig«, sagte ich. »Natürlich nehme ich ein paar Sachen mit.«

»Bücher, Zeitschriften«, sagte der andere.

»Die kann er dort bekommen«, versetzte sein Kollege. Nur der Polizist schwieg.

»Sie sind nicht bei der Armee, oder?« sagte ich.

»Nein«, sagte er. »Wenn ein Zivilist verhaftet wird, muß einer von der regulären Polizei dabeisein.«

»Ach.«

»Ich kann gar nicht glauben, daß Sie es nicht mit ihr gemacht haben«, sagte der junge Militärpolizist, der immer noch auf das Foto sah. »Das hätte ich als allererstes gemacht.« Langsam ging er mir auf die Nerven. Ich dachte, es reichte, daß er mich verhaftete, er brauchte mich nicht auch noch an meine unromantischen Niederlagen bei amerikanischen Filmstars zu erinnern.

»Ich fege nur schnell die Scherben auf.« Ich ging auf den Küchenbalkon, holte Handfeger und Kehrschaufel. Ich brauchte mehr Zeit, um nachzudenken. Ich war dabei, meine Freiheit zu verlieren, und wer wußte, für wie lange. Ich fegte die Scherben sorgfältig auf die Schaufel, legte das Haschischpapier und die Zigarettenkippen dazu und warf alles in den großen Mülleimer in der Küche. Ich fühlte mich etwas besser, als ich nun zum erstenmal seit Wochen meine Wohnung reinigte. Es gab mir das Gefühl, die Dinge unter Kontrolle zu haben.

Ich setzte mich, zog Hemd, Strümpfe und Turnschuhe an. Dann stand ich auf und sah mich im Wohnzimmer um. Ich ließ die Rolläden herunter und schloß die Balkontür ab.

Als ich mich gestern stellte, war das fast eine Erleichterung gewesen. Aber das war gestern. Ich ging ins Arbeitszimmer und schloß die Fenster, dann ins Schlafzimmer. Sie warteten geduldig im Wohnzimmer. Taten sie das jeden Tag, das ganze Jahr hindurch? Ich bemerkte den blinkenden Anrufbeantworter und beschloß, ihn abzuhören. Als erstes meldete sich eine männliche Stimme, die ich nicht kannte. »Assaf Ryke? Assaf Ryke?« Dann wurde aufgelegt. Ich hörte die Aufzeichnung noch einmal. Es mußte jemand von der Armee gewesen sein, gestern abend, als ich bei Danielle war.

Der zweite Anruf kam von Dalit. Ihre Stimme war leise und sanft. »Hi, Assaf, ich wollte dir nur danken, daß du mich nach Hause gefahren hast, und auch, daß du Issam geholfen hast. Ruf mich bald an, Dalit.«

Ich spulte das Band zum Anfang zurück und ließ die Rolläden herunter. Ich ging wieder ins Wohnzimmer. Ich legte Zahnbürste, Zahnpasta, Rasiermesser und Rasierschaum in eine Plastiktasche. Kein Gebetbuch für Assaf.

»In Ordnung, ich bin fertig.«

»Sie können jemanden anrufen, wenn Sie möchten«, sagte einer von ihnen. »Haben Sie einen Anwalt?«

»Nein.«

Er zuckte die Achseln und ging voraus zur Tür. Die beiden anderen folgten mir.

»Einen Augenblick noch.«

Ich ging zurück ins Wohnzimmer und nahm das Buch vom Regal, das Dalit mir zurückgegeben hatte: *Hundert Jahre Einsamkeit*. Ich dachte, ich würde Zeit genug haben, es zu lesen. Mehr als genug.

22

In einem weißen Renault mit Militärkennzeichen fuhren wir nach Ziffin. Der Polizist hatte uns verlassen und war ins Präsidium zurückgekehrt. Der Mann in Zivil saß am Steuer, der junge Militärpolizist neben ihm auf dem Beifahrersitz. Ich saß hinten. Während der Fahrt redeten wir nicht viel. Sie hörten Radio. Der Uniformierte drehte ständig am Kanalwähler und suchte nach Hits. Ich sah schweigend aus dem Fenster. Ich dachte darüber nach, was Dalit auf meinen Anrufbeantworter gesprochen hatte. Als wir auf der Autobahn, die auch zum Flughafen führte, die Jerusalem umgebenden Berge hinauffuhren, fragte ich mich, ob ich sie wohl vermissen würde.
»Woher sind Sie heute morgen gekommen?« fragte ich die beiden.
»Kastina.« Das war ein Armeehauptquartier nicht weit von Ashkalon.
»Ach, sind Sie da stationiert?« Es war mir eigentlich gleichgültig, aber ich wollte nicht mehr an Dalit oder meine Eltern oder an die Zukunft denken. Gestern hatte ich mich gestellt, aus eigenem Antrieb und nach meinen eigenen Zeitvorstellungen. Ich war in Polizeigewahrsam gewesen. Die heutige Verhaftung hatte jemand anders veranlaßt. Ich hatte keine Kontrolle darüber.
Ich fühlte mich verletzlich und eingeschüchtert.
»Was sind Sie eigentlich genau?«
»Militärkriminalpolizei.«
»Tragen Sie keine Uniform?«
»Die einen nicht, die anderen wohl.«
»Und wovon hängt das ab?«
»Von den Aufgaben.«
»Oh.«

Der junge Uniformierte drehte sich um und sah mich an.
»Zum erstenmal verhaftet?«
»Ja«, sagte ich.
Eigentlich stimmte das nicht ganz. Am Ende meines regulären Militärdienstes vor dreiundzwanzig Jahren, hatte ich im Militärgefängnis sechs, an der Küste bei Haifa, fünfunddreißig Tage Arrest abgesessen, weil ich einem Offizier der Pioniereinheiten widersprochen hatte, und zwar genau an dem Tag, an dem ich mit einem tadellosen Führungszeugnis hätte entlassen werden sollen. Wahrscheinlich hatte ich damals Streit gesucht. Ein paar Tage vorher war mein bester Freund Ram bei einem Feuergefecht mit palästinensischen Terroristen auf der West Bank ums Leben gekommen, und das hatte mich mehr getroffen als alles, was ich bis dahin erlebt hatte.
Im Laufe der Jahre hatte ich Ram fast vergessen. Ich dachte nur noch selten an ihn.
Aber ich hatte nie mehr einen so guten Freund.
Anscheinend war meine Fähigkeit, eine enge Beziehung zu einem anderen Menschen einzugehen, zusammen mit Ram gestorben. Mit der Zeit lernte ich immer besser, mich in Gesellschaft geschickt zu bewegen, Konversation zu treiben oder einen vollen Raum zu unterhalten. Ich machte viele Bekanntschaften, aber ich schloß keine Freundschaft mehr.
»Es ist nicht so schlimm«, sagte der junge Militärpolizist.
»Was ist nicht so schlimm?«
»Gefängnis vier.«
Anscheinend versuchte er wirklich, nett zu sein. Offenbar war er ein Kinofreak, und ich als Regisseur vielleicht seine engste Verbindung zu den Stars in Hollywood, dem Land der Träume.
»Wir sind da«, sagte er.
Der Wagen bog in eine Nebenstraße ein, die zu einem der Tore des Militärkomplexes Zriffin führte. Tor eins. Wir hielten hinter einem Militärjeep, dessen Fahrer mit einem bewaffneten Wachsoldaten sprach. Ich holte tief Luft und versuchte, ganz ruhig zu werden, gleichgültig, unantastbar und distanziert.
Der Jeep vor uns fuhr weiter. Der Wachsoldat winkte uns durch, ohne Ausweise zu verlangen. Er kannte die beiden.

Wir fuhren durch das Camp. Soldaten und Zivilisten, junge Männer und Frauen, spazierten untätig durch die Gegend. Ein seltsamer Ort für ein Gefängnis. Vielleicht war das kein wirkliches Gefängnis, vielleicht war es einfach ein regulärer Teil einer regulären Militärbasis. Vielleicht...

Wir hielten vor einem großen Eisentor. Links und rechts davon zog sich eine Betonmauer hin. Der junge Militärpolizist gähnte und stieg aus. Er streckte sich in der Sonne. Der andere stieß mich leicht am Arm.

»Kommen Sie.«

Ich stieg aus dem Wagen, in der einen Hand hielt ich meine Plastiktasche, in der anderen *Hundert Jahre Einsamkeit*. Der Militärpolizist ging voraus zu einer schmalen Öffnung in dem Eisentor, und alle drei gingen wir hindurch.

Ein Wachmann, der mit dem Rücken an der Betonwand lehnte, sah uns prüfend an.

»Wir bringen einen Gefangenen«, sagte der Militärpolizist und zeigte ihm ein Papier. Der Wachmann nickte.

Es sah immer noch nicht so aus wie in einem Gefängnis. Es gab keinen Stacheldraht, keine Wachtürme, nur die üblichen langgezogenen einstöckigen Armeebaracken und schmale, durch weiße Steine markierte Sandwege.

Wir gingen in eine kleine Aufnahmebaracke gleich hinter dem Tor. Der Militärpolizist gab seine Papiere einem der drei Männer hinter dem Schaltertisch. Der Mann las sie durch und sah mich an.

»Haben Sie eine Waffe?«

Ich schüttelte den Kopf. »Nein.«

»Ihren Personalausweis bitte.«

Ich holte meinen Personalausweis aus der Tasche und gab ihn ihm. Er öffnete ihn und betrachtete mein Bild; das Foto war vor siebenundzwanzig Jahren aufgenommen worden und zeigte einen siebzehnjährigen Gymnasiasten mit verträumten Augen. Ich hatte mir schon oft vorgenommen, mir einen neuen Ausweis mit einem neueren, reiferen Foto machen zu lassen, aber ich war nie dazu gekommen. Ich vermied nach Möglichkeit jeden Kontakt mit der israelischen Bürokratie.

»Bringt ihn zur Aufnahme«, sagte der Mann hinter dem Schalter.
Wir gingen über den sonnenüberfluteten Hof in ein kleines Betongebäude. Der kurze Flur wirkte wie ein gewöhnliches Zeughaus mit einem Ausgabeschalter und Regalen voller Khakikleidung, Armeestiefeln, Seesäcken und sonstiger Militärausrüstung. Ich mußte meine Klamotten abgeben und erhielt zwei Paar Khakiuniformen, ein Paar schwarze Stiefel, einen Seesack und ein Handtuch. Alle persönlichen Dinge nahm man mir ab, außer den Unterhosen, den Socken, den Toilettenartikeln, der Uhr und dem Buch. Ich leistete eine Unterschrift für meine persönlichen Habseligkeiten und erhielt eine Quittung. Dann übergaben mich die beiden Männer, die mich aus Jerusalem hierhergebracht hatten und deren Namen ich nicht kannte, an einen großen blonden Sergeant namens Avi, meinen neuen Zugführer; er würde nun für den Fortgang der Routineprozedur meiner Aufnahme in Gefängnis vier sorgen, die, wie er in sachlichem Ton bemerkte, in weniger als vierundzwanzig Stunden beendet sein würde.

23

Gefängnis vier hatte ungefähr vierhundert Insassen, die in drei Kompanien aufgeteilt waren, fast wie ein reguläres Bataillon. Kompanie C, der ich zugeteilt wurde, bestand aus regulären Soldaten und Reservisten, die auf ihren Prozeß warteten. Kompanie B bestand aus Soldaten, die mittlere oder lange Gefängnisstrafen absaßen, Kompanie A nur aus Soldaten der regulären Streitkräfte mit guter Führung, die als Elite der Gefängnisinsassen galten. Sie lebten in Zelten. Die Kompanien B und C waren in Betongebäuden untergebracht.
In Kompanie C herrschten noch die am wenigsten angenehmen Lebensbedingungen. Die etwa einhundertundzehn Gefangenen dieser Kompanie wohnten in zwei überfüllten Schlafsälen mit doppelstöckigen Metallbetten, die in den Betonboden eingelassen waren. Am Ende des Saals befand sich ein weiterer Raum, in dem die Toiletten und die Duschen untergebracht waren. Alles roch

stark nach Lysol. Die Soldaten waren beim Essen, als ich kam, der Raum war leer. Avi zeigte mir meinen Schlafplatz, eines der oberen Betten in der Mitte des Saals. Ich legte meinen Seesack und die Decken auf die Matratze. Ich sank in ein schreckliches Tief. Fünfundfünzig Betten in einem grauen Saal zusammengepfercht, durch die kleinen Fenster drang nur wenig Licht herein. Es war schlimmer, als ich befürchtet hatte. Daß ich mich selbst stellte, hatte etwas Heroisches und Romantisches für mich gehabt. Bislang war die Wirklichkeit dem nicht gerecht geworden. Es erinnerte mich an meinen ersten Tag in der Armee, als ich mit achtzehn plötzlich in eine andere Welt versetzt wurde, eine Nummer bekam und gleichsam Eigentum der Armee wurde. Doch dies hier war noch weit schlimmer, denn ich hatte keine Freunde um mich, und es handelte sich nicht um die Grundausbildung, sondern um ein Gefängnis. Panik befiel mich. Was hatte ich hier verloren? Ich war zu alt dafür und zu verwöhnt. Seit Jahren war ich ein Schriftsteller und Filmregisseur, der ein gewisses Ansehen genoß. Ich hatte mit Regierungschefs, Senatoren, Nobelpreisträgern und Filmstars gespeist. Es gab Menschen, die mich recht ernst nahmen, auch wenn ich selbst das nicht tat. Wie konnte ich hierhergeraten? Warum hatte ich mich in diese Situation gebracht? Ich fragte mich, ob ich noch bei Trost war. Wie konnte jemand sich bei klarem Verstand in so sinnloser Weise selbst stellen? Wegen etwas, das ihm passiert war, während er seinem Land nach besten Kräften diente. Ich hatte mir nicht ausgesucht, in Gaza Dienst zu tun; ich hatte es nicht gewollt. Ich wollte keinen Streit mit den Arabern. Ich wollte Bücher schreiben und Filme drehen. Das Ganze machte keinen Sinn, es war verrückt. Ich war im Gefängnis, und kein Mensch wußte, wo ich war, weder meine Familie noch meine Freunde. Ich hatte mich selbst in eine Situation gebracht, wie ich sie immer am meisten gefürchtet hatte, eine Situation, in der ich keine Kontrolle und keine Freiheit mehr hatte.

»Sie können das Bett später machen«, sagte Avi. »Jetzt geht's erst mal zum Verhör.«

Wir verließen den Schlafsaal und überquerten einen Hof, der mit Stacheldraht überspannt war. Meine Knie wurden mir weich,

und ich hatte Angst, ohnmächtig zu werden. Ich hatte mich selbst ins Gefängnis gebracht, weil ich mich selbst des Mordes bezichtigt hatte. Jetzt gab es kein Entrinnen mehr.
Ich hatte drei Gespräche: mit meinem Kompaniechef, einem fünfundzwanzigjährigen Captain der Militärpolizei, mit einem für die Rehabilitation zuständigen Offizier und mit einem Psychologen. Die Befragungen fanden in einer Baracke im Außenbereich des Gefängnisses statt, nicht weit vom Tor. Sie verliefen in einer zivilisierten, durch höfliche Effizienz geprägten Atmosphäre. Wie alt ich war, ob ich schon einmal inhaftiert gewesen war, ledig oder verheiratet, Beruf, körperliche und geistige Gesundheit, irgendwelche besonderen Probleme, Krankheiten, Allergien? Ich redete, und sie füllten Formulare aus. Ich ließ die ganze Prozedur über mich ergehen. Ich hatte keine klare Vorstellung von meiner Situation. Sollte ich überhaupt ohne Rechtsbeistand antworten? Aber sie stellten keine Fragen, die den Vorfall betrafen, und außerdem hatte ich mich in meiner Aussage schon selbst beschuldigt; es war also wahrscheinlich ohnehin bedeutungslos. Niemand um mich herum trug eine Waffe. Tatsächlich hatte ich seit meiner Ankunft in diesem Gefängnis noch keine einzige Waffe gesehen. Ich fragte mich, ob ich nicht versuchen sollte zu fliehen, jetzt, wo ich mich in einer der Baracken in der Nähe des Tores befand. Nach Hause fahren, meinen Paß, die Visa-Card und ein paar Kleider holen und dann zum Flughafen... Ich konnte keinen vernünftigen Gedanken mehr fassen, ich war vollkommen verwirrt und verzweifelt.
Die Befragungen dauerten etwa drei Stunden, und als sie vorbei waren, brachte Avi mich zurück in den Zellenblock der C-Kompanie. Der Schlafsaal war immer noch leer; wie Avi mir erklärte, waren die Insassen bei der Arbeit. Sie verrichteten diverse Hausarbeiten, flickten Bettwäsche und Matratzen oder bezogen Kopfkissen. Sie würden um sechzehn Uhr dreißig zurückkommen.
Er führte mich zu meinem Platz, damit ich das Bett machte und mich etwas ausruhte. Das Abendessen war um achtzehn Uhr dreißig, das Licht wurde um zweiundzwanzig Uhr dreißig gelöscht, und Wecken war um fünf Uhr dreißig. Dann ging er und ließ mich allein.

Ich kletterte auf mein Bett und legte mich auf die Matratze, ohne vorher das Bett zu machen. Ich sah aus dem Fenster auf diesen Hof, den ein Geflecht aus Stacheldraht überspannte. Ich holte *Hundert Jahre Einsamkeit* hervor und hielt das Buch an meine Brust. Es schien mir seltsam kostbar, weil Dalit es noch tags zuvor in der Hand gehalten hatte, als sie es mir zurückgab, bevor sie bei dem Restaurant in Ashkalon aus meinem Wagen stieg. Erst gestern. Ich drückte das Buch an die Brust und schloß die Augen. Ich mußte eingenickt sein, denn ich hörte nicht, daß jemand hereinkam, bis ich die Augen öffnete und Avi vor mir stehen sah.
»Der Gefängniskommandant will Sie sprechen«, sagte er.

24

»Assaf Ryke?« Der Mann hinter dem großen Schreibtisch stand auf und gab mir die Hand. Er trug die Rangabzeichen eines Majors, ein gutaussehender Mann, fünf oder sechs Jahre jünger als ich, mit glattem, sorgfältig gekämmtem braunen Haar und einer Brille, die ihm einen professoralen Ausdruck verlieh. Er war der erste Mensch seit meiner Ankunft, der mich mit meinem Namen ansprach und mir die Hand gab. Ich fühlte mich augenblicklich besser.
»Ich heiße David Mor, ich bin Kommandant dieses Gefängnisses, bitte nehmen Sie Platz.«
Ich setzte mich vor den Schreibtisch. Er wandte sich an den Sergeant, der immer noch an der Tür stand. »Sie können jetzt gehen, Avi.«
Der Sergeant ging hinaus. Ich blickte mich um. Es war ein großer Raum. Mit ein paar Stühlen, einem Schrank und mehreren Bücherregalen, auf denen ein paar Klassiker standen – ein seltener Anblick in einem Büro der Armee. An der Wand hingen mehrere gerahmte Fotografien, künstlerische Landschaftsaufnahmen vom Sinai und dem See Genezareth. Er folgte meinem Blick.
»Ich bin Amateurfotograf«, sagte er. »Möchten Sie eine Tasse Kaffee?«
»Ich trinke keinen Kaffee, vielen Dank.«

»Einen Fruchtsaft?«
»Ein Grapefruitsaft wäre schön.«
Er rief nach draußen: »Chava, zweimal Grapefruitsaft bitte!«
Eine junge Frau im Rang eines Corporals kam herein; sie trug ein kleines Tablett mit zwei Flaschen Grapefruitsaft und zwei Gläsern, die sie vor uns auf den Schreibtisch stellte. Dann ging sie wieder hinaus.
»Würden Sie bitte die Tür schließen?« sagte Mor. Er goß sich den Saft ein, und ich tat dasselbe mit meinem.
»Ich habe Ihre Akte gelesen«, sagte er und nahm einen Schluck. »Ich habe auch früher schon Ihre Bücher gelesen. Sie sind nicht der typische Insasse unseres Gefängnisses.«
Ich trank meinen Saft und sah ihn an.
»Ich wollte Sie gerne sehen, bevor das hier alles beginnt.«
»Das weiß ich zu schätzen. Vielen Dank.«
»Dies hier ist zwar ein Gefängnis, aber es unterscheidet sich beträchtlich von den üblichen Zivilgefängnissen. Bei der Mehrzahl unserer Gefangenen handelt es sich nicht um Kriminelle; sie sind wegen Vergehen hier, die im zivilen Leben gar nicht strafbar sind. Die meisten sind hier wegen unerlaubter Entfernung von der Truppe oder Desertion. Da sind Leute, die sich ein paar Stunden zu spät bei ihrer Einheit melden, und dann finden sie sich plötzlich hier wieder. In der Regel haben sie gewisse Probleme bei der Arbeit oder in der Familie, aber sie sind keine Kriminellen. In den Zivilgefängnissen nehmen gut fünfundneunzig Prozent der Gefangenen Drogen, bei uns sind es nur drei oder vier Prozent.« Er nahm noch einen Schluck aus seinem Glas. »Wir bemühen uns, nie zu vergessen, daß wir es mit Soldaten der israelischen Streitkräfte zu tun haben und daß die meisten keine Kriminellen sind. Die Militärpolizisten, die heute hier Dienst tun, sind nicht mehr so wie die Militärpolizisten vor zehn oder zwanzig Jahren. Heute haben alle mindestens zwölf Jahre Schule hinter sich, manche sogar noch mehr, und wir wählen sie sorgfältig aus; es sind Elitesoldaten.« Er hielt inne, dann sagte er: »Sie gehören zur C-Kompanie, die aus Untersuchungsgefangenen besteht. Ich bin der festen Überzeugung, daß jedermann als unschuldig zu gelten hat, solange kein Gericht seine Schuld festgestellt hat.«

Ich trank noch etwas von meinem Fruchtsaft. Sein Auftreten machte mir Mut. Meine Gedanken rasten. Ich war noch nicht verurteilt. Ich hatte eine Aussage unterschrieben, aber es gab keine Zeugen, niemand beschuldigte mich außer mir selbst. Es war noch nicht alles verloren. Ich konnte immer noch freikommen. Ich durfte nur nicht den Kopf verlieren.

»Wie fühlen Sie sich?« fragte David Mor.

»Verwirrt.« Ich schwieg einen Augenblick. »Ich hätte nicht gedacht, daß ich mich in dieser Phase meines Lebens an solch einem Ort befinden würde.«

»Ja, natürlich«, sagte er, »aber wissen Sie, manche bleiben hier nur ein paar Tage. Ihr Anwalt kann vielleicht erreichen, daß Sie auf Kaution freigelassen werden.«

»Ich habe keinen Anwalt.«

»Dann rate ich Ihnen, sich einen zu besorgen, denn Sie werden ihn brauchen.«

»Ja, ja, ich hatte nur noch keine Zeit, darüber nachzudenken.«

»Ich muß ein paar Minuten hinaus«, sagte David Mor. »Sie können dieses Telefon hier benutzen.«

Er nahm eine Akte, ging ohne weiteres Aufheben hinaus und ließ die Tür offen. Ich warf einen raschen Blick auf Hava, die schöne Blonde im Rang eines Corporals, die im Nebenraum am Schreibtisch saß. Draußen zwitscherten Vögel, und die Sonne schien. Im Radio spielten sie *Material Girl* von Madonna. Ich fühlte mich wieder wie ein Mensch. Ich war Assaf Ryke, Schriftsteller, Regisseur, Schauspieler, Sproß einer der angesehensten Familien Israels. Die Situation war durchaus beherrschbar. Es würde alles gutgehen. Ich sah auf das schwarze Telefon. Wen sollte ich anrufen? Ich mußte unbedingt Dalit anrufen und ihr sagen, daß ich sie vermißte und daß wir uns bald wiedersehen würden, doch dann verwarf ich diesen Gedanken. Ich brauchte einen Anwalt. Einen guten, geschickten Anwalt, der mich hier herausholte. Und dann fiel mir plötzlich Tal ein. Vor fast zwanzig Jahren hatten wir zuletzt miteinander gesprochen. Ich besorgte mir seine Nummer bei der Auskunft.

»Anwaltskanzlei«, sagte das Mädchen am anderen Ende der Leitung.

»Tal Ramon, bitte.«
»Rechtsanwalt Ramon ist in einer Besprechung. Kann er Sie zurückrufen?«
»Nein, holen Sie ihn an den Apparat!«
Drüben war es still.
»Wer ist da, bitte?« fragte sie.
»Assaf Ryke, ich bin ein Jugendfreund von ihm.«
Wieder eine Pause. »Also, Herr Ryke«, sagte sie, »ich bin sicher, wenn Sie mir Ihre Telefonnummer geben, ruft er Sie sofort an, sobald er mit seiner...«
»Kommen Sie mir nicht mit der wichtigen Besprechung. Sagen Sie ihm, ich rufe aus dem Gefängnis an und muß ihn auf der Stelle sprechen, verdammt noch mal.«
»Einen Augenblick!«
Eine Weile herrschte Stille, dann hörte ich die vertraute Stimme, die Stimme aus meiner Kindheit und die aus dem Lautsprecher vor weniger als einer Woche.
»Tal Ramon«, sagte er.
»Hier ist Assaf Ryke. Erinnerst du dich?«
»Was willst du?« Die Stimme war tief und sanft, fast zärtlich und sehr leise.
»Ich bin in Gefängnis vier. Ich brauche einen Anwalt.«
»Wirklich? Warum?«
»Ich habe beim Reservedienst in Gaza einen Jungen getötet.«
Drüben war es still, dann sagte er: »Das überrascht mich nicht.« Pause. »Es gibt viele Anwälte, das Land ist voll davon.«
»Ich will dich.«
»Ich übernehme deinen Fall nicht, Assaf.« Seine Stimme war ruhig und vollkommen sachlich, die Stimme eines Fremden, als wären wir nie zusammen zur Schule gegangen, hätten nie gemeinsam für die Prüfungen gebüffelt, ein Auto gestohlen, Mädchen aufgerissen, als wären wir nie gemeinsam bei der Armee gewesen. Im Krieg...
»Warum nicht?«
»Ich habe viel zu tun.« Wieder eine Pause. »Ich kann dir ein paar Leute empfehlen.«
»Das kannst du dir sparen, ich will dich, Tal.«

»Ich schulde dir nichts, Assaf, ich mag dich nicht mal.«
»Vielleicht magst du mich nicht, aber du schuldest mir was, du wertloses Stück Scheiße«, sagte ich. Aus den Augenwinkeln konnte ich sehen, daß die Blondine draußen mich anstarrte. »Ich habe dich drei Kilometer durch die Sonne zum Sani geschleppt, als du dir das Bein gebrochen hast, damals vor sechsundzwanzig Jahren in der Grundausbildung. Und am 27. Oktober 1973, als wir den Kanal überquert haben...«
»Deswegen verteidige ich dich noch lange nicht, wenn du einen arabischen Jungen getötet hast.« Die Stimme blieb kühl, gleichgültig, verächtlich. »Dir ist wohl der Sinn für Proportionen abhanden gekommen.«
»Du wärst im Yom-Kippur-Krieg krepiert«, sagte ich. »Du weißt das, und ich weiß das. Ich war dein bester Freund in der Highschool. Ich habe dir nie etwas getan. Du hast dich verändert, nicht ich. Und wenn du meinen Fall nicht übernehmen willst, dann leck mich am Arsch.« Ich warf den Hörer auf die Gabel.
Der Gefängniskommandant kam herein. Ich fragte mich, ob er wohl draußen gestanden und das Gespräch mit angehört hatte.
»Ist alles in Ordnung?« fragte er.
»Ja. Nur noch einen kurzen Anruf, bitte.«
»Nur zu!«
Ich wählte die Nummer meiner Eltern. Meine Mutter kam ans Telefon. Ich bedachte sorgfältig, was ich sagte. Ich wollte sie nicht aufregen, und ich wollte sie nicht hineinziehen, zumindest noch nicht. Ich hoffte, ich konnte es vielleicht vermeiden. Ich sagte ihr, ich sei bei der Armee, weil man mich zu einem Vorfall in Gaza befragen wolle, bei dem während meines letzten Reservedienstes ein arabischer Junge ums Leben gekommen war. Ich sagte ihr, ich wisse noch nicht, wie es weitergehe, aber es könne ein paar Tage dauern und ich würde in Kontakt mit ihnen bleiben.
»Bist du in Schwierigkeiten?«
»Ich glaube nicht. Ich hoffe, nicht. Wir bleiben in Kontakt.«
»Kann ich dich irgendwo erreichen?« Sie klang etwas besorgt, aber ruhig und ganz aufs Praktische bedacht.
»Nein, ich rufe dich an, falls es nötig ist. Ich wollte nur nicht, daß ihr meint, ich sei verschwunden.«

»Sag uns, wenn wir irgend etwas für dich tun können, und paß auf dich auf, Assaf.«
Ich versprach es ihr, und wir legten beide auf. Ich dankte dem Gefängniskommandanten für seine Freundlichkeit und wurde zur C-Kompanie zurückgebracht, gerade rechtzeitig zum Appell vor dem Abendessen.

25

Das Essen erinnerte mich an den Reservedienst. Soldaten in Uniform und die üblichen Armeegerichte mit dem üblichen Soldatengerede, Jungen, die von zu Hause weg waren. Wie der Gefängniskommandant gesagt hatte, warteten die meisten von ihnen auf ein Verfahren wegen unerlaubter Entfernung von der Truppe oder wegen Desertion. Wurden sie für schuldig befunden, drohte ihnen eine Haftstrafe auf Bewährung oder ein paar Wochen, höchstens ein paar Monate Haft. Die meisten nahmen es recht gelassen hin. Die einzigen langen Gesichter gehörten einigen Reservisten, die Frau und Kinder hatten und sich Sorgen wegen ihrer Jobs machten. Doch insgesamt wirkte das Essen ziemlich normal, der einzige Unterschied zu anderen Mahlzeiten, die ich im Laufe meines Lebens in den verschiedensten Kantinen der Armee eingenommen hatte, bestand darin, daß es keine Messer gab. Wir aßen mit Gabel und Löffel.
Nach dem Abendessen kehrten wir in den Schlafsaal zurück. Dort lernte ich den Mann kennen, der im Bett unter mir schlief, einen zweiundvierzig Jahre alten russischen Einwanderer namens Sasha, von Beruf Ingenieur, der vor drei Jahren aus Leningrad nach Israel gekommen und freiwillig zur Armee gegangen war, denn in seinem relativ fortgeschrittenen Alter war er dazu nicht verpflichtet gewesen. Nach einem Jahr Militärdienst wurde er schrittweise mit einer härteren Realität konfrontiert: der Arbeitssuche. Ein Jahr lang arbeitete er als Straßenkehrer und Gärtner. Eine Anstellung in seinem Beruf als Ingenieur fand er nicht. Inzwischen wuchs seine Familie. Seine Frau brachte Zwillinge zur Welt, und er wußte nicht, wie er alles schaffen sollte. Zu seinem

letzten Reservedienst erschien er nicht, weil er Tag und Nacht arbeitete, um seine Familie zu ernähren. Nach einer Woche holte ihn die Militärpolizei. Seit einer Woche wartete er im Gefängnis auf seinen Prozeß.

Seine Geschichte beeindruckte mich, und ich schämte mich, mein eigenes Los mit soviel Kummer und Selbstmitleid betrachtet zu haben. Da war ein Mann, der nicht wie ich mit philosophischer Seelensuche beschäftigt war, sondern um das Überleben seiner Familie kämpfte. Ein Mann, der einen neuen Anfang in einem neuen Land machen mußte, dessen Sprache und Normen ihm fremd waren.

»Ich haue ab«, sagte Sasha. »Wenn sie mich ins Gefängnis stecken, haue ich ab.«

Er war klein und schmal, hatte eine breite, flache Nase und wulstige Lippen und trug eine Nickelbrille.

»Die werden dich nicht ins Gefängnis stecken.«

»Hoffentlich.« Er hatte nicht viel Zutrauen zum Rechtssystem. In Rußland war er wegen ›zionistischer Subversion‹ im Gefängnis gewesen.

»Hast du schon mit dem Gefängniskommandanten gesprochen? Er scheint ganz nett zu sein.«

»Ja«, sagte Sasha, »er ist nett. Aber er ist nicht der Richter. Nur der Richter fällt das Urteil.«

Im Bett nebenan war ein junger Soldat aus Äthiopien, zweiundzwanzig Jahre alt, dessen dreijährige Dienstzeit in drei Wochen ablief. Auch er wartete auf einen Prozeß wegen Desertion und wegen eines Angriffs mit einer tödlichen Waffe. Er war groß, sein Gesicht schmal, traurig und sanft. Sein Hebräisch war recht gut, doch er sprach die Worte so seltsam aus, daß ich Schwierigkeiten hatte, ihn zu verstehen.

»Zweimal war ich schon in Kastina beim Gericht«, damit meinte er das Hauptquartier der Südgruppe. »Und zweimal haben sie mich zurückgeschickt. Ständig verschieben sie meinen Prozeß.«

»Warum?«

Er zuckte die Achseln. »Die haben keine Zeit. Wichtigere Verfahren.« Er sah mutlos drein.

»Aber warum haben Sie sich so kurz vor der Entlassung von der Truppe entfernt?« fragte ich ihn.

»Ich habe mich nicht unerlaubt entfernt«, sagte der äthiopische Soldat, der Hamdi hieß. »Mein Kompaniechef hat mir gesagt, ich soll nach Hause gehen.«

»Das verstehe ich nicht.«

»Ich habe ihm erzählt, daß ich Probleme zu Hause habe. Ich habe eine kleine Farm in der Nähe von Arad.« Arad ist eine kleine Stadt, die hauptsächlich von Einwanderern bewohnt wird, und liegt in der Wüste, nicht weit von der jordanischen Grenze. »Ich habe keine Arbeiter, ich mache alles allein, und wenn ich jetzt nicht pflanze, haben wir dieses Jahr keine Ernte. Ich habe dem Kommandeur von meinen Problemen erzählt, und er hat gesagt, okay, Hamdi, du warst ein guter Soldat, geh nach Hause und kümmere dich um deine Felder. Da bin ich gegangen. Ein paar Tage später sind dann Militärpolizisten zu mir aufs Feld gekommen, die haben gesagt, Hamdi, du mußt mitkommen, du bist ein Deserteur. Ich habe gesagt, ich bin kein Deserteur, und wenn ich jetzt mitkommen muß, bring ich mich um. Ich hatte ein Messer in der Hand, mit dem ich die Pflanzen beschnitten habe. Da sind die Soldaten gegangen. Aber am Abend sind sie mit noch drei anderen Soldaten zurückgekommen und haben gesagt, daß ich sie mit dem Messer bedroht habe. Ich habe sie nicht bedroht, ich wollte mich selbst umbringen, nicht sie. Und jetzt haben sie keine Zeit für meinen Prozeß.« Er sah mich erwartungsvoll an, als glaubte er, daß ich etwas für ihn tun, ihn beruhigen oder dafür sorgen könnte, daß seine Probleme verschwänden. Ich wußte fast nichts über äthiopische Juden, sie waren mir ein Rätsel. Fast alle hatten feine, schöne Gesichtszüge und ein gefälliges Aussehen, doch es fiel ihnen schwer, sich in Israel einzuleben. Sie kamen aus einer fremden Kultur, ihre Sitten und Gebräuche waren völlig anders, und sie waren Schwarze. Sie waren wohlgelitten, aber irgendwie gehörten sie nicht recht dazu oder zumindest noch nicht. Und es gab niemanden, an den sie sich anschließen konnten wie etwa die russischen Juden, die in ein Land kamen, dessen Gründungsväter Ende des neunzehnten Jahrhunderts aus Rußland eingewandert waren. Die Äthiopier standen allein da, wie Fische im Trockenen,

und versuchten sich einem Land anzupassen, in dem sie auffielen wie ein bunter Hund.
»Haben Sie einen Anwalt?«
Hamdi nickte. »Die Armee hat mir einen gestellt. Sie ist Leutnant. Es ist ihr erster Prozeß.« Wieder sah er mich unsicher an, als suchte er Rat und Hilfe.
»Sie ist bestimmt in Ordnung, Militäranwälte sind ganz clever«, sagte ich und wußte, wie leer meine Worte waren; sie sollten ihm nur ein wenig Erleichterung verschaffen. Ich wußte nicht das geringste über Militäranwälte. Aber er suchte offenbar nach einem Strohhalm, der ihm die Hoffnung gab, es würde für ihn schon alles gut ausgehen in diesem sonderbaren Land namens Israel.
»Ja, ich glaube, sie ist clever«, sagte Hamdi. »Sie hat vier Jahre an der Universität studiert. Sehr clever. Wollen Sie eine Zigarette?«
»Nein danke, ich rauche nicht.«
»Clever«, sagte er und lächelte, ein charmantes, ansteckendes Lächeln, während er seine Zigarette anzündete. »Wenn ich hier raus bin, höre ich auch auf.«
Am anderen Ende des Saals gab es einen, der Dekel hieß, gerade achtzehneinhalb Jahre alt, aus einem Kibbuz in Galiläa, der den Namen Ein Tsor trägt. Es war derselbe Kibbuz, in dem meine Eltern gelebt hatten, als sie 1935 aus Deutschland nach Palästina kamen, bevor sie dann nach Jerusalem umzogen.
Dekel sah merkwürdig aus, klein, untersetzt, mit ungewöhnlich hellblauen Augen und einem verletzlichen Kindergesicht. Genau der Typ, auf dem andere gerne herumhacken. Er war erst sieben Monate in der Armee und gehörte zu einer Eliteeinheit der Infanterie. Bei einem ganz normalen Einsatz auf der West Bank hatte er am Ende eines langen Tages mit Patrouillenfahrten durch ein Flüchtlingslager einen Kameraden getötet.
Als er zu seinem Zelt zurückkehrte, stritt er sich mit einem Freund darüber, wer von ihnen die erste Wache übernehmen sollte; sie kamen überein, hinauszugehen und das Itzik-Spiel zu spielen. Dabei tötete er ihn.
Das Itzig-Spiel war 1988, kurz vor dem Ausbruch des palästinensischen Aufstands, bei den regulären Truppen im Gazastreifen

entstanden und offenbar nach seinem Erfinder benannt. Es war einfach und außergewöhnlich unsinnig. Man zielte mit dem Gewehr, dem israelischen ›Galil‹ und dem M-16-Sturmgewehr, auf einen Kameraden oder auf sich selbst – es gab anscheinend verschiedene Varianten –, dann drückte man den Abzug und zog zugleich mit der anderen Hand das Magazin heraus. Wenn man Glück hatte, war keine Kugel in der Kammer. Hatte man kein Glück, war jemand tot oder verwundet.

In den letzten vier Jahren hatte ich gelegentlich von diesem Itzik-Spiel gehört. Es war nicht gerade weit verbreitet, und bei Reservisten fand man es gar nicht, aber in der regulären Armee kam es dann und wann vor, daß jemand sich darauf einließ. Ein Zeichen der Zeit und der neuen Jugend in Israel: Ich bin jung, ich langweile mich, und das Leben ist sinnlos.

Ich war sehr neugierig auf Dekel. Zweifellos hatte das etwas mit der Tatsache zu tun, daß er aus Ein Tsor kam und ich mich vage an seine Großeltern erinnern konnte; feinsinnig wirkende deutsche Juden, die es liebten, sich an Samstagnachmittagen klassische Musik im Kibbuz anzuhören.

Idealisten wie meine Eltern.

Dekel war ein freundlicher Junge, der allen gefallen wollte und sich nicht besonders gut auszudrücken verstand. Vor meinem Eintreffen in Gefängnis vier hatte man ihn zwei Wochen in einer ständig überwachten Einzelzelle der B-Kompanie eingesperrt, weil man, wie er mir freimütig erklärte, Angst hatte, er könne versuchen, sich das Leben zu nehmen. Der Soldat, den er getötet hatte, war sein bester Freund gewesen.

Ich fragte ihn, warum er das getan hatte.

»Wissen Sie…, wir haben uns gestritten«, sagte er. »Ich wollte die erste Wache…, er wollte die erste Wache. Es war Mitternacht. Ich war gerade von einem achtstündigen Dienst im Flüchtlingslager zurück, mit Steinewerfern und allem… Und er hatte den ganzen Tag Zeit gehabt, sich auszuruhen, wissen Sie?« Er sah mich an. »Also hab ich ihm gesagt, das kommt nicht in Frage, und er hat gesagt, das kommt nicht in Frage, und wir sind vors Zelt, und er hat gesagt, willst du darum spielen? Und ich hab gesagt, meinetwegen, und er hat gesagt, das will ich sehen, daß du das machst, du redest ja nur, und ich hab gesagt, du redest nur, und er hat gesagt, nein, zeig mir, daß du es machst, du redest nur rum wie bei den Mädchen, und da habe ich das Gewehr genommen, und der Schuß ist losgegangen... Er hat mich dazu gebracht, wissen Sie? Er hat mich herausgefordert. Wir haben nur blöd rumgemacht, aber ich war müde, Mann...«

»Aber...«, sagte ich

»Ich wollte nur schlafen und daß er mich in Ruhe läßt, weil er doch den ganzen Tag nichts gemacht hatte. Er wollte mich nur ärgern, und dann ist es passiert. Alle wissen, daß ich es nicht gewollt habe. Der Staatsanwalt auch.«

»Wie lautet denn die Anklage?«

»Totschlag. Alle wissen, daß ich es nicht gewollt habe. Er war mein Kumpel. Mein Anwalt sagt, ich kriege ein paar Monate, vielleicht auf Bewährung. Ich hab doch gar nicht gewußt, daß eine Kugel drin war. Ich hab das hundertmal gemacht, und da war nie eine Kugel drin. Und dann machst du das einmal wirklich, und die Kugel ist drin.« Er sah aus, als wollte er gleich anfangen zu weinen.

»Na ja, ich weiß nicht...«, sagte ich. »Unfälle gibt's eben. Man muß auch nach vorn blicken.« Er hatte gerade seinen besten Freund erschossen!

»Ich bin schon drei Monate hier«, sagte er. »Ich will zurück zu meiner Einheit. Aber...« Er schüttelte den Kopf. »Polizisten, das sind wir gewesen. Polizisten auf der West Bank. Ich habe mich freiwillig zu den Fallschirmjägern gemeldet. Ich wollte doch nicht Polizist werden.«

Niedergeschlagen ging er zu seinem Bett zurück.

»Der Kerl ist nicht ganz dicht«, sagte Sasha.

Ich machte mein Bett, zog Stiefel und Strümpfe aus und kletterte hinauf. Von oben warf ich einen Blick durch den Saal. Die meisten waren zwischen achtzehn und einundzwanzig. Die anderen in den Dreißigern. Wahrscheinlich war ich der älteste von allen. Der Gedanke bereitete mir Unbehagen. Ich wollte nicht nachdenken. Ich schlug *Hundert Jahre Einsamkeit* auf, aber nach ein paar Minuten merkte ich, daß ich in Wirklichkeit gar nicht las oder zumindest nichts aufnahm. Ich legte das geöffnete Buch auf

mein Gesicht und schloß die Augen. Das Papier verströmte einen leichten Parfümgeruch. Ich dachte an Dalit. Um zweiundzwanzig Uhr dreißig wurde das Licht gelöscht, und zu meinem Erstaunen schlief ich sogleich ein.
Es war noch dunkel, als ich erwachte. Einen Augenblick lang dachte ich, ich wäre in New York. Ich hatte von Patty und Mugla geträumt, wie sie auf der Bühne eines kleinen New Yorker Varietés Liebe machten, während eine Gruppe ältlicher Bürger im Parkett ihnen zusah und applaudierte.
Ich stand rasch auf, ging in den Waschraum, wusch mir das Gesicht, putzte mir die Zähne und rasierte mich, bevor es allzu voll wurde. Ich machte mein Bett, legte die Decken ordentlich zusammen, wie ich es seit dem Ende meines regulären Militärdienstes vor dreiundzwanzig Jahren nicht mehr getan hatte. Um sechs Uhr dreißig gingen wir zum Frühstück. Dann kehrten wir in den Schlafsaal zurück und warteten auf den Beginn der Arbeit um sieben Uhr dreißig.
Ich legte mich aufs Bett und versuchte noch einmal zu lesen.
»Ryke, Besuch für Sie.«
Ich sah auf und erkannte meinen Zugführer Avi. Besuch. Meine Eltern, dachte ich, meine effizienten Eltern hatten irgendwie herausgefunden, wo ich war. Ich empfand leichten Ärger, vermischt mit einem Gefühl der Erleichterung. Wenigstens sie kümmerten sich um mich.
Ich folgte Avi über den Hof zu der Baracke, in der sich das Büro des psychologischen Betreuers der Anstalt befand.
Tals Aussehen hatte sich stark verändert, seit ich ihn vor fast zwanzig Jahren das letzte Mal gesehen hatte. Sein Haar war grau, und er hatte sich einen Bart wachsen lassen. Er trug eine schwarze Hose und ein weißes Hemd, ziemlich förmlich und ganz anders als der sommersprossige Junge, der immer Sandalen trug und Kleider, die niemals paßten. Sein Haar war sorgfältig gekämmt, sein Gesicht ernst.
»Also, also, also«, sagte ich.
»Ich habe nicht viel Zeit«, sagte Tal. »Erzähl mir in einundzwanzig Worten, worum es geht, oder besser noch kürzer.«
Ich erzählte ihm die Geschichte in einer halben Stunde. Er saß da

und hörte schweigend zu. Als ich geendet hatte, schwiegen wir beide eine Weile. Ich konnte sein Rasierwasser riechen, ein teures Parfüm, das gar nicht zu dem Jungen zu passen schien, den ich gekannt hatte.

»Du hast doch geheiratet«, sagte ich, »vor zwanzig Jahren oder so, bist du immer noch verheiratet? Hast du Kinder?«

»Bleiben wir lieber bei dir.«

»Natürlich«, sagte ich. »Ich habe keine Ahnung, warum sie mich gestern festgenommen haben. Ich hatte den Eindruck, sie waren gar nicht an mir interessiert, als ich mich gestellt habe. Der Beamte hat mich praktisch rausgeworfen.«

»Der Kerl hat Mist gebaut. Da reisen Knesset-Abgeordnete durchs Land, besuchen die palästinensischen Flüchtlingslager und fordern die Einsetzung von Untersuchungsausschüssen, und ein Ermittler der Militärpolizei, ein Reservist und wahrscheinlich ein Araberhasser, kriegt ein unterschriebenes Geständnis und läßt dich laufen. Er könnte im Gefängnis landen. Die alle könnten für diese Nachlässigkeit im Gefängnis landen. Ich nehme an, irgend jemand ist aufgewacht, und da sind sie in Panik geraten.«

»Ich will nicht hierbleiben«, sagte ich.

Tal lächelte verächtlich.

»Du hast dich nicht geändert, Assaf, du wolltest immer den Kuchen haben und ihn essen. Du willst jemanden töten und einen fairen Prozeß bekommen, solange du nur freigesprochen wirst, stimmt's?«

»Ich will Gerechtigkeit.«

»Gerechtigkeit! Wahrscheinlich bewunderst du immer noch Leopold und Loeb. Reiche jüdische Kinder mit Supermankomplex, die nichts von Nietzsche verstanden haben und Kinder umbringen, weil das so aufregend ist.«

»Immerhin hast du mich zu Nietzsche gebracht«, sagte ich, »und du hast dich für den Prozeß gegen Leopold und Loeb interessiert, erinnerst du dich?«

»Ich habe mich für Clarence Darrow interessiert.«

»Gut. Wie dem auch sei.«

»Was willst du, Assaf?«

»Ich will hier raus, und ich will einen fairen Prozeß.«

»Ich wäre lieber der Staatsanwalt als dein Verteidiger. Du stehst für alles, was ich verachte.«
»Und was ist das?«
»Die Arroganz des Eroberers. Die Israelis, die glauben, sie wären besser als alle anderen.«
»Ich glaube das nicht.«
»Nein, du bist der aufrechte, gequälte Prinz, Sein oder Nichtsein. Wie pathetisch.«
»Du bist hier pathetisch«, sagte ich. »Dein Vater hat 1967 die West Bank erobert, und seit damals springst du im Quadrat und mühst dich ab, all das Unrecht wiedergutzumachen, das den Arabern zugefügt wird. Warum? Weil dein Vater eine übergroße Bedrohung für dich war? Wenn du schon nicht mehr Araber töten kannst als er, mußt du sie wenigstens alle retten?«
»Du bist so ein Einfaltspinsel.«
»Und du bist so ein Fanatiker. Außer daß du nicht extrem rechts stehst wie dein Vater und wie es eigentlich deine Berufung wäre, sondern zur extremen Linken übergewechselt bist, was in Wirklichkeit dasselbe ist, nur mit umgekehrtem Vorzeichen.«
Tal antwortete nicht. Er stand nur auf und steckte seinen Rolex-Kugelschreiber zurück in die Brusttasche. Ich stand ebenfalls auf, und als er sich zum Gehen wandte, schlug ich ihm ins Gesicht. Er war nicht darauf gefaßt gewesen, er fiel zurück auf den Stuhl, von dem er sich gerade erhoben hatte, und stürzte mit ihm zusammen um.
»Nur damit du was Richtiges hast, wenn du die Anklage gegen mich vertreten willst«, sagte ich. »Und du schuldest mir immer noch was.«
Tal rappelte sich langsam hoch. Aus seinem Mundwinkel rann etwas Blut und sickerte in seinen grauen Bart. Er nahm ein Taschentuch heraus und wischte das Blut ab, dann ging er wortlos hinaus.
Den Rest des Morgens verbrachte ich wie die Hälfte der Gefangenen damit, Sandsäcke zu füllen und zu verschließen. Die andere Hälfte flickte Matratzen. Ich zog das Sandsäckefüllen vor, weil es körperlich anstrengender war und mir weniger Zeit zum Nachdenken ließ. Je mehr ich nachdachte, desto weniger verstand ich

mich selbst. Um elf Uhr dreißig machten wir eine Mittagspause, danach ging die Arbeit bis sechzehn Uhr dreißig weiter. Anschließend brachte man uns zurück in unseren Schlafsaal; bis zum Abendessen um achtzehn Uhr dreißig hingen wir dort oder in dem kleinen, stacheldrahtbewehrten Hof herum. Ich ging zu Avi, um ihn zu fragen, ob ich telefonieren durfte.

Avi war ein großer, gutmütiger junger Mann aus Tel Aviv, der noch ein halbes Jahr Dienst in der regulären Armee vor sich hatte und danach Veterinärmedizin studieren wollte.

»Wie geht's, Ryke?«

»Okay.«

»Kommen Sie mit.«

Ich fragte mich, ob man mir in Gefängnis vier eine Sonderbehandlung zuteil werden ließ. Ich wußte es nicht. Wahrscheinlich war ich der bekannteste Gefangene dort, abgesehen von einem Luftwaffengeneral, der eine zwölfjährige Gefängnisstrafe absaß, weil er durch Verträge mit amerikanischen Firmen über den Kauf von Flugzeugersatzteilen mehrere Millionen Dollar aus dem Militärhaushalt unterschlagen hatte. Aber man hielt ihn relativ abgeschirmt im Komplex der B-Kompanie, und ich bekam ihn nie zu Gesicht. Avi und ich gingen ins Kompaniebüro, wo es ein Telefon gab. Er blieb draußen. Ich nahm den Hörer und wählte die Nummer des ›Cafés zum einsamen Soldaten‹ in Ashkalon.

Eine Frauenstimme meldete sich: »Hallo?«

»Ich möchte gern mit Dalit sprechen.«

»Ich bin Dalit. Assaf?«

»Ja.«

»Ich habe dich schon zweimal angerufen.«

»Ich war die letzten zwei Tage nicht zu Hause.«

»Wo bist du?« fragte sie. »Geht's dir gut?«

»Ja, sicher, mir geht es gut. Was gibt's Neues im Restaurant?«

»Hier ist alles in Ordnung«, sagte sie ruhig. »Assaf, wo bist du?«

»In Gefängnis vier.«

Einen Augenblick herrschte Stille, dann sagte sie: »Das ist kein Scherz?«

»Nein, kein Scherz. Aber es ist keine große Sache.«

»Was ist denn passiert?«

»Vor ein paar Monaten, als ich in Gaza im Reservedienst war, ist ein arabischer Junge umgekommen. Sie untersuchen den Vorfall.«

Wieder herrschte Stille. Ich sagte: »Ich wollte nicht darüber reden, ich wollte nur nicht, daß du nach mir suchst und denkst, ich bin verschwunden.« Dasselbe hatte ich meiner Mutter gesagt.

»Ist er an dem Tag umgekommen, als wir uns begegnet sind?«

»Was?«

»Ist er an dem Tag umgekommen, als wir uns begegnet sind, du weißt doch, an dem Abend, als du mich nach meiner Telefonnummer gefragt hast.«

»Ja«, sagte ich.

»Ich dachte mir schon, daß da was nicht stimmte. Du warst in so einer seltsamen Stimmung. Haben sie auch andere aus deiner Einheit festgenommen?«

»Nein, nur mich.«

»Warum?«

»Weil ich der einzige war.«

»Das verstehe ich nicht.«

»Dalit, ich muß jetzt gehen. Wir sprechen später darüber. Paß auf dich auf.«

Ich hängte ein.

Als ich mit Avi zurück zum Schlafsaal ging, dachte ich, daß ich mich seltsam benahm. In der Psychologie nennen sie das Regression. Ich tat so, als ob alle mir etwas schuldig wären. Was? Bedingungslose Liebe, bedingungslose Freundschaft, bedingungslose Hingabe. Als hätten sie einen Fehler gemacht und nicht ich. Meine Eltern, Tal, Dalit. Jetzt hatten sie die einmalige Gelegenheit zu beweisen, daß sie des großen Assaf Ryke würdig waren.

Der nächste Tag verlief ohne größere Vorkommnisse. Nach dem Frühstück holte man mich in das Büro des Kompaniechefs zu einem Verhör durch einen Beamten der Militärkriminalpolizei, einen Seargent der regulären Armee, der meine Aussage mit mir durchging und mir zur Klärung des Sachverhalts ein paar Fragen stellte, die ich jedoch ohne Rechtsbeistand nicht beantworten wollte. Er schlug mir vor, in den Orangenhain zu fahren und den Vorgang zu rekonstruieren, aber auch das lehnte ich ab, solange

ich keinen Anwalt hatte. Der Sergeant wies mich darauf hin, daß man in meinem Fall sehr viel nachsichtiger verfahren könne, wenn ich mich kooperationswillig zeigte, doch ich weigerte mich, noch irgend etwas über den Vorfall zu sagen. Nach einer Weile gab er auf und zog ab.
Den Rest des Tages verbrachte ich mit dem Füllen von Sandsäkken. Ich versuchte, das Beste daraus zu machen, meine Muskeln aufs äußerste zu belasten, um meinen Körper wieder in Form zu bringen. Wofür? Ich hatte keine Ahnung, aber das gab meiner Arbeit etwas Sinn, wenn auch einen rein egoistischen. In der Mittagspause unterhielt ich mich mit einigen Mitgefangenen.
Die Zeit verging nur langsam.
Nach einer Weile fiel mir an meinen Mithäftlingen in der C-Kompanie etwas auf, das mich verwunderte. Sie waren keine schlechten Menschen. Es stimmte, was der Gefängniskommandant mir am ersten Tag gesagt hatte: Die meisten waren weder kriminell, noch nahmen sie Drogen. Wenn sie sich in der Armee in Schwierigkeiten gebracht hatten, so waren persönliche Gründe, wirtschaftliche Schwierigkeiten und Probleme zu Hause dafür verantwortlich gewesen. Mir fiel etwas anderes auf. Die Männer waren von Israel und der Armee enttäuscht. Es herrschte ein Klima der Gleichgültigkeit, das nicht mit ihrer Inhaftierung zusammenhing, wie ich zunächst gedacht hatte, sondern mit der Tatsache, daß sie junge Israelis des Jahres 1992 waren. Man sprach kaum über Politik oder über die Herausforderungen, vor denen der Staat Israel stand. Die Leute sahen den Niedergang der Wirtschaft und die politische Orientierungslosigkeit. Die meisten sagten offen, sie würden das Land verlassen, wenn sie die Möglichkeit dazu hätten, und sich irgendwo anders niederlassen, in Amerika, Kanada oder Australien, in irgendeinem Land, wo es noch Zukunft gab.
Zuerst war ich verblüfft. Wer waren diese Menschen? Wußten sie nicht, daß Israel die einzige Hoffnung des jüdischen Volkes war? Daß es das kostbarste, idealistischste Land der Welt war? Ich stellte meinem Zugführer, Avi, diese Frage.
»Vielleicht war es das mal«, sagte er. »Ich habe in Büchern davon gelesen. Jetzt ist es das nicht mehr. Das Land ist korrupt, die

Politiker sind korrupt, die Armee ist korrupt, und alle wissen das.«
»Ich nicht.«
»Sie sind ja auch im Gefängnis«, lachte er.
»Das heißt doch nicht, daß unser Land korrupt ist. Es heißt nicht einmal, daß ich korrupt bin.«
»Aber die meisten Leute hier sind zwanzig Jahre jünger als Sie, Ryke. Ich bin vierundzwanzig Jahre jünger als Sie. Ich war zehn, als der Krieg im Libanon losging. Über die Pionierzeit habe ich in Büchern gelesen. Niemand kümmert sich heute um das Land, alle kümmern sich nur um sich selbst. Der Staat holt sich von dir, was er nur kann, und wenn du ihn bescheißen kannst, bist du ganz stolz. Die Leute wollen Geld machen und dann raus. Wofür soll man denn noch kämpfen? Die Politiker verkaufen sich an den Meistbietenden. Alle denken nur an sich selbst. Der Staat nimmt dich aus, die Banken nehmen dich aus, die Gewerkschaften nehmen dich aus. Vor ein paar Wochen ist mein Großvater gestorben. Er hatte zu Hause einen Herzanfall. Das war während des Ärztestreiks. Wir konnten keinen Krankenwagen bekommen, ich habe ihn zum Krankenhaus gefahren. Wir haben ihn reingetragen und konnten kein Zimmer finden, keinen Arzt und nicht mal eine Krankenschwester. Meine Großmutter ist hysterisch von einem Stockwerk ins andere gelaufen und hat die Leute angefleht, ihrem Mann zu helfen, bis sie dann jemand am Arm packte und ihr sagte, sie sollte den Mund halten, weil sie den Streik stört. Mein Großvater ist ein paar Stunden später gestorben, und meine Großmutter, na ja, die wäre besser dran, wenn sie gleich auch gestorben wäre. Die beiden sind nach der russischen Revolution hierhergekommen. Für sie war Israel alles. Sie haben ihr Leben lang für das Land gearbeitet. Als ich klein war, haben sie mir von den Anfängen des Staates erzählt, alle für einen und einer für alle. Können Sie sich das vorstellen? Sie haben keinen Arzt gefunden, der ihm bei seinem Herzanfall beigestanden hätte, weil die Ärzte für höhere Löhne streikten.«
»Und was beweist das?« sagte ich. »Daß Israel nicht vollkommen ist. Daß es manchen Mist gibt. Nach dem ersten Rausch der Staatsgründung muß es eine gewisse Ernüchterung geben. Das heißt doch nicht, daß alles wertlos wäre.«

Avi blickte mich an.
»Ich habe von Zeit zu Zeit in der Zeitung über Sie gelesen, Ryke«, sagte er ruhig und ohne Bosheit. »Sie reisen viel, nicht? Sie haben ein paar Filme in New York gedreht, Sie waren oft in Amerika, oder?«
»Ja, und?«
»Vielleicht sind Sie nicht ganz auf dem laufenden, was hier Tag für Tag passiert. Vielleicht haben Sie nie lange genug an einer Stelle festgesessen, um es wirklich satt zu sein und enttäuscht. Vielleicht ist es einfacher für Sie, voller Begeisterung und Idealismus an Israel zu denken, wenn Sie nach ein paar Monaten mit Ihren Hollywoodstars in Amerika hierher zurückkommen.«
»Vielleicht.«
»Für einen Israeli, der nicht Ihre Möglichkeiten hat, sind die Dinge etwas anders, und erst recht für einen, der in Rußland wenig zu essen hatte und hier gar nichts. Sie haben ein sehr privilegiertes Leben gehabt.«
»Und was folgt daraus?«
»Keine Ahnung«, sagte Avi. »Ich reiße nur meine drei Jahre Militärdienst runter; danach geh ich nach Kanada und studiere Veterinärmedizin. Und Sie müssen zurück an die Arbeit.«

26

Dienstags von halb zwei bis halb fünf war Besuchstag. Als Reservist durfte man pro Woche vier Besucher für jeweils zwanzig Minuten empfangen. Für Angehörige der regulären Armee war ein Besuch alle zwei Wochen erlaubt. Die Gefangenen trafen ihre Gäste im äußeren Hof, unter einem Schutzdach neben dem Haupttor des Gefängnisses. Dort konnten sie sitzen und sich zwanzig Minuten ungestört miteinander unterhalten, ohne hemmende Barrieren zwischen ihnen. Aufseher waren in der Nähe, blieben aber auf Distanz und ließen die Privatsphäre der Leute unangetastet.
Es war mein dritter Tag im Gefängnis, und langsam gewöhnte ich mich an die Routine. Während viele der Männer sich auf Besuch

vorbereiteten, streckte ich mich auf dem Bett aus und nahm *Hundert Jahre Einsamkeit* zur Hand, das ich bis dahin zu lesen vermieden hatte. Ein paar Betten weiter lag ein anderer Gefangener auf seiner Pritsche und las einen Science-fiction-Roman. Ein magerer, zerbrechlich wirkender Corporal von einundzwanzig Jahren, ein komischer Kauz, der sich meist von den anderen fernhielt, aber von den Mithäftlingen hatte ich alles über ihn erfahren, denn er war ein besonderer Fall. Er lebte in einem Kibbuz und diente in einer Instandhaltungseinheit der Luftwaffe. Ein ruhiger, introvertierter Typ, der offenbar eines Tages früh morgens aufstand und zu einem Hangar ging, in dem einige F 16 standen, die besten Kampfbomber der israelischen Luftwaffe. Dort durchtrennte er die Drähte, die von den Zündboxen zu den Triebwerken führten, mit einer einfachen Zange. Zum Glück für die Luftwaffe wie auch für Corporal Shani – so hieß er – wurde der Schaden entdeckt und behoben, bevor die Maschinen starteten, so daß niemand dadurch ums Leben kam. In seinem Verhör wußte Shami nur wenig zu sagen, außer daß er sich geärgert hatte und sich von Vorgesetzten wie auch Kameraden nicht gut behandelt fühlte. Obwohl ihm eine Anklage für ein schweres Vergehen bevorstand, galt er beim Gefängnispersonal als äußerst verletzlich und wurde oft dem Militärpsychologen vorgeführt. Er blieb für sich, und die Mithäftlinge ließen ihn in Ruhe. Man hatte das Gefühl, er könne ausrasten, wenn man ihm zu nahe träte. Obwohl er gewissermaßen mein Nachbar war, hatte ich noch nie ein Wort mit ihm gesprochen.

Da ich sah, daß er zu mir herüberblickte, sagte ich: »Kein Besuch heute?«

»Nächsten Montag«, sagte er. »Ich hatte letzte Woche Besuch.« Besuchstage waren Montag und Dienstag. Er war in der regulären Armee und durfte daher alle zwei Wochen Besuch empfangen.

»Was lesen Sie da?«

»Ein Buch über Spinnen. Haben Sie gewußt, daß die Spinne das komplexeste Lebewesen auf der Erde ist?«

»Nein«, sagte ich, »das habe ich nicht gewußt.«

»Ich gebe Ihnen das Buch, wenn ich es ausgelesen habe, aber Sie müssen es mir zurückgeben.«

»Sicher. Das würde mich sehr interessieren.«
»Spinnen haben ganz ungewöhnliche Lebensgewohnheiten, im Wasser genauso wie auf dem Land. Sie haben Bräuche, Rituale, wirklich erstaunlich. Sie haben viele Fähigkeiten, die Menschen nicht haben.«
»Ich weiß, offen gesagt, sehr wenig über Spinnen.«
»Ja, die meisten Menschen halten nicht viel von ihnen.«
»Ryke, Besuch für Sie.«
Ich blickte Rotem an, einen der drei Sergeanten, die für unsere Kompanie zuständig waren.
»Niemand weiß, daß ich hier bin.«
»Offenbar doch.«
Ich legte mein Buch weg, folgte ihm hinaus aus dem Betongebäude und ließ Shani mit seinen Spinnen allein. Diesmal mußten es meine Eltern sein; irgendwie hatten sie herausbekommen, wo ich war. Aber Israel war ein kleines Land, in dem es nur wenige Geheimnisse gab.
Unter dem Schutzdach neben dem Tor sah ich eine kleine Menschenmenge. Gefangene und Besucher saßen dort beieinander und unterhielten sich. Seit zwei Tagen hatte ich keinen Menschen in Zivilkleidung gesehen, und schon kamen sie mir fremd vor.
Dalit stand etwas abseits. Sie trug ein schwarzes Kleid, das ihr bis zu den Knien reichte. Schwarz stand ihr gut. Es paßte zu ihren Augen und ihrem Haar. Ich ging zu ihr und sagte: »Hi.«
»Hallo, Assaf.«
»Möchtest du dich hinsetzen?«
»Es geht schon«, sagte sie. Ich schaute mich um. Alle Sitzplätze waren besetzt.
»Woher hast du gewußt, daß heute Besuchstag ist?«
»Ich habe hier angerufen.«
»Du meinst, wir stehen im Telefonbuch?« Ich fand das ziemlich komisch, aber sie lächelte nicht.
»Man bekommt die Nummer bei der Vermittlungsstelle der Armee.«
»Müßtest du nicht im Restaurant sein?«
»Nein, heute habe ich frei.«
Ich sah auf meine Mithäftlinge und ihre Familien.

»Ich freue mich, dich zu sehen«, sagte ich.
»Ich freue mich auch, dich zu sehen«, sagte Dalit. »Das heißt, ich freue mich nicht, daß du hier bist. Wie lange mußt du hierbleiben?«
Ich lachte, ohne daß ich recht wußte, warum. Irgendwie amüsierte mich die Frage. »Ich habe keine Ahnung. Der Haftbefehl war auf fünfzehn Tage ausgestellt.«
»Was wollen sie von dir?«
Ich sah sie an, jung, schön, ernst. Ihr Blick war besorgt.
»Nur eine unterschriebene Aussage.«
Sie sah mich schweigend an, wartete, stellte keine Frage, wartete nur darauf, daß ich ihr irgend etwas sagte. Ich erzählte ihr kurz, was geschehen war, und von meiner Fahrt zum Hauptquartier der Militärpolizei in Gaza.
»Hast du einen Anwalt?«
»Ich glaube nicht. Ich habe mit einem Jugendfreund gesprochen, aber ich habe nichts mehr von ihm gehört.«
»Vielleicht solltest du dich um einen Anwalt kümmern. Wahrscheinlich kannst du hier raus bis zum Prozeß, falls es einen gibt.«
»Ich bin schuldig. Ich habe diesen arabischen Jungen getötet.«
»Niemand sitzt im Gefängnis, weil er einen Araber getötet hat, jedenfalls nicht ohne Prozeß«, sagte Dalit und stampfte wütend mit dem Fuß auf. »Jedenfalls kein Reservist.«
»Ich versteh dich nicht«, sagte ich. »Ich dachte, du machst dir Sorgen wegen der ungerechten Behandlung der Araber. Was ist mit dem Friedensmarsch? Und mit Issam?«
»Ich glaube nicht, daß du etwas Schlechtes getan hast.«
»Warum nicht?«
»Weil ich es nicht glaube. Und außerdem, was passiert ist, ist passiert. Warum solltest du für etwas bezahlen, wenn sonst niemand das tut?«
»Was die anderen machen, ist mir egal.«
»Das Rechtssystem in unserem Land funktioniert nicht, weder gegenüber den Arabern noch gegenüber der Armee. Ein Freund von mir ist im Libanon gefallen, er war gerade ein halbes Jahr vorher aus der Armee entlassen worden. Und er wollte nicht in

den Libanon. Aber sein Vater hat ihn gedrängt, keine Schande über die Familie zu bringen und seine Pflicht zu tun; da ist er gegangen und umgekommen. Ich war bei der Beerdigung und habe seine Eltern weinen sehen. Jetzt fahren sie jedes Jahr nach Jerusalem zur Demonstration gegen die Regierung. Wegen dieses Kriegs. Hat das irgendeinen Sinn? Nein. Jetzt, wo der Junge tot ist, will sein Vater es wiedergutmachen und stellt sich mit einem Transparent vor den Sitz des Premierministers. Und was erreicht er damit? Der Krieg ist sowieso vorbei, der Junge ist tot, und niemand beachtet einen alten Mann, der gegen etwas protestiert, was vor zehn Jahren passiert ist.«

»Ich verstehe nicht, was du damit sagen willst.«

»Ich will, daß du hier rauskommst. Du warst in der Armee, du hast unter Streß gestanden, du hast getan, was du glaubtest tun zu müssen. Es ist vorbei, du mußt weiterleben.«

Rotem kam auf uns zu und zeigte auf die Uhr. »Die Zeit ist um.«

»Wie bist du hergekommen?«

»Mit dem Bus.«

»Tut mir leid, daß du soviel Mühe hattest.«

»Es dauert eine Dreiviertelstunde. Ich wollte dir etwas Schokolade mitbringen, aber Lebensmittel sind verboten.«

»Nicht schlimm, ich wollte sowieso abnehmen.«

»Du hast schon abgenommen.« Sie streckte die Hand aus, und ich nahm sie. Eine kleine, warme Hand. »Paß auf dich auf.«

»Ja, du auch«, sagte ich. Dalit drehte sich abrupt um und ging weg.

Am Tor winkte sie noch einmal, dann war sie verschwunden.

Ich hatte sie nicht einmal geküßt.

27

Am nächsten Morgen nach dem Frühstück teilte man mir ohne große Formalitäten mit, daß man mich zum Armeehauptquartier in Kastina zu einer gerichtlichen Anhörung bringen werde. Von zwei Militärpolizisten begleitet, ging ich

durch das Gefängnistor hinaus und stieg in einen Wagen, der dort wartete. Während der Fahrt, die weniger als eine Stunde dauerte, versuchte ich von den begleitenden Militärpolizisten etwas über meinen Fall zu erfahren, aber offenbar wußten sie nichts darüber. Sie hatten Befehl, mich um neun Uhr im Militärgericht der Südgruppe abzuliefern. Das Gerichtsgebäude war ein unscheinbarer, rechteckiger, zweistöckiger Bau außerhalb der Militärbasis, in der sich das Hauptquartier der kämpfenden Truppe befand. Es lag gleich neben dem kleinen Hauptquartier der örtlichen Militärpolizei. Ich ging mit meinen beiden Wachen die Treppe hinauf und kam in eine kleine Halle, in der ich zu meinem Erstaunen Tal auf einer Holzbank sitzen sah. Er las Zeitung.
»Was ist los?« fragte ich.
»Der Richter hat etwas Verspätung«, sagte Tal und stand rasch auf. Er wandte sich an die beiden Militärpolizisten. »Bringen wir erst die Aufnahme hinter uns.«
Wir gingen durch einen kleinen Flur und hielten vor einem Schalter. Tal sprach kurz mit dem diensthabenden Beamten, der ein paar Eintragungen in seinem Aufnahmebuch machte und uns dann sagte, wir könnten draußen warten.
»Welcher Saal?« fragte Tal.
»Saal B.«
»Wir warten dort.«
Wir gingen in einen kleinen Gerichtssaal von der Größe eines Klassenzimmers, in dem sich ein paar Reihen hölzerner Bänke und, etwas erhöht, ein Tisch mit drei Stühlen für die Richter befanden.
Tal setzte sich mit mir auf die vorderste Bank. Die beiden Militärpolizisten nahmen neben der Tür Platz.
»Hoffen wir, daß der Richter bald kommt«, sagte Tal.
»Das ist seit einer Woche der angenehmste Ort, an dem ich gewesen bin«, sagte ich. »Ich hab's nicht eilig.«
»Das solltest du aber, denn diese Anhörungen sind öffentlich, auch für die Presse«, sagte Tal. »Wir können nur hoffen, daß kein gelangweilter Reporter zufällig hereinschaut. Du wärst ein gefundenes Fressen für die Titelseite. Danach würde dir auch Beten nicht mehr helfen.«

Ich sah ihn an und nickte stumm.
»Ich dachte, du hast mich fallengelassen«, sagte ich.
»Ich laß dich danach fallen«, sagte Tal und stand auf, als eine Frau in Uniform, mit den Rangabzeichen eines Captains, den Raum betrat, in der Hand einen Stapel Papiere.
»Hi, ich bin Gila, ich bin die Staatsanwältin.« Sie konnte höchstens einundzwanzig oder zweiundzwanzig sein, war mittelgroß, hatte blondes Haar, einen Pferdeschwanz und Sommersprossen.
»Tal Ramon.«
Sie schüttelten sich die Hand.
»Ja, ich weiß, wer Sie sind, ich verfolge Ihre Fälle seit Jahren.« Sie lächelte. »Wahrscheinlich erinnern Sie sich nicht an mich, aber ich habe Ihre Vorlesung an der Universität Tel Aviv gehört. Sie gaben…«
»Strafrecht, neunzig.«
»Genau.« Ihr Lächeln wurde breiter.
»Seit wann arbeiten Sie bei der Militärstaatsanwaltschaft?«
»Seit sechs Monaten.« Sie drehte sich zu mir und sah mich zum ersten Mal an, dann ging sie zu dem Pult, das sich auf der linken Seite des Gerichtssaals gleich vor dem Richtertisch befand, und setzte sich. Noch ein uniformiertes Mädchen kam herein und nahm hinter dem Computer Platz. Die Gerichtsschreiberin.
Tal setzte sich an das Pult auf der rechten Seite, gleich gegenüber der jungen Staatsanwältin, der er vor zwei Jahren Strafrecht beigebracht hatte.
Der Militärpolizist stand auf und schloß die Tür.
»Achtung!« rief er. Tal und die blonde Staatsanwältin erhoben sich. Ich tat es ihnen nach.
In der hinteren Ecke des Raums, hinter dem Richtertisch, öffnete sich eine Tür. Eine weitere Frau in Uniform betrat schwungvoll den Raum und setzte sich auf den großen, schweren Sessel in der Mitte. Sie trug kurzes braunes Haar und eine Brille. Außerdem trug sie die metallenen Rangabzeichen eines Oberstleutnants auf den Schultern.
Wir alle nahmen wieder Platz. Der Militärpolizist setzte sich auf seinen Stuhl neben der Tür und sah gelangweilt drein. Ich warf

rasch einen Blick hinter mich. Bis auf uns fünf war der kleine Saal leer.
Die Richterin öffnete eine Akte, die auf ihrem Tisch lag, und blätterte sie in ihrer energischen, geschäftsmäßigen Art durch.
»Zur Verhandlung kommt Aktennummer null acht acht neun, Assaf Ryke, die Anklage lautet auf Mord. Der Angeklagte hat eine schriftliche Aussage gemacht. Der Staatsanwalt der Südgruppe hat Anklage erhoben. Der Verhandlungstermin ist noch nicht festgesetzt. Der Verteidiger des Angeklagten beantragt, seinen Mandanten auf freien Fuß zu setzen.« Sie sprach jede Silbe klar und deutlich aus, während die Stenographin lautlos auf die Tasten ihres Computers trommelte und den kleinen Bildschirm beobachtete. Die Richterin wandte sich an die blonde Staatsanwältin und sagte: »Wie steht die Anklage dazu?«
Die Staatsanwältin erhob sich und sagte: »Wir lehnen eine Freilassung ab. Wir beantragen, den Angeklagten bis zum Prozeßbeginn in Haft zu halten.«
»Mit welcher Begründung?« fragte die Richterin.
»Wegen der Schwere der Anschuldigung, euer Ehren. Der Angeklagte wird des Mordes beschuldigt. Vor Ihnen liegt seine unterschriebene Aussage. Es ist nicht üblich, einem des Mordes Beschuldigten Haftverschonung zu gewähren. Die Zeit, die er in Untersuchungshaft verbringt, wird auf seine Strafe angerechnet.«
Die Richterin wandte sich an Tal.
»Was sagen Sie dazu?«
Tal stand auf. Seine Stimme klang ruhig und tief, fast zärtlich.
»Euer Ehren, man hält einen Beschuldigten in Haft, um ihn zu hindern, sich dem Prozeß durch Flucht zu entziehen oder um ihn von jedweder Aktion abzuhalten, die geeignet wäre, den Fortgang des Verfahrens zu beeinträchtigen. In unserem Fall hat der Beschuldigte sich selbst gestellt. Er hat sich sowohl in seiner militärischen Laufbahn als auch im bürgerlichen Leben bisher stets tadellos aufgeführt. Er kann keine Zeugen beeinflussen, weil es in diesem Fall keine Zeugen gibt. Eine weitere Haft würde seine Familie erheblich in Mitleidenschaft ziehen, denn es würde früher oder später durchsickern und für beträchtliches Aufsehen in den

Medien sorgen, da mein Mandant eine bekannte Persönlichkeit ist und aus einer sehr bekannten Familie stammt. Deshalb könnte gerade die Aufrechterhaltung der Haft zu einer Beeinträchtigung des Verfahrens führen und einen fairen Prozeß erschweren. Was den Hinweis betrifft, daß die Untersuchungshaft auf die Haftstrafe angerechnet würde, kann ich nur darauf hinweisen, daß jedermann so lange als unschuldig gelten muß, wie seine Schuld nicht erwiesen ist. Trotz der schriftlichen Aussage des Beschuldigten wird die Verteidigung dem Gericht zu beweisen versuchen, daß er nicht schuldig ist und deshalb auch gar keine Haftstrafe gewärtigen muß.«

Die Richterin schien auf die Akte vor ihr zu starren. Dann hob sie den Kopf. »Ich stimme den Ausführungen des Verteidigers zu. Ich ordne an, daß der Beschuldigte unverzüglich auf freien Fuß gesetzt wird, und terminiere die Hauptverhandlung auf den 18. Mai. Wir sehen uns bei Gericht.«

Die Richterin schloß die Akte und erhob sich.

»Achtung!« rief der Militärpolizist.

Ich stand auf. Die Richterin ging dahin, woher sie vor nicht einmal zehn Minuten gekommen war, öffnete die Tür und verschwand.

»Komm«, sagte Tal, als er an mir vorbeiging. Er schüttelte der Staatsanwältin die Hand und sagte: »Es war nett, Sie wiederzusehen.«

»Ja«, sagte sie.

Dann waren wir draußen. Andere Leute, einige in Uniform, einige in Zivil, betraten den Gerichtssaal, als wir ihn verließen. Zusammen mit den beiden Militärpolizisten, die mich aus Gefängnis vier hierhergebracht hatten, gingen wir über den schmalen Flur zum Büro des Gerichtsoffiziers.

»Keine Kaution?« fragte ich Tal.

»In Militärstrafsachen nicht.«

Der Gerichtsoffizier unterschrieb die Entlassungsverfügung und gab sie ihm.

Wir verließen das Gerichtsgebäude, die beiden Militärpolizisten dicht hinter uns.

»Also, das war's«, sagte Tal. »Sie werden dich jetzt zurück zum Gefängnis bringen, dort wirst du dann entlassen.«

»Und was dann?«
»Dann kommt der Prozeß.«
»Wie stehen meine Chancen?«
»Ich habe mich ein wenig mit deinem Fall befaßt. Die Familie dieses Haled Abu Haled hat seine Leiche aus dem Krankenhaus in Gaza abgeholt und an unbekanntem Ort beerdigt. Es gibt also keine Leiche, und es hat keine Autopsie gegeben. Es gibt nur die vage Erinnerung eines arabischen Arztes, der ihn vor viereinhalb Monaten behandelt hat. Der Arzt ist ein alter Mann und behandelt jeden Tag Dutzende von Patienten. Er wird sich nicht mehr allzu genau an den Fall erinnern können. Außer ihm hat die Anklage nur deine eigene Aussage. Niemand wird mit völliger Sicherheit beweisen können, daß der Junge an einem einzigen Schlag gestorben ist, den du ihm acht Stunden, bevor er für tot erklärt wurde, mit dem Kolben deines Gewehrs zugefügt hast. Selbst ein taubstummer und blinder Anwalt könnte dich in weniger als einem halben Tag freibekommen. Und jetzt muß ich zurück in die reale Welt, wenn du nichts dagegen hast.« Ohne weitere Förmlichkeiten wandte er sich zum Gehen.
»Tal«, sagte ich.
Er blieb stehen und sah mich an.
»Danke.«
»Weißt du, was das Traurige daran ist?« sagte Tal mit seiner ruhigen, tiefen Stimme. »Du verdienst es gar nicht, ungeschoren davonzukommen, und es wird auch für Israel nicht gut sein. Es ist nur ein weiterer Nagel zum Sarg unseres Landes. Aber wie du gesagt hast: Ich war dir was schuldig, jetzt sind wir quitt.«
Er stieg in seinen Wagen und fuhr ab. Ich stand dort vor dem kleinen Betongebäude und sah zu, wie sein Wagen im Verkehr auf der Autobahn Ashkalon – Tel Aviv verschwand. Ich kannte Tal seit fast vierzig Jahren, und ich hatte ihn nie verstanden. Ich fragte mich, ob er mich verstand oder ob er es jemals versucht hatte. Und ich fragte mich, was an diesem Land die Menschen so hart und unerklärlich machte. So emotional und herzlos.
»Kommen Sie, Ryke!« Die beiden Militärpolizisten saßen schon in ihrem Wagen. »Haben Sie keine Lust, frei zu sein?«
Ich antwortete nicht. Ich ging zum Wagen und stieg ein. Wir fuh-

ren zurück nach Zriffin ins Gefängnis vier. Vom Komplex der C-Kompanie brachte man mich wieder in den Aufnahmeraum, wo ich Seesack, Decken, Stiefel und Uniformen abgab. Ich erhielt meine Kleider und sonstigen persönlichen Dinge zurück und unterschrieb eine Quittung. James-Dean-T-Shirt, Jeans, Turnschuhe, hundertundzehn neue Israelische Shekel und meinen abgewetzten Personalausweis mit dem zerknitterten Jugendfoto.
Es war gerade erst elf Uhr.
»Na«, sagte Avi, der mit einem Strohhalm eine Dose Orangensaft trank. »Das war ein kurzer Aufenthalt in Gefängnis vier.« Er lächelte und streckte mir die Hand entgegen. »Ich hoffe für Sie, daß wir uns hier nicht wiedersehen.«
Ich schüttelte ihm die Hand. »Danke, Avi.« Ich sah noch einmal auf die Uhr. »Meinen Sie, ich könnte noch zum Mittagessen bleiben?«
Er lachte. »Das soll ein Spaß sein, oder?«
»Nein.«
»Die meisten wollen hier so schnell wie möglich raus.«
»Ich möchte mich von ein paar Leuten verabschieden.«
»Natürlich«, sagte Avi. »Warum nicht?«
Ich wartete, bis die Kompanie von ihrer Morgenarbeit zurückkam. Ich setzte mich an einen Tisch mit Sasha, Hamdi, Shani und Dekel.
»Ich wollte nicht weg, ohne auf Wiedersehen zu sagen. Kann ich irgendwas für euch tun?«
Sie dankten mir und wünschten mir alles Gute, aber es gab nichts, was ich für sie tun konnte. Wie ich würden auch sie auf ihre Verhandlung warten müssen; ihr Schicksal würde von den Richtern und den Umständen ihres Falles abhängen.
»Wie alt sind Sie, Assaf?« fragte Dekel.
»Im September werde ich fünfundvierzig.«
»Wenn Sie freigesprochen werden, dann lassen Sie sich permanent von der Armee beurlauben.«
»Wovon reden Sie?« fragte ich über Kartoffeln, Salat und Fisch, dem Mittwochsessen bei der israelischen Armee. »Warum sollten sie das bewilligen?«
»Haben Sie es nicht gehört? Die haben gerade das Höchstalter für

den Reservedienst in Kampfeinheiten von fünfzig auf fünfundvierzig gesenkt. Sie können raus, Assaf, die können sie danach nicht halten.«

Ich sah meine Tischgenossen an.

Corporal Shani nickte. »Ja, es war in den Nachrichten. Das gehört zu den Haushaltseinsparungen, sie kürzen auch beim Reservedienst.«

»Wirklich«, sagte Hamdi, »das ist toll.«

»Du brauchst dich gar nicht zu freuen, Hamdi, für dich ist es noch lange bis dahin«, lachte Dekel, »du bist erst zweiundzwanzig.« Er warf ein Stück Orange nach Hamdi.

Hamdi warf es zurück. »Und du bist erst neunzehn.« Er lachte laut. »Du hast noch länger.« Sie bewarfen sich gegenseitig mit Orangenschalen. Sie waren Kinder.

Als ich von der Kantine zurück zum Gefängnistor ging, um ins bürgerliche Leben zurückzukehren, dachte ich, es mochte sehr wohl sein, daß ich meine letzten Tage im Dienst der israelischen Armee im Gefängnis verbracht hatte.

Am Tor zeigte ich dem Wachsoldaten meine Entlassungspapiere. Er warf einen kurzen Blick darauf und winkte mich durch. So einfach war das.

28

Eine Weile stand ich an der Hauptstraße vor Tor eins der Militärbasis Ziffin und wartete auf den Bus nach Jerusalem. Es war, als hätte ich plötzlich gleich mehrere neue Sinne erworben und nähme das Leben mit all diesen Sinnen auf. Ich genoß alles, den Sonnenschein, den Anblick der Autos auf der Autobahn, das Geräusch der Motoren, den Geruch der Auspuffgase. Die Anhalterinnen auf der anderen Seite, Soldatenbräute, deren Haare im Wind flatterten.

Ich sog die frische Frühlingsluft ein. Ich war ein freier Mann, dem ein neues Leben geschenkt worden war. In sechs Wochen hatte ich einen Termin für eine Gerichtsverhandlung, aber darüber machte ich mir keine Gedanken. Selbst ein taubstummer und blinder Anwalt könne mich in einem halben Tag da rausholen, hatte Tal gesagt. Ich zweifelte nicht an Tals Einschätzung. Er war der Klügste in meiner Klasse gewesen, und nun war er einer der führenden Rechtswissenschaftler des Landes, der schon vielen Israelis und Arabern aus schwierigen Situationen herausgeholfen hatte. Er war gewiß verrückt und dazu ein Fanatiker, aber auch ein analytischer Kopf ersten Ranges. Ich hatte keinen Zweifel, daß meine Gefängnistage beendet waren. Ein kleiner Preis, wenn ich bedachte, daß ich nun wieder mit mir und meinem Gewissen im reinen war.

Ich hatte genau das Richtige getan, dachte ich, als ich mich in den Bus setzte, der langsam Richtung Jerusalem fuhr und an unzähligen Haltestellen hielt, um Fahrgäste aus- und einsteigen zu lassen, alte Damen, die sich mit ihren Taschen abmühten und ihr Geld nicht finden konnten. Aber ich hatte alle Zeit der Welt. Ich hatte mich in die Löwengrube begeben und war im Triumph daraus hervorgegangen. Ich hatte den Mörder von Benny Grossman gejagt. Ich hatte zur rechten Zeit das Richtige getan. Das galt auch für den Schlag mit dem Gewehrkolben, als er mich anzuspringen versuchte. Ich hätte gar nicht anders handeln können, nicht in diesem Augenblick, nicht in der Gemütsverfassung, in der ich mich befand, dieser Anspannung, der Erregung, der Frustration. Und ich hatte das Richtige getan, als ich meine Aussage bei der Militärpolizei in Gaza machte.

Selbst ein taubstummer, blinder Anwalt kann dich da rausholen. Ja, warum nicht? Ich sollte freigesprochen werden und mein Leben fortführen. So war es bestimmt.

Während der Bus sich die Straße nach Jerusalem hinaufmühte, die Berge und Wälder sich in ihrer ganzen Pracht vor mir entfalteten, dachte ich an die Jungs, denen ich, wenn auch nur kurz, in Gefängnis vier begegnet war. Und ich dachte, daß es dort etwas zu lernen gab, eine Lektion, meine frisch erworbene fatalistische Auffassung, wonach die Persönlichkeit der Menschen ihr Schicksal bestimmte. Mein Freund Ram, der 1967 zwanzig Jahre alt war, der beste Soldat in der Kompanie und vielleicht im ganzen Bataillon, hatte nicht deshalb sterben müssen, weil er tapfer war, weil er voranging und jene, die vorangehen, als erste getroffen werden, sondern weil es da eine schicksalhafte Bestimmung gab, die ich nicht definieren konnte und dennoch spürte. Ram war dazu bestimmt gewesen, mit zwanzig zu sterben, als tapferer, schöner Held, auf ewig jung. Irgendwie war das seine Mission gewesen, seine Aufgabe im Leben. Und Hamdi, Sasha, Dekel und Shani waren dazu verdammt, ihre Zeit im Gefängnis abzuleisten und sich dann im Zivilleben weiter abstrampeln zu müssen. Aber ich war Schriftsteller und Filmregisseur, rechtmäßiger Erbe einer angesehenen Familie von Pionieren und Führern. Vielleicht hatte das Schicksal für mich etwas anderes bestimmt. Vielleicht hatte ich eine Mission. Ich durfte mein Leben nicht vergeuden.

Ich hatte einen kurzen Blick auf das Leben der russischen und äthiopischen Einwanderer in Israel werfen können. Vielleicht hatte das einen bestimmten Grund. Vielleicht gab es eine Möglichkeit zu helfen, auch wenn ich nicht wußte, wie das geschehen konnte.

Ich durfte mein Leben nicht vergeuden.

Vom Busbahnhof fuhr ich mit einem anderen Bus in das Viertel, in dem ich meine Kindheit verbracht hatte. Es hatte sich in den Jahren nur wenig verändert. Schmale Straßen mit drei- oder vierstöckigen Häusern, von Bäumen und viel Grün umgeben. Ich ging zum Haus meiner Eltern, stieg die Treppe zu ihrer Wohnung hinauf und schellte.

Meine Mutter öffnete die Tür.

»Oh, Assaf!« Sie strahlte. »Wir wollten schon die Polizei anrufen.«

»Aber ich habe dir doch gesagt...«

»Wir haben uns solche Sorgen gemacht.«

Ich trat ein, und wir setzten uns ins Wohnzimmer. Mein Vater war im Büro. Er war einundachtzig und immer noch jeden Tag bei der Arbeit. Die Arbeit war sein Sauerstoff, sein Leben, sein Daseinsgrund.

Ich saß mit meiner Mutter im Wohnzimmer und erzählte ihr von dem arabischen Jungen Haled Abu Haled. Ich erklärte ihr nicht die genauen Umstände in all ihren Einzelheiten, sondern vermittelte ihr nur ein allgemeines Bild und sagte ihr, daß es einen Prozeß geben werde.

Meine Mutter schwieg lange. Sie nippte an ihrem Kaffee und sah auf den Boden.

»Ich werde es deinem Vater nicht erzählen«, sagte sie. »Er wird sich sehr aufregen.«

Ich sah sie überrascht an. In all den Jahren hatte ich nie erlebt, daß sie Geheimnisse vor ihm hatte.

»Es wird herauskommen«, sagte ich. »Gerichtsverhandlungen sind öffentlich.«

»Dann werden wir uns dem stellen, wenn es soweit ist.«

Ich zuckte die Achseln. »Na gut.«

Wir schwiegen. Ich ließ meinen Blick über die alten Bücher und die alten Ansichten von Jerusalem an der Wand schweifen. Die Vitrine mit den antiken jüdischen Münzen. Ich fühlte mich verletzt. Ich hatte Mitgefühl und Unterstützung erwartet. Meine Mutter hatte immer Verständnis für mich gezeigt. Sie hatte meine Bücher gelesen und sich meine Filme angesehen. Sie war der einzige Mensch auf der Welt, dessen Zustimmung mir immer sicher zu sein schien.

Ich stand auf. »Ich gehe besser.«

»Er hat Herzbeschwerden«, sagte sie leise.

Die Worte schienen im Raum zu explodieren. Ich setzte mich wieder hin. Meine Beine zitterten.

»Seit wann?«

»Seit ein paar Wochen.«

»Warum hast du mir nichts davon gesagt?«

»Ich wollte dich nicht beunruhigen. Es ist nichts Ernstes. Der Arzt sagt, er kann hundertzwanzig werden. Und daß er es wahrscheinlich auch wird.« Sie lächelte.

»Und...? Was bedeutet das?«

»Nichts. Er muß nur versuchen, sich etwas mehr Ruhe zu gönnen, was er natürlich nicht tun wird. Er raucht seine Zigarre...« Sie zuckte die Achseln. »Du kennst ihn ja.«

»Du hättest es mir sagen sollen.«

»Du hast mir auch nichts von dem arabischen Jungen gesagt.« In ihrer Stimme lag kein Vorwurf.

Die ganze Freude, die ich nach meiner Entlassung empfunden hatte, war verschwunden, als ich in meiner Wohnung ankam. Ich fühlte mich wie eine Waise. Wenn mein Vater Herzbeschwerden haben konnte, dann bedeutete das, meine Eltern waren nicht unsterblich. Das konnte ich kaum glauben. Und wenn sie nicht unsterblich waren, dann war ich es vielleicht auch nicht.
Ich ließ heißes Wasser in die Wanne laufen, legte mich hinein, schloß die Augen und sinnierte über Leben und Tod, wie eine Figur von Woody Allen. Mein Leben lang hatte ich mich zuerst und vor allem als Sohn meiner Eltern empfunden. Als das manchmal vielversprechende Kind zweier vollkommen erfüllter Menschen. (Fragte sich nur, wie lange man vielversprechend sein konnte, ohne das Versprechen einzulösen.) Wenn sie starben, würde ich dann mit ihnen auch aufhören zu existieren? Oder würde ich dann erst zu einem vollgültigen Menschen werden? Beide Möglichkeiten erschienen mir unerträglich. Ich stieg aus der Wanne und trocknete mich ab. Im Schlafzimmer sah ich nach dem Anrufbeantworter. Das rote Licht blinkte fünfmal.
Zwei Anrufe von meiner Mutter, zwei von Dalit.
Einer von Judy Anderson.
Sie hinterließ ihre Nummer in New York und bat mich, zurückzurufen, falls ich diese Nachricht erhielt.
Eine Weile dachte ich darüber nach und lief dabei durchs Zimmer, als wäre ich noch ein Gefangener. Meine Stimmung war düster, und so erschien mir alles ominös. Weshalb hatte Judy Anderson mich jetzt angerufen? Ich hatte sie zuletzt in Pelz und Stöckelschuhen im Schnee der 42. Straße gesehen. Ich hatte sie vor den Kopf gestoßen und ihr zuviel erzählt.
Ich sah auf die Uhr. Vier Uhr nachmittags, also neun Uhr morgens in New York. Ich nahm den Hörer ab und wählte ihre Nummer.
»Hallo?«
»Hier ist Assaf Ryke.«
»Assaf!« Sie schien froh zu sein, mich zu hören. »Wo bist du? Immer noch in New York?«
»Ich bin in Jerusalem.«
»Oh.« Pause. »Ich hatte gehofft, du bist noch hier, ich wollte mit dir reden.«

»Worüber?«
Drüben blieb es einen Augenblick still.
»Ich war bestürzt, als wir uns das letzte Mal gesehen haben, von dem, was du mir erzählt hast, und...«
»Ach, weißt du, vergiß es einfach.«
»Ich will es gar nicht vergessen«, sagte Judy Andersons Stimme dreitausend Kilometer von New York entfernt, »aber am Telefon können wir schlecht darüber reden.«
»Das denke ich auch.«
»Ich wollte trotzdem mit dir reden. Ich hatte gehofft, du bist noch in New York. Wann bist du abgereist?«
»Vor einer Woche.«
»Gibt es eine Chance, daß du bald wieder herkommst?«
»Ich habe keine Pläne, die in diese Richtung gehen«, sagte ich.
»Na ja, dann wird es wohl warten müssen, nehme ich an...«, sie klang verwirrt und unsicher. »Kannst du verstehen, warum ich mich so aufgeregt habe?«
»Ja, natürlich.«
»Es war so ein Schock...«
»Sieh mal...«
»Schon gut«, sagte sie. »Schon gut.«
»Paß auf dich auf«, sagte ich und hängte ein.

Ich ging früh zu Bett und schlief gut. Gegen sieben Uhr morgens war ich auf den Beinen und bereit, mich an die Überarbeitung meines Romans zu machen. Alles, was in den letzten Wochen geschehen war, hatte mich in dem Gefühl bestärkt, daß das Leben kurz war, daß ich meine Zeit besser nutzen mußte und meine Arbeit entschlossener anpacken sollte. Um diese Entschlossenheit zu demonstrieren, machte ich mir eine Tasse Kaffee und setzte mich an die Schreibmaschine. Ich begann das Manuskript durchzulesen, das ich in New York geschrieben hatte.
Ein paar Stunden lang fügte ich Anmerkungen ein, die der Geschichte einen Standpunkt verleihen sollten. Es war ein pessimistischer Standpunkt, die pessimistische Sicht eines junges Landes, das nicht mehr weiterwußte, und junger Menschen, die ihren Idealismus verloren hatten.

Verdrossen, aber mit einer gewissen Schärfe.
Gegen Abend zog ich mir ein frisches T-Shirt an und fuhr nach Ashkalon.
Dalit war nicht im ›Café zum einsamen Soldaten‹. Eine Kellnerin sagte mir, sie habe heute ihren freien Tag. Die Art, wie sie mich anlächelte, zeigte mir, daß sie mein Gesicht wiedererkannte.
Ich fragte sie, wo ich Dalit finden könne, und erklärte ihr, daß ich eigens aus Jerusalem hergekommen war, um sie zu sehen.
»Sie wohnt nicht weit von hier, die Straße runter, dann links und noch mal links, Habroshim-Straße sechs. Haben Sie ihre Telefonnummer?«
»Ja.«
»Sie ist wahrscheinlich zu Hause«, sagte die Kellnerin. »Ihr Film hat mir gefallen. Wie hieß der noch, wo Sie einen Reservisten spielen, der in einem Kibbuz eine verrückte Amerikanerin trifft? Das war lustig.«
»Danke.« Ich ging zu meinem Wagen und fuhr in die Habroshim-Straße. Ich parkte vor der Nummer sechs und stieg aus. Es war ein zweistöckiger Betonbau, der von Kiefern umgeben war. Ich sah auf die Briefkästen. Auf einem von ihnen stand in einer großen, schwungvollen Handschrift ›Dalit und Dror‹. Ich ging die Treppe hinauf und kam an eine Tür, auf der dieselben Namen in derselben Handschrift standen.
Ich klopfte.
Niemand antwortete. Ich drückte auf die Klingel und wartete. Das Licht ging an, und ich hörte Schritte. Die Tür ging auf. Da stand sie, in einem Morgenmantel, das Haar in Unordnung, und blickte mich an, jung und schön.
Ich lächelte. »Hi. Hast du geschlafen?«
»Nein.« Sie blickte mich immer noch an. Sie wirkte verwirrt, unbehaglich, traurig. Ich fragte mich, ob etwas mit ihrer Familie oder ihrer Arbeit nicht in Ordnung war.
»Seit wann bist du frei?«
»Seit ein paar Stunden«, sagte ich. »Willst du mich nicht reinlassen?«
Sie trat zur Seite und ließ mich in eine kleine Diele.
»Ich bin gleich zum Restaurant gefahren, das Mädchen da hat mir

deine Adresse gegeben. Ich wollte unterwegs anhalten und anrufen, aber dann ... na ja, spontan ...« Ich redete weiter, während ich in die Wohnung ging. Ein Schlafzimmer kam in Sicht, mit einem Mann in Jeans und T-Shirt, der auf dem Bett lag. Den Homosexuellen hatte ich ganz vergessen.

»Hi«, sagte ich und nickte ihm zu. Seine Zehen zeigten zur Decke, wie er dort auf dem Bett lag. Ich sah einen Sessel, mit einem Kleid darüber, und einen offenstehenden Schrank mit ein paar weiteren Kleidern und sonstigen Kleidungsstücken.

»Assaf, das ist Guy.«

Ich nickte noch einmal. Er winkte kurz mit der Hand und lächelte, ohne vom Bett aufzustehen. Schon bevor sie seinen Namen nannte, war mir gedämmert, daß er nicht ihr homosexueller Zimmergenosse sein konnte. Die Kleider auf dem Sessel und im Schrank zeigten, daß es ihr Zimmer war. Und irgendwie sah er auch nicht wie ein Homosexueller aus. Eher schon ein wenig wie Robert Redford, nur jünger.

Ich ging zurück in die Diele. Mein Körper spannte sich.

Ich öffnete die Tür und trat auf den Balkon.

Er ging in den Hinterhof des Hauses und bot den Blick auf ein weiteres Haus, auf den Balkons und an den Fenstern hing Wäsche.

Dalit folgte mir.

»Wer ist er?« fragte ich.

»Ein alter Freund.«

»Was meinst du mit ›alter Freund‹?« Ich starrte auf das Haus gegenüber, alles schien voll Wäsche zu sein.

»Wir haben uns in der Armee kennengelernt. Vor zehn Jahren.«

Ich sah sie an. »Das ist doch nicht der Junge, mit dem du befreundet gewesen bist, der in Tel Aviv Medizin studiert hat?«

»Doch.«

Stille.

»Ich dachte, es ist vorbei.«

»Wir haben uns in den letzten Jahren nicht oft gesehen«, sagte Dalit ruhig. Sie zog den Morgenmantel um sich zusammen und sah mich an.

»Du bist noch ...?« Ich beendete meine Frage nicht.

»Ich weiß es nicht.«
»Ich dachte...«
Sie wartete geduldig, dann fragte sie ruhig: »Was?«
»Ich hasse Frauen«, sagte ich.
Sie antwortete nicht. Wir standen eine Weile auf dem Balkon, keiner von uns sprach. Von drinnen rief Guy: »Wo sind die Zigaretten, Dalit?«
Er ging in die Küche und sah sich um. Ein Arzt, der raucht. Na, vielleicht kriegt er Krebs.
»Im Schrank über der Spüle«, sagte Dalit.
Er fand die Zigaretten und eine Schachtel Streichhölzer und verschwand wieder aus meinem Blickfeld.
»Als du mich im Gefängnis besucht hast, dachte ich...« Bisher hatte ich noch keinen Satz zu Ende gebracht.
»Was?«
»Daß du...«
Ich atmete tief ein und ließ die Luft langsam aus meinen Lungen strömen. Sie sah mich an.
»Ich habe nicht gedacht, daß du mit jemand anderem zusammen bist«, sagte ich. »Nicht weil du mir was gesagt hast, es war nur ein Gefühl.«
Sie nickte. »Ich hätte es dir sagen sollen.«
»Ich glaube, ich gehe jetzt besser. Wiedersehn.«
Ich ging in die Küche, durch die kleine Diele und zur Tür hinaus. Assaf tat wieder einmal, was er am besten konnte: weggehen.
Eine Kellnerin aus einer armen marokkanischen Familie, dachte ich. Ein einfaches Mädchen. Das Flugzeug ist voll von attraktiven, verfügbaren Frauen, das ist nicht das Ende der Welt.
Ich stieg in den Wagen. Ich saß hinterm Steuer und starrte auf die Kiefern. Eine sehr ruhige Straße. In Ashkalon, der Hauptstadt von nirgendwo. Ich steckte den Schlüssel ins Zündschloß, aber ich starrte weiter auf die Pinien und hörte in die Stille. Ich schaffte es nicht, loszufahren. Wohin sollte ich fahren?
Sie klopfte an die Scheibe der Beifahrertür. Ich entriegelte die Tür. Sie öffnete und stieg ein, immer noch im Morgenmantel, das Haar ungekämmt. Sie hatte ihre schwarzen Arbeitsschuhe angezogen.

»Hast du keine Slipper?«
Sie schüttelte den Kopf. »Im Haus gehe ich barfuß.« Es folgte ein langes Schweigen, dann sagte sie: »Du machst mir angst.«
»Warum mache ich dir angst?«
»Du bist so schwierig, unvorhersehbar, launenhaft...« Sie schwieg wieder. »Ich habe Angst vor dem, was das für mich bedeuten würde.«
»Es wäre schon in Ordnung.«
»Ich weiß nicht.«
»Liebst du ihn?«
»In der Armee war es schön mit ihm. Danach hat die Entwicklung aufgehört.«
Ich sagte nichts.
»Er hatte ein paar Jahre eine Freundin. Vor ein paar Wochen hat er sich von ihr getrennt. Er hat mich angerufen.«
»Hast du mit ihm geschlafen?«
Sie nickte. »Er will, daß wir heiraten. Meine Eltern mögen ihn, und ich bin neunundzwanzig.« Sie lächelte. »Ich werde alt.«
»Neunundzwanzig.«
Das ist doch alles nicht das Entscheidende, dachte ich und wollte weg von ihr. Ich wollte weg von allem, was mich an den Vorfall in Gaza, an Gefängnis vier und die Armee erinnerte. Ich wollte mich wieder als Teil des Establishments, der Mächtigen, der Elite fühlen. Und sie war eine junge Kellnerin aus Ashkalon. »Und wirst du ihn heiraten?«
»Ich weiß nicht.«
»Wovon hängt das ab? Vom Wetter?«
Sie schwieg einen Augenblick, dann sagte sie:
»Nein, nicht vom Wetter.«
»Ist er mit seiner Ausbildung fertig?«
»Ja. Seit drei Monaten. Er hat die Prüfung mit Auszeichnung bestanden.«
»Na, dann brauchst du ja keine Angst zu haben, daß du verhungerst«, sagte ich. »Ich glaube, ich fahre jetzt besser nach Jerusalem zurück. Ich muß ein Buch zu Ende bringen, ich habe noch keinen Verlag, ich habe keine Freundin. Ich weiß nicht einmal, was ich eigentlich sagen will. Es ist Scheiße.«

»Assaf«, sagte sie.
»Was?«
Sie legte ihre Hand auf meine.
»Du bist ein bemerkenswerter Mensch, du hast Talent, du bist etwas Besonderes. Du solltest lernen, dir selbst mehr Vertrauen entgegenzubringen. Du solltest lernen, dich selbst zu schätzen.«
»Dich mit diesem Kerl zu finden, während ich dachte, du wärst bis über beide Ohren in mich verliebt, das hilft natürlich eine Menge dabei.« Ich nahm meine Hand weg und ließ den Motor an. Ich legte den Gang ein. »Auf so eine Hilfe kann ich verzichten.«
Sie öffnete die Tür und stieg aus. Sie stand auf dem Gehsteig, sah mich an.
»Assaf.«
Ich trat aufs Gaspedal und fuhr los. In vierzig Minuten war ich in Jerusalem, ein freier, unglücklicher Mann.

29

Ich saß am Schreibtisch, spielte mit einem Stück Papier und versuchte mir vorzustellen, wie meine Zukunft mit Frauen aussehen könnte. Ein grausames Unterfangen.
Es sah traurig aus. Ich war bald fünfundvierzig. Dalit schien verloren. Wie sollte ich es mit einem Arzt aufnehmen, der fünfzehn Jahre jünger war als ich und dazu noch aussah wie Robert Redford? Dann war da noch Danielle, ohne Zweifel eine wenig verläßliche Frau. Die übrigen Frauen, die ich in Israel kannte, waren meist in meinem Alter, geschieden mit Kindern oder verbitterte alte Jungfern, keine anregende Aussicht. Amerikanische Frauen, Hollywoodstars und überhaupt Ausländerinnen schieden von vornherein aus. In New York hatte ich ein paar attraktive alleinstehende Frauen kennengelernt, aber ich verwarf sie alle, ohne auch nur über ihre Besonderheiten nachzudenken. Ich hatte genug von der Welt gesehen. Ich brauchte ein nettes israelisches Mädchen, um zur Ruhe zu kommen und ein normales Leben zu beginnen, mit Frau und zwei Kindern wie alle anderen auch, sonst

würde ich eines Tages alt, schwach und einsam sterben, ohne einen Menschen, der mich liebte. Ich geriet in Panik. Seit ich vierzig war, schien das Leben eine einzige große Krise zu sein. Vielleicht war Paz meine einzige Rettung. Ich spielte verdrossen mit dem Papier und versuchte mich zu erinnern, wo sie wohnte.
Mitten in diesen tiefen Gedanken klingelte das Telefon, und meine Mutter sagte mir ohne irgendwelche Präliminarien, daß mein Vater sich nicht wohl gefühlt hatte, daß er sich noch einmal hatte untersuchen lassen und der Arzt eine Herzoperation vorgeschlagen hatte. Er würde heute ins Krankenhaus gehen und morgen operiert werden. Sie sprach sachlich, als wäre all das keine große Sache, und das zeigte mir, wie nervös sie war. Ich vergaß Paz. An die nächsten zwei Tage kann ich mich nur noch verschwommen erinnern. Meine Mutter war die ganze Zeit im Krankenhaus, und ich war die meiste Zeit bei ihr. Einige Verwandte – nur die unmittelbare Familie wurde benachrichtigt – kamen zu Besuch und machten uns Mut. Wir aßen Unmengen Süßigkeiten und redeten über triviale Dinge, das Wetter und kuriose Zeitungsmeldungen. Mike Tyson wurde in Indiana verhaftet. Die olympischen Spiele sollten im Juli in Barcelona beginnen. Die Meinungsumfragen zu den Wahlen im Juni zeigten eine überraschende Stärke der Arbeiterpartei. Ein sehr hoffnungsvolles Zeichen.
Niemand redete viel über die Operation. Ein Routineeingriff heutzutage, hatten die Ärzte lächelnd gesagt. Der Mann war stark und sein Allgemeinzustand gut. Nach zwei Tagen würde er sich kaum noch daran erinnern, daß er jemals im Krankenhaus gewesen war.
Am Morgen der Operation saßen wir vor dem Operationssaal und unterhielten uns. Meine Mutter schien guten Mutes und gefaßt. Die Operation war die erste an diesem Tag und begann um Punkt acht Uhr. Jedesmal, wenn die Tür aufging und jemand aus dem Operationssaal kam, sahen wir auf und verstummten. Ich hatte mich innerlich auf alles vorbereitet, ich sagte mir, es konnte alles passieren, er hatte ein langes, erfülltes Leben gehabt, und ganz gleich, was geschah, ich würde es akzeptieren.
Gegen dreizehn Uhr kam der Chefarzt heraus und nahm die

weiße Gesichtsmaske ab. Auf seinen Handschuhen waren Blutflecken zu sehen.
»Es ist vorbei, und es ist alles gutgegangen. Sehr gut sogar.« Er lächelte, und mir fiel ein Stein vom Herzen. Er hatte die Operation überstanden.
»Gut«, sagte meine Mutter, »ich danke ihnen vielmals.«
»Die nächsten Stunden ist er im Aufwachzimmer«, sagte der Arzt. »Sie können ihn später sehen.«
»Wunderbar«, sagte sie.
Als wir am späten Nachmittag zu meinem Vater gingen, schlief er tief.
»Sein Gesicht hat eine gute Farbe«, sagte ich.
»Ja.« Und es war in der Tat erstaunlich, wie gut er trotz all der Verbände und Infusionsschläuche aussah.
»Ich glaube, wir können hier im Augenblick nicht viel tun«, sagte meine Mutter, und wir gingen zurück auf den Flur.
Die nächsten beiden Tage verbrachte er auf der Intensivstation, wo es, wie die Ärzte erklärten, bessere Möglichkeiten und mehr Personal gab, um den Patienten rund um die Uhr zu beobachten. Meine Mutter verließ das Krankenhaus nur, um sich umzuziehen oder zu duschen. Ich wechselte zwischen der Intensivstation und der Stadt. Mein Vater war bei Bewußtsein, aber benommen, und die meiste Zeit schlief er. Das lag an den Medikamenten und Beruhigungsmitteln, erklärten die Ärzte. Er brauchte so viel Ruhe wie möglich.
Am dritten Tag wurde er in ein privates Zimmer im achten Stock verlegt. Meine Mutter verbrachte den Rest des Tages dort. Am Abend ging sie nach Hause, um zum ersten Mal in zweiundsiebzig Stunden zu schlafen. Sie wirkte erschöpft.
»Hoffentlich wirst du mir nicht auch noch krank«, sagte ich, als ich sie vor ihrer Wohnung absetzte.
»Mir geht's gut. Nur ein paar Stunden Ruhe.«
»Laß dir Zeit. Schlaf dich aus.«
»Ich weiß ja, daß sie ihn gut versorgen, aber ...«
»Ich fahre hin«, sagte ich. »Du mußt jetzt schlafen, Mutter.«
»Ja, ich bin müde«, sagte sie mit einem entschuldigenden Lächeln. »Ich bin es nicht gewöhnt, daß er krank ist.«

Auf dem Rückweg ins Krankenhaus entschloß ich mich, nach Paz zu sehen. Ich versuchte mich an die engen Gassen zu erinnern, durch die ich mit der barfüßigen Danielle vor gerade erst zwei Wochen gefahren war. Überall waren religiöse Juden zu sehen, schwarze Anzüge, schwarze Bärte, düstere Gesichter. Wie konnten alleinstehende, sexy wirkende junge Frauen sich entschließen, in so einem Viertel zu wohnen? Wegen der niedrigen Mieten? Oder wollten sie die rechtschaffenen Chassidim provozieren und ihre kahlrasierten Frauen nervös machen? Stoff zum Nachdenken. Ich fand das Haus. Diesmal war das Fenster erleuchtet.
Ich stieg aus dem Wagen, ging hin und klopfte an.
Die Tür ging auf, und Paz, in einem einfachen, schwarzen arabischen Kleid, sah mich an. Kirschrote Lippen, rosige Wangen und glänzende braune Augen. Ich fragte mich, ob auch sie einen Arzt im Schlafzimmer hatte. Nach drei Tagen im Krankenhaus war meine Abneigung gegen Ärzte nur noch größer geworden. Wie wär's zur Abwechslung mit einem Rechtsanwalt?
»Hallo.« Sie sah mich fragend an. Ein sehr schönes Mädchen, eine natürliche Schönheit. Sie könnte auch Werbung für Seife machen, statt im Restaurant zu bedienen. Locker.
»Ich weiß nicht, was ich tun soll«, sagte ich. »Mein Vater ist im Krankenhaus, und ich fühle mich deprimiert.«
»Komm rein.«
Ich trat ein. Die Wohnung unterschied sich kaum von ihrer früheren. Arabische Sitzkissen auf nacktem Boden. Dicke, abblätternde Wände, hohe Decken, unordentlich herumliegende Kleider.
»Was hat dein Vater?« fragte sie.
»Nichts, eine Herzoperation.«
»Tut mir leid.«
»Es geht ihm gut.« Ich ging durch die kleine Wohn-Schlaf-Küche. Keine Ärzte, keine Rechtsanwälte. »Wie geht's dir?«
»Gut.«
»Hast du immer noch Krach mit deinem Freund?«
Sie sah mich an, ihre Brauen zogen sich unter ihren goldenen Locken zusammen.
»Mit wem?«

»Von dem du dich gerade getrennt hattest, der so ordentlich war und deine Launen nicht ertragen konnte.«
»Nonny?« Sie zündete sich eine Zigarette an. »Das ist Monate her.«
»Na ja... Es ist also vorbei?«
»Natürlich. Möchtest du was trinken, Assaf?«
Sie weiß noch meinen Namen, ein Schritt in die richtige Richtung. »Ja. Was du da hast.«
»Ich rauche nur schnell eine Zigarette.«
»Dann nehme ich ein Glas Orangensaft.« Ich ging weiter durch den Raum.
»Ich habe keinen Orangensaft, ich habe Kaffee und Weißwein.«
»Kaffee ist gut. Sehr gut.« Ich ging durchs Zimmer, während sie den Kessel auf den Herd stellte. »Hast du jemals daran gedacht, zu heiraten?«
»Was meinst du damit, ob ich jemals daran gedacht hätte, zu heiraten? Wen?«
»Ich weiß nicht genau. Zum Beispiel mich.«
»Darüber habe ich noch nie nachgedacht.«
»Und...? Wie wär's?«
Sie starrte mich durch den Rauch ihrer Zigarette an. »Assaf, was ist los? Hast du den Verstand verloren?«
»Warum so negativ?« sagte ich. »Wie wär's mit etwas Spontanität? Ich bin Single, du bist Single, der Altersunterschied zwischen uns ist auch perfekt, wenn du vierzig bist, bin ich tot, und du erbst alles. In der Zwischenzeit können wir alles gemeinsam machen, den Sommer an der Riviera verbringen. Nonny ist vergessen. Na, was meinst du?«
»Das soll ein Witz sein, oder?«
»Nein.«
Sie nahm den Kessel vom Herd und goß zwei Tassen Kaffee auf. Wir setzten uns auf die arabischen Kissen und lehnten uns zurück an die Wand, an zwei gegenüberliegende Wände.
»Ich dachte, du magst Danielle«, sagte Paz.
»Danielle ist seltsam.«
»Ich kenne dich doch kaum«, sagte Paz und sah mich lange an,

nicht unfreundlich. »Was ist los, Assaf? Ist es wegen deinem Vater?«

»Ich weiß nicht. Ich hatte plötzlich das Gefühl, daß ich dich wirklich sehen wollte.« Ich sah auf die Uhr. »Ich muß jetzt zu meinem Vater. Ich habe es meiner Mutter versprochen. Arbeitest du immer noch in diesem Restaurant?«

Sie nickte. »Und ich gehe wieder zur Uni.«

»Orientalistik? Das ist toll.«

»Da bin ich nicht sicher, aber meine Eltern freuen sich. Meine Mutter kommt aus einer einfachen tunesischen Familie. Für sie bin ich eine Intellektuelle.« Sie lächelte.

»Hey«, sagte ich. »Orientalistik ist doch ganz praktisch, vor allem wenn man im Nahen Osten lebt. Viel praktischer als Filme.«

»Das hoffe ich«, sagte sie. »Jedenfalls arbeite ich jetzt nur noch abends im Restaurant. Komm mal vorbei, mein zukünftiger Ehemann... Dann können wir uns unterhalten...«

Ich stellte meine leere Tasse ab und stand auf. Sie brachte mich zur Tür.

»Paz«, sagte ich.

»Ja?«

»Ich mag dich.«

Sie lachte. »Fahr vorsichtig«, sagte sie und schloß die Tür.

30

Der Himmel war dunkel, als ich die Jerusalemer Berge hinauffuhr.

Der Wachmann vor dem Krankenhaus warf mir einen schläfrigen Blick zu und winkte mich durch.

Ich stellte den Wagen auf dem Parkplatz neben dem Hauptgebäude ab.

Ich ging durch die fast leeren Flure des Krankenhauses. Es war zehn Uhr abends, und auf den Gängen waren kaum noch Menschen zu sehen. Auch Lärm war keiner zu hören. Es war seltsam. Ich assoziierte Krankenhaus mit hektischer Betriebsamkeit, lautem Treiben, Menschen, die durcheinander liefen. Mit vielen ar-

men Menschen. Die stillen, schwach erleuchteten Flure schienen fast romantisch. Sie erinnerten mich an einen Flughafen auf einem dieser Flüge, die tief in der Nacht an einem exotischen Ort enden. Nur war dies kein Flug. Ich war auf dem Weg zu meinem Vater, der ein alter Mann war und gerade eine schwierige Operation hinter sich hatte. Und ich hatte Angst. Das Spannungsgefühl in meinem Bauch wurde noch stärker, als ich zu den Aufzügen kam und alle nach oben weisenden Knöpfe drückte. Die Türen des Nachtaufzugs öffneten sich sogleich, ich ging hinein und fuhr allein in dem großen rechteckigen Kasten hinauf in den achten Stock. Ich hatte das Gefühl, in einem Film zu sein, der sich seinem Höhepunkt näherte. Gleich würde ich meinem Vater, der mir immer so stark erschienen, der immer so stark gewesen war, zum ersten Mal in einem Zustand der Schwäche begegnen. Welche Chancen hatte schon ein achtzigjähriger Mann nach einer schweren Operation, sich vollkommen zu erholen und sein gewohntes Leben fortzusetzen, wieder ganz er selbst zu werden? Aber er war kein normaler Mensch, sondern mein Vater, ein Mann, der aus anderem Holz geschnitzt war.
Meine Nerven entspannten sich etwas, als ich durch den halbdunklen Flur ging. Die Dämmerung des Lebens, dachte ich. Das Dämmerlicht drinnen und die völlige Dunkelheit draußen gaben mir ein Gefühl der Unausweichlichkeit und des Endes, und mit diesem surrealistischen Gefühl lief ich weiter durch den gewundenen Flur, bis ich das Stationszimmer erreichte. Hinter dem Schalter saß eine weißgekleidete Schwester und las, doch ich blieb nicht stehen, um nach der Zimmernummer zu fragen. Ich wollte nicht mit ihr reden. Ich wollte meinen Vater allein finden. Vielleicht hatte ich auch Angst, sie könnte mir eine schreckliche Nachricht übermitteln. Daß er nicht mehr am Leben war. Oder etwas in der Art. Mein Leben lang hatte ich mich vor Überraschungen gefürchtet, vor Dingen, die sich meiner Kontrolle entzogen. Nein, ich würde keinen Außenstehenden hineinziehen. Dies war eine Sache zwischen ihm und mir.
Ich fand das Zimmer, mein Instinkt führte mich hin. Die Tür war angelehnt, ich öffnete sie und betrat durch einen Vorraum das eigentliche Zimmer. Es war ein kleiner Raum mit nur einem Bett.

Das Deckenlicht war eingeschaltet. Mein Vater lag halb aufgerichtet im Bett und schlief, Schultern und Kopf an ein großes Kissen gelehnt. Er trug ein weißes Krankenhaushemd, das die rosa Haut seiner Schulter zeigte. Wie von einem Baby.
Ein paar Vasen mit Blumen standen im Zimmer. Auf einem Stuhl neben dem Bett lag ein Stapel Zeitungen. Auf den Zeitungen ein kleines Transistorradio. Eine Schale mit Obst und ein paar ungeöffnete Schachteln Bonbons. Ein Infusionsschlauch steckte in seinem Arm, ein zweiter in seiner Nase. Er schlief ruhig, seine Brust hob und senkte sich langsam und unregelmäßig im Rhythmus seines Atems.
Auf der anderen Seite des Zimmers stand noch ein Stuhl, ich stellte ihn neben das Bett und setzte mich. Mein ganzes Leben hatte ich einmal mit meinem Vater allein sein wollen. Immer war er beschäftigt gewesen, umgeben von fremden Menschen, Sekretärinnen, Freunden, Geschäftsleuten, Politikern, ständig läutenden Telefonen, immer in Eile wegen des nächsten Termins, ungeduldig, gehetzt, immer in dem Gefühl, er hätte noch nicht alles getan, was er zu tun hatte. Immer umgeben von Lärm, Geschrei, Gelächter, Streit, endlosem Trubel. Nun lag er da, in diesem kleinen stillen Zimmer, ohne Telefone und ohne fremde Menschen; er sah aus wie jeder andere kranke alte Mann, und niemand war bei ihm außer mir. Mein Kindheitstraum war Wirklichkeit geworden. Nur wir beide, endlich allein.
Ich saß neben dem Bett und beobachtete seinen Atem.
Plötzlich machte er ein Geräusch, als müßte er würgen. Ich stand erschrocken auf und warf einen Blick in den erleuchteten Flur, der zum Stationszimmer führte. Was sollte ich tun? Aber er zog die Nase hoch, und sein Atem beruhigte sich wieder. Er veränderte nur kurz die Stellung seines Kopfes auf dem Kissen, sonst zeigte er keine Bewegung, und auch die Augen öffnete er nicht. Ich setzte mich wieder auf den Stuhl neben ihn. Stabiler Zustand, hatte man mir gesagt, gute Erholung nach der Operation, keine Zeichen oder Symptome, die Anlaß zur Sorge gäben. Der junge Arzt hatte ruhig und beruhigend geklungen, aber es war auch nicht sein Vater, und aus den endlosen Gesprächen, die ich im Warteraum mit angehört hatte, wußte ich, daß die ersten Tage nach einer schwe-

ren Operation die gefährlichsten waren, ganz gleich, was die Ärzte sagten, und erst recht, wenn der Patient alt war. Ich hatte kein großes Zutrauen zu Ärzten mehr. Sie waren auch nur Menschen, sie konnten Fehler machen. Und sie machten ständig welche.

Ich saß auf dem Stuhl neben dem Bett und betrachtete meinen Vater. Er sah klein aus, wie das Zimmer und wie das Bett. Ich dachte an all die Dinge, die er in seinem Leben durchgemacht hatte, Deutschland, die beiden Weltkriege, die Auswanderung nach Palästina, den Eintritt in die Hagana, die Bemühungen, Juden aus Hitlers Europa herauszuholen, den Waffenschmuggel unter der britischen Mandatsherrschaft, das Leben in den Grenzgebieten, den Umzug nach Jerusalem, den Aufbau von Fabriken, die Zeit als Stütze des Zionismus und des Staates, Diners mit zahllosen Würdenträgern aus aller Welt. Mit führenden Geschäftsleuten. Milliardären. Ich versuchte, die Spuren des Ruhms und des Schicksals in den Zügen dieses eingefallenen Gesichts zu erkennen, die Kraft zu spüren, die sein Leben erfüllt hatte. Verschwand das alles irgendwohin, wo man es nicht mehr sehen konnte? Der Mann lag vor mir, ich konnte ihn ruhig und ungestört betrachten wie noch niemals zuvor, diesen Mann, der die Summe all der unglaublichen Taten und historischen Ereignisse verkörperte, die Israel geschaffen und ihm einen Platz auf dem Globus gegeben hatten, im zwanzigsten Jahrhundert, nach zweitausend Jahren Abwesenheit.

Er schlief, und ich sah ihn an, versuchte mir vorzustellen, wie er als kleiner Junge ausgesehen haben mochte. Ich erinnerte mich an Fotos aus dem Familienalbum. Ein Familienbild in Berlin, ein anderes in einem Sommerlager an der österreichischen Grenze. Mein Vater mit vierzehn, in der Uniform der zionistischen Bewegung, zusammen mit zwei Freunden, lächelnd, die Haare vom Wind zerzaust.

Ich wurde aus meinen Gedanken gerissen, als jemand das Zimmer betrat. Ein hochgewachsener Mann mit dunklem Haar und weißem Kittel. Er blieb am Bett stehen und beugte sich herunter, um nach meinem Vater zu sehen. Dann drehte er sich um und sah mich an.

»Sie sind der Sohn?«
Ich sah in seine dunklen Augen, auf seine olivfarbene Haut. Ein gutaussehender Mann. Er erinnerte mich an den ägyptischen Schauspieler Omar Sharif. Doktor Schiwago. Der Akzent war unverkennbar.
»Ja.«
»Ich bin Dr. Mahmud Shukri.« Er sprach leise und reichte mir die Hand. Ich schüttelte sie. Er gab mir ein Zeichen, ihm zu folgen, und wir gingen in den kleinen Vorraum. Ich versuchte, mich gegen den Gedanken zu wehren, aber es ging nicht: Ein arabischer Arzt, hier, um halb elf Uhr abends bei meinem Vater. Und das zur Zeit des palästinensischen Aufstands, der Intifada. Sah irgend jemand nach diesen Dingen? Gab es Sicherheitsvorkehrungen in den Krankenhäusern? Wurden Leute wie mein Vater beschützt? Kümmerte sich irgend jemand darum?
»Er erholt sich gut.« Dr. Shukri sprach hebräisch, mit einer tiefen ruhigen Stimme. »Er schläft jetzt viel, ruht sich aus, und das ist wichtig. Sind Sie noch eine Weile hier?«
Wieder der irrationale Verfolgungswahn: Warum fragte er mich das?
»Ja«, sagte ich. »Ich bleibe hier.« Wenn du eine Bombe deponieren willst, mußt du schon irgendwo anders hingehen.
»Wenn er aufwacht«, sagte Dr. Shukri, »sprechen Sie mit ihm, versuchen Sie, ihn in ein Gespräch zu verwickeln. Halten Sie ihn auf Trab. Er soll sich ausruhen, aber nicht zuviel. Es ist wichtig, daß er ein paar Stunden am Tag aktiv ist. Die Operation ist ein großer Schock für den Körper und für den Geist. Er muß langsam wieder in die Normalität zurückkehren.«
Ich nickte.
»Ich muß nach meinen anderen Patienten sehen. Es war nett, Sie zu sehen.« Er schüttelte mir nochmals die Hand, lächelte und verschwand mit raschen Schritten im Flur. Ich ging zurück ins Zimmer und setzte mich wieder ans Bett. Würde es Dr. Shukris Behandlung meines Vaters beeinflussen, wenn er wüßte, daß ich einen arabischen Jungen getötet hatte? Auge um Auge, Zahn um Zahn. Stand das auch im Koran? ›Bist du verrückt?‹ sagte ich zu mir selbst, immer diese Filmgeschichten mit dramatischem Ende.

Ärzte sind Ärzte. Sie haben ihr Berufsethos. Sie töten nicht, sie heilen. Und weshalb sollte ein Araber meinen Vater umbringen wollen, wenn er nicht gerade zu diesen Fanatikern gehörte, die mit einem Messer unter dem Hemd durch die Straßen laufen, um irgendeinen beliebigen Juden umzubringen, nur weil er Jude ist?
»Was machst du denn hier?« fragte mein Vater.
Ich sah ihn an. Er lag immer noch da wie zuvor, den Kopf gegen das Kissen gelehnt, aber er hatte die Augen geöffnet und blickte mich an.
»Ich sitze hier«, sagte ich. »Wie fühlst du dich?«
Er machte ein Gesicht, als wollte er sagen: »Was kann man schon erwarten?« und versuchte, sich im Zimmer umzuschauen, aber die Anstrengung war zu groß für ihn; er wandte den Blick zurück zu mir und sah mich schweigend an.
Ich beugte mich zu ihm. »Möchtest du etwas?«
»Wo ist Mutter?« Seine Stimme klang rauh und höher als sonst. Die Worte kamen etwas schleppend.
»Sie ist zu Hause. Sie hat sich etwas hingelegt.«
»Nebenan?«
»Was? Nein, zu Hause. In eurer Wohnung.« Nur ich bin hier. Traurig, aber wahr.
Wieder schweifte sein Blick durchs Zimmer. Er weiß nicht, wo er ist, dachte ich. Er meint, er ist zu Hause.
»Du bist hier im Krankenhaus«, sagte ich.
»Was?« Er sah mich wieder an und versuchte zu verstehen, was ich da redete, oder vielleicht erschien es mir auch nur so.
Ich beugte mich zu ihm, um ihn zu beruhigen, und spürte plötzlich die Nähe seines Körpers. Ich roch diese Mischung aus Haut- und Medizingeruch.
»Du bist im Krankenhaus«, sagte ich noch einmal langsam und deutlich. »Du bist operiert worden. Es ist sehr gut gegangen. Du mußt dich jetzt ein paar Tage ausruhen, dann kannst du wieder nach Hause.«
»Ein paar Tage ausruhen?« Wieder die seltsame, rauhe, hohe Stimme.
»Ja, nur zwei oder drei Tage.« Eine kleine, harmlose Lüge. »Es ist nichts.«

Er versuchte sich aufzusetzen und verzog vor Schmerz das Gesicht. Ich stand auf und beugte mich über ihn.
»Nicht! Du darfst nicht aufstehen.«
»Ich will auf die Toilette.«
»Ich rufe eine Krankenschwester.«
»Nein, ich gehe selbst. Hilf mir aufzustehen.«
Ich blickte mich hilflos um. Mein Leben lang hatte ich jede Konfrontation mit ihm gefürchtet, und diese Furcht steckte immer noch tief in mir.
Ich legte meine Hand auf seine Schulter, teils um ihn zu beruhigen, teils um ihn am Aufstehen zu hindern. »Du kannst noch nicht laufen. Du darfst es nicht.«
Wieder versuchte er, sich aufzurichten, und verzog das Gesicht, diesmal mit einem leisen Stöhnen. Es mußte wirklich weh tun. Er sank resigniert zurück, sein Kopf lag wieder auf dem Kissen, und seine Augen sahen mich an, als hätte er mich noch nie gesehen, wie ein Hindernis, das man überwinden mußte, wie einen Gefängniswärter. Ich rückte meinen Stuhl näher ans Bett, so daß ich ihn leicht erreichen und festhalten konnte, falls er nochmals versuchte, sich aufzurichten. Offenbar durchschaute er meine Absicht. Seine Augen schätzten den Abstand zwischen meinem Stuhl und dem Bett, dann ruhte sein Blick wieder auf meinem Gesicht. Ich sah ihn an und dachte, ich muß aufstehen und die Nachtschwester holen, weil er zur Toilette muß. Irgendwo muß es eine Klingel geben, dachte ich. Ich brauche ihn gar nicht allein zu lassen und den ganzen Weg zum Stationszimmer zu laufen. Aber wo war die Klingel? Wer hätte jemals gedacht, daß wir einmal gemeinsam vor diesem Problem stünden, daß wir diesen intimen Augenblick miteinander teilen würden? Die Frage, wie er zur Toilette kommen sollte. Es mußte schrecklich für ihn sein, sich in einer so hilflosen Lage zu befinden.
»Geht es?« fragte ich.
»Du siehst mich mit solcher Verachtung an.«
Ich starrte ihn an. Ich dachte, ich müsse das geträumt haben. Er konnte es unmöglich gesagt haben. Wie blickten uns eine Weile an, er liegend und ich auf dem Stuhl sitzend.
»Was hast du gesagt?«

»Du siehst mich mit solcher Verachtung an«, sagte mein Vater. »Weil ich Schmerzen habe.«

Ich rührte mich nicht und sagte nichts. Er blickte mich weiter mit diesem Ausdruck an, den ich nicht ergründen konnte. Ein Fremder in einem Krankenhaus sah mich zornig an. So zornig. Warum? Ein Mann, den ich nicht kannte.

»Ich sehe dich nicht mit Verachtung an«, stammelte ich. »Ich... sehe dich einfach an.«

Er antwortete nicht, aber sein Blick wandte sich ab und wanderte zu dem Zeitschriftenstapel und dem Transistorradio darauf. Sein Gesicht zeigte nun einen Ausdruck ruhiger Gleichgültigkeit.

Meine Anwesenheit tut ihm gar nicht gut, dachte ich verzweifelt. Ich helfe ihm damit nicht. Ich mache es ihm nur noch schwerer. Verachtung! Was konnte der Wahrheit weniger entsprechen? Mein ganzes Leben lang hatte ich meinen Vater angesehen, als wäre er ein Gott auf dem Olymp. Verachtung. Was für eine merkwürdige Vorstellung. Halluzinierte er? Und dann dachte ich, ob vielleicht doch etwas Wahres daran war. Bewunderte ich ihn wirklich rückhaltlos? Oder gab es da auch einen Zweifel, aus einem Wissen heraus, das über all die Jahre entstanden war, in denen ich als sein Sohn heranwuchs, in seinem Haus, in seiner Nähe, wenn er schlechte Scherze machte und seichte Bemerkungen, die einen Schatten auf dieses unangefochtene Symbol israelischer Zähigkeit und israelischen Erfolgs warfen? War er wirklich so klug, so stark, so engagiert? Du siehst mich mit solcher Verachtung an. Die persönlichste Bemerkung, die er jemals an mich gerichtet hatte, und dies ohne Zweifel in einem Augenblick, als seine Kontrollmechanismen außer Funktion waren, als er seine Gedanken nicht zensieren und dem Bild anpassen konnte, das er abgeben wollte.

War das möglich? War es möglich, daß ich ihn verunsicherte? Ein wenig so, wie er mich?

Er starrte immer noch auf die Zeitungen. Ich stand auf und ging hinaus. Auf halbem Weg begegnete mir die Nachtschwester.

»Er muß auf die Toilette.«

»Ich gehe zu ihm.«

»Brauchen Sie meine Hilfe?«

Sie lächelte. »Nein. Das mache ich ständig.«
Ich blieb auf dem Flur und sah ihr nach. Ich hörte, wie sie sagte: »Guten Tag, Herr Ryke. Wie fühlen Sie sich? Sie sehen gut aus«, mit freundlicher, fröhlicher Stimme. Seine Antwort hörte ich nicht. Ich lehnte mich an die Wand, durch das Fenster am Ende des Flurs sah ich in der Ferne die Lichter von Jerusalem.
Ich erinnerte mich noch an den Bau des Krankenhauses vor mehr als dreißig Jahren, eines der größten Bauvorhaben, das mein Vater jemals initiiert hatte. Jerusalem brauchte unbedingt ein gutes, großes Krankenhaus. ›Hadassa‹ auf dem Scopus-Berg war im Unabhängigkeitskrieg an die Jordanier gefallen. In der Stadt gab es drei oder vier kleine Krankenhäuser, mitten im Lärm und Trubel des Verkehrs, ohne Platz und ohne moderne Ausrüstung. Das neue Krankenhaus war auf den Bergen einige Kilometer außerhalb der Stadt gebaut worden, in einer wunderschönen Landschaft, mit freiem Blick in alle Richtungen. Es war riesig.
Die Krankenschwester kam aus dem Zimmer.
»Wie geht es ihm?« fragte ich.
»Gut. Sehr gut«, sagte sie mit einem Lächeln und ging weiter.
Ich kehrte ins Zimmer zurück. Mit Erleichterung stellte ich fest, daß er anscheinend wieder eingeschlafen war. Auf Zehenspitzen ging ich zum Stuhl und setzte mich leise hin, selbst mein Atem ging leise.
Ich saß in der Stille des halbdunklen Raumes und versuchte darüber nachzudenken, was ich tun konnte, um diesen Augenblick nicht zu verpassen, diese Chance nicht ungenutzt zu lassen. Wer weiß, wie lange er noch zu leben hat, wie lange wir noch zusammensein können. Verpaß diesen Augenblick nicht. Doch mir fiel nichts ein, was ich hätte tun oder sagen können. Wie sollte man zwei Menschen nach so vielen Jahren nun plötzlich in dieser seltsamen Situation zusammenbringen? Wie ließen sich lebenslange Muster aufbrechen? Gab es überhaupt etwas, das ich tun konnte? Was war denn diese große Wahrheit, über die ich eine Kommunikation zwischen uns herstellen wollte? Liebe? Verständnis? Frieden?
Ich wollte eine Brücke zu ihm finden.
Ich hatte keine Ahnung, was ich damit meinte. Ich wollte eine

Brücke zu ihm finden. Irgendwie, mit irgend etwas Realem und Endgültigem und Dauerhaftem, das nie mehr Zweifeln und Deutungen ausgesetzt sein würde.
Ich erinnerte mich dunkel an alle möglichen Menschen, die ich im Laufe meines Lebens kennengelernt hatte und die ihre Kinder als ihre engsten Freunde bezeichneten. Warum war das bei uns nicht möglich? Was hatte dem im Wege gestanden? Die Starrheit unserer Charaktere? Der Staat Israel? Ein Mangel an Gefühlen? Und wenn tatsächlich ein Mangel an Gefühlen die Ursache war, und ich konnte nichts daran ändern, konnte ich dann akzeptieren, daß diese Gefühle einfach nicht da waren?
Jeder Mensch kanalisierte auf irgendeine Weise seine Gefühle und Energien. Bei meinem Vater war es immer die Arbeit gewesen. Für meine Mutter stand die Familie an erster Stelle. Vielleicht besaßen Frauen die Fähigkeit zu differenzierteren Gefühlen.
»Ist Wasser da?« fragte mein Vater.
Seine Augen waren immer noch geschlossen. Woher wußte er, daß ich da war? Oder redete er nur für den Fall, daß irgend jemand im Zimmer war, ganz egal wer?
»Möchtest du trinken?«
Er nickte, ohne die Augen zu öffnen.
Ich goß etwas Wasser aus einer Kanne in ein Glas, das auf dem Nachttisch neben dem Bett stand. Ich legte ihm den Arm um die Schultern, zog ihn zu mir und richtete ihn auf. Er öffnete die Augen und sah mich an. Ich hielt ihm das Glas an die Lippen. Langsam trank er. Sein Körper lastete schwer auf meinem Arm. Ich spürte die Muskeln auf seinem Rücken, auch mit achtzig war er noch wie ein Fels gebaut.
»Genug.«
Er schloß die Augen wieder. Ich stellte das Glas auf den Nachttisch und ließ ihn langsam und vorsichtig auf das Kissen zurückgleiten, während seine rechte Hand meinen Arm festhielt. Ich drückte das Kissen hinter seinem Rücken zurecht.
»Gut so?« fragte ich.
Er öffnete kurz die Augen und nickte, dann schloß er sie wieder, doch seine Hand blieb auf meinem linken Arm.

»Assaf...« Sein Gesicht war mir zugewandt, seine Augen geschlossen.
»Ja?« sagte ich.
»Du mußt vor Gericht?«
»Wer hat dir das gesagt?«
»Wann ist der Termin?«
»In zwei Wochen.«
Er öffnete die Augen und sah mich an.
»Viel Glück!« sagte er.
»Danke... Dir auch.«
Er lächelte und schloß die Augen. Seine Hand lag immer noch auf meinem Arm, und so schlief er ein, und ich saß auf meinem Stuhl und bewegte mich nicht, und es machte mir gar nichts aus, mich nicht zu bewegen. Vielleicht war da ja doch eine Brücke zwischen uns entstanden.

31

Das Telefon auf dem Boden meines Schlafzimmers begann zu klingeln. Verschlafen griff ich nach dem Hörer.
»Ja, Mutter«, sagte ich. Nur sie konnte vor acht Uhr morgens am Apparat sein.
»Du bist berühmt.« Es war die Stimme einer jungen Frau, aber ich erkannte sie nicht.
»Wer ist da?«
»Danielle.«
Ich hatte sie anrufen wollen, mein letztes erotisches Abenteuer vor Gefängnis vier, aber meine Gefühle ihr gegenüber waren zwiespältig. Sie war aufregend, genau die Art Frau, die mich immer angezogen hatte, weil ich genau wußte, daß sie nicht gut für mich war. Einer dieser Menschen, die mich zu elektrisieren schienen, weil ich sicher sein konnte, daß sie sich keinen Deut um mich scheren würden. Was war stärker, die Erinnerung an ihre schwarzlackierten Zehen in meinem Mund, vermischt mit dem Nachgeschmack von Haschisch und Rotwein, und der Anblick ihres nackten Hinterns auf dem Boden meines Wohnzimmers?

Oder die Erinnerung, wie schnell sie sich in Luft auflöste, als die Militärpolizisten auftauchten, und daß sie danach kein einziges Mal angerufen hatte, um herauszufinden, wie es mir ging und was passiert war?

Der nackte Hintern entschied den Kampf sehr schnell für sich. Trotzdem beschloß ich, es nicht allzu deutlich zu zeigen.

»Wie geht es dir?« fragte ich kühl.

»Mir geht's großartig.« Sie schien high zu sein. Ich fragte mich, ob sie gekifft oder getrunken hatte.

»Aber viel wichtiger«, fuhr sie fort, »wie geht es dir?«

»Mir geht es auch gut.«

»Titelseite und alles. Wow.«

»Wovon redest du?«

»Von dir.«

»Welche Titelseite?«

»Dein Bild in der Zeitung. Sag bloß, du weißt nichts davon.«

»Ich habe keine Ahnung, wovon du sprichst.«

»Na, hier ...« Ich konnte die Freude in ihrer Stimme hören, sie war die erste, die mir die Nachricht brachte. Und sie las es mir Wort für Wort vor: » ›Mordanklage gegen Assaf Ryke.‹ Das steht über dem Bild, das dich zeigt, wie du aus dem Militärgericht in Kastina kommst. Du bist in Khakiuniform. Wann ist das aufgenommen worden?«

»Keine Ahnung.«

»Hier steht nur: ›Ryke beim Verlassen des Gerichts.‹ Dann geht es weiter: ›Der Prozeß gegen den Schriftsteller und Filmregisseur, der des brutalen Mordes an einem arabischen Jungen bezichtigt wird, soll am 18. Mai beginnen. Ein Fotograf konnte Ryke aufnehmen, als er von zwei Militärpolizisten aus dem Gerichtsgebäude geführt wurde. Wie unser Reporter später erfuhr, war Ryke, Sohn eines der prominentesten Industriellen Israels, der sich erst letzte Woche einer Herzoperation unterziehen mußte, seit seiner Festnahme durch Kriminalbeamte der Militärpolizei in Haft gewesen.‹ Das ist alles, aber es steht auf der Titelseite.« Sie trank irgend etwas und schmatzte mit den Lippen. »Du hast wirklich nichts davon gewußt?«

»Nein.«

»Wie lange kannst du kriegen?«
»Du hast nicht mal gefragt, ob ich überhaupt schuldig bin.«
»Ach, weißt du...«, sie trank noch einen Schluck, »ich liebe die Araber nicht gerade. Wenn sie einen Staat wollen, können sie ja nach Jordanien gehen. Aber dieses Land... Die Leute saugen dir das Blut aus, sie suchen nach Sündenböcken. Die ganze Linke in Israel kriecht den Arabern in den Arsch.«
»Wir werden sehen«, sagte ich.
»Wenn du Lust auf einen Drink hast...«
»Ich habe ja deine Nummer.«
»Viel Glück!«
»Danke.« Ich legte auf.
Ich zog die Schuhe an und ging die Treppe hinunter auf die Straße, um mir eine Zeitung zu kaufen. Ich fühlte mich plötzlich sehr unsicher. Die Menschen schienen mich anzustarren, wenn ich an ihnen vorbeiging. Ich ging rasch in den nächsten Supermarkt und sah nach den beiden führenden Tageszeitungen. Ich sah mein Foto sofort. Nur eine der beiden brachte es, die mit der größten Verbreitung in Israel. Danielle hatte nicht gelogen, als sie sagte, ich sei berühmt. Und wenn nicht, dann würde ich es sicher heute abend sein.
Als ich in meine Wohnung zurückkam, klingelte das Telefon. Ich nahm den Hörer ab.
»Herr Ryke?«
»Wer ist da?«
»Rechtsanwalt Ramon möchte Sie sprechen.«
Nach ein paar Sekunden meldete sich Tal.
»Hast du die Zeitung gesehen?« fragte er.
»Ja.«
Er schwieg einen Augenblick. »Ich bin nicht glücklich darüber. Ich habe gar nicht gemerkt, daß ein Fotograf beim Gericht war.«
»Ich auch nicht«, sagte ich.
»Offensichtlich war es kein Pressefotograf. Sonst hätte es nicht so lange gedauert, bis sie es bringen«, sagte Tal. »Das ist Pech.«
»Ja.«
»Wie geht es deinem Vater?«

»Ich glaube, ganz gut«, sagte ich. »Danke.«
»Du hast anscheinend ein besonderes Talent, vor die Kamera zu kommen«, sagte Tal. »Du warst wirklich der letzte, den ich in den Fernsehnachrichten bei unserer Friedensdemonstration erwartet hätte.«
»Ich war selbst überrascht.«
»Ja, also«, wieder trat eine Pause ein. »Sprich auf keinen Fall mit Journalisten.«
»Natürlich nicht.«
»Die kommen und bieten dir an, deine Version der Geschichte zu drucken. Das könnte verlockend sein. Aber mach es nicht.«
»Ich werde es nicht machen.« Ich war erstaunt über seinen Anruf und gerührt. »Ich werde ihnen sagen, daß ich über diese Angelegenheit nicht ohne meinen Anwalt reden kann«, sagte ich leise.
»Ja«, sagte Tal. »Sag ihnen das.«
Nachdem ich aufgelegt hatte, ging ich wieder aus dem Haus und fuhr zum Krankenhaus. Meine Mutter saß bei meinem Vater. Er schlief. Ich winkte sie zu mir in den kleinen Vorraum und zeigte ihr die Zeitung. Sie las den Artikel schweigend durch, ihr Gesicht zeigte keine Regung, dann faltete sie die Zeitung zusammen und legte sie weg.
Sie berührte meinen Arm. »Bist du in Ordnung, Assaf?«
»Ja.«
»Gut.« Sie schenkte mir ein leichtes Lächeln. »Wir werden alle stark sein.«
Wir werden alle stark sein, dachte ich, und que sera sera.

Als ich am frühen Nachmittag wieder in meine Wohnung kam, fand ich mehrere Nachrichten auf meinem Anrufbeantworter. Einige waren von Reportern. Einige von Verwandten und Freunden, darunter auch Shlomo und Paz.
Dann war da noch eine Nachricht von Yoram Cohen. Der Name sagte mir wenig, wohl aber die Stimme.

32 Das Haus des Majors lag in einem Vorort von Tel Aviv, mit dem Auto gut zwanzig Minuten vom Stadtzentrum entfernt. Es war ein relativ neues Viertel, das in den sechziger Jahren entstanden war, zu einer Zeit, als Tel Aviv und ganz Israel rasch expandierten. Ein Vorort für die Mittelschicht, mit unscheinbaren Bungalows, die man nicht weit von der Küste mitten in die Dünen gebaut hatte.
Ich fuhr eine Weile umher und suchte nach dem Haus. Es war ganz anders als in Jerusalem. Der salzige Geruch des Mittelmeers ließ fast vergessene Kindheitserinnerungen in mir aufsteigen, als ich mit meinen Eltern in das Erholungsgebiet nördlich von Tel Aviv gefahren war, wo es nur zwei oder drei Hotels gab und wir im Sommer ein paar Tage verbracht hatten – vier oder fünf Tage, den ganzen Urlaub, den meine Eltern sich im Jahr gönnten. Die Erinnerungen waren undeutlich, nur der Geruch war noch sehr lebendig und ein bittersüßes Gefühl der Sehnsucht nach dieser Zeit, als meine Eltern noch jünger gewesen waren als ich jetzt und wir Spaß miteinander hatten, am Strand spazierengingen, im Meer badeten oder auf dem Sand in der Sonne lagen, und ständig erzählte mein Vater von den großen neuen Dingen, die in Israel geschaffen wurden, von neuen Fabriken, neuen Parks, neuen Ausgrabungen, neuen Erfindungen in der Landwirtschaft und in der Elektronik, die dem Staat nützen und ihn sicher und wohlhabend machen würden. Die Erinnerungen waren undeutlich, aber glücklich. Der Geruch des Meeres brachte mir ein Gefühl der Schlichtheit und der Begeisterung zurück.
Ich parkte meinen Wagen hinter einem gelben Volvo, am Ende einer schmalen, halb von Sand bedeckten Straße, und stieg aus. Das Haus trug keine Nummer, die Haustür kein Namensschild. Ich drückte auf die Klingel.
Eine grüne Haustür öffnete sich. Hinter der Fliegentür erschien eine kleine Frau mit sonnengebräuntem Gesicht und sah heraus.
»Guten Tag, ich weiß nicht, ob ich hier richtig bin...«
»Doch, doch, laß ihn herein«, hörte ich die Stimme des Majors von drinnen. Die Frau öffnete die Fliegentür und bat mich herein.

»Ich bin Assaf.«
»Dalia.« Ihr Lächeln zauberte Falten auf ihre Wangen. Ihr Handschlag war kräftig, ihr Gesicht schlicht und offen, eingerahmt von rostbraunem Haar, und sie trug eine Brille. Ich trat ein. Der Mann war in der Küche, die sich neben dem Wohnzimmer befand; er preßte Orangen aus. Mit seinen Sandalen, der dunkelblauen Hose und dem dunkelblauen Hemd sah er aus wie ein Bauer oder ein Automechaniker.
»Es gibt gleich ein gutes, gesundes Frühstück«, sagte er.
Das Wohnzimmer war einfach möbliert. Es erinnerte mich an die Räume in den alten Kibbuzim. Die wenigen Bücher auf den Regalen waren sämtlich in hebräisch und hatten mit Geschichte oder Geographie Israels zu tun. In der Mitte des Raums stand ein großer niedriger Holztisch mit arabischen Strohstühlen.
Ich setzte mich auf einen der arabischen Stühle.
»Wie nehmen Sie den Kaffee?« fragte Dalia.
»Schwarz und ohne Zucker.«
Der Major war damit beschäftigt, Eier in die Pfanne zu schlagen, wobei er zugleich Tomaten, Zwiebeln und Gurken schnitt. Ein kleiner barfüßiger Junge kam verschlafen ins Zimmer, starrte mich an und rieb sich die Augen.
»Das ist Shneor«, sagte Dalia.
»Hallo«, sagte ich.
»Sag Assaf guten Tag«, rief der Major.
Der Junge sah mich einen Augenblick an, dann ging er unbeeindruckt aus dem Zimmer.
»Shneor?« fragte ich. »Was ist das für ein Name?«
»Wir haben ihn nach meinem Großvater benannt«, sagte Dalia lächelnd. »Er gehörte zu den Gründern von Petah Tiqwa.« Petah Tiqwa galt als die erste jüdische Stadt in Israel. Tor der Hoffnung. Sie gab mir eine Tasse Kaffee. »Er ist unser Jüngster. Die beiden anderen sind am Strand. Soll ich dir helfen, Yoram?«
»Nein«, sagte der Major. Er arrangierte alles auf drei Tellern und stellte sie auf den Tisch. Eier, Salat, Orangensaft, Toast. Dalia brachte Besteck und Papierservietten. Denn setzten sie sich.
»Greifen Sie zu«, sagte der Major. Er steckte sich eine Gabel voll in den Mund. »Das gibt Kraft.«

Dalia lächelte. »Yoram macht ein wunderbares Frühstück. Er ist ganz stolz darauf.«
»Verdammt wahr«, sagte er.
Eine Weile aßen wir schweigend, dann sagte der Major: »Wir müssen mit diesem verdammten Mist fertig werden.«
»Ja«, sagte Dalia, »diese Sache in der Zeitung ist eine Unverschämtheit. Die kennen Sie doch gar nicht.«
Ich sah sie an, und einen Augenblick lang beneidete ich den Major, daß er Frau und Familie hatte. Er war ein großer, kräftiger, gutaussehender Mann. Dalia war eine unauffällige Frau, aber sie hatte etwas Solides, Verläßliches an sich. Ich spürte es deutlich, obwohl ich sie gar nicht kannte. Aber mein Leben lang hatte mich der entgegengesetzte Typ angezogen, der Star. Äußerliche Schönheit. Glamour. Charme.
»Das Gericht wird darüber entscheiden«, sagte ich.
»Die Militärgerichte gehören zur Armee«, sagte der Major. »Sie sind nicht unabhängig, wie es eigentlich sein sollte. Sie halten sich an die Politik der Armee. Das dürfen Sie nicht vergessen.«
Dalia nickte stumm.
»Und welche Politik hat die Armee?« fragte ich.
»Sie schützt sich selbst«, sagte der Major und aß gierig weiter. »Sie sind ein Außenseiter, ein Reservist, dazu noch Schriftsteller und Filmregisseur. Ein Bohemien. Wenn sie der Welt, der UNRWA, Amnesty, dem Roten Kreuz, all diesen Scheißorganisationen, die sich für die armen Araber stark machen – wenn sie denen zeigen wollen, daß es in Israel Gerechtigkeit gibt, dann sind Sie ein gefundenes Fressen. Man kann Sie wunderbar ausschlachten, und Sie werden eine Menge Publicity haben.«
Dalia nickte. »Die haben Sie ja schon.«
»Die Armee zieht Reservisten ein und schickt sie in die Gebiete, damit sie eine feindselige Zivilbevölkerung in Schach halten«, sagte der Major. »Die Armee ist es jedem dieser Soldaten schuldig, ihn zu schützen. Wenn was schiefgeht, sollte man sich die Leute oben vorknöpfen, die die Politik bestimmen, und nicht den Soldaten draußen im Feld. Der Soldat im Feld hat es mit Umständen zu tun, über die er gar keine Kontrolle hat. Das begreift die Presse nicht. Die Presse will Blut sehen. Und die isra-

elische Presse will israelisches Blut sehen. Der reinste Masochismus.«
»Ich habe ja selbst eine Aussage unterschrieben.«
»Aber die ist nicht öffentlich«, sagte der Major. Er schob den leeren Teller zurück und nahm einen Schluck Kaffee. »Die Presse hat sie nicht gesehen. Zumindest sollte das so sein.« Er sah mich an. »Was haben Sie der Militärpolizei erzählt?«
Ich berichtete ihnen kurz das Wesentliche. Sie tranken ihren Kaffee und hörten schweigend zu. Als ich zu Ende war, sagte der Major: »Und das ist alles, was Sie gesagt oder unterschrieben haben?«
»Ja.«
»Möchten Sie noch etwas Orangensaft? Die Orangen sind aus unserem eigenen Garten.«
»Nein, danke.«
Der Major lächelte. »Wissen Sie, Ryke, für einen klugen Kerl wie Sie sind Sie eigentlich ziemlich dumm.«
»Wieso?«
»Aussagen unterschreiben, Fotos bei Gericht.«
»Vielleicht suche ich ja den Nervenkitzel.«
»Ja, Nervenkitzel...«, sagte der Major. »Wer ist Ihr Anwalt?«
»Tal Ramon.«
»Sie meinen... dieser Peace-now-Typ, der den Palästinenserstaat predigt?«
»Genau.«
»Na, ob das klug ist?«
»Er ist wirklich clever.«
»Na gut. Vielleicht ist es gar nicht so schlecht, in diesem Fall einen von der Linken zu haben.« Er gähnte und stand auf. »Machen wir einen Spaziergang am Strand.« Er wandte sich an seine Frau. »Den Abwasch mache ich hinterher.«
»Das sagt er nur«, lachte seine Frau. »Er kocht gerne, aber den Abwasch macht er nie.«
Wir gingen aus dem Haus und zum Strand, der kaum hundert Meter entfernt war.
»Sie haben eine nette Frau«, sagte ich.
»Aus einer der ältesten Familien Israels«, sagte der Major. »Ihr Ur-

großvater hat halb Petach Tiqwa gebaut und ihr Großvater halb Tel Aviv. Aber es waren bescheidene Leute... Aber die von der mütterlichen Seite waren Ultraorthodoxe.« Er lächelte. »Als ich sie kennenlernte, trug sie nur lange Röcke und langärmlige Blusen. Man könnte sagen, ich habe sie von der Religion weggebracht... Vielleicht wäre es andersherum besser gewesen.« Er trat mit der Sandale nach dem Sand. »Was ist mit den beiden anderen, die auch in dem Jeep waren?«

»Der eine hat Selbstmord begangen, ein Leutnant...«

»Ach ja, B-Kompanie. Ich habe davon gehört.«

»Der andere ist in New York, ein prima Kerl.«

»Wie heißt er?«

»Yaron Mugla.«

»Mugla? Was ist das für ein Name?«

»Keine Ahnung. Er war früher Diamantenschleifer in Be'er Sheva. Jetzt ist er in der Umzugsbranche in Brooklyn.«

»Manchmal denke ich, ich sollte auch hier abhauen«, sagte der blonde Major. »Aber es ist zu kompliziert. Kommen Sie, da vorn sind meine Kinder.« Er rief zwei braungebrannte Gestalten zu sich, die im Meer badeten: »Alon! Vered! Kommt her, und sagt Assaf Ryke guten Tag.«

Ich verbrachte den Samstagmorgen mit der Familie des Majors am Strand, wir schwammen, spielten Racketball, und trotz der unerfreulichen Umstände war es ein angenehmer Tag. Als ich mich verabschiedete und in meinen Wagen stieg, um wieder nach Hause zu fahren, dachte ich an meinen Vater und sagte mir: que sera sera.

33

»Achtung!« sagte die junge Militärpolizistin im Rang eines Corporals, deren Uniform zu groß war. Alle erhoben sich in dem kleinen überfüllten Gerichtssaal, als die drei Richter, zwei Oberste und ein Oberstleutnant, den Raum betraten und in den drei schwarzen Ledersesseln unter den Symbolen der Südgruppe, der israelischen Streitkräfte und der Infanterie Platz nahmen. Ich saß am Tisch der Verteidigung auf der rechten Seite des Saales und betrachtete die schöne zweite Staatsanwältin, Captain Gila, die mir gegenübersaß. Ich wußte, daß sie vor zwei Wochen im Prozeß gegen Hamdi, meinen äthiopischen Bekannten aus Gefängnis vier, die Anklage vertreten hatte. Hamdi war jetzt wieder in Gefängnis vier und saß seine dreißigtägige Haftstrafe ab. Die Anklage hatte sich bereit erklärt, den Vorwurf des Angriffs mit einer tödlichen Waffe fallenzulassen, wenn er sich der unerlaubten Entfernung von der Truppe für schuldig bekannte.

In meinem Prozeß vertrat Gila dagegen nicht wie ursprünglich vorgesehen die Anklage. Nach der ersten Zeitungsmeldung über den bevorstehenden Prozeß war die Sache in den Medien so stark hochgespielt worden, daß die Militärstaatsanwaltschaft die Anklagevertretung nicht einer Militäranwältin anvertrauen wollte, die noch jung und relativ unerfahren war. So hatte man diese Aufgabe einem Oberst und Veteranen zahlreicher Militärgerichtsverfahren übertragen.

Der kleine Gerichtssaal war bis auf den letzten Platz besetzt. Als ich die vielen Reporter sah, dachte ich, Israel war wirklich ein seltsam widersprüchliches Land. Da gab es ständig so viele wirklich wichtige Ereignisse, aber sie alle saßen hier in diesem unansehnlichen kleinen Saal, um meinen Prozeß zu verfolgen.

Wir nahmen wieder Platz, und die Richter öffneten die Akten, die vor ihnen lagen. Die Gerichtsschreiberin saß etwas tiefer vor ihnen, halb verdeckt von dem Computer, auf dem sie jedes in der Verhandlung gesprochene Wort festhalten würde. Mein Kopf schien nicht bereit, sich auf das aktuelle Geschehen einzulassen. Mein Blick wechselte zwischen der Gerichtsschreiberin und der Militärpolizistin neben der Tür hin und her, und ich dachte an Sex. Mädchen in Uniform. Junge, unschuldig aussehende Mädchen, denen diese gigantische Militärmaschine ein wenig von ihrer Macht verlieh, und irgendwie gab ihnen das einen ganz besonderen Reiz. Ich dachte an die Dinge, die ich bisher in meinem Leben verpaßt hatte, zum Beispiel Sex mit zwei Frauen gleichzeitig, mit der etwas steif wirkenden Gerichtsschreiberin und der etwas nachlässig gekleideten Militärpolizistin vielleicht, die Kaugummi kauend neben der schweren Holztür saß.

Die vorsitzende Richterin, auch eine Frau und im Rang eines Oberstleutnants, allerdings älter, faltiger, weit weniger attraktiv und ohne jeden Reiz für mich, erteilte dem Staatsanwalt das Wort. Der stattliche, zu vorzeitiger Glatzenbildung neigende Oberst erhob sich und begann, die Anklageschrift vorzulesen. Das Ganze kam mir schäbig vor und auf seltsame Art fern, vielleicht wegen des kleinen, überfüllten Gerichtssaals und des leisen Dröhnens der Bulldozer draußen, die den Boden für einen Neubau planierten. Ich dachte immer nur an die beiden uniformierten Mädchen und an triviale Dinge wie die Frage, wie die Protokollführerin es schaffte, jedes Wort aufzuschreiben, und wie sie wohl ohne das sauber gebügelte Khakihemd aussehen mochte. Ich fragte mich, ob sie wirklich zuhörte und sich eine Meinung über den verhandelten Fall bildete. Ob sie mich gewinnen oder verlieren sehen wollte. Ob sie wohl Oralsex mochte.

Der Oberst schilderte die allgemeine Lage, in die der Fall eingebettet war. Er begann mit einer knappen, beredten Darstellung des palästinensischen Aufstands, der Intifada, der vor vier Jahren begonnen und die poltischen Führer wie auch die Kommandeure und Soldaten der israelischen Streitkräfte vor die gänzlich neue Situation gestellt hatte, tagtäglich mit einer feindseligen, organisierten, unbewaffneten arabischen Bevölkerung umgehen zu müssen. Eine Situation, die, wie der Oberst ausführte, die Armee vor eine Fülle moralischer und praktischer Probleme gestellt hatte. Niemand habe jedoch in den vergangenen vier Jahren jemals in Zweifel gezogen, daß die Gesetze und Prinzipien unseres Landes heilig seien und jederzeit beachtet werden müßten. Mit den Jahren hätten die Probleme und die Verhaltensregeln im Feld sich für Kommandeure und Soldaten klarer herausgeschält, auf der Grundlage der Erfahrung und der neuen Formen des Zusammenlebens zwischen militärischen und zivilen Einheiten in den besetzten Gebieten. Wenn 1988 ein Soldat noch habe behaupten können, er wisse nicht, wie er sich in der neuen, unbekannten Situation verhalten solle, so sei dies 1991 gewiß nicht mehr möglich.

Meine Aufmerksamkeit schweifte ab, und nur gelegentlich nahm ich noch einen Schlüsselsatz auf. Aus irgendeinem Grunde konnte ich mich nicht konzentrieren. Die junge Militärpolizistin hatte, wie ich bemerkte, die Gewohnheit, von Zeit zu Zeit die Hand zu heben und ihr Haar zu richten, was dann auch ihre beiden ausladenden Brüste unter dem viel zu weiten Khakihemd in Bewegung versetzte. Ich nahm mir vor, wenn ich aus diesem Prozeß heil herauskam, würde ich sie um ihre Telefonnummer bitten. Der Oberst wandte sich den besonderen Umständen des Falles zu. In den Wochen vor dem Zwischenfall sei die Lage in den Flüchtlingslagern im Gazastreifen relativ ruhig gewesen, es sei lediglich zu den üblichen alltäglichen Reibereien zwischen der Armee und den Einwohnern gekommen. Er beschrieb die Aufgaben meiner Kompanie am Grenzübergang als reine Routinetätigkeit, die ohne besondere Zwischenfälle verlaufen sei. Dann kam er zum 17. Oktober. Er schilderte die Ereignisse des Tages. Ein kleiner arabischer Junge war in Gaza von einem Militärlastwagen überfahren worden, wodurch die Stimmung aufgeheizt worden sei. Er holte ein paar Blatt Papier hervor und gab jedem der Richter eine Kopie. Dann begann er meine Aussage vorzulesen.
Ich sah auf die Uhr. Seit dem Beginn der Verhandlung waren erst fünfundzwanzig Minuten vergangen. Wir kamen wirklich schnell voran. Ich fragte mich, ob wir wohl mittags schon fertig sein würden. Ich hatte Hunger.
Er brauchte fast fünf Minuten, um meine Aussage vorzulesen. denn er las sehr langsam, als wollte er sicherstellen, daß jedes Wort verstanden und verarbeitet wurde. Offenbar glaubte er, meine Aussage spreche für sich selbst angesichts der von der Armee erlassenen Regeln und Vorschriften, die er zuvor peinlich genau aufgezählt hatte. Schlagen war nur zur Selbstverteidigung erlaubt. Wenn man schlug, zielte man auf Beine oder Arme, nicht aber auf Kopf, Brust, Bauch oder Rücken. Das hatte er überdeutlich herausgestellt. Und ich hatte ebenso deutlich erklärt, daß ich dem Jungen mit dem Kolben meines Gewehrs gegen die Brust geschlagen hatte.
Während er sprach, sah ich mir die Zuschauer an und fragte mich, wer sie wohl waren. Die meisten waren Journalisten und machten

sich Notizen. Aber es gab auch andere. Möglicherweise Zeugen oder einfach nur Neugierige, die den Tag frei hatten und nichts besseres zu tun wußten.
Nach der Verlesung meiner Aussage rief der Staatsanwalt einen Zeugen auf. Dr. Fares Abu Flak. Abu Flak war ein distinguiert wirkender Araber, ein älterer Herr, der über einen Dolmetscher sprach, obwohl er offenbar ein wenig Hebräisch konnte. Der Oberst fragte ihn kurz nach seiner Ausbildung, seinem Arbeitsplatz und seinem beruflichen Werdegang. Dann wandte er sich dem Fall des Haled Abu Haled zu. Er hatte das Dienstbuch der Ambulanz, in dem er den Zustand des Jungen nach der ersten Untersuchung am frühen Nachmittag des 17. Oktober festgehalten hatte. Rippenbrüche und innere Blutungen. Haled war bei Bewußtsein gewesen, als er im Krankenhaus ankam.
Doktor Abu Flak war Chefarzt des Shifa-Hospitals in Gaza.
Der Oberst stellte ihm einige Fragen. Konnte der Tod durch einen einzigen Schlag mit einem Gewehrkolben verursacht worden sein? Dr. Abu Flak sagte, er halte das durchaus für möglich. Auf eine andere Frage antwortete er, er könne sich nicht erinnern, daß der Junge ihm irgend etwas über den Vorfall berichtet habe. Er wußte nicht einmal mehr, ob der Junge überhaupt noch etwas gesagt hatte. Er meinte sich zu erinnern, daß Haled schon nach kurzer Zeit das Bewußtsein verlor und wenige Stunden später starb. Der Leichnam sei wenig später abgeholt worden.
Tal hatte gleichfalls ein paar Fragen.
War es möglich, daß der Tod nicht durch einen einzigen Schlag verursacht worden war?
Dr. Abu Flak räumte ein, daß dies möglich sei.
War der Tod möglicherweise durch Schläge mit anderen harten, stumpfen Gegenständen verursacht worden?
Abu Flak erklärte, er sehe sich außerstande, dies zu beurteilen, und auf wiederholte Fragen räumte er schließlich ein, daß er die genaue Todesursache nicht bestimmen könne. Es sei möglich, daß der Junge von mehr als einer Person und mit mehr als einem Gegenstand geschlagen worden war; es gab zahlreiche Möglichkeiten. Sechs Monate nach dem Vorfall sei es ohne Autopsie, ohne die Leiche oder eine Aussage des Jungen be-

ziehungsweise eines Zeugen unmöglich, eine definitive Antwort auf diese Frage zu geben. Auch über den genauen Zeitpunkt des Ereignisses, das zum Tode des Jungen führte, konnte Dr. Abu Flak keine präzisen Angaben machen. Der oder die tödlichen Schläge mochten dem Jungen bis zu vier oder fünf Stunden vor seiner Einlieferung ins Krankenhaus zugefügt worden sein. Mit anderen Worten, faßte Tal seine Schlußfolgerungen aus der Aussage des Arztes zusammen, Haled Abu Haled konnte an einer unbekannten Zahl von Schlägen gestorben sein, die ihm eine unbekannte Zahl von Menschen irgendwann zwischen elf und sechzehn Uhr mit irgendeinem harten, stumpfen Gegenstand beigebracht hatte.

Danach unterbrach die Vorsitzende die Verhandlung für die Mittagspause.

Als wir den Gerichtssaal verließen, drängten sich die Reporter mit ihren Mikrofonen und Kameras um uns, schossen Bilder und fragten uns, was wir vom bisherigen Verlauf der Verhandlung hielten. Doch Tal, der vor mir ging, schüttelte den Kopf und sagte in seinem ruhigen, aber entschiedenen Ton, solange der Prozeß nicht beendet sei, würden er und sein Klient keine Stellungnahme dazu abgeben. Wir bahnten uns einen Weg nach draußen und gingen zu Tals Wagen, während die ganze Schar der Reporter und eine Fernsehkamera uns folgten. Wir stiegen in den Wagen und fuhren weg. Tal schaltete die Klimaanlage in seinem BMW ein, ich wischte mir mit dem Ärmel den Schweiß vom Gesicht.

»Ich hätte nie gedacht, daß du dir einen deutschen Wagen kaufen würdest«, sagte ich zu Tal.

»Ich bin nicht der Ansicht, daß Menschen für das verantwortlich sind, was die Generation ihrer Eltern getan hat«, sagte er. »In meinen Augen ist das eine rassistische Einstellung.«

»Mag sein. Ich hasse die verdammten Deutschen trotzdem. Ich nähme einen Mercedes nicht mal geschenkt.«

Tal hielt vor einem kleinen, wenig vertrauenerweckenden Restaurant, und wir gingen hinein, um etwas zu essen.

»Na, was denkst du?« fragte ich.

»Ich bin besorgt«, sagte Tal.

»Warum? Du hast gesagt, selbst ein taubstummer und blinder...«
»Die Presse hat Blut gerochen. Da ist auf der einen Seite der Sohn eines der prominentesten Männer in Israel, ein Mann, dem alles auf einem silbernen Tablett serviert worden ist, ein Schriftsteller und Künstler, der behauptet, sich den edelsten, wertvollsten, liberalsten Zielen verschrieben zu haben, und der von einem erstklassigen Anwalt vertreten wird, und auf der anderen Seite ein toter, unbekannter, heruntergekommener Junge aus einem Flüchtlingslager, dessen Eltern ihre Kinder nicht mal ordentlich kleiden und ernähren können; und dann ist da noch die Presse aus aller Welt, ganz zu schweigen von der ganzen liberalen Presse in Israel. Und für wen werden die Militärrichter sich entscheiden? Für den Israeli mit dem silbernen Löffel im Mund? Dieser Prozeß wird in den Medien und in der öffentlichen Meinung geführt, und es geht vor allem um das Image der Regierung und der Armee. Das nüchterne juristische Verfahren spielt dabei noch die geringste Rolle. Die Unschuldsvermutung ist längst über Bord gegangen. Du bist der perfekte Sündenbock, so einen hätten sie sich nicht mal in ihren kühnsten Phantasien ausdenken können.«
Ich verlor langsam den Appetit.
»Willst du damit sagen, daß ich ins Gefängnis muß?«
»Ich werde den Prozeß etwas in die Länge ziehen«, sagte Tal ruhig.
»Warum?«
»Dann verlieren die Medien das Interesse. Ihr Blutdurst trocknet aus. Und wir können deine Sache besser vertreten.«
»Und wie?«
Tal zuckte die Achseln. »Wir werden sehen.«
»Ich möchte nicht, daß der Prozeß sich noch lange hinzieht.« Ich schob den Teller zurück, er war noch halb voll. Tal aß ungerührt weiter.
»Das ist die einzige Möglichkeit«, sagte er.
Um dreizehn Uhr fünfundvierzig trat das Gericht wieder zusammen. Die Anklage brachte drei weitere Zeugen, sämtlich Araber. Den Vater, die Mutter und einen Bruder von Haled Abu Haled,

einen fünfzehnjährigen Jungen namens Salim, was ›Frieden‹ bedeutet.
Ihre Aussagen betrafen den Charakter des Haled Abu Haled; sie beschrieben ihn als einen guten Sohn, der seinen Eltern und Geschwistern zu Hause geholfen, das Leben geliebt und sich nie an gewalttätigen Aktionen beteiligt hatte. Tal stand sogleich auf und legte Einspruch gegen diese Aussagen ein, weil sie unerheblich und voreingenommen seien, doch die Richter wiesen seinen Einspruch ab. Die Zeugen sprachen arabisch, ein Dolmetscher übersetzte ihre Aussagen. Es zeigte sich, daß Haled Abu Haleds älterer Bruder Yussuf gleich zu Beginn der Intifada 1988 durch ein Gummigeschoß ums Leben gekommen war, das ein israelischer Soldat abgefeuert hatte. Zu einem Gerichtsverfahren war es damals nicht gekommen, weil die Armee entschieden hatte, das Geschoß sei gemäß den geltenden Regeln bei der Auflösung einer gewalttätigen Zusammenrottung eingesetzt worden. Auch gegen diese Aussage erhob Tal Einspruch; sie sei unerheblich und stelle eine unzulässige Beeinflussung dar. Der Einspruch wurde angenommen, und der Staatsanwalt ging zu einer anderen Frage über. In seinem Kreuzverhör zeigte Tal, daß Haled Abu Haled in Wirklichkeit ständig Schwierigkeiten gemacht hatte und von der Armee mehrmals als Anstifter und Teilnehmer von Zusammenrottungen festgenommen, dann aber wegen seines relativ jungen Alters wieder freigelassen worden war. Als der letzte Zeuge aus der Familie Abu Haled seine Aussage beendet hatte, war es 16.30 Uhr, und die Verhandlung wurde auf den folgenden Montag, genau eine Woche später, vertagt.
Die folgende Woche war mörderisch. Die Presse überschlug sich. ›Zweierlei Gerechtigkeit für Israelis und Araber?‹ – so lautete der Tenor der meisten Schlagzeilen. Die Zeitungen erwähnten, daß die meisten Araber, die sich des Mordes an Juden für schuldig bekannt hatten, mit der Höchststrafe – lebenslänglich Gefängnis – bestraft worden waren, während allzu viele Juden allenfalls einige Monate wegen der Tötung eines Arabers in Haft verbrachten, meist weil sie nicht wegen Mord, sondern wegen fahrlässiger Tötung angeklagt wurden und dann noch die Mindeststrafe erhielten. Hier jedoch hatte ein Mann eine Tat gestanden, die man

nur als Mord interpretieren konnte. Wie würden die drei israelischen Militärrichter entscheiden?
Tals strikter Anweisung folgend, redete ich überhaupt nicht mit Journalisten – nicht einmal über das Wetter. Wenn die Presse Blut sehen wollte, und davon war Tal überzeugt, hatte es keinen Sinn, mit ihnen zu sprechen. Laß sie schreiben, was sie wollen, aber laß dich auf nichts ein.
Am schlimmsten war noch, daß ich soviel Zeit hatte. Ich hielt mich von den Menschen fern, und der Grund war im wesentlichen derselbe wie bei den Journalisten. Ich versuchte zu schreiben, aber es fiel mir schwer, mich auf Dinge zu konzentrieren, die mir plötzlich fern und bedeutungslos zu sein schienen.

Ich las viel. Hauptsächlich historische Biographien. Lincoln, Goethe, Ben Gurion, Nietzsche, Churchill, Wilde. Menschen, die Krisen durchlebt oder Leid erlitten hatten. Es lag etwas Tröstliches darin, das mich von meinem eigenen Gemütszustand ablenkte.
Eines Tages fand ich einen Brief in meiner Post:

›Lieber Assaf,
Du hast mir gesagt, ich mache Deine Situation nur noch schlimmer, darum will ich Dich lieber in Ruhe lassen. Du sollst nur wissen, daß ich an Dich denke und daß Du nicht allein bist. Ich weiß, wenn Du stark bist und Dir selbst treu bleibst, wird alles gut werden. Paß auf Dich auf.
Dalit.‹

34

Der dritte Verhandlungstag fand fast vier Wochen nach Prozeßbeginn statt. Die Zahl der Reporter und der Neugierigen in dem kleinen Gerichtssaal war zusammengeschmolzen. Andere Dinge nahmen die Aufmerksamkeit der Menschen in Anspruch. Ein Mann hatte wegen finanzieller Probleme zuerst seine Frau und drei Kinder, dann sich selbst umgebracht. Die beiden führenden politischen Parteien des Landes, die Arbeiterpartei und der Likud, lieferten sich eine schmutzige Wahlschlacht im Blick auf die Parlamentswahlen, die am 23. Juni stattfinden sollten. ›Israel wartet auf Rabin‹ – so lautete der Wahlslogan der Arbeiterpartei. Yitzhak Rabin war Generalstabschef der Armee wärend des Sechstagekriegs gewesen und nach dem Yom-Kippur-Krieg dann Premierminister geworden. Ein Skandal wegen eines illegalen Bankkontos im Ausland hatte ihn zum Rücktritt gezwungen. Mehrere Wochen später hatte der Likud die Wahlen gewonnen und war zum ersten Mal in der Geschichte Israels an die Macht gelangt. Seither hatte die Arbeiterpartei unter Shimon Perez sämtliche Wahlen verloren. Jetzt trat sie erstmals unter Rabins Führung an. Ich sah den kommenden Wahlen mit großen Erwartungen entgegen. Zum ersten Mal seit fünfzehn Jahren hatte die Arbeiterpartei eine reale Chance. Rabin war ein komischer politischer Vogel. Er hatte viele Fehler. Es gab Gerüchte, daß er vor dem Sechstagekrieg einen Nervenzusammenbruch erlitten hatte, daß er zuviel trank, und es hieß, daß er ein Mann ohne Vision sei. Doch Rabin hatte sich in den letzten Jahren verändert, dachte ich. Offenbar arbeitete er an sich, und zwar nicht nur an seinem Image, sondern auch an seiner Persönlichkeit. Er strahlte Stärke aus, mehr als irgendein anderer Politiker in Israel, und das, obwohl es zahlreiche Generäle und Kriegshelden unter ihnen gab. Diese Veränderung hatte ich zum ersten Mal bemerkt, als er Verteidigungsminister in der Likudregierung war und als die Intifada ausbrach. Er reagierte hart. Sein Gesichtsausdruck war fest und unnachgiebig, ohne ein Lächeln. Seine Stimme klang neuerdings sehr tief, und er schien eine Haltung entwickelt zu haben, die sagte: »Ihr könnt mich alle...« Ich dachte, dies und seine glänzende militärische Vergangenheit und schließlich auch die Tatsache, daß er trotz seiner siebzig Jahre noch gut aussah, würden ihn attraktiver machen als jede andere politische Gestalt des Landes, und zwar für alle Teile der Bevölkerung einschließlich der rechten Falken. Trotzdem war Rabin für den Frieden. Er war gegen weitere Siedlungen, und er gehörte zur Arbeiterpartei, in der es viele politische Tauben gab. All das war sehr interessant und vielversprechend. Fast ein Jahrzehnt war Israel in Stagnation versunken. Vielleicht bestand eine Chance auf Wandel, ein Hoffnungsfunke.

Durch meine Gedanken hindurch hörte ich Tal sagen: »Ich rufe Judith Anderson in den Zeugenstand.«
Ich sah verwundert auf.
Da war sie, in Lebensgröße.
Sie trug ein schlichtes, mattgrünes Kleid und kein Make-up.
Oberstleutnant Sarah klärte sie über ihre Pflichten auf. Judy Anderson schwor mit ihrer ruhigen Stimme und dem New-Mexico-Akzent, die Wahrheit zu sagen, die volle Wahrheit und nichts als die Wahrheit. Sie machte ihre Aussage auf englisch und antwortet auf die Fragen, die Tal ihr stellte. Von Zeit zu Zeit warf sie mir einen kurzen Blick zu und wandte sich dann wieder an die Richter.
»Ich versuchte, über den Grenzübergang Erez in den Gazastreifen einzufahren, weil ich mir die Überreste des Mosaiks in der alten Synagoge von Gaza ansehen wollte. Am Checkpoint begegnete ich Herrn Ryke, der dort die Aufsicht über die kontrollierenden Soldaten hatte. Zunächst wollte er mich nicht durchlassen, aus Sicherheitsgründen. Ich glaube, er spürte, wie verärgert ich war, und bot mir schließlich an, mich zu begleiten, falls es nicht zu lange dauerte. Wir fuhren in meinem Leihwagen zur Synagoge. Ich sah mir die Synagoge an. Er hörte etwas in seinem Funkgerät und sagte mir, wir müßten sofort zurück. Er sagte, es sei etwas passiert, er wisse nicht genau, was. Unterwegs begegneten wir einem Jeep der Armee. Er redete mit den Soldaten und sagte mir dann, er würde mit ihnen fahren, ich solle unverzüglich zum Grenzübergang zurückfahren. Er stieg in den Jeep, und sie fuhren weg. Ich habe dann gewendet und bin zurück zur Synagoge gefahren.«
»Warum haben Sie das getan?« fragte Tal.
Judy Anderson schwieg einen Augenblick.
»Ich wollte mir die Synagoge noch etwas genauer ansehen. Wir waren kaum fünf Minuten dort gewesen. Aber vielleicht war ich auch ein wenig neugierig, was da passiert war...«
»Was meinen Sie damit?« fragte die Vorsitzende.
»Die Durchsage im Funkgerät. Die Soldaten in dem Jeep. Ich fuhr noch einmal zur Synagoge und sah mich in den alten Ruinen um. Dann fuhr ich zurück.«
»Wie lange waren sie bei den Ruinen?« fragte Tal.

»Etwa eine Stunde.«
»Fahren Sie fort.«
»Ich fuhr mit dem Wagen die Straße entlang, es ist eine schmale Straße, die zur Kreuzung führt, und ich sah mich in der Gegend um, weil ich neugierig war und weil man überall Lärm hörte, und da sah ich eine Gestalt nicht weit von der Straße im Gras liegen. Wahrscheinlich hätte ich sie gar nicht bemerkt, wenn da nicht das rote Tuch um seinen Hals gewesen wäre. Ich hielt den Wagen an und lief zu ihm hin. Ich kniete mich neben ihn. Er hatte die Augen geschlossen, öffnete sie aber, als ich ihn anrührte. Ich fragte ihn, ob er Englisch spreche, und er sagte ›ja‹.«
»Er konnte sprechen?«
»Ja.«
»Bitte fahren Sie fort.«
»Ich fragte ihn, ob er aufstehen könne, aber er zeigte auf sein Bein und sagte: ›gebrochen‹. Und …«
»Sein Bein?«
»Ja, sein rechtes Bein. Ich bemerkte, daß Blut aus seinem Mund lief, wenn er sprach. Ich legte den Arm um ihn und zog ihn hoch. Ich bemerkte einen großen blauen Fleck in seinem Nacken, unter dem Halstuch. Irgendwie habe ich es dann geschafft, ihn ins Auto zu bringen, und bin losgefahren.«
»War er die ganze Zeit bei Bewußtsein?«
»Ja. Ich habe mit ihm geredet, damit er wach blieb. Ich fragte ihn, wer das gewesen sei. Er sagte: ›Soldaten … Israelis‹.«
»Soldaten oder ein Soldat?«
»Soldaten. Israelis.«
»Sind Sie sicher?«
»Ja.«
»Ich kam an die Kreuzung und fuhr nach Gaza hinein. Ich dachte, das wäre der nächste Weg zu einem Krankenhaus. Ich kam an einem Kübelwagen der Armee vorbei, aber sie haben mich nicht angehalten. Ich fuhr weiter …«
»Miß Anderson, wie weit war dieser Kübelwagen von der Stelle entfernt, an der Sie Haled Abu Haled gefunden haben?«
»Etwas mehr als einen Kilometer. Er stand am Straßenrand.«
»Und waren Soldaten darin?«

»Ja, vier oder fünf, vielleicht auch sechs, das kann ich nicht genau sagen.«
»Bitte fahren Sie fort.«
»Ich kam auf eine Hauptstraße der Stadt und sah eine Frau auf dem Gehsteig. Ich sagte: ›Hospital.‹ Sie zeigte mir die Richtung, und zwei Minuten später oder so war ich am Krankenhaus. Ich lief hinein und rief ein paar Leute in Weiß, Männer und Frauen. Sie kamen sofort mit mir heraus. Sie holten eine Bahre und trugen ihn hinein.«
»Und was haben Sie gemacht?«
»Ich bin mit ihnen gegangen. Man brachte ihn in die Notaufnahme. Ich wartete draußen auf dem Flur. Ich habe mit einer Schwester gesprochen, die mir gesagt hat, ich könne nichts weiter tun, sie würden das jetzt übernehmen.«
»War sie Araberin?«
»Ja, soweit ich weiß, waren sie das alle. Ich blieb noch eine Weile da, und dann kam irgendwie ein Fernsehteam ins Krankenhaus und hat mich interviewt. Danach bin ich zurück in mein Hotel gefahren.«
Tal bat, Dr. Fares Abu Falk noch einmal in den Zeugenstand rufen zu dürfen. Die Richterin erinnerte Dr. Abu Falk daran, daß er immer noch unter Eid stand. Tal fragte Dr. Abu Falk, ob Haled Abu Haled ein gebrochenes Bein hatte, als er im Krankenhaus eintraf.
Dr. Falk sagte, er könne sich nicht daran erinnern. Er konnte sich nur noch wenig an Haled Abu Haled erinnern, denn er hatte in den letzten Monaten Hunderte von Jungen behandelt. Er mußte sich auf die Krankenunterlagen verlassen, in denen von Rippenbrüchen und inneren Blutungen die Rede war.
Tal faßte die Tatsachen, die sich aus den Aussagen der beiden letzten Zeugen ergaben, zusammen und sagte, es gebe deutliche Anhaltspunkte dafür, daß Haled Abu Haled von mehr als einem Soldaten geschlagen worden sei, und dies höchstwahrscheinlich, nachdem ich ihn im Orangenhain zurückgelassen hatte. Die Tatsache, daß er von Soldaten im Plural gesprochen hatte und mit gebrochenem Bein einige hundert Meter von dem Ort entfernt aufgefunden wurde, wo ich ihn verlassen hatte, lasse es wahr-

scheinlich erscheinen, daß Haled nach meinem Weggehen aufgestanden war und den Orangenhain verlassen hatte, wo er dann mit großer Wahrscheinlichkeit mehreren Soldaten begegnete, die ihn schlugen, wobei sie ihm das Bein brachen, und ihn neben der Straße liegen ließen, wo Judy Anderson ihn fand. Möglicherweise handelte es sich dabei um die Soldaten in dem Kübelwagen, am dem Judy Anderson vorbeigekommen war, kurz nachdem sie Haled Abu Haled aufgelesen hatte. Es gab keinen Zweifel, daß Haled Abu Haled tot war, sagte Tal, doch hinsichtlich der Identität der Person oder der Personen, die letztlich seinen Tod ursächlich herbeigeführt hatten, blieben doch zahlreiche ungeklärte Fragen. Anschließend rief Tal den Oberst in den Zeugenstand, der die Operationen im Gebiet von Gaza koordiniert hatte. Der Offizier beantwortete Tals Fragen aus, wie er sagte, naheliegenden Gründen der Sicherheit nur äußerst lakonisch, doch er räumte ein, daß am Nachmittag des 17. Oktober 1991 mehrere Suchtrupps in der südöstlichen Umgebung von Gaza unterwegs gewesen waren, also in dem Gebiet, in dem der arabische Junge gefunden worden war.

Damit endete der dritte Verhandlungstag.

Ich verließ das Gerichtsgebäude und ging zu dem kleinen sandigen Parkplatz des Militärgerichtshofs, gleich neben dem Hauptquartier der Infanterie.

Dort stand Judy Anderson, im Schatten eines Eukalyptusbaumes an meinen weißen Daihatsu gelehnt.

Sie hatte etwas Make-up und Lippenstift aufgelegt, wie ich bemerkte, dazu etwas Mascara um die Augen. Ich fand, sie sah wirklich berückend aus.

»Meinst du, du kannst mich mit nach Jerusalem nehmen?«

»Wo wohnst du?«

»Im King David Hotel.«

»Nobel.« Wie Kissinger, Jimmy Carter, James Baker, Frank Sinatra und Elizabeth Taylor, um nur einige wenige zu nennen.

Ich stieg ein und öffnete ihr die Beifahrertür. Ich fragte mich, ob wohl ein Fotograf die Szene fotografierte. Die blonde Zeugin und der Angeklagte. Aber eigentlich war es mir egal.

Ich fuhr vom Parkplatz und bog auf die Straße nach Jerusalem.

Judy Anderson kurbelte ihr Fenster herunter, schüttelte ihr langes glänzendes blondes Haar und ließ es im Wind wehen.
»Ich komme mir vor wie Bonnie und Clyde«, sagte sie.
»Wann bist du hergekommen?«
»Gestern nachmittag.«
»Und wieso?«
»Dein Anwalt hat mich vor ein paar Tagen angerufen...«
»Tal?«
»Ja. Hast du ihm erzählt, daß wir...?« Sie sah mich fragend an. »Daß wir was miteinander hatten?«
»Ich habe ihm gesagt, daß ich dir am 17. in Gaza begegnet bin und dann noch einmal in Jerusalem.«
»Jedenfalls haben wir uns lange am Telefon unterhalten, und schließlich hat er gesagt, es wäre hilfreich, wenn ich als Zeugin aussagte. Da bin ich mit der ersten Maschine hierhergekommen.« Sie sah mich an und sagte: »Ich hoffe, es war hilfreich.«
»Sehr. Ich dachte, du würdest als Zeugin der Anklage aussagen.«
»Natürlich nicht. Ich bin Jüdin.«
»Hat der arabische Junge wirklich ›Soldaten‹ und ›Israelis‹ gesagt?«
»Na ja, er war nicht leicht zu verstehen. Das könnte er gesagt haben. Er hat sehr undeutlich gesprochen.«
»Ich habe dir in New York gesagt, daß ich ihn getötet habe.«
»Ja, ich weiß. Du hast mich auf der 42. Straße im Schnee stehenlassen, so ein unheimlicher schwarzer Obdachloser hätte mich beinahe vergewaltigt.« Sie lächelte, als wäre es eine kostbare Erinnerung für sie.
»Ich versteh dich nicht.«
»Wirklich nicht?« Sie legte die Hand auf mein Knie. »Ich dachte, du hättest verstanden, vom ersten Augenblick an, als wir uns am Checkpoint begegnet sind. Du hast mir so nett von all den Gefahren im Gazastreifen erzählt, und ich habe gedacht« – ihre Hand lag immer noch auf meinem Knie, eine schmale, manikürte, leicht feuchte Hand – »was für ein süßer Soldat..., ob er verheiratet ist..., ob er versucht, mich anzumachen?«
»Ich mache jede an. Das liegt daran, daß ich Israeli bin.«

Sie lächelte.
»Dein Humor hat mir gleich am besten gefallen.« Ihre Hand wanderte meinen Schenkel hinauf.
»Sieh mal...«, sagte ich.
»Was?«
»Bonnie und Clyde haben einen schrecklichen Tod gefunden, dazu noch in Zeitlupe, und mein Humor wird mich noch hinter Gitter bringen. Du hast romantische Gefühle für mich entwikkelt, weil du seit fünf Monaten wieder in New York bist und dich langweilst. Aus der Ferne sieht der Nahe Osten ziemlich exotisch aus.«
»Du wirst nicht hinter Gittern landen. Man wird dich freisprechen. Und du wirst wieder wunderbare Bücher schreiben und wunderbare Filme machen.« Ihre Hand war unter meinem Hemd, ich fühlte die Ringe an ihrem Finger auf meiner Haut. »Kommst du mit mir zurück nach New York? Ich habe eine große Wohnung mit einem herrlichen Arbeitszimmer, in dem du schreiben könntest. Es ist ruhig und hell, und niemand wird dich stören. Du brauchst Ruhe nach all diesem Trubel...«
»Judy.«
»Halt doch einen Augenblick an.«
Ich hielt am Straßenrand neben einem Sonnenblumenfeld. Plötzlich war sie über mir, ihre muskulösen, sonnengebräunten Beine legten sich über meine Schenkel, ihre Arme schlangen sich um meinen Hals. Ihre Lippen preßten sich auf meine. Ihr Haar duftete nach einem teuren Parfüm. Ganz anders als damals am Checkpoint Erez, als sie nur Khaki und Stiefel trug, fast wie ein Soldat.
»Judy...«
»Assaf.« Ich spürte ihren heißen Atem an meinem Hals. Es war ein feuchter Tag, und mein Wagen hatte keine Klimaanlage. Der Schweiß rann uns übers Gesicht. »Assaf. Mein leidender Held...«
Ich schob sie weg.
»Hör zu«, sagte ich. »Ich weiß, daß du mich magst, und ich fühle mich geschmeichelt. Ich bin dir dankbar, daß du hergekommen bist und ausgesagt hast. Das werde ich dir nie vergessen. Aber...,

ich bin kein leidender Held, ich liebe dich nicht. Ich kann dir das nicht vormachen. Früher habe ich solche Sachen gemacht...«

»Was für Sachen?« flüsterte sie.

»Mit Frauen zusammen sein, die ich nicht liebte. Ich kann das nicht mehr. Ich kann nur dein Freund sein. Ich kann nicht... Aber das ist es nicht, was du willst, oder?«

Sie antwortete nicht.

»Sieh mal...«

»Es ist so heiß...«, sagte sie.

»Es wird kühler, wenn wir fahren.«

Ich ließ den Wagen an und fuhr zurück auf die Straße. Fast den ganzen Weg nach Jerusalem schwiegen wir. Als wir vor dem King David Hotel ankamen, sagte sie: »Ist schon gut. Einmal alle paar Jahre mache ich einen vollkommenen Narren aus mir.« Sie blickte mich an. »Meine Eltern haben mich zu übertriebener Unabhängigkeit erzogen. Ich weiß nicht, wie ich... Ich bin bald achtunddreißig.«

»Ich bin bald fünfundvierzig. Achtunddreißig ist jugendlich dagegen.«

»Na ja.« Sie griff nach dem Rückspiegel und sah hinein. »Ich bereue nicht, daß ich hergekommen bin. Ich mag Israel.« Sie lächelte. »Und wenn du mal wieder in New York bist, ruf doch mal an...«

Zwei Tage später flog sie nach Amerika zurück.

Am nächsten Morgen war ich wieder im Gerichtssaal.

35

Tal rief Major Yoram Cohen in den Zeugenstand.

Der blonde Major nahm Haltung vor den drei Richtern an. Tal fragte ihn, wie lange wir uns kannten, und der Major sagte, vierundzwanzig Jahre. Tal fragte ihn, ob wir enge Freunde seien. Der Major sagte, er wisse nicht, wie man Freundschaft juristisch definiere, wir seien nie gemeinsam zu Parties oder in Bars gegangen, sondern nur in der Armee zusammengewesen. Daß er mich ein- oder zweimal im Jahr für ein paar Wochen gesehen hatte, mit

Ausnahme der zwei oder drei Jahre, in denen ich wegen Auslandsaufenthalten nicht im Reservedienst gewesen war. Der Anklagevertreter stand auf und erhob Einspruch, da nicht zu erkennen sei, was die Befragung solle.
Tal sagte, der Zeuge sei zur Zeit des Zwischenfalls wie auch viele Jahre davor mein unmittelbarer Vorgesetzter gewesen. Die Vorsitzende erlaubte ihm, fortzufahren.
Tal bat den Major, den Militärdienst in Gaza mit seinen eigenen Worten kurz zu charakterisieren.
Der Major berichtete von dem ersten Zwischenfall des palästinensischen Aufstands, zu dem es im August 1988 im Flüchtlingslager El Boureij im Gazastreifen gekommen war. Ausgelöst hatte ihn ein ganz normaler Verkehrsunfall im Gazastreifen, bei dem ein arabischer Fußgänger von einem israelischen Autofahrer getötet worden war. Ich erinnerte mich noch lebhaft an diesen Tag.
»Bis dahin«, sagte der Major, »war es in den Lagern verhältnismäßig ruhig gewesen. Es gab gelegentlich Zusammenstöße, aber nichts Außergewöhnliches. Wir taten unseren Dienst in El Boureij, das war alles. Eines Morgens war ich mit meinem Jeep unmittelbar außerhalb des Lagers unterwegs, als ich von einem meiner Zugführer, der auf einer Routinepatrouille im Lager war, über Funk hörte, daß sich dort ein Mob zusammenrottete. Zum Glück war ich nicht weit entfernt. Während ich ins Lager fuhr, alarmierte ich über Funk die übrigen Zugführer.« Der Major sprach mit seiner tiefen Stimme, in nüchternem, militärischem Tonfall und sah gelegentlich verächtlich zu den Reportern hinüber. »Was ich dann sah, war unglaublich. Die Soldaten des Zuges, etwa zwanzig, duckten sich beiderseits der Straße auf den Boden, während ein Meer von Menschen, Tausende von Männern, Frauen und Kindern, schreiend und Stöcke oder Steine in den Händen haltend auf sie zukamen. Es war ein beängstigender Anblick. Ich hatte keine Ahnung, was geschehen würde. Aber es konnte schrecklich werden, denn die Soldaten hatten Angst, das sah man ihnen an. Ich hatte Funkverbindung zu den beiden anderen Zugführern, und sie waren ganz in der Nähe.« Der Major machte eine kurze Pause, dann sprach er weiter. »Ich hatte alles in allem etwa achtzig Soldaten, und da vor uns waren an die zwanzigtausend

Palästinenser. Mir war klar, daß die nächsten Augenblicke über unser zukünftiges Verhältnis entscheiden würden und darüber, ob es Blutvergießen und Tote geben würde. Natürlich hatten die Soldaten Waffen. Aber ich dachte, man schießt nicht auf Zivilisten, sofern es nicht zum äußersten kommt. Doch die Ehre der israelischen Streitkräfte stand auf dem Spiel. Wir konnten nicht zulassen, daß der Mob die Oberhand über uns gewann, uns Angst einjagte oder uns zwang, wahllos auf diese Menschen zu schießen. Ich befahl den beiden anderen Zugführern, von zwei verschiedenen Seiten ins Lager zu kommen und auf meine Befehle zu warten. Es sollte so aussehen, als hätten wir mehr Soldaten, als es in Wirklichkeit waren. Ich wußte, das war der entscheidende Augenblick. Und ich traf eine Entscheidung. Ich befahl den Kommandos, schnell, mit viel Lärm und entschlossen direkt auf die Araber loszustürmen. Stürmt auf sie los, aber ohne einen Schuß abzugeben. So lautete der Befehl...« Der Major sah die Richter an. »Und die Soldaten stürmten voran, schwenkten die Gewehre und schrien wie Indianer in einem Western. Die Menge blieb stehen. Dann drehten die Menschen sich um, liefen davon und zerstreuten sich. Ich befahl den Zugführern und ihren Soldaten, hinterherzulaufen und sie alle in ihre Häuser zurückzutreiben. Zehn Minuten später herrschte Ruhe im Lager. Niemand war verletzt worden, kein einziger Schuß war abgefeuert worden. Und auch danach, für den Rest des Monats, blieb es ruhig in El Boureij. Die Bewohner begegneten uns mit Respekt, und wir ließen sie in Ruhe.« Der Major schwieg einen Augenblick. »Ich erinnere mich noch, wie Ryke zu mir kam, als alles vorbei war. Er sagte: ›Ich hätte nicht den Mumm dazu gehabt, aber Sie haben das Richtige getan.‹ Ryke ist nämlich wirklich ein Scheißpazifist.«

»Einspruch«, sagte der Staatsanwalt. »Das ist unerheblich.«

Der Major hielt inne und sah die Richter an. »Wer nicht in so einer Situation gewesen ist, kann das nicht verstehen. Man kann nicht zu hart sein, aber man kann seine Ehre als Soldat verlieren. Wenn man seine Ehre verliert, nimmt man sie ihnen auch weg. Wir sind im Krieg, das dürfen wir nicht vergessen. Seit vier Jahren haben wir jetzt schon Krieg in den Gebieten. Und der wird nicht für die

Medien gemacht. Da draußen sind Menschen, auf beiden Seiten, die ihr Leben aufs Spiel setzen. Und unsere Leute erhalten zu viele widersprüchliche Signale. Die Befehle sind nicht klar, weil niemand die Verantwortung für den Umgang mit der Zivilbevölkerung übernehmen will. Die ganze Situation in den Gebieten wird nicht von den Militärgesetzen abgedeckt, weil es dafür in der Geschichte Israels keine Präzedenzfälle gibt. Es gibt mündliche Befehle und Regeln für das Verhalten im Feld, aber die Soldaten finden keinen eindeutigen Rückhalt im Generalstab, im Verteidigungsministerium oder in der Militärgesetzgebung. In Wirklichkeit ist der Soldat im Feld immer auf sich selbst gestellt, und wenn man ihn vor ein Militärgericht stellt, muß er erkennen, daß er von dem System, das ihn doch ins Feld geschickt hat, keine Unterstützung erwarten darf, und das ist nicht in Ordnung.«

Stille im Gerichtssaal. Der Major warf einen verächtlichen Blick auf die Reporter, dann wandte er sich wieder den Richtern zu.

»Am 10. Oktober 1991, eine Woche vor dem hier verhandelten Zwischenfall, gab ich Ryke und einigen anderen Soldaten Befehl, einen Araber, dessen Papiere nicht in Ordnung waren, zum Hauptquartier der Zivilverwaltung in El Boureij zu bringen. Der Mann hatte keine korrekten Ausweispapiere, sein Ziel in Israel war unklar, und sein Verhalten schien insgesamt verdächtig. Ich wollte, daß er von der Zivilverwaltung überprüft wird. Ryke und die anderen Soldaten, die unter seinem Befehl standen, fuhren den Araber mit einem Jeep ins Lager. Das dortige Armeehauptquartier befindet sich innerhalb des Flüchtlingslagers. Als sie den Mann dort abliefern wollten, sahen sie einen alten arabischen Mann auf dem Boden liegen, um ihn herum standen mehrere Soldaten. Einige dieser Soldaten beschimpften den Mann und traten ihm gegen die Beine, wie Ryke mir später berichtet hat. Ryke ging zu ihnen und fragte sie, was los sei. Man sagte ihm, der alte Araber sei zusammen mit einem seiner Söhne verhaftet worden, weil man gesehen hatte, daß einige Steinewerfer in sein Haus geflüchtet waren. Der alte Araber, so sagte man Ryke, hatte sich geweigert, mit der Armee zusammenzuarbeiten, und jede Verbindung zu den Steinewerfern abgestritten, obwohl die Soldaten einen seiner Söhne als einen der Steinewerfer identifiziert hatten. Der

alte Mann und sein Sohn wurden geschlagen und in Handschellen zu weiteren Nachforschungen ins Hauptquartier gebracht.
Der alte Araber, der auf dem Boden lag, so sagte mir Ryke, blutete aus dem Mund und sagte immer wieder etwas auf arabisch. Ryke bat den Araber, den er unter Bewachung hatte, ihm zu übersetzen, was der alte Mann sagte, und erfuhr, der alte Araber sagte, er würde sterben und wolle seinem Sohn Lebwohl sagen.
Ryke war empört; er suchte den wachhabenden Offizier und fragte ihn, wie es möglich sei, daß Soldaten auf einen alten, am Boden liegenden Mann eintraten. Der Offizier meinte, die Soldaten ließen wohl nur etwas Dampf ab, aber er werde der Sache sofort ein Ende bereiten. Das tat er dann auch. Man brachte den Araber in ein Zelt, stellte ihn unter Beobachtung und holte einen Arzt. Die Soldaten, die auf ihn eingetreten hatten, erhielten einen strengen Verweis und wurden weggeschickt.
Ryke war jedoch immer noch tief empört über das, was er gesehen hatte, und beschloß, den jungen Araber nicht dort abzuliefern, wie ich ihm eigentlich befohlen hatte. Statt dessen nahm er ihn mit zurück in den Jeep, ermahnte ihn, sich ordentliche Papiere zu besorgen, und ließ ihn außerhalb des Lagers aussteigen. Dann kehrte er zum Checkpoint zurück und erstattete mir Meldung.«
Der Major hielt einen Augenblick inne, dann fuhr er fort. »Ich sagte Ryke, ich könne sein Verhalten nicht billigen, weil er sich meinem ausdrücklichen Befehl widersetzt hatte, den Araber dorthin zu überstellen. Aber er sagte mir, er habe ihn unmöglich an einem Ort zurücklassen können, wo er möglicherweise geschlagen worden wäre, nur weil ein paar Soldaten Dampf ablassen mußten. Ich beschloß, die Sache auf sich beruhen zu lassen. Ich kannte Ryke seit vielen Jahren und ging davon aus, daß er einen guten Grund für sein Handeln gehabt hatte. Das ist alles.«
Der Staatsanwalt war sogleich auf den Beinen.
»Wenn das Gericht erlaubt«, sagte er zu den Richtern gewandt, »möchte ich den Zeugen fragen, was diese ganze Geschichte soll; in meinen Augen zeigt sie nur, daß der Angeklagte fähig war, den Gehorsam zu verweigern.«
»Ich sage Ihnen, was die Geschichte soll«, erwiderte der blonde Major. »Sie zeigt, daß Assaf Ryke nicht fähig ist, einen Araber aus

Rache totzuschlagen. Er konnte nicht mit ansehen, wie ein Soldat einem alten Mann gegen die Beine trat, er war so unfähig dazu, daß er einen anderen Mann auf freien Fuß setzte, um sicherzustellen, daß ihm nicht etwas ähnliches passierte, und das ist so, weil Ryke sich, anders als ich zum Beispiel, nicht mit den Pflichten arrangieren kann, die mit den Aufgaben eines Eroberers einhergehen. Er bekommt Gewissensbisse, wenn er irgend etwas mit Strafaktionen gegen irgend jemanden zu tun hat. Ich bin sicher, wenn er jemanden auch nur leicht mit dem Gewehrkolben geschlagen hätte und hört anschließend, daß der Betreffende gestorben ist, würde er sich automatisch für dessen Tod verantwortlich fühlen, nicht weil er ihn verursacht hat, sondern weil er sich allein schon wegen seiner Beteiligung für schuldig hält...«

»Einspruch«, sagte der Staatsanwalt ärgerlich. »Die ganze Aussage dieses Zeugen ist eine Unverschämtheit. Er war nicht anwesend, als die Tat geschah. Er weiß in Wirklichkeit gar nichts darüber. Er...«

»Ich war nicht dabei, aber ich weiß eine Menge darüber«, sagte der Major mit tiefer Verachtung. »Ich habe schon ähnliche Situationen erlebt. Aber davon haben Sie keine Ahnung. Und ich kenne die Soldaten im Feld, ich kenne diesen einen Soldaten. Ich meine, wer diesen Araber getötet hat, verdient eine Auszeichnung, aber Assaf Ryke war es nicht.«

»Sie können sich jetzt setzen«, sagte Oberstleutnant Sarah, »bevor ich Sie noch wegen Mißachtung des Gerichts bestrafe.«

»Natürlich«, sagte der Major und ging zurück auf seinen Platz in der zweiten Reihe.

Die Vorsitzende wandte sich an Tal. »Ich muß schon sagen, Ihre Methoden, Zeugen der Verteidigung zu präsentieren, irritieren mich sehr.«

»Euer Ehren«, sagte Tal. »Wie wir beide wissen, gibt es in diesem Fall keine Beweise, die zweifelsfrei belegen, daß mein Mandant den Tod des Haled Abu Haled ursächlich herbeigeführt hat. Durch die intensive Beschäftigung der Medien mit diesem Fall vor und während des Verfahrens ist ein Klima entstanden, in dem dieser wichtige Punkt verlorengegangen ist. Ich hätte mein Abschlußplädoyer leichten Herzens schon vor einiger Zeit gehalten,

wenn ich nicht befürchten müßte, daß die sensationslüsterne und politisierende Behandlung dieses Falles durch die Medien einen unheilvollen Einfluß ausüben könnte. Ich fürchte, es ist eine Atmosphäre entstanden, in der Assaf Ryke als Vertreter des grausamen, häßlichen Israel dasteht, während er in Wirklichkeit genau das Gegenteil ist. Er läuft meines Erachtens Gefahr, zum Symbol und zum Sündenbock für etwas zu werden, das gar nichts mit ihm zu tun hat. Israels Image hat in den letzten Jahren gelitten, und vielleicht ist ein Sündenbock vonnöten, aber nicht auf Kosten eines Unschuldigen. Durch meine Zeugen habe ich nicht nur beweisen wollen, daß dieser Mann nicht getötet hat, sondern daß er unter keinen Umständen einen Araber töten würde, es sei denn in der Hitze einer Schlacht, und ich denke, das ist in diesem Fall das mindeste, was ich tun kann.«
Die Vorsitzende nahm ihre Brille ab und wischte mit einem Taschentuch über die Gläser. »Ich habe Ihre Karriere in den letzten Jahren verfolgt, Herr Rechtsanwalt«, sagte sie. »In der Regel stehen Sie auf der anderen Seite.«
Tal schwieg einen Augenblick, dann sagte er: »Ja, Euer Ehren.«
»Aber diesen Fall haben Sie übernommen.«
»Ich habe ihn übernommen.«
»Der Angeklagte ist ein Jugendfreund von Ihnen.«
»Ja.«
»Ist das der Grund?«
Tal sah sie lange an und schwieg. Ich blickte ihn neugierig an.
»Herr Rechtsanwalt«, sagte die Vorsitzende, »ich weiß, es entspricht nicht ganz den Regeln, wenn das Gericht den Verteidiger fragt, warum er sein Mandat übernommen hat, doch in diesem besonderen Fall hätte ich gerne eine Antwort.«
»Er hat mir im Yom-Kippur-Krieg das Leben gerettet«, sagte Tal.
»Könnten Sie die Umstände kurz beschreiben?«
»Unser Schützenpanzer erhielt einen Volltreffer, kurz nachdem wir den Suezkanal überquert hatten. Der Fahrer und der Zugführer wurden dabei getötet. Die anderen sprangen heraus und gingen in Deckung. Ich hatte einen Schock. Assaf kam zurück und zog mich heraus.«

»Sie schulden ihm also etwas.«
Wieder schwieg Tal eine Weile.
»Ich schulde ihm etwas«, sagte er leise, »und ich kenne ihn.«
Meine Augen wanderten von Tal ins Publikum. Abwesend starrte ich auf die Leute, ohne sie wirklich zu sehen. Plötzlich erregte etwas meine Aufmerksamkeit. Mein Blick blieb an jemandem haften, der ganz hinten saß. Es war Yaron Mugla.
»Das Gericht vertagt sich bis nach der Mittagspause«, sagte Oberstleutnant Sarah. »Danach werden wir die Plädoyers der Anklage und der Verteidigung hören.«
Der Staatsanwalt redete etwa eine halbe Stunde und lenkte die Aufmerksamkeit vor allem auf die Versuche der Verteidigung, die Tatsachen durch möglichst viel farbige Rhetorik zu verstellen, die nichts mit dem eigentlichen Fall zu tun habe. Die Tatsachen seien ganz einfach. Der Angeklagte habe sie aus freien Stücken zugegeben. Kein Zeuge der Verteidigung habe diese Tatsachen widerlegen können. Assaf Ryke sei des Mordes an einem unbewaffneten jungen Araber schuldig, von dem er, ohne einen Beweis dafür zu haben, annahm, daß er einen israelischen Soldaten getötet hätte. Das Leben eines Arabers habe im Laufe der Intifada ständig an Wert verloren. Er bat das Gericht um einen Schuldspruch, damit deutlich werde, daß es Gerechtigkeit in Israel gebe und das Leben eines Arabers nicht weniger zählte als das eines Juden.
Anschließend sprach Tal und nannte die Punkte, die er zuvor schon aufgeführt hatte, daß meine Schuld nicht bewiesen worden sei und es gute Gründe für die Annahme gebe, daß Haleds Tod in Wirklichkeit von anderen Soldaten verursacht worden sei, die ihn nach der kurzen Begegnung mit mir gefunden hatten.
»1977 verlor Assaf Ryke seine Frau bei einem terroristischen Bombenanschlag in einem Jerusalemer Supermarkt. Trotz dieser Tragödie hat er stets an seinen gemäßigten toleranten Auffassungen festgehalten und ist für eine Koexistenz von Israelis und Palästinensern eingetreten. Diese Auffassungen finden ihren Ausdruck in jedem seiner Bücher und Filme und in seiner tadellosen Führung in zweiundzwanzig Jahren Reservedienst in den israelischen Streitkräften. Dieser Angeklagte darf nicht zum Sünden-

bock einer öffentlichen Auseinandersetzung um moralische Fragen und eines innenpolitischen Konflikts um das Ansehen Israels im Ausland gemacht werden.« Tal setzte sich.
Die Vorsitzende sah ihre beiden Kollegen an und sagte, das Urteil werde nach einer kurzen Unterbrechung verkündet. Einige Zuschauer standen auf und gingen hinaus, um sich eine Erfrischung zu holen.
Bis zu diesem Punkt hatte ich mir kaum Gedanken um den Urteilsspruch gemacht. Es war mir nicht einmal wichtig, ob er schuldig oder unschuldig lautete. Konnte das mein Leben sonderlich beeinflussen? Wenn das Gericht mich für schuldig befand, würde ich kaum mehr als ein Jahr bekommen und ein paar Monate im Gefängnis verbringen. Die Erfahrung in Gefängnis vier hatte dieser Aussicht einiges von ihrem Schrecken genommen. Und wenn sie mich freisprachen, änderte das auch nicht mehr viel. Die Frage war in der Presse und in der Öffentlichkeit so ausführlich und aus so unterschiedlicher Sicht behandelt worden, daß aus dem Prozeß alle Luft heraus war wie aus einem Ballon. Das Urteil der Richter würde einer Debatte, für die es keine wirkliche Lösung gab, nur noch die Meinung dreier weiterer Menschen hinzufügen.
Die Richter packten ihre Akten zusammen und erhoben sich, um den Saal zu verlassen.
Ich stand auf und fragte, ob ich noch etwas sagen dürfe.
Oberstleutnant Sarah sah mich erstaunt an. Sie legte die Akten zurück aufs Pult. »Ich sehe keinen Grund, warum Sie das nicht dürften.«
»Verzeihen Sie, Euer Ehren«, sagte Tal. »Darf ich kurz mit meinem Mandanten sprechen?«
Sie nickte. »Natürlich.«
Tal wandte sich an mich und sagte mit ruhiger Stimme:
»Sie werden dich freisprechen.«
Ich sah ihn fragend an. »Woher weißt du das?«
»Wenn sie in zehn Minuten mit dem Urteil zurück sein wollen, gibt es keinen Schuldspruch.«
Ich blickte ihn nachdenklich an. Er war ein kluger Kerl, er war es immer schon gewesen.

»Es kann nur schaden, wenn du jetzt noch etwas sagst«, flüsterte er.
»Ich muß«, sagte ich.
Er schüttelte den Kopf. »In Ordnung.«
Ich berührte seine Hand. »Danke für alles, Tal.«
Er lächelte traurig. »Gern geschehen.«
»Hohes Gericht«, sagte ich. »Ich bin des Mordes angeklagt, und die Verteidigung hat auf berechtigte Zweifel hingewiesen. Niemand kann verurteilt werden, wenn berechtigte Zweifel bestehen, daß er die Tat begangen hat. Nun scheint es mir recht klar, daß in diesem Fall berechtigte Zweifel bestehen, ob ich den Tod Haled Abu Haleds tatsächlich herbeigeführt habe. Darum scheint mir auch berechtigte Aussicht zu bestehen, daß ich dieses berechtigten Zweifels wegen freigesprochen werde. Das bereitet mir Sorgen. Ich bin kein Rechtsanwalt, und ich interessiere mich nicht besonders für die technischen Feinheiten des juristischen Verfahrens. Aber ich möchte nicht wegen berechtigter Zweifel oder anderer juristischer Spitzfindigkeiten freigesprochen werden. Ich habe Haled Abu Haled verfolgt, weil ich mir ziemlich sicher war, daß er Benny Grossman angezündet und lebendig verbrannt hatte. Als ich die Erkennungsmarke bei ihm fand, war ich mir ganz sicher. Nicht juristisch sicher, sondern einfach nur sicher. Benny war ein wunderbarer Mensch, und er war mein Freund. An diesem Morgen in dem Orangenhain wollte ich seinen Mörder töten, wer immer es sein mochte. An Recht und Gesetz habe ich damals nicht gedacht. Ich fühlte mich vollkommen im Recht. Ich habe den Jungen mit all meiner Wut und meinem Haß niedergeschlagen, und das einzige, was ich dabei sah, war Bennys verkohlte Leiche. Ich habe ihn niedergeschlagen und bin weggegangen, und ich hatte keinen Zweifel, daß er sterben würde, und ich war erleichtert, daß es vorbei war. Es gab also keinen berechtigten Zweifel, zumindest was meine Gefühle damals anging. Danach wollte ich nicht mehr daran denken. Es war vorbei. Ich wollte vergessen. Ich bin nach New York gefahren, weil ich nicht wollte, daß irgend jemand mir Fragen stellte. Als ich nach Israel zurückkam, schien der Fall abgeschlossen und vergessen. Aber früher oder später meldet sich die Erziehung, die man genossen

hat. All die Dinge, die man sein Leben lang gelernt hat. Jüdisches Schuldgefühl oder was auch immer. Und das ganze Problem der Araber in Israel, von Recht und Gesetz. Es war nicht mehr der 17. Oktober, und ich war nicht mehr in diesem Orangenhain, sondern zu Hause in Jerusalem. Andere Dinge geschehen. Man sieht Dinge im Fernsehen, liest Zeitung, man beginnt zu denken statt zu fühlen. Ich habe keine klare Meinung zu diesem Fall. Ich weiß nicht, ob ich im eigentlichen Sinne des Wortes schuldig oder nicht schuldig bin. Aber es geht nicht um berechtigte Zweifel. Ich habe den Jungen niedergeschlagen und wollte, daß er stirbt, und in diesem Augenblick war es das einzige, was mir überhaupt wichtig war.« Ich sah die Richter an und sagte:
»Dafür möchte ich die volle Verantwortung übernehmen.«
Die Richter berieten drei Stunden lang, dann kamen sie zu dem Schluß, daß ich mich der fahrlässigen Tötung schuldig gemacht hatte.
Sie verurteilten mich zu drei Monaten Gefängnis.
Am nächsten Morgen um elf Uhr hatte ich mich in Gefängnis vier einzufinden.

36

Mugla und ich saßen in einem Jerusalemer Restaurant und aßen, wie wir es in New York getan hatten. Es gab Salat und Brot mit Käse, Marmelade und Oliven, frischen Orangensaft und Kaffee. Ein Frühstück nach israelischer Art.
»Was führt dich ins Heilige Land?« fragte ich.
»Dein Prozeß.«
»Sag bloß, es hat in der New York Times gestanden?«
»Das weiß ich nicht«, sagte Mugla. »Es stand in den israelischen Zeitungen. Ich kaufe sie mir dreimal in der Woche.«
»Ich dachte, du wolltest das alles hier hinter dir lassen.«
»Nein, wir lesen darüber.«
»Es ist aufregend«, sagte ich, »in New York zu sein und die Nachrichten aus Israel zu verfolgen. Ich bin fast verrückt geworden. Man macht sich Sorgen über Dinge, an die man hier keinen Ge-

danken verschwenden würde. Terroranschläge, Saddams Raketen..., sogar Verkehrsunfälle.«

»Ich weiß, was du meinst«, sagte Mugla.

»Wie geht es deiner Frau?«

»Sie gibt Hebräisch-Unterricht. In Brooklyn Heights.«

Er aß schweigend weiter.

»Und deinen Kindern?«

Er hob seinen Blick nicht. »Sie gewöhnen sich langsam ein.«

»Und das Geschäft?«

»Gut.« Er starrte weiter auf seinen Teller. »Vielleicht kommen wir zurück.«

»Wirklich?« sagte ich.

»Alle unsere Freunde in New York sagen, sie gehen zurück. Und sie sind schon fünf, zehn, fünfzehn Jahre da. Sie machen Pläne, reservieren Flüge... und dann, noch einen Sommer..., noch ein kleines Geschäft... Aber sie bleiben da, sie schaffen es nicht mehr. Aber sie reden von nichts anderem. Und Nurit und ich, wir haben uns eines Abends gesagt... Also gut, jetzt sind wir mal draußen gewesen. Eigentlich ist es uns gar nicht so wichtig, reich zu werden. Und vielleicht gibt es ja Frieden, nach den Wahlen.«

»Bist du verrückt?«

»Diese Regierung wird stürzen«, sagte Mugla. »Wo ich herkomme, haben alle sie gewählt. Aber diesmal nicht. Und die russischen Einwanderer sind auch sauer. Das ist ein Zehntel der Bevölkerung. Die Menschen wollen Frieden.« Mugla schob sich eine Gabel voll geschnittener Tomaten, Zwiebeln und Gurken in den Mund. »Ist das der Salat, den du gemeint hast?«

»Ja.«

Mugla nickte.

»Vor einer Woche bekam ich diesen Anruf«, sagte er. »Eine unbekannte Stimme, hebräisch, aus Israel. ›Sind Sie Mugla?‹ ›Ja‹, habe ich gesagt. ›Es kann sein, daß wir Sie hier brauchen...‹«, Mugla lächelte. »Es war dein Kompaniechef, der Major. Hat meine Nummer wohl über die Armee bekommen oder so was. Er hat gesagt: ›Es gibt einen Prozeß, vielleicht wird Ihre Aussage gebraucht. Machen Sie sich keine Sorgen wegen des Flugtickets...‹ Einfach so, ich kenne ihn gar nicht...« Mugla trank seinen

Orangensaft. »Ich habe ihm gesagt, ich zahle meinen Flug selber. Ich wollte sowieso hierher. Der ist in Ordnung, der Major. In Amerika machen sie den Salat nicht so.«

»Nein«, sagte ich.

Mugla schüttelte den Kopf. Er lächelte und verlangte die Rechnung. »Jetzt brauchte ich gar nicht auszusagen. Aber ich bin trotzdem froh, daß ich gekommen bin. Jetzt bleibe ich noch etwas und gehe zur Wahl. Wenn es einen Wechsel gibt, will ich dazu beigetragen haben.«

Er bekam die Rechnung und zahlte.

»Danke«, sagte ich.

»Wofür? Du hast in New York bezahlt. Und da war es teurer.«

»Weißt du, Mugla«, sagte ich, »wenn ich direkt oder indirekt dazu beigetragen haben sollte, daß du nach Israel zurückkommst, dann, finde ich, wird die Zeit im Gefängnis nicht ganz umsonst gewesen sein.«

Er nickte. Wir standen beide auf.

»Ich muß jetzt nach Tel Aviv«, sagte Mugla. »Ich muß meine Schwiegereltern besuchen. Laß es dir im Gefängnis gutgehen. Wenn du wieder draußen bist, sind wir vielleicht schon zurück.«

Wir schüttelten uns die Hand und gingen auseinander.

Anschließend fuhr ich zu meinen Eltern in die Wohnung, um sie zu sehen und mich von ihnen zu verabschieden.

Mein Vater hatte sich vollkommen erholt, auch wenn er selbst sagte, er lebe wie ein Faulpelz, weil er nur zwölf Stunden am Tag arbeitete.

Wir saßen da und unterhielten uns über die anstehenden Wahlen. Über Hoffnung. Über die Zukunft.

Als ich mich erhob, um zu gehen, zündete er eine Zigarre an und hielt sie mir hin. Ich nahm sie. Er zündete sich selbst auch eine an. Er setzte sich in seinen Lehnstuhl und rauchte.

»Assaf.«

»Ja.«

»Nimm's leicht«, sagte er.

Ich legte ihm die Hand auf die Schulter.

»Du auch.«

Meine Mutter brachte mich an die Tür.
Sie gab mir einen Kuß. »Bis bald, Assaf.«
»Ja«, sagte ich und ging die Treppe hinunter. »Paß auf, daß er nicht zuviel raucht.«
Ich stieg in den Wagen und fuhr nach Ziffin. Um elf Uhr meldete ich mich am Gefängnistor, wie das Militärgericht mir aufgetragen hatte. Die Aufnahmeprozedur war schnell erledigt. Das Gefühl, zu versinken, wie ich es beim letzten Mal erlebt hatte, stellte sich nicht wieder ein. Selbst das Wetter war besser. Es war ein angenehmer, warmer Sommertag. Ich war mit mir selbst im reinen.
Die nächsten zwei Monate vergingen rasch.

37

Als ich Gefängnis vier verließ, ging ich über das Gelände des Militärlagers Zriffin bis zum Tor. Vor dem Tor, auf dem ungepflasterten Parkplatz, stand mein Wagen, immer noch heil, wie ich ihn verlassen hatte. Zwei Monate waren vergangen. Ich hatte der Gesellschaft den Preis für die Tötung oder für die Beteiligung an der Tötung eines arabischen Jungen gezahlt, der sich an der Ermordung eines israelischen Soldaten beteiligt hatte. Ich empfand keine Gewissensbisse, keinen Zorn. Dieses Kapitel meines Lebens war abgeschlossen.
Ich ging über die Straße zu dem kleinen Kiosk und kaufte mir eine Dose Coca Cola. Eisgekühlt in der heißen Sonne schmeckte das Zeug großartig. Ich war fünfundvierzig Jahre alt. In Israel hatte die Regierung gewechselt. Von rechts nach links. Die Arbeiterpartei hatte den Likud geschlagen. Freunde meines Vaters waren nun wieder an der Macht, und Israel war wieder golden. Die Aussicht auf Frieden hatte sich gebessert, desgleichen die Aussicht auf bessere Beziehungen zu den Vereinigten Staaten und anderen Ländern und für die Wiederbelebung der Einwanderung aus Rußland. Ich trank die Cola, wunderte mich, wie gut sie schmeckte und daß ich keinerlei Zynismus verspürte. Mein Leben lang war ich ein Skeptiker und in vielerlei Hinsicht ein Pessimist gewesen. Ich wußte, daß Politiker und politische Veränderungen selten

oder niemals hielten, was sie versprachen. Doch ich empfand Hoffnung. Israel, ein junges Land, in dem sich niemals etwas zu ändern schien, hatte endlich für Veränderung gestimmt. Und das war schon für sich allein ein gewaltiger Schritt. Selbst wenn die Veränderung noch lange brauchen oder am Ende gar scheitern sollte. Der erste Schritt war getan.

Aber vielleicht würde sie nicht scheitern.

Ich empfand einen ungewohnten Optimismus.

Vielleicht empfand ich auch nur so, weil ich gerade meine Freiheit wiedergwonnen hatte. Aber ich hatte den Eindruck, es war mehr daran. Wie oft hatte ich in den letzten Jahren das Gefühl gehabt, daß Ideale wie auch Freundschaft und Ehe ihre Grundlage meist in Bequemlichkeit oder in der Angst vor Einsamkeit hatten, ganz wie die Religion, daß sie egoistisch und letztlich unaufrichtig waren. Gab es wahre Liebe? Echtes Engagement? Wirklichen Idealismus? Ich hatte es oft genug bezweifelt. Ich wußte selbst nicht genau, ob das der Grund war, weshalb ich, wenn Leute in der Öffentlichkeit von ihren Grundsätzen sprachen und zum Kampf für eine edle Sache aufforderten oder dazu, sich für die Mitmenschen aufzuopfern, immer am liebsten: ›Lügner! Lügner! Lügner!‹ gerufen hätte. Das tust du nur für dich. Für Macht, Geld, Ehre, Bewunderung. In Wirklichkeit kümmert dich das alles gar nicht.

Sogar Freunde vergaßen einen. Wenn sie heirateten und Kinder bekamen und einen Beruf wählten, der nichts mit deinem eigenen Beruf zu tun hatte, verschwanden sie nach und nach. Und wenn man ihnen später dann ab und zu begegnete, hatten sie sich vollkommen verändert, und man fragte sich, wo die wunderbare Freundschaft geblieben war. War es tatsächlich eine tiefe Freundschaft gewesen? Hatte es sie überhaupt jemals gegeben?

Das galt sogar für langjährige Kameraden aus der Armee, für Schulfreunde, für alle. So hatte ich gedacht.

Doch Tal, Mugla, Judy Anderson, der Major, sie alle hatten sich für mich eingesetzt, obwohl keiner von ihnen viel dabei gewinnen konnte.

Ich war optimistisch.

Ich dachte an den Auftritt des Majors vor Gericht. Er schien enttäuscht von der militärischen Hierarchie, von der Befehlskette, von der Presse und den neugierigen Zuschauern, die den kleinen Gerichtssaal füllten. Offenbar hatte er das Gefühl, daß sie alle nicht verstanden.

Ich dachte an all die Bemühungen, die er unternommen hatte, um mir zu helfen; er hatte sogar ein Militärgerichtsverfahren riskiert, indem er sich praktisch selbst beschuldigte, nur um mir einen kleinen Vorteil zu verschaffen.

Ich hatte noch nie in meinem Leben etwas für den Major getan, er hatte gar keinen Grund, sich so für mich einzusetzen, aber er tat es dennoch.

Ich ging zum Kiosk und kaufte mir ein paar Telefonchips. Ich fragte den Kioskbesitzer, wo das nächste öffentliche Telefon sei, und er zeigte auf das Krankenhaus gleich hinter dem Tor. Ich ging hinüber.

Neben dem Eingang befanden sich zwei Telefone. Ich holte mein Adressbuch heraus und sah nach der Telefonnummer des Majors. Ich warf einen Chip ein und wählte. Eine junge Frau meldete sich. Ich fragte nach Yoram Cohen.

»Yoram Cohen arbeitet nicht mehr hier.«

»Was soll das heißen?« fragte ich. »Ihm gehört die Firma.«

»Er muß sie verkauft haben«, sagte das Mädchen. »Ich bin neu hier. Ich kenne nur den jetzigen Besitzer, Herrn Margalit.«

»Ist er da?«

»Nein, er ist auf einer Baustelle.«

»Haben Sie die Telefonnummer von Herrn Cohen?«

»Nein, tut mir leid.«

Verwirrt hängte ich ein. Der Major hatte nichts davon gesagt, daß er die Absicht hatte, das Geschäft zu verkaufen. Wann hatte ich ihn das letzte Mal gesehen. Vor zwei Monaten, während meines Prozesses. Aber da hatten wir nur kurz miteinander sprechen können.

Ich stieg in meinen Wagen und blieb drei Minuten bei laufendem Motor sitzen. Ich war besorgt wegen des Majors und beschloß, der Sache nachzugehen.

Der Vorort, in dem er wohnte, lag eine halbe Stunde von Ziffin entfernt.

Ich hielt am Ende der schmalen, mit Sand bedeckten Straße, die ich nun schon kannte. Der gelbe Volvo war nicht da. Ich stieg aus und klingelte. Keine Antwort. Ich drückte nochmals auf die Klingel und wartete, dann öffnete ich die Fliegentür und griff nach dem Türknauf der dahinter liegenden grünen Holztür, da ging die Tür plötzlich auf, und Dalia, in Shorts und T-Shirt, sah mich an.
»Entschuldigung«, sagte ich. »Ich habe ein paarmal geklingelt, aber Sie haben nicht geantwortet. Ich wußte nicht einmal, ob Sie noch hier wohnen...«
»Ich war mit Shneor draußen«, sagte Dalia. »Ich habe Sie nicht gehört. Kommen Sie doch rein.«
»Ich habe den Major angerufen, aber er war nicht in seinem Büro.«
»Nein, nein«, sagte sie. »Kommen Sie rein, und schließen Sie die Tür. Es wimmelt hier von Mücken.«
Ich schloß die Fliegentür und folgte ihr ins Haus. Shneor warf mir einen neugierigen Blick zu und zog sich dann in den Flur zurück.
Dalia ging zum Kühlschrank. »Seit wann sind Sie wieder draußen?«
»Seit einer halben Stunde.«
»Mazal Tov.«
»Danke. Wo ist der Major?«
»Er ist bei der alten Bäckerei. Wissen Sie, wo das ist?«
»Ja«, sagte ich. »Was heißt das, er ist bei der alten Bäckerei? Was macht er da?«
»Er arbeitet.«
Sie goß Orangensaft in ein Glas und gab es mir.
»Danke. Was heißt arbeiten? Was macht er?«
Dalia lächelte. »Am besten fahren Sie hin und sehen selbst. Er wird sich freuen, Sie zu sehen.«
Ich fuhr zu der alten Bäckerei, die sich an einer der Hauptstraßen im alten Viertel der Stadt befand. Ich fuhr langsam an der Bäckerei vorbei, sah aber nichts vom Major. Ich hielt auf einem nahegelegenen Parkplatz und stieg aus.
Ich ging zurück zur Bäckerei und fragte mich, was ich überhaupt suchte. Ich blieb am Eingang stehen und betrachtete einen

Augenblick die Menschen, die hineingingen und mit frischgebakkenem, noch warmem Brot wieder herauskamen.
Nicht weit entfernt sah ich einen weißen Lieferwagen, an dem ein paar Leute standen, und ich beschloß, hinzugehen und zu fragen, ob in der Nähe kürzlich ein neues Geschäft eröffnet worden war.
Als ich um den Wagen herumging, erkannte ich, daß er als Blumenstand diente; auf dem Gehsteig standen Dutzende von Eimern mit Wasser und Blumen. Vor dem Wagen standen mehrere Kunden, einige von ihnen mit Broten unter dem Arm, die sie gerade in der Bäckerei gekauft hatten, und warteten darauf, bedient zu werden.
Der Major, in Bluejeans und aufgekrempelten Hemdsärmeln, war eifrig mit dem Verkauf der Blumen beschäftigt.
»Geranien, Dahlien, heute morgen frisch hereingekommen, Narzissen, Rosen, Lilien.« Während er sprach, wies er mit der Hand auf die Blumen und zeigte ein breites Lächeln, das ich gar nicht an ihm kannte.
»Wieviel kosten die Narzissen?« fragte eine Frau.
»Der kleine Strauß zehn Shekel, der große fünfzehn.«
Mit raschen, routinierten Bewegungen stellte er einen Strauß zusammen, schlang ein Gummiband um die Stiele und reichte der Frau die Blumen.
»Viel Spaß damit«, sagte der Major lächelnd.
»Danke schön«, sagte die Frau.
Sie ging weg, und der Major wandte sich dem nächsten Kunden zu, einem jungen Mann, der wie ein Student aussah.
»Was kann ich für Sie tun?«
»Ja...«, sagte der junge Mann etwas unschlüssig. »Es ist für ein Mädchen. Wir sind in derselben Vorlesung. Biologie, aber ich weiß nicht, was für Blumen sie mag.«
»Aha«, sagte der Major nachdenklich. »Kennen Sie ihre Lieblingsfarbe? Was für Farben trägt sie?«
»Ich weiß nicht. Rot. Und gelb.«
»Rosen sind das Sicherste«, sagte der Major. »Die meisten Frauen mögen rote Rosen. Ich mische ein paar Narzissen dazu, das gibt einen sehr schönen Strauß. Sind zwanzig Shekel recht?«

»Ja, ja«, sagte der junge Mann.
Der Major bückte sich, nahm Rosen aus einem Eimer und Narzissen aus einem anderen. Ich sah ihm zu, wie er sie arrangierte, hier eine fortnahm und dort eine hinzufügte und die Stiele kürzte.
»Wenn Sie ihnen genug Wasser geben, halten sie zwei Wochen, vielleicht sogar drei«, sagte er und wickelte die Blumen ein. »Und legen Sie einen Gruß bei, etwas Persönliches, Schlichtes und Romantisches.«
Der junge Mann bedankte sich für den Strauß, zahlte und ging weg. Der Major fuhr sich mit der Hand durchs Haar und betrachtete seine Blumenauslage wie ein General seine Soldaten vor der Schlacht. Plötzlich bemerkte er mich.
»Hey.«
»Was ist los?« Ich zeigte auf die Blumen und den Lieferwagen. »Was soll das alles?«
»Das mache ich jetzt. Haben Sie ein paar Minuten Zeit? Ich muß schnell noch diese Leute bedienen.«
»Natürlich«, sagte ich. »Ich habe alle Zeit der Welt.«
Er bediente noch ein paar Kunden, hörte sich geduldig ihre Wünsche an, machte Vorschläge und stellte die Blumen zusammen. Ich lehnte mich an die Mauer der Bäckerei und sah ihm zu. Ich kannte den Major als einen barschen, kurz angebundenen Offizier. Blumen an junge Verliebte und alte Damen zu verkaufen war das letzte, was ich von ihm erwartet hätte.
Als der letzte Kunde gegangen war, wischte er sich mit dem Ärmel über die Stirn und öffnete die Wagentür.
Wir setzten uns auf den Boden des Lieferwagens und tranken Coca Cola.
»Was ist passiert?« fragte ich.
»Ich hatte keine Lust mehr auf das Baugeschäft«, sagte der Major. »Eigentlich wußte ich nicht recht, was ich machen wollte. Aber mit drei Kindern kann man nicht einfach aufhören zu arbeiten. Außerdem bin ich ein Arbeitstier. Ich liebe die Arbeit. Aber ich hatte wirklich genug davon. Dalia und ich haben darüber gesprochen, wir haben sogar daran gedacht, wieder in den Kibbuz zurückzugehen, aber wir konnten uns nicht einigen. Wir hatten ein paar schlimme Tage, es gab ziemliche Spannungen. Eines

Abends, als ich nach Hause kam, sah ich eine Vase mit Blumen im Schlafzimmer, und da wußte ich, das war's, was ich machen würde. Ich würde den Leuten Blumen verkaufen. Die Idee mit dem Lieferwagen und dem Standplatz vor der Bäckerei, wo eine Menge Leute kommen und gehen, stammt von Dalia. Es ist ein gutes Geschäft. Sie würden sich wundern, wie gut Blumen gehen, ganz gleich, wie sonst die Lage ist.«

»Also, ich bin überrascht«, sagte ich.

»Ich sag ja nicht, daß es für immer ist«, sagte der Major und trank seine Cola. »Vielleicht bin ich das in ein paar Monaten auch leid. Vielleicht übernimmt Dalia dann den Verkauf. Sie ist viel geschäftstüchtiger als ich.« Er lächelte. »Aber sie hat nicht soviel Sinn für Farben und Zusammenstellungen wie ich.«

»Woher bekommen Sie die Blumen?«

»Von überall her. Im Laufe der Jahre habe ich in der Armee eine Menge Leute kennengelernt, die Blumen züchten. Ich bekomme sie dreimal in der Woche, so sind sie immer frisch. Dann trinke ich ein Tasse Kaffee mit den Jungs. Manchmal bringen sie auch ihre Familie mit.«

»Seltsam, Sie mit den Kunden zu sehen. Sie sind so freundlich. In der Armee schienen Sie mir immer so ...«

»Schauspielerei«, sagte der Major. »Das lernt man auf den Offizierslehrgängen, tiefe Stimme, langsam sprechen, niemals lächeln.«

»In der Armee wirkt es.«

»Trotzdem ist es nur Schauspielerei.« Und dann bellte er: »Na, und was haben Sie jetzt vor, Ryke, wo Sie ihre Strafe verbüßt haben?«

»Ich weiß noch nicht«, sagte ich.

»Das ist keine gute Antwort. Sie sollten sich ein Ziel suchen.« Er sah mich an. »Warum sind Sie überhaupt hergekommen?«

»Ich wollte Ihnen danken.«

»Wofür?«

»Beim Prozeß.«

»Vergessen Sie das. Es hat mir Spaß gemacht, diesen dummen Hunden mal zu sagen, was ich von ihnen halte.«

»Vielleicht wird ja jetzt doch manches anders«, sagte ich.

Er sah mich mißtrauisch an. »Warum sollte irgendwas anders werden?«
»Wegen der neuen Regierung.«
»Unsinn. Wahlslogans. Sie wollen doch nicht etwa sagen, daß sie an so was glauben.«
»Ich weiß nicht«, sagte ich. »Vielleicht doch. Vielleicht ändert sich etwas.«
Der Major sah mich ungläubig an. »Ich kann es nicht fassen, Ryke. Sie sind wirklich naiv.«
»Die Menschen leben, weil sie Hoffnung haben, und nicht, weil sie zynisch sind. Wenn es keine Hoffnung gäbe, warum sollte man sich dann überhaupt für etwas einsetzen?«
»Hoffnung für einen selbst und für die eigene Familie, aber nicht was die Politik und die Politiker angeht.«
»Manche Zeiten bringen große Menschen hervor. Die Gründung des Staates war so eine Zeit. Ich habe das Gefühl, daß wieder eine heroische Zeit anbricht, wegen dieser großen Einwanderungswelle und weil die Supermächte uns nicht mehr beschützen. Wir stehen an einem Scheideweg. Die Menschen spüren das. Sie haben für einen Wandel gestimmt, und die Politiker spüren es auch. Sie werden mit der Situation wachsen. Sie werden versuchen, Frieden zu machen.«
»Das Gefängnis hat Ihren Verstand verwirrt«, sagte der Major traurig.
»Nein, das glaube ich nicht.« Ich stand auf und ging an den Eimern voller Blumen vorbei, die auf dem Gehsteig standen. »Ich denke, ich nehme auch ein paar Blumen. Was empfehlen Sie mir für eine schöne junge Frau, die keine Zynikerin ist?«
Der Major sah mich schweigend an.
»Ich glaube, es ist Zeit, daß Sie Ihre eigene Wahl treffen, Ryke«, sagte er. »Haben Sie das nicht selbst bei Gericht gesagt, daß Sie die Verantwortung für Ihr Tun übernehmen wollen?«

38 Es war schon später Nachmittag, als ich mich auf den Weg nach Süden machte. Während ich auf der Autobahn die Küste entlangfuhr, betrachtete ich die Sonne, einen großen Feuerball, der links von mir über dem Meer unterging. Alles war mir sehr gegenwärtig: woher ich kam, wohin ich ging. Die salzige Seeluft schlug mir heiß und feucht ins Gesicht. Die Autos rasten die Straße entlang, und ich raste mit ihnen, gemäß meiner neuerworbenen fatalistischen Ansicht, wonach sich alles, ganz gleich was es war, schon zum Guten wenden würde.

Ich hielt vor dem Restaurant und stieg aus, ohne den Wagen abzuschließen. Ich zog nicht einmal den Schlüssel aus dem Zündschloß. Ich nahm die neunundzwanzig Narzissen, die der Major mir sorgfältig zu einem Strauß zusammengebunden hatte, und betrat das ›Café zum einsamen Soldaten‹. Woher wissen wir, daß Menschen zu einer bestimmten Zeit an einem bestimmten Ort sind? Es ist, als wären unsere Sinne manchmal besonders wach, während sie zu anderen Zeiten schlafen.

Dalit war gerade dabei, eine Bestellung bei einer fünfköpfigen Familie aufzunehmen. Der Mann redete und zeigte auf die Speisekarte, die geöffnet vor ihm auf dem Tisch lag.

Ich räusperte mich und sagte: »Verzeihung.«

Alle sahen mich an. Dalit, die sich über den Tisch beugte, Stift und Schreibblock in der Hand, richtete sich auf.

»Du siehst gut aus«, sagte ich. »Hast du den Arzt geheiratet, der so aussieht wie Robert Redford?«

»Nein.«

»Nein, du hast ihn nicht geheiratet, oder nein, er sieht nicht aus wie Robert Redford?«

»Natürlich sieht er wie Robert Redford aus«, sagte sie. »Was soll das?«

»Wirst du ihn heiraten?«

»Verzeihung«, sagte der Mann am Tisch, »ich versuche gerade zu bestellen.«

»Nur einen Augenblick«, beruhigte ich ihn.

Sein Gesicht zeigte mir, daß er nicht beruhigt war, aber er sagte nichts.

»Nein«, sagte Dalit.

»Warum nicht?«
»Ich liebe ihn nicht.«
Die Leute im Restaurant sahen nun alle zu uns her. Der Besitzer kam langsam hinter der Theke hervor.
»Du schaffst es noch, daß ich entlassen werde«, sagte Dalit. »Ich brauche den Job.«
»Das stimmt nicht. Ich sehe ja, daß du beschäftigt bist. Ich wollte dir nur das hier bringen und mich entschuldigen und dir alles Gute wünschen.«
Ich gab ihr die Blumen. Sie nahm sie und stand da, Stift und Schreibblock in der einen Hand, den Blumenstrauß in der anderen.
»Ich bin schon weg«, sagte ich. »Danke für alles.«
Ich drehte mich um und verließ das Restaurant. Ich stieg wieder in den Wagen und fuhr nach Jerusalem.

39

Gestern nacht machte ich einen Spaziergang durch die Stadt. Laufen ist gesund, es ist die einzige Tätigkeit, die nach übereinstimmender Ansicht aller Fachleute gesund ist. Aber das war nicht der Grund für meinen Spaziergang. Ich war unruhig, etwas Undefinierbares ließ mich nicht einschlafen. Darum stand ich wieder auf, zog mich an und ging aus dem Haus. Es war schon nach Mitternacht, wahrscheinlich fast zwei, ich hatte meine Uhr nicht bei mir.
Ich ging in Richtung Stadtzentrum, das gut zwanzig Minuten von meiner Wohnung entfernt lag. Aber ich machte einen Umweg, der mich zur alten Stadtmauer führte. Die Mauer, die in den Abendstunden teilweise beleuchtet ist, lag nun im Dunkeln. Ich konnte eher spüren als sehen, wie sie sich über mir erhob. Ein Denkmal alter Schönheit. Ein biblisches Symbol. Ich genoß das Gefühl größter Nähe zur Geschichte und dazu die frische Nachtluft. Ich ging an der Mauer entlang. Zu meiner Rechten hatte man mit archäologischen Ausgrabungen begonnen; jedes Jahr wurde irgend etwas Neues entdeckt; zu meiner Linken waren Ausgra-

bungen anderer Art im Gang, die Ausschachtungen für ein neues Wohnzentrum mit Wohnungen, Geschäften und Tiefgaragen.
Die Straße führte mich schließlich zum alten Stadthaus mit den Einschußlöchern von jordanischen Heckenschützen aus der Zeit vor 1967. Ganz in der Nähe wurde ein neues Verwaltungsgebäude errichtet. Doch noch war es das alte Jerusalem, das ich so gut kannte, mit all den vertrauten Orten meiner Kindheit. Die Jaffa-Straße, die vom Stadtrand bis zur Alten Stadtmauer führte.
Ich ging am Stadthaus vorbei Richtung Stadtmitte. Auf dem Gehsteig gegenüber der Hauptpost standen ein paar einsame Gestalten. Jerusalemer Nutten. Zuweilen hielt ein Wagen, und es entspann sich ein kurzes Geschäftsgespräch. Die Mächen waren nicht hübsch. Wie ihre New Yorker Kolleginnen waren sie heruntergekommen und drogensüchtig.
Ich ging an ihnen vorbei und dann die Jaffa-Straße hinunter. Ich sah das Stadtzentrum, die Taxistände, die jungen Leute, die aus den Pubs kamen.
An der Ecke stand eine einsame Gestalt und kehrte mir den Rükken zu. Ein blondes Mädchen, klein, dürr, in Turnschuhen und Jeans und einer schwarzen Lederjacke. Ich schenkte ihr keine sonderliche Beachtung. Wahrscheinlich eine Touristin aus Skandinavien. Israel war voll von ausländischen Besuchern. Ich ging weiter in Richtung der Lichter.
»Assaf?«
Ich blieb stehen und drehte mich um. Sie hatte ein sarkastisches, schiefes Lächeln, aber irgendwie war es angenehm. Ein junges Gesicht, das die Zeit zerstört hatte.
»Patty?«
»Komisch, mich hier zu sehen, was?«
Ich ging näher an sie heran, um sie besser erkennen zu können, aber kein Zweifel, sie war es tatsächlich.
»Was machst du denn hier?«
»Dasselbe wie du.«
»Ich weiß nicht, was du meinst.«
»Ach, komm..., hey, hast du Feuer?«

»Nein.« Ich starrte sie immer noch an. »Wie bist du nach Israel gekommen?«
Sie stand da, die unangezündete Zigarette in der Hand.
»Wegen dir. Du hast immer gesagt, in Israel ist es cool.«
»Aber...«
»Am Times Square haben mir die Cobs das Leben schwergemacht, ständig rein ins Gefängnis und raus aus dem Gefängnis, hast du wirklich keine Streichhölzer?«
»Nein.«
»Da habe ich gedacht, ein Ortswechsel täte mir gut. Die orthodoxen Juden mögen mich wirklich, weiß du, die mit den Bärten. Ich glaube, weil ich blond bin, hah?«
»Du mußt aufhören, Patty. Du mußt damit Schluß machen, begreifst du das nicht? Willst du denn keine Zukunft haben? Willst du nicht mal leben?«
Das schiefe Lächeln erschien wieder auf ihrem Gesicht.
»Natürlich. Warum hilfst du mir nicht dabei? Wegen dir bin ich hier. Hilf mir doch, daß ich aufhöre. Sorg du doch dafür, daß ich lebe, du großer Junge. Jetzt hast du die einmalige Chance dazu.«
Neben uns hielt ein Wagen mit drei Männern darin. Die Fenster wurden heruntergelassen.
»Entschuldige mich«, sagte Patty.
Sie trat auf die Straße.
»Habt ihr Feuer?«
Jemand gab ihr Feuer. Ich konnte nicht hören, was sie sprachen, aber nach einer Weile wurde die Wagentür geöffnet. Sie stieg auf den Rücksitz.
»Patty!«
Ich hörte sie lachen. »Du kannst mich mal, großer Junge. Du hast ja nicht mal Streichhölzer.«
Der Wagen fuhr los und verschwand. Nur das Lachen blieb zurück.
Diesen Traum hatte ich in letzter Zeit mehrere Male. Ich habe keine Ahnung, was er bedeutet.

40

Manchmal schleicht sich bei mir dieses heimtückische Gefühl ein, daß alles sinnlos ist, daß es keine geheiligte Sache gibt, daß selbst der Idealismus meiner Eltern nur eine beliebige, des Wohlbefindens wegens getroffene Entscheidung war, wie sie ihr Leben verbringen wollten, ganz wie ein Spieler die Karten wählt, die er ausspielen will, daß die Klagemauer nur ein Haufen Steine ist, an der man aus purer Gewohnheit betet, und daß meine Freunde, die ihr Leben in den Kriegen Israels gelassen haben, ganz umsonst gestorben sind. Solche Gedanken bereiten mir Unbehagen, und ich tue sie als sinnlose Verstandesübungen ab. Denn letzten Endes sind wir da, und das ist alles. Philosophie ist für die Katz. Vielleicht ist Denken überhaupt nur Zeitverschwendung, wenn es nicht darauf gerichtet ist, die Karriere voranzubringen oder möglichst viel Geld zu machen. Menschen, die denken, heißt es, sind nicht glücklich, und das scheint nur allzu wahr zu sein.

Aber vielleicht wird auch das Glück überschätzt.

Das Symbol Israels war für mich immer Moshe Dayan, der legendäre General mit der Augenklappe über dem linken Auge, ein Mann, der vor Leben und Gefahr nur so strotzte, dessen Charisma und Wunden man schon aus ein paar Meilen Entfernung erkannte. Er war ein klares Symbol, aber nun ist er es nicht mehr. Zehn Jahre nach seinem Tod ist er vergessen. Die meisten Kinder, die heute aufwachsen, kennen nicht einmal seinen Namen. Ihre Helden heißen Magic Johnson, Madonna und Michael Jackson.

Ich sitze in meinem Zimmer und spiele mit einem Stück Papier. Mein Buch ist fertig. Von drei Freunden, die im Jahr der Staatsgründung geboren wurden und gemeinsam aufgewachsen sind, lebt nur noch einer. Ist er der stärkste oder der schwächste von ihnen? Diese Figur basiert locker auf mir selbst.

Ich bin allein in der Welt, ich bin fünfundvierzig, ein freier Mann, meine Möglichkeiten sind grenzenlos. Mädchen gibt es in jeder Bar, auf jeder Party. Es besteht immer die Chance, daß ich morgen der Richtigen begegne.

Ich schalte das Radio ein, und durch Zufall spielen sie ein Lied, dessen Text ich vor Jahren für meinen ersten Film geschrieben habe. Ich höre zu.

Frag mich nie, ob ich dich liebe, ich weiß nicht, was sein wird, aber was auch geschehen mag, sicher ist uns nur das Heute, und außerdem...

Ich höre der Stimme des Sängers, der von einer Gitarre begleitet wird, mit erstaunlicher Freude zu. Ich bin stets sehr kritisch gewesen, was meine eigenen Schöpfungen anging, und neigte dazu, sie als wertlos abzutun, aber dieses Lied gefällt mir. So schlicht es ist, liegt doch etwas von mir darin, etwas, das ich mag.

41

Das letzte Mal sah ich Tal Ramon im Militärgericht der Südgruppe bei Kastina, als die Richterin das Urteil verlas. Tal stand still neben mir und hörte zu. In seinem Gesicht lag ein trauriger Ausdruck. Seine Traurigkeit wärmte mir das Herz. Ich hatte das Gefühl, daß unsere alte Freundschaft wieder ganz hergestellt sei. Ich sah es in seinen Augen, und obwohl wir uns danach nicht mehr sahen, war ich mir doch sicher, daß wir uns mit der Zeit wieder näherkommen würden, ganz so, wie es in unserer Jugend gewesen war. Man kann eine Kluft, die in einem Vierteljahrhundert entstanden ist, nicht an einem Tag oder auch in einem Monat überbrücken. Man mußte warten, daß die Zeit ihre Arbeit tat. Aus dem Gefängnis schrieb ich ihm einen langen Brief, dankte ihm für seine Hilfe und brachte meine Hoffnung zum Ausdruck, daß wir uns unter weniger dramatischen Umständen wiedersehen würden. Tal antwortete auf meinen Brief nicht, aber am Unabhängigkeitstag schickte er mir eine Urlaubskarte.

Ich fand seine Telefonnummer im Telefonbuch von Tel Aviv. Eines Abends rief ich ihn an. Eine weibliche Stimme meldete sich.

»Hallo?«

»Ist Tal zu Hause?«

»Wer ist da, bitte?«

»Assaf Ryke.«

»Einen Augenblick, bitte.« Seiner Frau war ich nie begegnet. Ihre Stimme klang ruhig und sanft. Dann kam er an den Apparat.

»Ja?«
»Ich dachte, wir könnten uns mal treffen.«
Stille. Dann sagte er: »Hast du wieder jemanden umgebracht?«
»Nicht ganz.«
»Vielleicht wirst du ja erwachsen.«
»Also, was meinst du, Tal?« bettelte ich. »Ich würde gerne mal deine Familie kennenlernen, deine Frau. Sehen, wo du lebst. Mich mit dir über die Vergangenheit und die Zukunft unterhalten.«
Drüben war es still.
»Warum?«
»Weil du mein bester Freund bist.«
Ich hörte ihn atmen, aber er sagte nichts.
»Außer Freunden habe ich nichts«, sagte ich. »Das ist die Wahrheit.«
»Die Wahrheit«, sagte er.
»Warum ist das so schwierig?«
Stille.
»Ich weiß nicht. Ich habe mich zurückgezogen«, sagte er schließlich.
»Wovon?«
Stille.
»Von allem. Von allem, was vor meinem zwanzigsten Lebensjahr geschehen ist«, sagte er.
»Warum?«
Er antwortete nicht. Ich saß auf dem Bett, hielt den Hörer ans Ohr und horchte auf das Rauschen in der Leitung zwischen Tel Aviv und Jerusalem.
»Es ist zu schmerzhaft«, sagte er.
»Warum?« fragte ich.
»Ich weiß es nicht.«
»Tal...«
»Ich muß jetzt Schluß machen. Ich muß mich auf einen Prozeß morgen früh vorbereiten.«
»Leg nicht auf«, sagte ich.
»Manchmal träume ich«, sagte seine Stimme am anderen Ende der Leitung. »Von den Jungs. Vom Krieg. Ich träume viel. Ich

träume nie von etwas, das nach meinem zwanzigsten Lebensjahr passiert ist.«

»Hast du schon mal mit einem Psychologen gesprochen?«

»Ich glaube nicht an Psychologen.«

»Es kann helfen. Was hast du schon zu verlieren?«

»Vielleicht versuche ich es eines Tages«, sagte er. »Ich muß jetzt Schluß machen, Assaf. Gute Nacht.«

»Wir bleiben in Kontakt«, sagte ich. Er legte auf.

Danach hörte ich lange nichts von ihm. Dann, eines Tages, rief er an. Ich weiß nicht, was diesen Sinneswandel bewirkte. Vielleicht war es die Ankündigung des Premierministers über die Aufnahme von Friedensgesprächen mit der PLO. Immerhin hatte Tal das seit zwanzig Jahren herbeigesehnt.

»Ich bin Samstag in Jerusalem«, sagte Tal. »Wir könnten uns nachmittags treffen, wenn es dir paßt.«

»Großartig«, sagte ich. »Komm zu mir in die Wohnung.« Ich gab ihm meine Adresse.

»Gegen vier«, sagte er, und wir legten auf. Ich war aufgeregt. Ich stand auf und suchte im Bücherregal nach den Werken von Nabokov, Nietzsche und Henry Miller, über die wir als Jugendliche so oft bis in die Nacht diskutiert hatten. Ich versuchte mir vorzustellen, wie unsere Gespräche nun, nach dreißig Jahren, aussehen würden. Wir hatten so viel zu bereden.

Tal kam niemals zu mir. Am Freitagnachmittag berichtete der Nachrichtensprecher im Radio, daß ein israelisches Fahrzeug auf der West Bank, auf der Straße von Jericho nach Jerusalem, angegriffen worden war. Der Fahrer des israelischen Wagens war aus nächster Nähe mit einer Maschinenpistole erschossen worden. Am Abend gab man seinen Namen bekannt.

Tal Ramon war eines der ersten Opfer des Friedensabkommens, an das er so sehr geglaubt hatte. Seine Mörder entkamen in einem Wagen mit West-Bank-Nummernschildern; sie wurden nie gefaßt.

42 An Tals Grab weinte ich. Ich weiß nicht, was über mich kam. Mein Leben lang hatte ich meine Gefühle unter Kontrolle gehabt. Nie hatte ich in der Öffentlichkeit geweint. Allein zu Hause, ja. Und manchmal in einem dunklen Kinosaal in einer fremden Stadt, umgeben von anonymen Gesichtern, die nichts bemerkten, weil ihre Blicke auf die Leinwand gerichtet waren. Doch niemals, wo Menschen mich sehen konnten, und erst recht Menschen, die ich gut kannte. Aber diese Fähigkeit war mir offenbar für immer abhanden gekommen. Ich stand auf dem Friedhof am Herzl-Berg in Jerusalem, sah auf die Chevre-Kaddischa-Männer, die den Sarg in den Boden ließen, und weinte haltlos. Meine Eltern waren da, Tals Familie, Leute, die mit uns in der Schule oder in der Armee gewesen waren. Lehrer, Politiker, Berufssoldaten und Verwandte. Ein ganzes Leben. Wir standen in der brennenden Sonne. Ich weinte und weinte.

Ich sah Dalit, die mich anstarrte. Sie stand etwas abseits, an der Ecke, in einem grauen Kleid. Fast ein Jahr war vergangen, seit ich sie zum letzten Mal gesehen hatte.

Tals Vater sprach das ›Kaddisch‹. Aus meiner Kindheit war er mir als ein großer, breitschultriger Mann in Erinnerung, mit einem Gesicht, das wie aus Granit geschnitten schien. Doch jetzt, mit siebzig, wirkte er knochig und gebeugt. Sein Gesicht war hager und voller Falten. Wir befanden uns in einem neuen Teil des Friedhofs, eine mittelgroße Gruppe, wir standen da und hörten dem Gesang des Rabbi zu. Es kam mir in den Sinn, daß fast alle Menschen, denen ich in meinem Leben nahegestanden hatte, hier versammelt waren, lebendig oder tot. Eine kleine Welt. Nach den vielen Reisen überall hin – nach all den Jahren, Frauen, Filmen, Kriegen, Karrieren – war meine ganze Welt immer noch hier versammelt, innerhalb von fünfzig Metern um ein frisch ausgehobenes Grab.

Die Trauergesellschaft begann auseinanderzugehen. Ich ging zu Tals Familie hinüber und schüttelte seinen Eltern, seiner Frau und seinem Sohn die Hand. Die Frau war sehr schön, etwa in unserem Alter. Der Sohn war fünfzehn. Groß und mit seinem braunen Haar sah er Tal sehr ähnlich. Sie weinten nicht.

Meine Eltern kamen zu mir.

»Willst du mit uns fahren, Assaf?«
»Nein danke. Ich bin mit meinem eigenen Wagen da.«
Ich sah Dalit allein zum Ausgang gehen. Ihr dunkles Haar wehte im Wind. Ich ging schneller und holte sie kurz hinter dem Tor ein.
»Hey«, sagte ich.
Sie stand schweigend da und sah mich an.
»Wie bist du hergekommen?«
»Mit dem Bus.«
»Mußt du zurück ins Restaurant?«
»Ich arbeite nicht mehr da«, sagte sie. »Ich bin mit dem Studium fertig. Ich sehe mich nach etwas Neuem um. Es ist Zeit, daß ich anfange, wie ein erwachsener Mensch zu leben.«
Ich blickte sie an. Ihre Augen waren groß und braun und sahen mich sanft an. Sie war tatsächlich älter geworden.
Dreißig, dachte ich. Die Zeit rast.
Ich legte ihr den Arm um die Schultern.
»Ich auch«, sagte ich.

Teddy Kollek und Amos Kollek

Ein Leben für Jerusalem

Aus dem Englischen von
Werner Peterich und Jizchak Barsam
Band 11269

Als Sohn einer in der österreichisch-ungarischen Donaumonarchie ansässigen jüdischen Familie wurde Teddy Kollek 1911 in Wien geboren. Nach dem Ersten Weltkrieg schloß er sich einer jüdischen Jugendorganisation an. Unter Einfluß des Zionismus sah es Kollek bald als sein Lebensziel an, in Palästina zu siedeln. 1934 erhielt er das Einreisevisum in das damals noch britische Mandatsgebiet und arbeitete in einem Kibbuz. In der Nazizeit und im Krieg half er von England und der Türkei aus gefährdeten Juden bei der Flucht. Er lernte viele einflußreiche Zionisten kennen, die maßgeblich am Aufbau des Staates Israel beteiligt waren. 1947 war er in geheimer Mission in Amerika. 1948 wurde er zunächst Leiter der Amerikaabteilung des Außenministeriums und ging dann für einige Zeit an die israelische Botschaft in Washington. Später war er Chef im Büro des Ministerpräsidenten Ben Gurion. 1965 wurde Teddy Kollek zum Bürgermeister von Jerusalem gewählt. In drei Nachworten arbeitet Teddy Kollek die für Jerusalem bedeutsamen Ereignisse auf und entwickelt seine Vorstellungen für die Zukunft dieser Stadt.

Fischer Taschenbuch Verlag

fi 1254 / 4

Benjamin Tammuz

Das Geheimnis des Minotaurus

Roman

Aus dem Hebräischen von Monika Zemke

Band 13087

Das Geheimnis des Minotaurus ist ein politischer Liebesthriller um einen israelischen Geheimagenten und eine junge Engländerin, der er über acht Jahre hinweg leidenschaftliche Briefe schreibt, ohne sich ihr je zu erkennen zu geben. Er ist einundvierzig und sie siebzehn Jahre alt, und die Briefe des geheimnisvollen Mannes verändern ihr Leben: Anfangs nur neugierig und geschmeichelt, verliebt sie sich mit der Zeit in den Unbekannten und unterhält eine ähnlich leidenschaftliche fiktive Liebesbeziehung zu ihm wie er zu ihr. Dokumentiert ist diese imaginäre Liebe durch die Briefe, die die beiden unter konspirativen Bedingungen austauschen. Das Rätsel um den Briefeschreiber löst sich auch für den Leser erst am Schluß des Romans – bis dahin aber erzählt Tammuz außerordentlich spannend und temporeich die Geschichte dieses Mannes und zeigt die tiefen Irritationen, die sich aus der Sehnsucht nach Liebe ergeben können und die möglichen verhängnisvollen Folgen von Projektionswahn und Illusion.

Fischer Taschenbuch Verlag

fi 505 / 4

Amos Elon

Nachrichten aus Jerusalem

Reportagen aus vier Jahrzehnten

Aus dem Englischen von
Matthias Fienbork und Reinhard Kaiser

Band 13868

Amos Elon ist einer der ganz großen israelischen Journalisten – und seine Reportagen sind faszinierende Dokumente des Wandels in Nahost: Vom atemberaubenden Bericht über seine riskante erste Reise ins feindliche Ägypten 1968 bis zu seinen Besuchen bei fanatischen Siedlern, von der Intifada der 80er Jahre bis zum Golfkrieg 1990. Für die Taschenbuch-Ausgabe hat er zwei neue Beiträge geliefert sowie ein aktuelles Vorwort verfaßt. Amos Elon, geboren 1926 in Wien, blickt von innen und außen auf sein Land und die unruhige Region, in der es liegt.

Fischer Taschenbuch Verlag

fi 701 / 7

David Ben Gurion

Israel

Der Staatsgründer erinnert sich

Aus dem Hebräischen von Moshe Tavor

Band 13935

Zum 50. Geburtstag Israels gilt es, eine Wiederentdeckung zu feiern: David Ben Gurion (1886-1973), der legendäre erste Ministerpräsident Israels, erzählte in den ersten Kapiteln seiner 1969 veröffentlichten Memoiren aus erster Hand von den dramatischen Ereignissen der 30er und 40er Jahre: Britische Besatzung, illegale Einwanderung der in Europa verfolgten Juden, Staatsgründung 1948 und unmittelbar darauf der Unabhängigkeitskrieg gegen die arabischen Nachbarn. Wer begreifen will, was die Entstehungsgeschichte Israels zu tun hat mit der bis heute andauernden Unruhe in der Region, muß wissen, wie die Zionisten dachten und was sie von den angestammten Bewohnern Palästinas wahrnahmen. Ben Gurions Buch ist auch dafür eine erstklassige Quelle.

Fischer Taschenbuch Verlag

fi 786 / 9

Micha Brumlik (Hg.)

Mein Israel

21 erbetene Interventionen

Band 13938

Den 50. Jahrestag der Gründung Israels nehmen 21 namhafte Intellektuelle zum Anlaß, ihre subjektiven Gedanken und Empfindungen niederzuschreiben. Allen Texten gemeinsam ist die Unsicherheit und Zerrissenheit angesichts des gegenwärtig wieder erneut gefährdeten Friedensprozesses. Zu den Autoren zählen unter anderem: Wolf Biermann, Ralph Giordano, Jakob Hessing, Peter Stephan Jungk, Gertrud Koch, Peggy Parnass, Julius H. Schoeps, Rafael Seligmann, Valentin Senger, Dorothee Sölle, Michael Walzer und Markus Wolf. Micha Brumlik, geboren 1947 in Frankfurt am Main, ist Professor für Erziehungswissenschaften an der Universität Heidelberg und einer der originellsten politischen Köpfe der Bundesrepublik sowie eine vielbeachtete jüdisch-deutsche Stimme in unserem Land.

Fischer Taschenbuch Verlag

fi 730 / 7

David Schütz

Gras und Sand

Roman

Aus dem Hebräischen von
Judith Brüll-Assan und Ruth Achlama

Band 13164

Emanuel, der Erzähler dieses Romans, unternimmt den Versuch, die Chronik seiner Familie zu schreiben, was ihm zu einer verzweifelten und wütenden Abrechnung mit seiner Mutter gerät. Sie hatte ihn und seine drei älteren Geschwister in den Jahren des Nationalsozialismus einer Nachbarin überlassen und war – für die Kinder völlig unverständlich – einfach verschwunden. Nach dem Krieg wurden er und sein Bruder nach Palästina geschickt, wo die beiden sich in dem fremden Land alleine zurechtfinden mußten. Bei einem Familientreffen in Deutschland, viele Jahrzehnte später, begegnet er seiner Mutter zum ersten Mal wieder. Der Sohn klagt schonungslos die Auseinandersetzung mit seiner Mutter ein und konfrontiert sie mit ihrer Vergangenheit: Lotte-Miriam, jüdischer Abstammung, hatte damals die Verantwortung für die Kinder abgelehnt und ihren Weg alleine gesucht. Nun verweigert sie dem Sohn die uneingeschränkte Offenlegung ihrer Person. Emanuel ist aber geradezu besessen von dem Gedanken, die verstreuten Einzelteile der im Dunkel liegenden Vergangenheit zusammenzusetzen. Er muß schmerzhaft lernen, ihr Schweigen und ihre Not, aber auch ihre Lebenskraft zu akzeptieren und für seine Chronik eine vorläufige, unabgeschlossene Form finden.

Fischer Taschenbuch Verlag

fi 1050 / 4